Rehragout

Lisa Graf-Riemann, in Passau geboren, studierte Romanistik und Völkerkunde und war als Redakteurin und Autorin für große Schulbuchverlage tätig. Sie schreibt Reisebücher und Kriminalromane.

Ottmar Neuburger, in Simbach am Inn geboren, studierte Neuere Deutsche Literatur, Physik, BWL und VWL. Er war lange im IT-Bereich tätig und arbeitet heute als Projektmanager und Autor.

Beide Autoren leben und arbeiten im Berchtesgadener Land.

LISA GRAF-RIEMANN/OTTMAR NEUBURGER

Rehragout

KRIMINALROMAN

emons:

Bibliografische Information der Deutschen Nationalbibliothek
Die Deutsche Nationalbibliothek verzeichnet diese Publikation in der Deutschen Nationalbibliografie; detaillierte bibliografische Daten sind im Internet über http://dnb.d-nb.de abrufbar.

FSC
www.fsc.org
MIX
Papier aus verantwortungsvollen Quellen
FSC® C083411

Umschlagmotiv: iStockphoto.com/spiderplay/RyanJLane
Umschlaggestaltung: Tobias Doetsch
Gestaltung Innenteil: César Satz & Grafik GmbH, Köln
Druck und Bindung: CPI – Clausen & Bosse, Leck
Printed in Germany 2014
ISBN 978-3-95451-261-4
Originalausgabe

Würden die Pforten der Wahrnehmung gereinigt,
erschiene den Menschen alles, wie es ist: unendlich.
Denn der Mensch hat sich selbst eingesperrt,
sodass er alle Dinge nur durch die engen Ritzen seiner Höhle sieht.

William Blake (1757–1827), »The Marriage of Heaven and Hell«

Berchtesgaden, Sommer 2011

Sie ist ihnen jetzt schon fast zwei Stunden durch den Berg gefolgt, eigentlich ging es immer bergauf. Wahrscheinlich hätte sie es auch in der halben Zeit geschafft, aber sie muss sich an das Tempo der Vorangehenden anpassen. Bis jetzt ist es trocken geblieben, und die Höhlengänge waren gut begehbar. An manchen Stellen sind die Durchschlupfe ziemlich eng, dann wieder weiten sich die Gänge zu Hallen. Andere Expeditionen würden ihnen Namen geben: Dom, Tropfsteinkapelle und so weiter, aber für Leni ist es nur das Ziel, das zählt, und dass sie nicht zu früh von den anderen entdeckt wird. Die unterirdische Landschaft ist eher nebensächlich. Außerdem ist ihre Stirnlampe kein Scheinwerfer, und wenn der Dom nicht ausgeleuchtet wird, erkennt man ihn nicht einmal. Wichtig ist nur, dass sie an keiner Engstelle hängen bleibt. Überhaupt ein Wunder, dass die anderen so gut durchkommen, sie müssen das ganze letzte Jahr über hart trainiert haben.

Plötzlich dringt Licht in den Gang, in dem sie gerade wartet, damit sich ihr Abstand zu den anderen vor ihr ja nicht verringert. Sie tastet sich vorwärts, blickt nach vorn, und was sie nun erkennt, kommt ihr nicht vor wie ein Traum, sondern eher wie ein Dokumentarfilm mit Originalaufnahmen aus der Nachkriegszeit. Eine Halle, die mit Scheinwerfern ausgeleuchtet ist. Eine von Menschen gesprengte Höhle, die Decke mit Bohrmaschinen oder Pickeln bearbeitet, eine riesige Tiefgarage im Berg. Am Boden liegen verpackte Bündel wie Trophäen nach einer Treibjagd. Sie hat solche Bilder bereits gesehen. Es sind Beutestücke, die da nebeneinanderliegen, gebündelt, zählbar, in Reihen parallel ausgerichtet. Fünf, zehn, fünfzehn, zwanzig und so fort. Kleinere Bündel, größere, schmälere, breitere, längliche und rundlichere, aufmarschiert wie die Krieger der Terrakotta-Armee des ersten Kaisers von China. Ja, sie kennt solche Bilder in Schwarz-Weiß, auf denen auch immer Soldaten oder uniformierte Wächter mit Maschinengewehren zu sehen waren. Und das dahinten, kann es sein, dass das eine Rakete ist? Ist es vielleicht doch ein Traum?

Einer der Männer, den sie in dieser Umgebung besonders unheimlich findet, erteilt den anderen Anweisungen. Plötzlich löst sich über ihr ein Steinbrocken und trifft sie an der Schulter. Als sie laut aufschreit, stürzt der Mann, den sie am meisten fürchtet, auf sie zu, packt sie grob am Arm und zerrt sie zu den anderen. Was werden sie jetzt mit ihr machen?

Der Mann, der sie immer noch festhält, will sie beseitigen. Weg mit ihr, bedeutet seine Handbewegung, daran gibt es keinen Zweifel. Nicht der Berg ist jetzt ihr Schicksal, sondern ihre Neugier und die ausgesprochen blöde Idee, sich ganz allein hier hineinzuwagen, um die anderen zu verfolgen und ihren Plan und ihr Geheimnis aufzudecken. Selbstüberschätzung, natürlich, so könnte man es auch nennen. Sie schafft ja alles allein. Immer hat sie alles allein geschafft. Nicht ein einziger Mensch weiß, wo sie sich befindet.

Sie merkt, wie eine Schwäche sie überkommt. Die Angst schlägt sich auf den Kreislauf. Jetzt bloß nicht ohnmächtig werden. Wehr dich, du kannst doch jetzt nicht einfach so stillhalten. Jetzt wehr dich schon! Es geht ums Ganze. Ich will noch nicht sterben. Aber sie ist wie gelähmt. Gerade sieht es so aus, als wären die anderen vier nicht einer Meinung. Doch was nützt es ihr, wenn der eine sie erschießt und die anderen das scheiße finden? Nichts nützt ihr das! Nun greift der zweite Mann den ersten an. Sie ringen miteinander. Der, der sie festgehalten hat, schiebt den anderen zur Seite und zieht eine Pistole. Ein Schuss kracht und hallt von den Wänden wider. Sie erschrickt zu Tode und sinkt zu Boden.

Kiew, Sommer 2010

Er tastet sich an den rauen Felswänden entlang. Es ist kalt und feucht. Seinen Atem kann er noch sehen, aber seine Lichtquelle wird immer schwächer. Etwas rumpelt, ein dumpfes Grollen ist zu hören. Die Erde bebt. Eine Frau schreit. Marjana? »Ma ...« Es gelingt ihm nicht, ihren Namen zu rufen. Es ist, als hätte er einen Knoten in der Zunge.

Dann schlägt Wiktor endlich die Augen auf. Wo ist er? Was ist los? Die Frau, die geschrien hat, ist nicht Marjana. Die Frau liegt zusammengerollt im Mittelgang und wimmert. Über ihr baumelt eine Traube von Sauerstoffmasken, die aus einer Klappe über den Sitzen gefallen ist. Als Wiktor nach oben sieht, bemerkt er braune Spuren an der Unterseite der Gepäckkästen. Die Zeitung, in der er gerade noch gelesen hat, ist weg, ebenso seine Brille. Ein leerer Becher Cola wandert auf dem Tischchen vor ihm langsam hin und her. Nachdem das Personal der jammernden Frau aufgeholfen hat, bleibt sie an die Sitzreihe gelehnt stehen und hält sich den Kopf.

Wiktor sucht seine zwei Begleiterinnen unter den Passagieren. Da vorn sitzen sie. Marjana winkt ihm mit einer Zeitschrift. Also waren sie doch nicht so unbedacht, ihre Sicherheitsgurte trotz der Warnungen des Kapitäns zu öffnen. Leichte Turbulenzen waren angekündigt worden. Wiktor war eingeschlafen und hatte statt des Gewitters einen Bergsturz geträumt. Ein Unwetter ist nichts Besonderes. Und eigentlich ungefährlich, solange man angeschnallt ist. Als Pilot versucht man immer, ein Gewitter zu über- oder zu umfliegen, aber manchmal ist das eben unmöglich. Und obwohl ein Flugzeug ein Faraday'scher Käfig ist, dringt bei einem direkten Einschlag der Blitz meist oben oder seitlich ein und unten wieder aus. Dabei entstehen kleine Brandlöcher, und anschließend muss man das Material komplett überprüfen und die Löcher reparieren. Nur sehr selten stören Blitze die Elektronik eines Flugzeugs oder bringen es gar zum Absturz.

Das alles weiß Wiktor im Gegensatz zu den anderen Passagieren, deshalb sind sie aufgeregt und fürchten sich und er nicht.

Hoffentlich beruhigt sich die Frau, die nicht angeschnallt war, bald wieder und die Stewardessen bringen etwas zu trinken. Wiktor hat Durst. Seine Lesebrille kann er wohl vergessen. Bis er sie wiederfindet, werden sie längst in Kiew gelandet sein. Kein Wunder, dass er bei den Turbulenzen einfach geschlafen und von einer Felsenhöhle geträumt hat. Als die Stewardess, eine echt wasserstoffblonde Kiewerin mit erstaunlich langen Zähnen, an seinem Sitz vorbeikommt, bittet er sie um ein Getränk. Ob es ein Cognac sein darf oder ein kleiner Wodka, fragt sie.

»Um Himmels willen«, sagt Wiktor. »Sehe ich so aus, als machten mir Gewitter beim Fliegen etwas aus? Alles, nur keinen Alkohol. Und vielleicht hätten Sie auch etwas Süßes, nur eine Kleinigkeit?«

Mit der Antwort hat er seinen Status als toller Hecht mit einem Schlag eingebüßt, und als die Blondine ihm wenig später eine Cola light mit einem eiskalten, in Plastik verpackten Keks serviert, liegt nur noch Mitleid in ihrem Blick.

Nach der Landung treffen sie sich kurz am Gepäckband, dann verschwinden Luba und Marjana in den Toiletten. Wiktor hütet das Handgepäck. Als ihre Koffer auf dem Band auftauchen, sind die Damen wieder da, Marjana frisch geschminkt, wie aus dem Ei gepellt. So braun ist sie in den Bergen geworden, dass ihr Make-up-Ton jetzt viel zu hell ist und ihr wie eine Maske auf dem Gesicht liegt. Was muss sie sich auch so zukleistern? Aber klar, sie sind wieder daheim, im Land der geschminkten und adrett zurechtgemachten Damen in Kostümchen und Stöckelschühchen. In der Regel sind die Ukrainerinnen eine ausgesprochene Augenweide, und auch Wiktor ist ein Nutznießer dieser Putzsucht. Nur Luba schafft es immer wieder, sich diesem Diktat zu entziehen. Sie pflegt ihren Bikerstil und stemmt sich gegen das vorherrschende Frauenimage. Sie ist jung.

»Und ich hab schon gedacht, es war alles umsonst«, sagt Marjana. »Die ewige Kraxelei in diesen schrecklichen Bergen, die Höhlenkriecherei, einfach alles. Die ganze Aufregung und dann ein Blitzeinschlag, ein kleiner Triebwerksschaden. Die Elektronik an Bord versagt, und es geht abwärts, irgendwo über Polen oder

der Westukraine. Der Herr Ex-Hubschrauberpilot hat ja alles verpennt. Ich habe schon befürchtet, die Frau, die über dir an der Decke schwebte, würde dir in den Schoß fallen.«

»Pech gehabt«, sagt Wiktor.

»Sie sah aus wie eine Mutti aus der Vorstadt«, antwortet Luba. »Also nichts für dich.«

»Aha. Hast du dir den Absturz auch so hübsch wie Marjana ausgemalt, Lubotschka?«

»Das wäre ein ziemlich übler Scherz gewesen. Dabei ist das Universum doch auf unserer Seite. Ohne Beistand von oben hätten wir das doch alles gar nicht geschafft, oder, Wiktor?«

Selbst die Zöllnerinnen, auf die sie nun mit ihrem Gepäck zurollen, erscheinen Wiktor in ihren grünen Uniformen adretter als sonst. Als hätten sie alle an einer Typberatung teilgenommen. Wahrscheinlich wegen der aus ganz Europa erwarteten Besucher. Dieses Mal schlendern sie ganz lässig durch die Kontrollen, denn sie haben ja tatsächlich nichts zu verzollen, sind einfache Touristen, die nach Hause kommen, sonst nichts.

Sie spazieren durch das nagelneue Terminal F. Der Boden wie aus zweifarbigem Marmor, grau und beige. Durch die weiß lackierte Stahlgerüstkonstruktion, die ein Glasdach trägt, dringt das Tageslicht. Wolkenloser Himmel, strahlende Sonne, draußen muss es heiß sein. Das Flughafengebäude ist voll klimatisiert, angenehm kühl und schon unglaubliche achtzehn Monate vor Eröffnung der Europameisterschaft fertig geworden. Die EM-Plakate hängen auch schon, überall die Blau-Gelben mit dem Superstar Schewa, der zu seinen letzten Länderspielen auflaufen wird. Fußball und Nationalismus. Ein Haufen blöder Hoffnungen, von denen am Ende wie so oft nichts bleiben wird außer Suff und Enttäuschung.

Eine Crew der Ukraine International Airlines kommt ihnen entgegen. Ein Schwarm flotter Bienen in blauen Kostümen, weißen Blusen und gelben Halstüchern, die den Platzhirsch mit seinem dicken Pilotenkoffer flankieren. Aber dieses Pfannkuchengesicht kennt Wiktor doch. Sein alter Freund und Exkollege Boris! Schon lässt Boris den Koffer stehen und stürmt mit ausgebreiteten Armen auf ihn zu. Es gibt kein Entrinnen. Bevor Wiktor noch etwas sagen kann, wird er an Boris' breite Brust gequetscht, und seine Pranken klopfen ihm die Schultern, als wären sie Schnitzel.

»Wiktor, altes Haus! Schon wieder zurück aus Deutschland? Ist wohl nichts geworden mit einem Posten bei der Lufthansa, wie? Har, har! Oder hat dich das Heimweh gepackt?« Boris hat ihn endlich losgelassen, und Wiktor kann wieder Luft holen. Der Pilot mustert ihn von Kopf bis Fuß und bleibt an den klobigen Bergstiefeln hängen, die Wiktor trägt, ein Teil seiner Berchtesgadener Neuerwerbung für Höhlenforscher.

Doch Wiktor hat jetzt keine Lust auf Erklärungen und Tarnmanöver und sowieso keine Zeit, denn er sieht Luba und Marjana gerade noch aus dem Terminal entschwinden. Er fasst es nicht. Die beiden hauen einfach ohne ihn ab? Da haben sie gerade eines der größten, wenn nicht das größte Abenteuer ihres Lebens miteinander erlebt und wären dabei beinahe hopsgegangen, und jetzt ziehen die beiden Ladys einfach so dahin? Die letzte Ecke ihrer Rollkoffer verschwindet gerade durch eine automatisch schließende Glastür.

»Boris, ein andermal, ja? Ich hab's furchtbar eilig«, sagt Wiktor und entwindet sich der dunkelblauen breiten Brust, die ihm den Weg verstellt. »Mein Sohn bekommt gerade sein erstes Kind!«, ruft er dem Flugkapitän noch zu, der ihm hinterherstarrt.

»Du hast es ja verdammt eilig, Opa zu werden, alter Haudegen«, wundert sich Boris, aber Wiktor ist schon davon, so schnell sein Koffer rollt. Es fühlt sich beschissen an, diesen Weibern hinterherzurennen, aber genauso blöd wäre es, sich einfach so abservieren zu lassen. Frauen sind nun einmal von Grund auf egoistische, eigennützige Wesen. Denken immer nur an sich. Und ist das Geld erst auf dem Konto, geht's sofort ab ins neue Highlife. War da nicht noch so ein alter Knacker dabei? Brauchen wir den eigentlich noch? Verdammte Glastür, warum geht die eigentlich nicht auf? Was ist denn jetzt schon wieder los? Wiktors Nase berührt fast den Spalt, an dem die Tür schon längst hätte auseinandergleiten müssen. Auf der anderen Seite steht jetzt jemand vom Flughafenpersonal und macht eine Bewegung mit beiden Händen, mit der man normalerweise Hühner aus einem Gemüsebeet verscheucht. Von den Lippen des Mannes kann Wiktor ein Wort ablesen. Es heißt: Zu-rück! Er tritt einen Schritt zurück, und wirklich, die Tür hat kapiert, dass er durchwill. »Fehlkonstruktion«, raunzt er dem Kerl zu, der ohne Unterlass seinen geschniegelten Kopf schüttelt. Noch nie so einen Blödmann gesehen, denkt Wiktor und fällt fast über Marjanas Rollkoffer. Da sind sie doch schon, die beiden Puten, die sich einfach so davongemacht hätten, ohne sich auch nur von ihm zu verabschieden.

»Ich dachte, wir wären ein Team«, zischt Wiktor den beiden mit zusammengepresstem Kiefer zu. Jetzt nur nicht vollständig ausrasten, schließlich steht er noch immer unter Aufsicht zumindest eines Vertreters des Flughafenpersonals.

»Wir waren ein Team«, sagt Marjana. »Jetzt sind wir wieder jeder für sich. Ich mit meinen Leuten, ihr mit euren.«

»Und wer sind deine Leute, hm?«, fragt Wiktor. »Ich habe nur noch einen, und das ist mein Sohn. Das war's auch schon. Und du?«

»Das geht dich wirklich nichts an, Wiktor. Nur weil wir auf Berge gestiegen und in Höhlen rumgekrochen sind, macht uns das nicht gleich zu Freunden fürs Leben.«

Kann dieses Weib wirklich so kalt und blasiert sein? »Ach, und dass wir zusammen den größten Schatz der Menschheit entdeckt, einen Bergsturz und den Anschlag eines Killers überlebt haben, das zählt auch nicht?«, fragt Wiktor.

»Sorry!« Luba haut in die gleiche Kerbe wie Marjana.

Das ist das wirklich Widerliche, dass diese Frauen nicht nur zusammen aufs Klo rennen, sondern dass sie, wenn's denn sein muss, gegen einen Mann zusammenhalten wie Pech und Schwefel.

»Sorry!«, sagt Luba noch einmal. »Und die einzige fleischliche Entgleisung da unten in dem Raketenbauteil auch nicht. Das war ein Unfall, ein Zwischenfall, ein Exzess. Aber jetzt geht das Leben weiter. Wir trennen uns, wie wir uns gefunden haben. Wir werden doch jetzt zusammen keine Familie gründen. Ich zum Beispiel habe auch schon Eltern.«

Wiktor ist perplex.

»Mach den Mund wieder zu, Wiktor.« Marjana setzt sich mit ihrem Koffer in Bewegung. »Und tu bloß nicht so überrascht. Sag nicht, du hättest dir mehr Anhänglichkeit von uns erwartet.

Du kennst uns doch jetzt schon ein paar Wochen. Können wir dich immer noch überraschen?«

Notgedrungen greift auch Wiktor nach seinem Koffer und trottet hinter den beiden her. Wahrscheinlich würden sie nicht einmal stehen bleiben, wenn er sich mit Atemnot und Herzrasen am Boden krümmen würde.

»Was willst du?«, fängt Luba wieder an. »Keiner wollte diesmal Marjanas Reizwäsche und ihre Dildos sehen. Das Gepäck ist einfach durchgewinkt worden. Wir haben weder Blüten noch echte Euros geschmuggelt, da die brav auf unseren österreichischen Konten liegen, und wenn wir nicht den Fehler machen, alles auf einen Schlag abzuheben, dann werden sie uns auch in Ruhe lassen. Ist doch alles bestens!«

»Und wenn keine von euch Puten auf die Idee kommt, mit dem Geld um sich zu werfen. ›Arbeitslose Historikerin kauft Zwölf-Zimmer-Villa‹ oder ›Mädchen aus der Fischfabrik Uschgorod zahlt x-tausend in einen Hilfsfonds für Strahlenopfer ein‹. Solche Überschriften möchte ich nicht in der Zeitung lesen müssen. Aber so dumm seid hoffentlich nicht mal ihr beide.«

»Oh«, macht Marjana, rollt ihren Koffer auf Wiktors Zehen und lässt ihn dort stehen. »Puten sollen wir sein? Das habe ich ja schon lange nicht mehr von dir gehört. Ungefähr seit Frankfurt, wenn ich mich recht erinnere. Beginnen wir jetzt wieder von vorn? Spielst du jetzt wieder den Macho und behandelst uns wie zwei Dummchen?«

»Wenn ihr euch so benehmt, dann behandle ich euch auch so, verdammt! Und jetzt Schluss mit dem Blödsinn, darum geht's doch gar nicht.«

»Und worum geht's dann, bitte schön?«, fragt Luba.

»Zum Beispiel um diese winzige Kleinigkeit: Wer dackelt jetzt zu Jurij und holt sich bei ihm eine Tracht Prügel für unsere Zwangsanleihe ab?« Wiktor schlägt einen Haken nach rechts und steuert den äußersten Tisch einer Café-Bar an, die mit Spezial-EM-Cocktails mit aufgestecktem Mini-Fußball wirbt.

»Ist Jurij nicht *dein* Freund?«, fragt Luba. »Oder soll ich gehen, weil er auf junge Frauen steht? Bestimmt steht er auf mich.«

»Oder ich«, schlägt Marjana vor und zieht eine Papierserviette aus dem Spender, mit dem sie die Sitzfläche des Plastikstuhls abwischt, bevor sie sich setzt. »Wenn ich mich zwei Tage im Schönheitssalon aufpeppen lasse, sehe ich auch wieder umwerfend aus. Außerdem bin ich eine Respektsperson.«

»Ach ja«, feixt Wiktor, »wie konnte ich das nur vergessen. Du bist ja Akademikerin. Natürlich, der Pate von Kiew wird vor dir in Ehrfurcht erstarren. Akademikerinnen haben bei ihm normalerweise freie Hand, vor allem, wenn sie plus/minus fünfzig sind. Du wirst ihn glatt umhauen.«

»Erinnere mich ja nicht an mein Alter«, erwidert Marjana und bestellt für alle Kaffee und für sich dazu noch ein Glas ihres Lieblingswodkas. »Was meinst du, woran ich bei jeder einzelnen Kletter- und Abseilaktion in den Bergen gedacht habe? Aber ich bin zäh, Wiktor, und hell auf der Platte. Und ich habe Stil. Gerade im Alter ist das wichtig, finde ich.«

»Toll«, sagt Luba. »Ihr zwei zankt euch schon wieder genau wie bei unserer Abreise aus Kiew. Als wäre in der Zwischenzeit nichts passiert. Als hätte sich rein gar nichts verändert. Macht nur so weiter, wenn ihr wollt, aber ich halte mich da raus und verschwinde dann einfach, wenn's recht ist.«

»Ja, Mädchen, geh du nur die Welt retten«, sagt Wiktor. Marjana hält Luba zurück, die tatsächlich Anstalten macht aufzustehen. »Aber pass bloß auf, dass du dich dabei nicht verhebst. Kostet etwas mehr als ein paar Prada-Schühchen, die Welt. Wahrscheinlich bist du schneller pleite, als du denkst, denn irgendwer wird dir Ahnungsloser schon das süße Köpfchen verdrehen, und wenn du danach wieder zu dir kommst, wirst du feststellen, dass es ihm gar nicht um deinen Kopf oder um andere Körperteile von dir, sondern allein um dein Geld gegangen ist. Denn du wirst feststellen, dass es weg ist. Futsch. Verstehst du?«

»Ziehst du mal wieder diese Papanummer ab?«, mault Luba. »Du bist und bleibst einfach ein Idiot, Wiktor. Zonenfledderer, abgehalfterter Hubschrauberpilot. Kaum sind wir zurück in Kiew, bricht dein wahres Ich wieder voll durch. Erst großer Held, dann aber doch nur wieder das kleine Macho-Arschloch, das du immer schon warst: von dem Augenblick an, als du mich in der Zone angehalten hast, als du uns in Milas Haus belauscht hast und du mir später im Café Puschkin die Karte klauen wolltest.«

»Macho-Arschloch?«, schreit Wiktor. »Ohne mich wärt ihr doch nie aus Kiew rausgekommen, ihr zwei Leuchten! Für das Geld, das ich für die Reise akquiriert habe, hättet ihr lange sparen und entweder eine Bank überfallen oder eine Puffmutter beerben müssen.«

Stilles Augenrollen, während die Kellnerin den Kaffee und den Wodka bringt.

»Ich mache es. Ich geh zu Jurij.« Wiktor rührt allen verfügbaren Zucker in seinen Kaffee. »Aber eine von euch sollte mir Feuerschutz geben. Natürlich nicht wörtlich. Mit einer Knarre könntet ihr sowieso nicht umgehen. Aber ihr solltet Bescheid wissen und die Polizei verständigen, falls ich nicht mehr wiederkomme.«

»Und was sollen wir den Bullen sagen?«, fragt Luba. »Die Wahrheit vielleicht?«

»Dass Jurij der Pate und ich der Kurier war, sonst nichts, Baby. Der Rest gehört dann zwar euch, aber ohne mich nutzt euch das auch nicht viel.«

»Klar, weil du unersetzlich bist, Wiktor, und wir nichts als dumme Puten. Wir wissen Bescheid«, sagt Luba.

»Und wann gehst du zu Jurij?«, fragt Marjana.

»Sobald ich das Geld habe.«

»Du gibst ihm das Doppelte von dem, was wir uns geliehen haben, wie besprochen.« Marjana trinkt ihr Glas Wodka in einem Zug leer.

»Das mache ich. Ich hoffe, er gibt sich damit zufrieden.«

»Und wenn nicht?«, fragt Luba.

»Dann rufe ich dich in der Fabrik an und frage dich, was ich tun soll, Luba.«

Sie zieht eine Schnute.

»Und wenn er seinem toten Killer, diesem Wladimir, immer noch hinterhertrauert?«, fragt Marjana. »Kann ja sein, er glaubt dir nicht, dass du nichts mit seinem schrecklichen Tod zu tun hast.«

Wiktor ist, als habe gerade jemand am Lichtschalter gedreht oder alle Vorhänge zugezogen, so dunkel wird es um ihn herum. Das, was Marjana da ausspricht, ist seine allergrößte Angst. Nicht das Geld. Und er hat immer noch keinen Plan, was er dann machen wird.

»Aha, darüber hast du wohl auch schon nachgedacht?«, fragt Marjana. »Du hast keine Idee? Schön blöd, denn ich glaube fast, dass es genau so kommen wird.«

»Ich erzähle ihm, wie es wirklich war.« Sogar in seinen eigenen Ohren hört sich das ziemlich naiv an.

»Tatsächlich?« Marjana triumphiert. »Und wie erklärst du ihm, dass wir in den Alpen waren und nicht in Frankfurt geblieben sind? Haben wir vielleicht Bergurlaub gemacht?«

»Na klar, Urlaub!«

»Und du glaubst ernsthaft, dieser Killer Wladimir hat nichts rausgefunden und war nur wegen Jurijs Kröten hinter uns her? So wie auch dieses Frankfurter Rattengesicht?«

Marjana hat recht. Jurij muss irgendwas wissen, zumindest ahnen, denkt Wiktor und stöhnt auf.

»Du brauchst dringend einen Plan, Wiktor.« Marjana lässt nicht locker. »Wenn du keinen hast, lässt du das Geld am besten durch einen Kurier hinbringen, tauchst unter und hoffst, dass du dem Kerl in deinem Leben nie wieder begegnest.«

»Ich hör hier immer ›untertauchen‹«, braust Wiktor auf. »Meinst du etwa, der Pate findet mich nicht, hier in seiner Stadt? Außerdem redest du mit einem Mann, nicht mit einer Memme. Wiktor ist kein Feigling, falls du das selbst noch nicht gemerkt hast, Frau Professor. Untertauchen kommt für mich nicht in Frage. Ich muss zu ihm.« Wiktor stürzt seinen Kaffee hinunter. »Mitten ins Auge des Hurrikans.«

»Nimm mich mit«, sagt Marjana.

»Oh, du willst mich beschützen, ja? Womit denn? Mit deinen weiblichen Reizen oder mit deinem Regenschirm, mit dessen Spitze du Jurij im Fall der Fälle aufspießen wirst? Jetzt schau nicht so. Deine Reize genügen schon noch einem Haudegen wie Jurij oder einem alten Sack wie mir. Und hast du nicht gesagt, du wolltest dich sowieso noch in einen Schönheitssalon begeben?«

Marjana verdreht die Augen. »Ich dachte nicht an Schirmspitzen. Eher daran, dass er dich vielleicht nicht auf der Stelle umbringt, wenn ich dabei bin. Beißhemmung in Anwesenheit von Damen, verstehst du?«

»Guter Witz«, meint Wiktor. »Aber wahrscheinlicher ist doch, dass wir dann beide über die Klinge springen. Die Reihenfolge ist dabei ganz egal. Na gut, ich überlege mir einen Plan.«

»Und gibst du uns Bescheid?«, fragt Marjana.

»Wir könnten uns ja bei deinem Sohn im Café treffen«, schlägt Luba vor.

»Nein«, zischt Wiktor. »Lasst Mitja aus dem Spiel. Es kann schließlich sein, dass wir überwacht werden.«

»Überwacht?«, schmunzelt Luba. »Von dem da oben?«

»Nein, von dem, von dem wir die ganze Zeit sprechen.«

»Oh, also der, dessen Name nicht genannt werden darf«, höhnt Luba.

Aber Wiktor geht nicht darauf ein. Er weiß sehr gut selbst, vor wem es sich lohnt, Angst zu haben und vor wem nicht. Jurij gehört eindeutig in die Kategorie Nummer eins, in die der Leute, vor denen man unbedingt Angst haben sollte.

***

»Was machst du denn hier?« Jurij sieht zum Beifahrersitz hinüber. »Jetzt hast du mich aber ganz schön erschreckt.«

Jurijs neuer Wagen hat dreihundertfünfzig PS und fährt kaum schneller als zweihundertsiebzig Stundenkilometer, dann ist Schluss, obwohl es ein Porsche ist. Daran ist der Hybridantrieb schuld. Jurij meint, es sei zwar ziemlich blöd, sich einen angeblich umweltfreundlichen Porsche zu kaufen, aber er steht dazu. Er hat sich den Wagen seiner Tochter zuliebe angeschafft. Natascha hat gerade ihren sechzehnten Geburtstag gefeiert und will die Umwelt retten. Jurij weiß, dass ihr das nicht gelingen wird, aber er liebt sie über alles. Was soll's, ob er jetzt dreihundertfünfzig oder fünfhundert PS unterm Arsch hat, ist ja schlussendlich auch egal. Schneller als erlaubt schafft der Wagen allemal, und seine Tochter freut sich, eine schwarze Seele wie die seine bekehrt zu haben. Sie fehlt ihm, seit sie in diesem Schweizer Internat ist, aber manchmal werden ihm die Flausen, die sie in den Ferien von dort mitbringt, auch zu viel. Womit genau ihr Papi sein Geld verdient, weiß sie zum Glück nicht, sonst hätte sie vielleicht daran auch noch etwas auszusetzen.

»Was machst du hier?«, fragt Jurij seinen Beifahrer noch einmal.

»Du täuschst dich«, antwortet der Mann neben ihm. »Deine Phantasie spielt dir einen Streich. Ich bin gar nicht da. Du sitzt ganz allein im Wagen und phantasierst nur.«

»Ich phantasiere nicht! Du siehst verdammt noch mal aus wie Wladimir, du hörst dich an wie Wladimir, du riechst sogar wie Wladimir, also bist du es auch.«

»Du träumst, Jurij, oder glaubst du, ich könnte mich einfach so neben dich setzen wie in der Straßenbahn, während du mit zweihundertsiebzig Sachen auf der E 373 in Richtung Kiew unterwegs bist?«

»Was weiß denn ich, was alles möglich ist. Wenn Manna vom Himmel fallen kann und die Ikone unseres letzten Zaren Myrrhe weint, wieso sollte es dann nicht auch möglich sein, dass du dich bei dem Tempo neben mich setzt? Hab ich dir schon mal gesagt, dass du wie ein Sohn für mich bist, Wladimir? In einem Augenblick bin ich stolz auf das, was ich aus dir gemacht habe, doch gleich im nächsten habe ich Angst, dass du zu viel riskierst und meine Aufträge dich das Leben kosten könnten. Das ist nicht gut, verstehst du?« Jurij schlägt mit beiden Händen auf das Lenkrad ein. »Seit Tagen habe ich kein Wort von dir gehört, kein Anruf, keine E-Mail, nicht einmal eine SMS hast du geschickt. Das ist doch wirklich scheiße, Wladimir! Und was machst du überhaupt hier? Ich dachte, du bist noch irgendwo in den Alpen.«

»Stress«, sagt Jurijs Beifahrer, »das ist die einzig schlüssige Erklärung. Ich glaube, du solltest dir mal eine Auszeit gönnen. Du hast einfach zu viel Stress. Das ist schlecht für deine Gesundheit und schlecht für deine Seele. Fahr doch ein paar Wochen auf die Krim oder besuch deine Tochter in der Schweiz. Warum denn nicht Davos?«

»So einen Quatsch habe ich von dir überhaupt noch nie gehört. Ich phantasiere doch nicht. Hat nicht außerdem Rasputin den kleinen Zarewitsch mehrmals durch ein Wunder vor dem sicheren

Tod bewahrt?«, fragt Jurij und präsentiert diese Kenntnis wie einen Trumpf, der gerade aus seinem Ärmel gerutscht ist.

»So kenne ich dich ja gar nicht. Haben sie dich bekehrt, oder was ist los mit dir? Willst du demnächst vielleicht sogar noch eine Kapelle bauen?«, fragt Wladimir.

»Red doch nicht so, ich mag das nicht. Aber ja, könnte schon sein, dass ich mal eine Kapelle stifte. Vielleicht haben wir den Bogen überspannt. Verstehst du, was ich meine? Vielleicht müssen wir als Ausgleich ein paar gute Werke tun, das wäre doch keine schlechte Idee, findest du nicht auch?«

»Jetzt redest du aber wirklich Unsinn. Meinst du denn, mit einer kleinen Spende an den World Wildlife Fund oder das UNICEF-Kinderhilfswerk können wir unsere Seelen reinwaschen? Ich habe für dich Leute umgebracht, Witwen geschlagen und Verrätern die Finger gebrochen, das lässt sich nicht so einfach vom Tisch wischen. Ganz abgesehen davon glaube ich, dass für mich sowieso alles zu spät ist.«

Während sein Beifahrer durch die Windschutzscheibe hinaussieht, meint Jurij, dass er immer blasser wird, so durchscheinend wie ein Glas wässrige Milch. »Wirfst du mir gerade vor, schuld daran zu sein, dass deine Seele vielleicht für immer in der Hölle schmoren muss, oder wie soll ich das verstehen?«, schreit Jurij, den jetzt Panik erfasst. »Ist das alles schon beschlossene Sache, oder, noch schlimmer, bist du bereits in der Hölle und nur wegen eines Schwätzchens mit mir zurückgekommen? Willst du mir sagen, dass ich das Arschloch bin, das dir das alles eingebrockt hat?«

»Ich weiß es nicht«, sagt der, dessen Schädel nun schon fast durchsichtig ist. Eine Beobachtung, bei der Jurijs Panik nur noch zunimmt. »Eigentlich nicht«, sagt er dann, »aber irgendwie stimmt es sogar. Ich glaube, ich habe in meinem Leben ziemlich viel falsch gemacht, verstehst du?«

»Ich verstehe überhaupt nichts«, behauptet Jurij. »Du tust ja gerade so, als würdest du schon nicht mehr leben, dabei sitzt du hier in meinem Wagen neben mir. Ich kann dich doch sehen! Ich muss nur meinen Kopf drehen, damit ich sehe, wie du neben mir sitzt und zum Fenster hinausstarrst.« Über die Sache mit der seltsamen Durchsichtigkeit sagt Jurij nichts.

»Für mich ist es vorbei, Jurij. Das, was du neben dir sitzen siehst, ist nur ein Gebilde deiner Vorstellung. Ein Trugbild. Das, was du siehst, bin nicht ich, weil ich nicht mehr da bin. Ich bin tot, verstehst du?«, insistiert sein Beifahrer.

»Nein, nichts verstehe ich! Und schon gar nicht, dass du tot sein sollst. Wann wärst du denn gestorben und vor allem: warum?« Jurij umklammert das Lenkrad seines Porsches, hält sich daran fest, um nicht in tausend Einzelteile zu zerspringen, um sich nicht in einer Welle aus Wut und Trauer aufzulösen, die mit Wucht auf ihn zurollt. Schon spürt er die Druckwelle, die sie vor sich herschiebt, und wie ihr Atem seinen Nacken streift. Er ahnt, dass er ihr nichts entgegenzusetzen hat. Dass sie ihn mit Haut und Haaren verschlingen wird.

»Du wirst es gleich erfahren«, sagt der andere. »Unser Mann bei der Polizei wird dich darüber informieren. Deshalb musst du doch heute zu ihm, hast du das vergessen?«

»Unser Mann bei der Polizei, Jakow, dieser Idiot, hat mich am Telefon doch glatt angepflaumt«, ereifert sich Jurij. »›Kommen Sie sofort zu mir ins Präsidium‹ und so weiter. Er hat mir sogar mit Verhaftung gedroht, kannst du dir das vorstellen? Mir hat er gedroht, dieser Arsch!«

»Und dieser Arsch wird dir auch gleich erzählen, dass ich tot bin«, sagt sein Beifahrer, den Jurij für Wladimir hält oder für Wladimirs Schatten.

»Schwachsinn«, sagt Jurij. »Wahrscheinlich bin ich nur überarbeitet. In Irpin werde ich Kaffee trinken und dazu ein paar Oladji essen, und dann wird dieser Alptraum hoffentlich aufhören. Jakow wird mich irgendeinen Schwachsinn fragen, ob ich etwas von Falschgeld in Frankfurt oder Menschenschmuggel weiß. Irgendwas, wovon ich ihm stundenlang erzählen kann, ohne irgendetwas zu sagen. Und dann, dann ziehe ich meine Jacke wieder an, setze mich ins Auto und fahre zurück, als sei nichts gewesen. Und du rufst mich in den nächsten zwei Tagen gefälligst an, sonst werde ich noch ganz irre, verstehst du?« Jurij wagt es nicht mehr, zu Wladimir hinüberzusehen, zu groß ist seine Angst, er könnte sich unter seinen Augen vollends auflösen.

»Ich glaube, du kommst langsam wieder zur Besinnung«, sagt

die Stimme, die Jurij so gut kennt. »Außerdem ist es für mich jetzt sowieso Zeit abzuhauen.«

Im nächsten Augenblick, in dem Jurij doch wieder zum Beifahrersitz hinübersieht, ist Wladimir verschwunden, und Jurij fährt ein Stich wie von einem scharfen Florett durchs Herz. Er will nicht wahrhaben, dass dies ein Abschied war, möglicherweise für sehr lange Zeit oder sogar für immer.

Bei Irpin fährt Jurij tatsächlich von der Autobahn ab, ein Stück in den Ort hinein, vorbei an den Fabriken und den Plattenbauten aus der Sowjetzeit und den Plattenbauten, die erst vor wenigen Jahren gebaut wurden, jetzt aber nicht mehr Plattenbauten heißen, sondern Apartmenthäuser, natürlich first class. Weiter über die Gleise zum Bahnhof und dort zum kleinen Café Amour in einem Haus, das wie eine Baracke aussieht. Im Café Amour gibt es unbestritten den besten Kaffee und die besten Oladji der ganzen Oblast, und genau hier hat er auch Tatjana kennengelernt. Er macht gern hier Pause, wenn er von Borodyanka nach Kiew fährt. Es sind nur fünfzig Kilometer, und wenn es sein muss, fährt er fünfhundert Kilometer, ohne auch nur einmal anzuhalten. Die Pausen hier haben nichts mit den Fahrten zu tun. Hier kann er Kraft tanken für sein Leben, für die nächste Woche, den nächsten Tag, darum geht es ihm, wenn er in Irpin beim Café Amour stoppt.

Eine alte Geschichte, die heute nichts mehr bedeutet, zumindest nach Aktenlage. Aber vielleicht ist es genau diese Geschichte, die ihn zu dem gemacht hat, der er heute ist. Nein, das Café ist kein Schmuckstück, wirklich nicht, aber der Kaffee und die Leckereien sind ausgezeichnet. Die weißen Resopaltische stehen auf lackierten Stahlrohren. Einige Gäste haben bereits bewiesen, dass Resopal, anders, als es die Werbung verspricht, doch verwundbar ist. Jurij setzt sich auf ein aufgemaltes Herz mit Pfeil. 1991 war noch alles picobello, aber trotzdem nicht schöner. Vielleicht hatten die Züge, die man aus dem Fenster vorbeifahren sah, eine andere Beschriftung als heute, aber sie waren ebenso blau-weiß und schnell wieder weg.

»Wie immer?«, fragt Irina im Vorbeigehen.

Jurij nickt. »Wie immer.« Er versucht sogar ein Lächeln. Was kann schließlich Irina für sein Unglück?

Als sie den Kaffee und die Oladji bringt, fragt sie: »Was fehlt dir?«

»Was soll mir schon fehlen? Nichts. Wie kommst du überhaupt darauf, dass mir etwas fehlt?«, fragt Jurij.

»Natürlich fehlt dir etwas, das sehe ich doch an deinem verbissenen Lächeln. Wenn es dir gut geht, dann lachst du wie ein Sieger, wie ein Junge, der gerade aus Nachbars Garten ein Pfund Birnen geklaut hat. Aber jetzt lachst du wie ein Junge, der vom Drei-Meter-Brett einen Salto versucht hat und mit dem Rücken aufs Wasser geklatscht ist. Der blöd grinst, damit ihn die Freunde nicht als Schlappschwanz verlachen, obwohl sein Rücken brennt wie Feuer und er am liebsten nur brüllen und heulen würde. Also, was ist los?«, fragt Irina.

»Nichts ist los, das bildest du dir nur ein«, sagt Jurij.

Irina ist hiergeblieben, aber Tatjana ist fortgegangen, weg, nach Amerika. In die USA. Im November 1991 war sie plötzlich nicht mehr hier. Zuerst dachte er, Irina sei von Anfang an in alles eingeweiht gewesen und habe nur so getan, als habe Tatjana auch sie im Stich gelassen. Inzwischen glaubt er ihr, dass auch sie vorher nichts gewusst hat. Zu dritt hatten sie ein Unternehmen gegründet, gleich nach der Unabhängigkeit der Ukraine, noch im August. Es war nicht einfach gewesen, aber sie hatten es geschafft. Irina und Tatjana das Café, Jurij seinen Sicherheitsdienst. Denn plötzlich gab es Bedarf an Sicherheit, und wer, wenn nicht ein ehemaliger KGB-Major, hätte in jenen Zeiten des Umbruchs Sicherheit gewährleisten können?

»Und hier meine compañera Tatjana«, so hatte ihm Irina ihre Freundin und Mitbetreiberin des Café Amour vorgestellt. Jurij war fast das Herz in die Hose gerutscht, als sie ihn neugierig ansah und dann auf ihn zutrat, um die obligatorischen Freundschaftsküsse mit ihm auszutauschen. Vor dem ersten Kuss spürte er einen Funken, der von ihren Lippen auf seine Wange übersprang, nicht metaphorisch, sondern wirklich, physikalisch. Wahrscheinlich wegen der trockenen Luft und des seltsamen Bodens, den sich die Frauen für ihr Café ausgesucht hatten.

Als Tatjana aufschrie und rief: »Iiih, ein Funke!«, scherzte Irina noch, der Funke der Liebe sei übergesprungen. Jurij wurde rot, wie es überhaupt nicht seine Art war, und Tatjana fuhr ihm mit der flachen Hand gegen den Strich durch sein kurz geschnittenes Haar.

»Musst nicht verlegen werden«, sagte sie und küsste ihn noch einmal, diesmal ohne Funken, dafür aber auf den Mund.

Er hat oft darüber nachgedacht und tut es immer noch manchmal, was es war und irgendwie noch immer ist, das ihm an Tatjana so gefiel. Sie trug ihr kastanienbraunes Haar lang, ihre Lippen erinnerten ihn an den Schmollmund einer französischen Schauspielerin, nur sah sie damit intelligenter aus als diese, was Jurij besonders gut gefiel. In Wirklichkeit gab es keinen Grund, sich Hals über Kopf in Tatjana zu verlieben, so sehr, dass er eine Menge Blödsinn machte und sich manchmal selbst wie ein Affe vorkam. Er schenkte ihr Rosen, kaufte ihr Schmuck; sogar einen kleinen, wenn auch etwas klapprigen Wagen schenkte er ihr, nachdem sie einmal in einem Nebensatz bemerkt hatte, dass die Fahrten mit Bus und Bahn sie tödlich nervten.

Sie war immer nett zu ihm, aber Hoffnungen machte sie ihm keine. Und trotzdem war er davon überzeugt, dass sie seine Bestimmung war, und kämpfte um sie. Er wollte sie unbedingt haben. Aber Tatjana hatte andere Pläne und längst eine Annonce in einer amerikanischen Zeitung aufgegeben, worüber sie einen texanischen Rancher kennenlernte, zu dem sie schließlich zog. Ein paarmal schrieb sie Irina noch, erzählte vom gelobten Land und dass sie auf der Ranch sogar ein eigenes Flugzeug hätten.

Das war es dann. Jurij bildete sich ein, sie wäre wegen des Geldes fortgegangen. Hätte er ihr statt eines klapprigen Wolgas einen schicken Jeep kaufen können, dann wäre er Tatjanas Rancher geworden. Nie mehr wollte er zu wenig Geld haben, aber dafür durfte er nicht zimperlich sein. Er begann, auch für die Sicherheit von Unternehmen zu sorgen, die ihm keinen Auftrag erteilt hatten. Bezahlten sie seine Rechnungen nicht, dann geschah etwas Schlimmes, und bezahlten sie auch dann noch nicht, geschah etwas noch Schlimmeres. Irgendwann zahlten die Inhaber kleinerer und größerer Unternehmen dann doch, schlossen mit Jurijs Firma offizielle Verträge, fühlten sich endlich wieder sicher und waren es auch. Wladimir war dafür zuständig, dass jeder noch so kleinste Fehler bestraft wurde. Sie waren Senkrechtstarter im jungen Staat und hatten das Zeug dazu, eine Weltmacht zu werden.

So war das damals, genau so. Jurij trinkt den letzten Schluck kalten Kaffee. Frankfurt ist nicht die Welt, aber es ist ein Teil davon, und wenn Wiktor in Frankfurt Jurij bescheißt, dann ist klar, dass Jurij sich das nicht gefallen lassen wird. Er kann es sich nicht gefallen lassen. Ein Auftrag für Wladimir, nicht der erste, und Jurij dachte nicht daran, dass es sein letzter werden könnte. Frankfurt, München, Rosenheim, ein Abstecher nach Verona, dann weiter nach Berchtesgaden. Wann immer er aufs Handy schaute, sah er, wo sich Wladimir gerade befand, wenn er Wiktor und den beiden Weibern folgte. Und jetzt, seit Tagen, gar nichts mehr beziehungsweise immer derselbe Punkt auf demselben blöden Berg. Als hinge Wladimir, seine Wunderwaffe, sein Ziehsohn, seine rechte Hand, am Gipfelkreuz dieses Berges fest.

Genauso gut hätte der Mann ein Bigfoot oder ein Yeti sein können, aber Jurij findet, er ist ein Chewbacca, der von Luke Skywalker nach dessen letzter Landung auf diesem Planeten hier vergessen worden ist. Doch dem Chewbacca gefällt es nicht auf unserer Erde, und entsprechend kratzbürstig gibt er sich, als Jurij zur Tür hereinkommt. Jurij würde ihn gern zur Sau machen, denn er hasst es, herumkommandiert zu werden. Und daran, dass ihn der Chewbacca hierherkommandiert hat, gibt es nicht den geringsten Zweifel. Nur die körperliche Statur und die berufliche Stellung des zotteligen Beamtenwesens hindern Jurij daran, dem Chewbacca seine Meinung zu sagen. Stattdessen ringt er sich dazu durch, ihn mit einem unverfänglichen »*Dobryj den*, Jakow!« zu begrüßen, als er dessen Büro betritt. »Ich hasse es, in die Polizeizentrale zu kommen. Warum verlangst du das von mir?«, beschwert sich Jurij.

»Du machst dir zu viele Gedanken. Ist doch alles in Ordnung. Komm, lass uns einen Kaffee trinken.« Jakow steht auf und geht zur Tür. Als er Jurij passiert, tippt er sich mit dem Finger auf die

Lippen. Jurij versteht und folgt dem vollbärtigen Zwei-Meter-zehn-Mann schweigend.

Erst als sie auf der Terrasse eines nahen Straßencafés sitzen, beginnt Jakow wieder zu sprechen: »Weißt du, nichts ist mehr wie früher. Damals konnte man sich noch darauf verlassen, dass man vom KGB kontrolliert und abgehört wurde, und man wusste auch, was man machen musste, wenn sie einmal nicht jedes Wort verstehen sollten. Heute ist alles viel komplizierter. Du müsstest das eigentlich noch besser wissen als ich. Inzwischen werden wir doch schon von allen abgehört, die es sich leisten können. Nur deshalb wollte ich, dass wir uns treffen, daher auch die Vorladung in mein Büro. Somit gibt es nichts, woraus man mir einen Strick drehen könnte. Also kein Grund zur Aufregung, Jurij. Ich bin wie immer auf deiner Seite. Bevor du gehst, unterschreibst du noch ein Protokoll, und alles ist gut.«

Sie bestellen piwo, Bier.

»Weißt du, dass mein Computer im Vergleich zu früher heute fünfmal so lange braucht, um hochzufahren?«, fragt Jakow. »Die Prozessoren sind fünfmal so leistungsfähig wie früher, den Speicher habe ich verzehnfacht, aber warum braucht er nun länger als früher? Der Grund ist, dass mein Computer zuerst das Ausspähprogramm der Briten starten muss, dann das der Russen, der Deutschen, der Franzosen, der Amis, der Israelis und zum Schluss wahrscheinlich auch noch das der Österreicher. Man kann sie nicht einfach löschen, sonst werden die Lauscher sofort misstrauisch, verstehst du?«

»Okay, meinetwegen, aber jetzt wird uns doch keiner belauschen«, meint Jurij. »Also, was ist los? Spuck's schon aus.«

»Leider ist es etwas sehr Unangenehmes«, hört Jurij den Affenmenschen sagen und merkt, wie seine Hände plötzlich kalt werden. »Was hast du denn?«, fragt Jakow. »Du bist ja ganz grau im Gesicht.«

Jurij würde am liebsten davonlaufen. Flucht oder Angriff, große Mengen Adrenalin rücken in Stellung. »Nichts, schieß los«, fordert er Jakow mit einer fahrigen Handbewegung auf.

»Du hattest Wladimir nach Deutschland geschickt, richtig? Er sollte für dich etwas erledigen, ich ahne, worum es ging, aber das geht mich nichts an.« Jurij nickt, und Jakow fährt fort, nachdem die blonde, ein wenig pausbäckige Bedienung die zwei Biere gebracht hat. »Ich wurde von einer deutschen Polizeidienststelle befragt, ob wir hier in Kiew Wladimir und dich kennen.«

»Mich?«, fragt Jurij.

»Jurij, hör mir zu. Sie haben Wladimirs Leiche gefunden.«

»Du lügst, Jakow, du bist ein elender Lügner. Zuerst lässt du mich in deinem Büro antanzen, und jetzt belügst du mich auch noch!« Jurij brüllt wie ein Tier, das bereit ist zu sterben. Er tritt mit dem Fuß gegen den Tisch. Gläser, Aschenbecher, Tassen, alles fällt um, geht kaputt oder auch nicht, nicht einmal die Kellnerin interessiert sich dafür. Sie starrt wie gebannt auf Jurij.

»Bring mir eine Flasche Wodka, den billigsten, den du hast. Ich möchte Kopfschmerzen haben, wenn ich wieder aufwache«, sagt Jurij zu ihr, als er sich wieder etwas beruhigt hat. »Es tut so weh«, jammert er. »Wladimir, mein Falke, mein Bruder. Was waren wir zusammen, und was bin ich jetzt? Nicht einmal mehr die Hälfte meiner selbst. Wladimir, schau her zu mir, wenn die Popen recht haben und du nun durch den Himmel fliegst. Schau zu mir herunter und schäm dich dafür, dass du mich allein zurückgelassen hast.«

Jurijs Auftritt hat im Café im Handumdrehen für Ruhe gesorgt. Niemand sagt mehr ein Wort. Da packt Jurij Jakow am Kragen. »Das stimmt doch alles gar nicht, was du mir hier erzählst. Sag endlich die Wahrheit, du Hund. Ich weiß, dass du mich nur demütigen und verarschen willst. Los, sag schon, hab wenigstens dazu den Mumm, du Schlappschwanz.«

Das kann nicht gut gehen. Jedem Gast auf der Terrasse ist das sonnenklar. Auf der einen Seite der Putin-Verschnitt, sicher nicht unsportlich, aber dennoch ein Wicht, den die Natur nicht größer als einen Meter fünfundsiebzig werden ließ. Auf der anderen Seite Jakow, das Wesen aus einer fremden Galaxie, die bisher nur die Besatzung des Raumschiffs Enterprise gesehen hat. Zwei Meter zehn oder noch größer, behaart wie ein Affe und nicht ganz gerade, zumindest der Kopf im Verhältnis zum Hals, an dem sich der kleine Rüpel Putin jetzt zu schaffen macht.

Jeder sieht es kommen, dass die Sache nicht gut ausgehen wird.

Allerdings überrascht die Beobachter, dass es so lange dauert, bis sich abzeichnet, was genau passieren wird. Doch dann passiert es. Nach langem Warten, aber dafür umso heftiger, so als hätte sich erst eine Feder spannen müssen, bevor die Faust zuschlagen kann, erfolgt der Angriff. Und zwar in genau dem Ausmaß, das alle befürchtet haben.

Zu schwach sind Jurijs Hände, als dass sie Jakow daran hindern könnten, wie ein Klappmesser aufzuspringen und Jurij am Kragen zu packen. Jakow hebt ihn in die Luft und trägt ihn am ausgestreckten Arm vor sich her, bis er die Hausmauer erreicht, gegen die er Jurij presst. Erst als Jurij aufschreit, lässt Jakow ihn fallen, als hätte er plötzlich keine Lust mehr, ihn zu verprügeln und ihm wehzutun.

Jurij sinkt am Boden zusammen, heult wie ein Kind, dann schreit er: »Wo bleibt mein Wodka, ihr Arschlöcher, habt ihr Bohnen in den Ohren?«

Jakow geht in das Café und kommt kurz darauf mit zwei Trinkgläsern in der einen Hand und einer Flasche Wodka in der anderen zurück.

»Gib schon her!« Jurij reißt dem Yeti das eben gefüllte Glas aus der Hand und schüttet den Fusel in einem Zug in sich hinein. »Los, schenk nach, oder willst du einen alten Freund verdursten lassen?«

Jakow macht beide Gläser noch einmal voll. *»Budmo«*, sagt er. »Prost! Auf Wladimir! Auf die Katze von Olschowsk!«

»Und darauf, dass die Welt endlich untergehen soll!«, lallt Jurij.

Jakow hechelt nach Luft, gibt galaktische Grunzlaute von sich, und als er sich von der trinkglasgroßen Ladung ex getrunkenen Wodkas etwas erholt hat, sagt er: »Ich glaube, sie ist gerade untergegangen.«

Jurij streckt ihm sein Glas entgegen. »Noch mal«, grölt er.

Jakow zittert ihm mit der Flasche entgegen. Fünfzig Prozent vom ausgegossenen Wodka landen im Glas, der Rest auf Jurijs Kopf.

»Nicht mal zum Einschenken kann man dich gebrauchen«, schimpft Jurij. »Bevor die Welt untergeht, muss ich diesem Mörder, diesem Verräter, dieser Drecksau Wiktor noch alle Finger abschneiden! Ich muss ihm ins Knie schießen und ihm die Gurgel aus dem Hals reißen. Er ist schuld!«

»Wenn du das alles tun musst, musst du es tun. Aber helfen kann ich dir dabei leider nicht«, sagt Jakow.

»Und warum nicht? Ich dachte schon, wir werden Freunde. Du musst ihn ja nicht gleich umbringen, aber ins Knie könntest du ihn doch vielleicht schießen, oder ist das zu viel verlangt?«

»Im Moment schon. Und zwar aus mindestens zwei Gründen.«

»Was gibt es da für Gründe?« Jurij glotzt ihn empört an.

»Der erste: Ich muss jetzt kotzen.« Jakow dreht seinen Kopf zur Seite und übergibt sich. »Und der zweite: Wiktor kann nichts dafür. Wladimirs Mörder heißt Reichenberg, oder sollte ich besser sagen *von* Reichenberg?« Jakow beginnt zu lachen und kann gar nicht mehr damit aufhören.

»Was lachst du so blöd? Hör auf zu saufen, wenn du es nicht verträgst«, echauffiert sich Jurij.

»Oder sollte ich besser sagen *von* Reichenberg?«, wiederholt Jakow. *»Or should I say Doctor von Scott?«*

»Bist du jetzt total besoffen, oder was?«, stammelt Jurij.

»Or should I say Doctor von Scott? Or should I say Doctor von Reichenberg?«, sabbert Jakow vor sich hin. »Hast du denn nie die Rocky Horror Picture Show gesehen? Oder Dr. Seltsam, besser gesagt von Seltsam, diesen Arsch, der die Bombe liebte? *Or should I say Doctor von Reichenberg?* Hihihi.«

»Und dieser von Reichenberg hat Wladimir auf dem Gewissen?«, begreift Jurij nun endlich.

»Natürlich, dieser Faschist hat Wladimir umgebracht. Aber dem kannst du die Eier nicht mehr herausreißen, denn der ist schon tot, um nicht zu sagen von Tot. Hahaha.«

»Tot?« Es dauert, bis Jurij begreift, was der Polizist ihm erzählt hat. »Das ist jetzt aber blöd, wenn der tot ist. Irgendwer muss ja schließlich büßen. Irgendwer muss büßen, verstehst du?«, lallt Jurij, kippt zur Seite und beginnt fast augenblicklich zu schnarchen.

***

Es fällt Wiktor nicht leicht, aber er tut, was ein Mann tun muss, und begibt sich mitten in die Höhle des Löwen. Wen hätte er auch sonst schicken sollen, eine seiner Kolleginnen? Kann ich denn eine

Frau hinschicken und, während sie den Auftrag erledigt, draußen auf und ab tigern und mir das Hemd durchschwitzen?, fragt er sich. Nein, natürlich nicht. Was, wenn einer von ihnen etwas zustoßen sollte? Wenn Jurijs Schnappmesser ihnen irgendwelche unschönen Souvenirs bescheren sollte? Nein, das ist doch Quatsch. Damit würde er nicht leben wollen. Zunehmende Feigheit ist zwar eine lästige Begleiterscheinung des Alterns, aber so feige zu sein, eine Frau vorzuschicken? Nein, so weit ist er noch lange nicht. In zehn Jahren vielleicht, wenn er dann überhaupt noch lebt.

Er nimmt ein Taxi hinaus in das Gewerbegebiet im Rajon Dnipro am linken Flussufer und bittet den Taxifahrer zu warten. Ein kleiner Schutzversuch, wenn es denn überhaupt etwas gibt, was ihn schützen kann. Eine Waffe besitzt er nicht, nicht einmal eine winzig kleine. Aber er ist auch nicht so blöd zu glauben, er käme mit ihr zu Jurij durch und sie könnte ihn irgendwie beschützen. Zudem würden seine Hände, wäre er nicht ein Meister der Selbstbeherrschung, wenn es darauf ankommt, sowieso zittern wie die Blätter der Silberpappeln in den Wäldern seiner Kindheit, die schon bei leichtem Wind wie tausend Spiegel im Sonnenlicht aufblitzten. Nur das Schwitzen kann er auch mit noch so viel Willenskraft nicht verhindern. Er muss inzwischen stinken wie ein Mann, der sich vierundzwanzig Stunden oder länger nicht gewaschen hat. Jurij wird es merken und sicher nicht glauben, dass er ein Mann ist, der sich nicht wäscht. Er kann Jurij einfach nichts vormachen. Jurij wird seine nackte Furcht riechen, die ihm in den Eingeweiden sitzt und seine Knochen zum Klappern bringt wie ein altes Schlossgespenst. Wie viel weiß Jurij? Das ist die zentrale Frage. Was hat Jurijs Killer über sie herausgefunden, was hat er seinem Herrn und Meister an Informationen beschafft, und was weiß Jurij über dessen Schicksal? Wladimir hieß der Kerl, natürlich hat Wiktor sich seinen Namen gemerkt. Keiner von ihnen hat ihm etwas angetan, sie haben ja nicht einmal gewusst, dass er sie verfolgt. Erst als er schon tot war, haben sie davon erfahren. Und sie haben nichts mit seinem Tod zu tun, gar nichts. Aber ob Jurij ihm das glauben wird? Was weiß er, was glaubt er? Wiktor wird es nicht erfahren, wenn er jetzt nicht seinen Mumm zusammennimmt und aus dem Licht, in dem er gerade noch vorgibt, sich zu sonnen, hinaustritt und in den Schatten geht, den das alte Industriegebäude wirft, in dem Jurij, ganz Understatement, residiert.

Da der Taxifahrer ihn schon seltsam mustert, überwindet er sich und tut diesen Schritt, auch wenn er gerade das Gefühl hat, einen akuten rheumatischen Anfall zu erleiden. Seine Knie wollen ihm nicht mehr gehorchen. Das rechte Bein schnalzt weg, als wäre eben sein Kreuzband gerissen, und sein Knie schlackert unkontrolliert.

Wann immer es um menschliche Konflikte geht, nützt das Grübeln einer Person allein rein gar nichts. Man kann nichts wirklich wissen, wenn man nicht mit dem anderen spricht, den die Sache mindestens genauso viel angeht wie einen selbst. Es ist der einzige Weg, auch wenn der Angst noch ganz andere Dinge einfallen, die man stattdessen tun könnte, das weiß Wiktor. Er redet sich gut zu, all das, was er über Krisenpläne und Konfliktbewältigung gelernt hat, auch umzusetzen. Du kannst nicht wissen, was er alles weiß und was er über die ganze Sache denkt, wenn du nicht hingehst und ihn danach fragst, sagt er sich. Das ist die eine Seite, die intellektuelle, die klugscheißerische. Die andere ist die vegetative, die hosenscheißerische. Seine Intuition schreit nur eines, zwar in verschiedenen Wörtern und Sprachen, meint damit aber ein und dasselbe, und Wiktor hört es nur zu gut: FLUCHT! DANGER! ACHTUNG! ACHTUNG!

Endlich ist er so weit, den Türgriff am Eingang des niedrigen Bürogebäudes zu berühren, und stellt fest, dass er anscheinend unter Strom steht. Er produziert kleine Entladungen, die in seiner Handfläche explodieren. Wie gern würde er jetzt seine Hand fortziehen und zurück zum Wagen laufen, aber was soll dann der Taxifahrer von ihm denken? Und auch ein paar Stunden später wird es nicht gerade leichter sein. Nein, es wird ganz bestimmt nicht leichter. Du weißt nicht, was dich erwartet, aber du wirst es bald wissen, sehr bald, redet er sich gut zu. Außerdem bringt man doch nicht mitten am Nachmittag jemanden um, während das Taxi noch auf den Fahrgast wartet. Nein, nicht mal im Kiewer Rajon Dnipro am linken Flussufer macht man das. Oder doch?

Die Tür ist nicht abgesperrt, also tritt Wiktor ein, ohne zu klingeln, wie beim Zahnarzt. Als er bei Import-Export im ersten Stock auf den Klingelknopf drückt, öffnet sich die massive Stahltür, die wahrscheinlich schusssicher ist. Geht die Tür automatisch auf, oder hat jemand den Öffner gedrückt? Wiktor lauscht, die offene Tür in der Hand. Am Ende des Ganges erscheint ein stämmiger, kleiner, asiatisch aussehender Kerl, Typ mongolischer Ringer. Er trägt einen altmodischen royalblauen Anzug und ein helles Hemd ohne Krawatte und zeigt auf die Tür zu Jurijs Büro. Wiktor kennt die Tür und Jurijs Büro. Vor ihrem Flug nach Frankfurt war er zum letzten Mal hier und hat aus Jurijs Hand die Blüten in Empfang genommen und seinen Anweisungen gelauscht. Damals hat ihn Jurij so eindringlich vor Verrat gewarnt, dass Wiktor allein bei der Erinnerung daran erschauert. Aber hat er jemanden verraten? Hat er Jurij verraten? Nein, das hat er eindeutig nicht, das weiß er ganz sicher. Und die Sache mit dem Killer? Damit hat er nichts zu tun. Die Frage ist nur, ob Jurij ihm das abnimmt.

Wiktor klopft an die Tür. Nichts. Er wartet. Hat er Jurijs »Herein« überhört? Hat sich seine Angst jetzt schon auf die Ohren geschlagen? Was soll er tun? Einfach die Tür aufmachen, ohne die sichere Aufforderung dazu vernommen zu haben? Aber manche Leute werden regelrecht fuchsteufelswild, wenn jemand es wagt, in ihr Büro zu trampeln, wenn man ihm durch ein nicht erteiltes »Herein« doch ziemlich eindeutig zu verstehen gegeben hat, dass er draußen bleiben soll. Wiktor klopft noch einmal. Wieder keine Antwort. Wo ist dieses Schlitzauge? Könnte der Typ sich vielleicht einmal um den Besucher des Hauses kümmern? Man möchte doch meinen, das sollte zu seinen Kernkompetenzen als Privatsekretär und Diener gehören. Aber er lässt sich nicht blicken. Beim letzten Anklopfen hat Wiktor besonders intensiv gelauscht und kann jetzt ziemlich sicher behaupten, dass niemand »Herein« gerufen hat. Vorsichtig drückt er die Klinke hinunter. Wieder taucht am Ende des Ganges der Ringer auf. Er hält es nicht für nötig, das Wort an ihn zu richten, macht aber eine eindeutige Handbewegung, die Wiktor folgendermaßen interpretiert: Geh endlich rein, was stehst du immer noch vor der Tür herum, du Idiot? Na gut, er hat ihn überredet. Wiktor drückt die Klinke bis unten durch, öffnet die Tür und macht sie hinter sich wieder zu. So muss er die Visage dieses breitbeinigen Stummfischs wenigstens nicht länger ertragen.

Und dann atmet Wiktor erst einmal auf. Das Büro ist leer, Jurij ist nicht da. Fast hüpft Wiktors Herz vor Freude, vielleicht kommt er ja noch einmal davon, es würde ihm gar nichts ausmachen, den Weg noch einmal auf sich zu nehmen. Ist doch keine Strecke hier heraus, nicht der Rede wert. Wahrscheinlich lohnt es sich gar nicht, sich zu setzen und auf Jurij zu warten. Das Geld, das er in einem Packen um den Bauch geschnallt bei sich trägt, das kann er allerdings nicht hierlassen, das muss er beim nächsten Mal persönlich übergeben. Aber warum schickt ihn der Mongole ins Büro, wenn Jurij doch gar nicht da ist? Wiktor setzt sich in den tiefen Besuchersessel und verschwindet darin fast wie eine kleine Babuschka in ihrem Ohrensessel. Aus diesem Sessel entkommst du nicht, zumindest nicht besonders schnell, denkt er. Und genau in diesem Moment hört er das Knurren.

Ein tiefes, volltönendes Knurren, das auf einen massiven Resonanzkörper und circa einen guten Zentner Lebendgewicht schließen lässt. Stocksteif verharrt Wiktor in seinem Sessel, wagt aber einen Blick unter den Schreibtisch, wo er ein weißes Monster mit fünfundsiebzig Zentimetern Schulterhöhe, Triefaugen und einem rosa eingefärbten Schnäuzchen erwartet und auch tatsächlich sieht. Die weiße Dogge, deren Name ihm bereits entfallen war, als Jurij ihn genannt hatte. Oder hatte er ihn gar nicht erwähnt? Wiktor sieht sich im Zimmer nach einer Waffe um. Ganz langsam, um das Tier nicht zu provozieren, greift er mit der rechten Hand nach Jurijs Schreibtisch und rollt sich eine Autozeitung zu einem flexiblen Knüppel zusammen. Die linke Hand zieht er währenddessen in den Jackenärmel ein wie ein Einsiedlerkrebs seine sechs Beine. Ein Hund, der knurrt, beißt nicht, denkt Wiktor, er kommuniziert nur.

Wiktor entschließt sich zu einer beschwichtigenden Vorgehensweise. »Ich will keinen Ärger mit dir, alter Kumpel«, sagt er, aber entweder kommt die Botschaft falsch an, oder Jurijs Dogge gefällt die gewählte Anrede nicht. Blitzschnell setzt sie zum Sprung an, und die nur mittlere Schulterhöhe erweist sich als völlig irrelevant. Die Bestie springt mit den Vorderpfoten einfach auf den Babuschkasessel und sieht mit ihrem dicken Kopf und den hängenden Augenlidern auf Wiktor herunter. Die Kommunikation hat sich schlagartig verändert, aus dem verhaltenen Knurren ist ein wütendes Kläffen geworden. Zwischen dem Gesicht des Tieres und Wiktor herrscht ein lächerlicher Sicherheitsabstand von unter dreißig Zentimetern, und bei so einem Köter sind dreißig Zentimeter Abstand zur eigenen Nase kaum mehr als die Dicke des Negligés, das Sophie Marceau trug, als ihr Pierce Brosnan alias James Bond 007 begegnete. Wiktor hat nur einen Gedanken: Mit dem linken Arm, dem linken Arm, dem linken Arm! Eine Minute, zehn Minuten oder Stunden. Die Zeit spielt keine Rolle, nur der Blick aus diesen wässrigen Augen. Wiktor hat das Gefühl, dass nicht nur er, sondern auch alles um ihn herum erstarrt ist. Sogar die Staubkörner in den schräg durch die Jalousien fallenden Sonnenstrahlen haben aufgehört zu tanzen und stehen wie eingefroren im Halbdunkel des Zimmers.

»Fass«, hört Wiktor plötzlich jemanden zischen und reißt im selben Moment seinen linken Arm nach oben. Und statt in sein Gesicht oder in seine Kehle bohren sich die Zähne dieses Scheißköters in seinen linken Unterarm.

»Du Idiot, du Arschloch, du blöde Sau, du bist tot!«, schreit Wiktor und versucht, dem Hund in die Eier zu treten. Der Erfolg ist mäßig.

»Aus und Platz!« Jurij tritt aus einer Nische heraus ins Zimmer. Der Hund lässt von Wiktor ab, winselt noch einmal kurz und verpisst sich dann wieder unter den Schreibtisch, lässt Wiktor aber keine Sekunde aus den Augen. Fast kommt es Wiktor so vor, als sehne der Köter noch einmal das Kommando »Fass!« herbei.

»Wer ist ein Arschloch, und wer ist tot?«, will Jurij wissen.

»Du bist es, du Arsch! Wenn du nicht weißt, wie man mit einem Hund umgeht, solltest du dir keinen anschaffen.«

»Du bist ein Maulheld, Wiktor. Wer sollte dich schon ernst nehmen? Du Mini-Ganove. Nach dir wird kein Hahn krähen, niemand wird dir eine Träne nachweinen. Der Einzige, dem etwas daran liegt, dass du nicht gleich stirbst, bin ich. Allen anderen bist du gleichgültig, oder glaubst du vielleicht, deine Weiber werden mit roten Nelken in der Hand zu deiner Beerdigung kommen? Ich sage dir eins: Niemand wird kommen, nur ich. Ach ja, und noch jemand würde vielleicht auch gern kommen, er sieht dir sogar ein bisschen ähnlich und arbeitet in einer Kneipe. Ich werde mir noch überlegen, ob er dir die letzte Ehre erweisen darf. Dass du mich belogen hast, das könnte ich dir vielleicht noch vergeben, aber du hast Wladimir auf dem Gewissen, und das ist unverzeihlich. Du wirst sterben, sehr bald und sehr langsam«, sagt Jurij.

Ich habe es gleich gewusst, denkt Wiktor. Dieser Killer, Jurijs Lakai, den ich nicht einmal gesehen habe, um den geht es. Seinetwegen soll ich über die Klinge springen. »Was geht mich dein Knecht Ruprecht Wladimir an? Er hat mich verfolgt, wollte mich wahrscheinlich sogar umbringen und hat sich dabei so dumm angestellt, dass ihn dein anderer Spießgeselle mit dem Rattengesicht wie eine reife Pflaume hat nach unten sausen lassen. Ein bisschen arg weit nach unten, okay, aber Fakt ist, dass ich nichts damit zu tun habe. Wenn du einen Schuldigen suchst, dann musst du in den Spiegel sehen«, sagt Wiktor. »Du bist doch nur deshalb so sauer, weil dir das selbst längst klar geworden ist.«

»Ich bin sauer, weil du mich beschissen hast und weil du meinen besten Mann auf dem Gewissen hast. Und dafür wirst du zahlen. Es gibt nur einen Grund dafür, dass dich mein Hündchen noch nicht zerfleischen durfte. Ich weiß, dass du in diesem bayerischen Dorf ein ziemlich großes Ding gedreht hast. Du brauchst es gar nicht zu leugnen, Wladimir hat mir alles haarklein berichtet. Sogar ein Foto von eurer Karte hat er mir zugeschickt.«

»Aber das wird dir nichts nutzen. Gar nichts«, sagt Wiktor. Er greift unter seinen Pulli, öffnet den Gürtel mit dem Bargeld und wirft ihn Jurij auf den Schreibtisch. »Hier hast du das Doppelte von dem, was dir zusteht.«

Jurij legt den Gürtel mitsamt dem Geld in eine Schublade seines Schreibtischs. »Was soll ich damit? Ich hab genügend Geld. Du hast meinen besten Mann auf dem Gewissen, das kann man mit Geld nicht wiedergutmachen. Außerdem hast du mich belogen, betrogen und bestohlen. Ich habe dir vertraut, und du bist mir in den Rücken gefallen. Das kann ich nicht zulassen, das verstehst du doch? Auch mein Hündchen hasst Untreue und Verrat. Fass!«

Wie eine Muräne schießt Jurijs Hund wieder unter dem

Schreibtisch hervor und fliegt Wiktor entgegen, um sich in seinem Arm – oder was immer er erwischt – zu verbeißen. Auch wenn es nicht zu erkennen war, so hat Wiktor doch die ganze Zeit damit gerechnet, dass dieser Scheißköter wieder auf ihn losgehen würde. Er denkt an seine Ausbildung beim Militär, greift blitzschnell nach seiner Lederjacke und hält einen Ärmel vor die Schnauze des angreifenden Hundes. Als die Schnauze im Ärmel steckt, wirft Wiktor die Jacke über die Augen und den Kopf des Hundes und zieht den anderen Ärmel um seinen Hals, sodass der Kopf der Dogge verdreht ist und die Jacke ihre Augen verdeckt. Wiktor wehrt den Hund ab, packt ihn am Kopf und wirft ihn auf den Boden, um ihn zu würgen.

Aber es war naiv, zu denken, dass er den Hund so unter Kontrolle bekomme. Die Dogge dreht sich, versucht, nach hinten auszubrechen, kratzt und beißt so lange, bis sie sich befreien kann und sich wieder unter den Schreibtisch verzieht. Wiktor hört Jurij etwas zu dem Vieh sagen. Es klingt wie »Braver Hund« oder so ähnlich.

Kurz kann Wiktor aufatmen, aber er denkt nicht, dass der Hund aufgeben wird. Auf dem Schreibtisch liegt ein Brieföffner, doch bevor Wiktor nach der spitzen Stahlklinge greifen kann, sieht er die Dogge schon wieder in der Luft. Diesmal springt sie vom Schreibtisch aus genau auf ihn zu. Ein Blick zu Jurij, und Wiktor sieht, dass sich seine Lippen bewegen, kann aber nicht hören, was er sagt. Dann vor seinem Gesicht die Pfote des Hundes, die ihn treffen wird wie der Kinnhaken eines Boxers.

Gleich wird er mich beißen, in den Hals, ins Gesicht, egal wohin, aber er wird mir die Haut zerreißen, denkt Wiktor. Was hat Jurij nur dem Hund zugerufen? Das hätte er wirklich gern gewusst.

Ein Hund, was ist schon ein Hund?, denkt Wiktor. Aber eigentlich müsste er denken: Ein Hund, was ist schon ein Hund, der gerade auf mich zufliegt, vierzig Kilo auf die Waage bringt und dessen rechte Pfote noch dreißig Zentimeter von meinem Kinn entfernt ist?

In Wiktors Leben gab es schon einige Momente, die gefährlich waren. Objektiv betrachtet vielleicht sogar gefährlicher als der, den er gerade durchlebt. Etwa die Strahlenbelastung, als er mit seinem Hubschrauber tonnenweise Bor und Sand über dem Höllenfeuer des Reaktors abwerfen musste. Oder die Sekunden, als der vor ihm fliegende Hubschrauber den Ausleger eines Krans streifte und zuerst wie eine Rakete nach oben stieg, bevor er sich zur Seite legte und knapp an seinem eigenen Hubschrauber vorbei in die Tiefe stürzte. Oder als ein Mudschahed eine Stinger-Rakete auf seinen Hubschrauber abschoss und er nur gerettet wurde, weil die Stinger im letzten Moment von den heißen Abgasen eines Lkws abgelenkt wurde. So musste der Lkw, der gerade über eine Brücke fuhr, über der Wiktors Hubschrauber schwebte, an seiner Stelle dran glauben. Und natürlich das Erdbeben in der Höhle im Göll, das er beinahe verschlafen und dann fast mit einem Start der Aggregat-10-Rakete verwechselt hätte.

Alles war schlimmer als die auf ihn zurasende Hundepfote mit dem ihr folgenden Hund, und trotzdem erscheint ihm diese Situation um Welten bedrohlicher.

Alles passiert so schnell und doch wiederum so langsam. Schnell sind die Erinnerungen, so schnell, dass sie sich für Wiktor ganz unwirklich anfühlen. So als gehörten sie zu jemand anderem, nicht zu ihm. Es sind viele Erinnerungen, und trotzdem ist die Hundepfote in der Zwischenzeit kaum einen Zentimeter näher gekommen. Immer noch fliegt der Hund durch die Luft, immer noch hält er seine Pfoten weit von sich gestreckt und zielt damit auf Wiktor wie ein Geschoss. Als ob die Zeit klemmte, als holten Gravitation und Trägheit Luft. Am liebsten wäre es ihm, der Film würde nie enden und der fliegende Hund ihn nie erreichen. Die Erinnerung besteht aus so vielen Episoden, aber sie folgen einer schönen Ordnung, findet Wiktor, selbst wenn diese nicht streng chronologisch ist. Ein bisschen scheint alles durcheinandergewürfelt, doch Wiktor stört sich nicht daran.

Wie schön es gewesen war, als er merkte, dass Ilona sich in ihn verliebt hatte. Er sieht ihre weiße Haut vor sich, die zum Vorschein kam, als er ihren Bikini zur Seite schob, um sie dort zu küssen, und sie es sich einfach gefallen ließ. Er schielte nach oben und sah ihre Lippen lächeln oder genießen, auf alle Fälle hatte sie nichts dagegen und das »Nicht doch!«, das sie eine Minute vorher noch gehaucht hatte, zählte nicht mehr. Es dämmerte schon, und sie lagen immer noch am Dnjepr. Die Freunde waren längst fort, doch Ilona war bei ihm geblieben. Er küsste sie. Zuerst nur auf die Haut, später auch auf die Lippen, und seine Hand zitterte, als er ihre Brust berührte. So weich fühlte sie sich an, so verletzlich. Er wollte sie niemals verletzen, niemals im Stich lassen. Ilona war seine große Liebe. Es gibt sie nicht oft im Leben, in manchen Leben gar nicht, doch Wiktor hat sie erlebt, und eigentlich hätte es ihm nichts ausgemacht, so denkt er jetzt, wenn er sie nicht überlebt hätte. Immer dachte er, er wäre derjenige, der zuerst an Leukämie sterben würde, sollte auch Ilona daran erkranken, dann wäre er schon längst tot. Damit hätte er sich abfinden können. Nach dem Einsatz am Reaktor hatte er gekotzt und gekotzt. Tage danach fing das Bluten an. Zuerst das Zahnfleisch, später quoll das Blut auch neben den Fingernägeln hervor, und noch später drang es einfach durch die Haut, als wäre eine Imprägnierung undicht geworden. Doch irgendwann hörte das Bluten dann wieder auf. Er hatte Glück gehabt. Mehr als viele seiner Kameraden. Irgendwie hatte er es geschafft und war fast wieder gesund geworden. Und dann erwischte es Ilona. Wieso sie? Sie war stark, versprach ihm, nicht aufzugeben. Wiktor glaubte ihr bis zum Schluss, als ihr Mund ausgetrocknet war und sie die Worte nur noch hauchen konnte. Bis er sah, wie das letzte Abschiedslächeln langsam aus ihrem Gesicht verschwand, ihre Haut fahl wurde. Erst da wurde ihm bewusst, dass er sie nun mindestens sein restliches Leben lang nicht mehr sehen würde, wenn nicht sogar noch länger.

Wie Wiktor es vorausgeahnt hat, trifft die linke Vorderpfote des Hundes sein Kinn. Durch die Wucht des Hiebes fährt sein Kopf zur Seite, und er sieht das weit aufgerissene Maul mit den für das Zerreißen von Fleisch und Haut durch Züchtung optimierten Zähnen wie in Zeitlupe an sich vorbeifliegen. Dann hört er wie in den Schalldämpfer einer Jazztrompete hineingesprochen ein einziges Wort. Es heißt: »Aus!«

Das Wort kommt von Jurij, er hat es sich im letzten Moment anders überlegt. Vielleicht will er ihn noch ein bisschen quälen, aus Rache für Wladimirs Tod. Oder er möchte mehr darüber erfahren, was in Berchtesgaden passiert ist, was es dort zu tun oder zu entdecken gab, das von so großer Bedeutung ist, dass er, Marjana und Luba bereit waren, ihr Leben dafür aufs Spiel zu setzen. Jurij kann viele Gründe für sein Verhalten haben, nur einen schließt Wiktor mit Sicherheit aus: Gnade. Aber Gnade braucht er auch nicht. Er muss nur noch ein paar Minuten überleben, lange genug, um Jurij seine Police vorzulegen. So nennt er für sich die zerschnittenen Euroscheine, von denen er ein Bündel in seiner Jackentasche hat und die er Jurij vor die Füße werfen wird, sobald er die Gelegenheit dazu hat.

»Glück gehabt«, sagt Wiktor endlich und muss vor Erleichterung genau jetzt sein breitestes Grinsen aufsetzen. Der hässliche Hund verschwindet wieder winselnd unter dem Schreibtisch. Vielleicht ist das Hundchen traurig darüber, dass es nun doch nicht zubeißen durfte, oder es hat Angst, dass es seine Sache nicht gut gemacht hat und deshalb gleich Prügel beziehen wird.

»Es kommt dir nur so vor, als hättest du Glück gehabt. Nicht mehr lang, dann wirst du hoffen, er hätte zugebissen. Nein, von Glück kann wirklich keine Rede sein«, sagt Jurij.

»Ich spreche doch nicht von mir«, sagt Wiktor. »Du hast Glück gehabt!« Er lächelt immer noch dümmlich.

»Bist du blöd?«, fragt Jurij. »Was für eine Frage! Natürlich bist du blöd, sonst hättest du mich erst gar nicht beschissen. Aber ich bin auch blöd, weil ich nicht schon am Anfang gemerkt habe, dass ich es mit einem Verrückten zu tun habe. Fährt mit zwei Frauen nach Frankfurt, klaut erst Blüten und beklaut anschließend mich. Du hast doch gewusst, dass du das nicht überleben wirst! Ich überlege, ob ich dir die Kehle durchschneide, dich erschieße, nachdem ich dir vorher Zähne und Fingernägel ausgerissen habe, und du sagst mir, dass *ich* Glück hatte?«

»Du hast Glück, dass ich noch lebe. Denn hätte mich dein Scheißköter umgebracht, dann gäbe es jetzt niemanden mehr, der dich noch retten könnte.« Wiktor greift in die Jackentasche, zieht eine Handvoll Geldscheine heraus und wirft sie Jurij vor die Füße.

»Da scheiß ich mir doch glatt gleich in die Hose! Glück gehabt, dass mich Wiktor, der Boss aller Bosse, nicht mit aus dem Grab steigender schwarzer Hand zu sich ins Jenseits zieht? Was willst du mit den paar Scheinen, etwa mich kaufen? Aber so naiv bist doch nicht einmal du, oder?«

»Schau sie dir genauer an.«

»Zerschnittene Geldscheine, was soll denn das?«, fragt Jurij. »Sollen wir jetzt Puzzle spielen? Ach, jetzt sehe ich es. Da hast du eine Botschaft draufgeschrieben: ›10 Millionen für Jurijs Eier. Kontaktaufnahme über Bitcoin-Adresse 1AaYW2ibLosfemG8S-M5VFVXUZzoj7ieoXo ‹. Aber die Idee ist gar nicht mal schlecht. Bevor ich dich umbringe, schneide ich *dir* die Eier ab, und dann wirst du zusehen, wie mein Hund sie auffrisst. Er macht einmal schnapp, und weg sind sie. Okay, ich bin ja kein Spielverderber. Jetzt erzähl mir doch bitte, womit du mir Angst machen willst.«

»Ausnahmsweise geht's mal nicht um dich, sondern um mich. Du sollst kapieren, dass du dir genauso gut ins Knie schießen kannst, wenn du mich nicht in Ruhe lässt. Tut beides ungefähr genauso weh.«

»Und weiter? Du beginnst mich zu langweilen. Jetzt erzähl schon, es geht schließlich um dein Leben.«

»In den Alpen, wo dein Wachhund Wladimir abgestürzt ist, haben wir einen Coup gelandet, der uns reicher gemacht hat als Rockefeller, Paul Getty und die Waltons zusammen. Wir haben die Quelle des unerschöpflichen Reichtums angebohrt und ausgesorgt. Unser einziges Problem bist du und wie wir dich unter Kontrolle halten. Wenn du mich nicht laufen lässt, wird also Folgendes passieren. Die halben Fünfhundert-Euro-Scheine mit der Botschaft werden zu Dutzenden in der Ukraine, in Tschetschenien und Russland verteilt werden. Die Leute werden verrückt nach den Scheinen sein. Sie werden sich in Cafés treffen und sich in Internetforen austauschen. Jeder, der einen halben Schein gefunden hat, muss einen zweiten halben finden, um den Schein bei einer Bank einlösen zu können. Das wird für die nötige Popularität des von uns ausgelobten Preises für deine Eier sorgen. Über das Bitcoin-Protokoll kann jeder, der dein Vollstrecker werden will, zu uns Kontakt aufnehmen, ohne seine Anonymität aufgeben zu müssen. Wir zahlen sogar in Bitcoins, sodass jeder Beteiligte unerkannt bleiben kann. Verstehst du jetzt?«

»Okay, aber so etwas Blödes wie diesen Plan habe ich noch nie gehört. Du hast drei ganz wichtige Dinge vergessen, die du immer beachten musst, wenn du planst, dich mit der Mafia einzulassen. Erstens: Und wenn alle Atomraketen der Welt auf seinen Wohnwagen gerichtet sind, der Boss hat niemals Angst. Ein Mafiaboss, der Angst hat, erlebt den nächsten Morgen nicht. Verstehst du? Zweitens: Und wenn du hundert Millionen versprichst. Mit der Mafia wird sich niemand anlegen. Und wenn doch, dann ist er tot, bevor er Piep sagen kann. Und schließlich drittens: Drohe niemals einem Mafiaboss, denn sein Arm ist länger als die Transsibirische Eisenbahn. Aber vielleicht hast du noch eine klitzekleine Chance. Vielleicht nämlich habe ich Interesse an dieser Quelle des Reichtums in den Alpen. Vielleicht aber auch nicht. Also, mach's gut.«

Als Wiktor aufsteht, beobachtet der Hund seinen Herrn, wittert seine Chance, Wiktor doch noch die Haut zu zerfetzen, aber Jurij gibt nicht das ersehnte Kommando.

»Braves Hündchen«, sagt Jurij zärtlich, »aber vielleicht ein andermal.« Er steht nun ebenfalls auf, macht zwei Schritte in Richtung Tür, dann dreht er sich wie ein Derwisch um und schreit: »Fass!«

***

Das Telefon klingelt, und Marjanas Gefühl sagt ihr, dass Unglück ins Haus steht. Sie hebt den Hörer ab, und ein Jakow Irgendwer meldet sich und schiebt nach der Nennung seines Namens hastig hinterher: »Kripo Kiew, Gewaltverbrechen und organisierte Kriminalität.«

Alle möglichen Gedanken schießen Marjana durch den Kopf. Die Polizei ist ihr, Luba und Wiktor auf die Schliche gekommen, sie werden sie verhaften, das ganze Geld und Gold beschlagnahmen, und dann wird man sie einsperren. Scheiße, denkt sie. Scheiße!

»Frau Dr. Luschenko? Sind Sie noch dran?«

»Ja, ja«, versichert Marjana. »Worum geht's denn?«

»Wir ermitteln in der Sache Wiktor Owtscharow«, sagt Jakow.

Marjana wird schwarz vor Augen. Nur jetzt nicht verdächtig machen, ist ihr erster Gedanke. »Und was bedeutet das?«, fragt sie wie unter Hypnose. »Warum rufen Sie mich überhaupt an?«

»Er hat Sie als enge Freundin angegeben.«

»Na ja, enge Freundin, also, das würde ich jetzt so nicht sagen. Wiktor ist … also, Wiktor ist … Nun, er ist eigentlich nicht das, was man einen engen Freund nennt«, bemüht sich Marjana um Richtigstellung. Oh Gott, denkt sie, was rede ich hier nur?

»Aber Sie kennen Wiktor Owtscharow?«, fragt Jakow.

»Sicher kenne ich ihn. Aber zwischen ›jemanden kennen‹ und ›jemandes Freund sein‹ ist ja wohl noch ein himmelweiter Unterschied. Wiktor und ich hatten sogar schon das zweifelhafte Vergnügen, gemeinsam zu verreisen. Aber als einen Freund, also einen Freund im eigentlichen Sinn, nein, so würde ich ihn nicht bezeichnen. Wiktor Owtscharow ist eher ein Bekannter, vielleicht sogar ein guter Bekannter, aber kein Freund. Warum rufen Sie jetzt noch mal an?«

»Weil er ins Krankenhaus eingeliefert wurde. Er hat angegeben, dass wir seine Freundin Marjana, also Sie, informieren sollen.«

»Ins Krankenhaus, sagen Sie? Ist Wiktor denn etwas passiert? Ein Unfall?«

»Wenn wir von einem Unfall ausgingen, würde nicht ich die Sache bearbeiten, wie Ihnen vielleicht klar sein dürfte.«

»Natürlich, natürlich. Aber jetzt sagen Sie doch endlich, was passiert ist! Das ist ja zum Mäusemelken, wie Sie hier herumdrucksen.«

»Ihr Freund – oder Bekannter – Wiktor ist Opfer eines Angriffs geworden.«

»Eines Angriffs? Oh Gott! Aber Sie glauben doch nicht, *ich* hätte etwas mit dem Angriff zu tun?«

»Haben Sie einen Hund?«, fragt Jakow.

»Ich habe weder einen Hund noch eine Schildkröte oder einen Ehemann. Und soll ich Ihnen etwas sagen, Herr Inspektor? Nichts von alldem hat mir in meinem bisherigen Leben auch nur eine Sekunde gefehlt. Also bitte, hören Sie mit der Geheimniskrämerei auf und sagen Sie mir klipp und klar, was passiert ist.«

»Herr Owtscharow wurde gestern durch einen Hundeangriff

schwer verletzt in der Nähe des Hauptbahnhofs aufgefunden. Es sieht so aus, als hätte die Mafia etwas damit zu tun«, sagt Jakow.

»Was soll denn das schon wieder heißen? Wie sieht es denn aus, wenn es so aussieht, als hätte die Mafia etwas damit zu tun? Außerdem würde mich nun wirklich brennend interessieren, was Wiktor passiert ist, ob er verletzt ist, meine ich. Auch wenn er nicht mein Freund ist, ist mir sein Schicksal doch nicht völlig gleichgültig«, sagt Marjana.

»Nun gut. Herr Owtscharow wurde also gestern in die Unfallklinik eingeliefert. Er wies Bisswunden auf, die vermutlich von einem Hund stammen, und wurde noch am selben Tag operiert. Heute geht es ihm schon besser. Den Umständen entsprechend eben.«

»Gott sei Dank! Ein Hundeangriff also? Aber warum denken Sie, dass die Mafia dahintersteckt? Es wäre mir wirklich neu, dass Wiktor etwas mit der Mafia zu tun hätte.«

»In dieser Hinsicht sind wir uns noch nicht sicher, und Herr Owtscharow zeigt sich nicht sehr gesprächig. Aber in letzter Zeit häuft sich diese Art von Unfällen, und wir haben Grund zur Annahme, dass Hunde verwendet werden, um entweder die Preisgabe von Informationen zu erpressen oder Personen einzuschüchtern und gefügig zu machen. Wissen Sie vielleicht etwas, was uns in dieser Sache weiterbringen könnte?«

»Was sagt denn Wiktor zu dem Unglück?«, fragt Marjana.

»Das ist es ja eben. Er sagt gar nichts oder macht nur vage Andeutungen, die uns nicht weiterbringen.«

»Nun, leider weiß ich nichts, was Ihnen helfen könnte, da bin ich mir ganz sicher. Wiktor war doch Pilot. Hat er nicht sein Leben fürs Vaterland aufs Spiel gesetzt? Dass er irgendwas mit der Mafia zu tun hat, das kann ich mir nun wirklich nicht vorstellen. Ich denke, Sie kombinieren da Dinge, die in Wirklichkeit nichts miteinander zu tun haben. Wie schwer ist er denn verletzt?«

»Er wird es überleben.«

»Kann ich ihn im Krankenhaus besuchen?«

»Natürlich. Wir werden doch nichts dagegen haben, dass Sie Ihren Bekannten besuchen. Sollte er Ihnen gegenüber etwas äußern, ich meine, obwohl er doch lediglich Ihr Bekannter ist …«

»Dann gebe ich Ihnen sofort Bescheid, das ist doch selbstverständlich.«

***

»Ich hab gar nichts gemacht«, antwortet Wiktor, als ihn Marjana im Krankenhaus fragt, was er denn schon wieder angestellt habe. Dabei platziert sie einen Strauß bunter Sommerblumen in einer mit Jagdszenen bemalten Porzellanvase auf das Tischchen neben seinem Bett. Die Vase sieht aus, als entstamme sie dem Erbe der Romanows. Auf Wiktors rechter Wange klebt ein dickes Pflaster, an der Stirn hat er blutige Kratzer, ein Mundwinkel ist aufgerissen. Die eine Hand ist komplett verbunden, die andere schimmert lila. Ein Bluterguss zieht sich über den gesamten Handrücken.

»Was machst du denn für Sachen, wenn man ein Mal nicht auf dich aufpasst?«, fragt Marjana. »Wie ist das passiert?«

»Jurij hat seinen verdammten Scheißköter, dieses weiße Ungeheuer, auf mich gehetzt, um seinen Lieblingsmassenmörder zu rächen«, sagt Wiktor.

»Rache? Wie primitiv! Aber immerhin hat er dich am Leben gelassen.«

»Zumindest vorläufig. Ich glaube, Jurij weiß ziemlich viel über unseren Ausflug nach Berchtesgaden. Irgendwann wird er auf die Idee kommen, dass wir ihm von unserem Reichtum etwas abgeben sollen. Also nicht von dem, den wir sichergestellt haben, sondern von dem, der noch in der Höhle liegt«, sagt Wiktor.

»Du meinst, er will so etwas wie unser Kompagnon werden?«, murmelt Marjana, als würde es nicht unbedingt zur Unterhaltung gehören, die sie gerade mit Wiktor führt. »Aber vielleicht wäre das nicht einmal das Schlechteste. Falls wir noch einmal zurückkehren«, sinniert sie weiter.

»Spinnst du?«, fährt Wiktor sie an. »Jurij ist doch kein älterer Herr, den man einfach so um den Finger wickelt, eine Nacht in seinem Bettchen schlafen lässt und dann wieder vor die Tür setzt! Mit Jurij holst du dir den Teufel ins Haus und wirst ihn nie wieder los, verstehst du mich?«

»Ich bin ja nicht taub. Aber wenn einer organisieren kann, dass wir das Zeug im großen Stil aus dem Berg rausholen, dann wohl Jurij.«

»Das ist doch Quatsch«, sagt Wiktor. »Sieh mich bitte einmal genauer an.« Wiktors Schulter ist geschient, und als er die Bettdecke hochhebt, sieht Marjana, dass er auch in der Leistengegend dick verbunden ist. »Wenn du dich mit Jurij einlässt, könntest du schneller zu einer Brust-OP kommen, als dir lieb ist«, sagt Wiktor. »Nur hat die dann nichts mit Vergrößern oder Straffen zu tun, sondern besteht ausschließlich aus Flickarbeit. So sieht das nämlich aus.«

Unwillkürlich fasst sich Marjana an den Busen. »So sieht es aber nur aus, wenn wir nicht Jurijs Partner sind oder ihn bescheißen. Wenn er unser Feind ist. Aber wenn wir ordentliche Partner sind, kann uns doch nichts passieren, oder?«, fragt Marjana.

Ein Windzug fährt durch das gekippte Fenster, und plötzlich erscheint ein zuckersüßes Lächeln auf Wiktors Gesicht.

»Wiktor, ist bei Ihnen alles in Ordnung?«, flötet eine jugendliche, sanfte Stimme. Sie gehört zu einer blonden Krankenschwester, die Wiktor bestimmt nicht zum ersten Mal sieht und von der er sich offensichtlich besonders gern pflegen lässt.

»Vielleicht können Sie mir ja den Verband wechseln, sobald mein Besuch gegangen ist. Ich habe das Gefühl, dass da etwas scheuert«, jammert Wiktor.

»Aber natürlich, gern«, verspricht der blonde Engel und entschwebt.

»Was ist denn hier los?«, fragt Marjana. »Ist das jetzt ein Krankenhaus, oder habe ich mich im Etablissement geirrt? So schlecht kann es dir ja gar nicht gehen, Wiktorchen, wenn dir danach schon wieder der Sinn steht. Mein lieber Mann, ›sobald mein Besuch gegangen ist‹!« Sie schüttelt den Kopf. »Und wenn ich weg bin, tanzen hier die Mäuse auf den Tischen, oder wie?«

»Jetzt hab dich mal nicht so und gönne einem alten Mann, der von einer Bestie angefallen und verwundet wurde, auch mal ein bisschen Spaß. Ist doch sowieso total harmlos. Leider.«

Pinzgau, Sommer 2010

Es ist ruhig. Viel zu ruhig. Da kann doch etwas nicht stimmen. In den ersten Tagen hat sie nachts Ohropax verwendet, damit sie überhaupt schlafen konnte, aber auch die haben nicht geholfen. Hier musst du aufpassen wie ein Luchs, Stöpsel im Ohr sind da nur hinderlich. Wenn es so ruhig ist, dann ist irgendetwas anders als sonst. Das Klopfen. Richtig, das Klopfen fehlt, wenn Horn auf Holz trifft. Und sie weiß auch, was das zu bedeuten hat. Trotzdem muss sie schlafen. Es macht nichts besser, wenn sie nicht schläft. Unfassbar, dass sie jetzt so schlecht einschläft, wo doch genau die Geräusche fehlen, gegen die sie sich eigentlich die Ohropax besorgt hat. Sie ist eben ein Gewohnheitstier. Gewöhnt sich an alles. Sogar an Mäuse und Spinnen. Hier darfst du nicht zimperlich sein, und sie ist froh, dass sie es nicht ist. Aber jetzt diese vollkommene Stille. Sie ahnt, was passiert ist, und trotzdem muss sie schlafen.

Am nächsten Morgen bestätigt sich ihre Vermutung: Sie sind weg. Sie muss sie suchen gehen, also macht sie sich mit Proviant auf. Zuerst sieht sie oben nach. Komplette Fehlanzeige. Dann unten, aber auch da: nichts. Sie läuft zu den Nachbaralmen und erzählt allen, was passiert ist, dass sie weg sind, aber niemand weiß etwas. Erst am nächsten Tag, als sie sich schon das Schlimmste ausmalt, kommt einer angelaufen, der sie ziemlich weit entfernt gesehen haben will.

Sie plant ihr Vorgehen ganz genau. Den Hund lässt sie im Haus, er würde nur alle verbellen. Nein, sie kann ihn jetzt nicht brauchen. Beleidigt verkriecht er sich im Haus und versucht, ihr ein schlechtes Gewissen zu machen, aber sie schließt ab und bricht auf. Und wenn sie es gar nicht sind? Wenn sie längst weitergezogen sind? Sie braucht viel länger, als sie eingeplant hat, aber dann hört sie sie schon, bevor sie sie sehen kann. Und einige Meter später erkennt sie sie dann auch: Sie sind es wirklich.

Vorwurfsvoll sehen sie ihr entgegen. Warum kommst du erst jetzt?, scheinen sie zu fragen. Wir dachten schon, du hättest uns vergessen. Aber sie hat sie nicht vergessen, sie hat seit zwei Tagen an nichts anderes gedacht und in die Stille gelauscht. Nie hätte sie sich vorstellen können, dass sie sie je so vermissen würde.

Der Rückweg dauert ewig. Es ist schon dunkel, als sie endlich nach Hause kommen. Ihre Körper tauchen in der Schwärze ab, nur ihre Querpupillen leuchten wie Katzenaugen oder Gespenster. Doch es sind keine Gespenster, sondern nur ihre zwölf gämsfarbenen Gebirgsziegen.

★★★

Die Sonne hängt noch hinter den Nebelschwaden, die sich über dem Tal aufeinandertürmen. Über den aquamarinblauen Himmel zieht eine einzelne Wolke wie ein rosafarbenes Luftschiff.

»Moin, moin!«

Leni zuckt zusammen. Sie steht über den Brunnen vor ihrer Almhütte gebeugt und wäscht sich. Das Wasser ist so kalt, dass es auf der Haut brennt. Ihr BH liegt auf der Hausbank wie ein Osternest. Herrschaftszeiten, was muss der Hirsch auch schon in aller Herrgottsfrühe hier heraufsteigen? Was will er denn hier? Das ist doch keine Wirtschaft, sondern nur eine Alm. Außer ihr und den Tieren ist niemand hier oben. Die Kühe sind nach dem Melken gleich auf die Almwiese hinter der Hütte gelaufen. Jetzt grasen sie oben auf den Hängen. Das Gebimmel ihrer Glocken ist Lenis einzige und immerwährende Musik hier. Sie hört sie von der Hütte aus, vom Stall, von der Kammer, in der sie ihren Käse macht, und auch hier am Brunnen. Und wo ist überhaupt der Bärli, der alte Rumtreiber? Wahrscheinlich hinter den Ziegen her. Sie sieht den Wanderer an und denkt: Einen Schnauzbart wie der Weidinger vom Landeskriminalamt hat der.

»Weißt was?«, sagt sie zu ihm und präsentiert ihm ihre Vorderseite, die von dem Handtuch, das ihr um die Schultern hängt, nur spärlich bedeckt wird. »Du gehst jetzt erst einmal hinten um die Hütte herum und kommst von der anderen Seite wieder her. Dann bin ich auch angezogen.« Sie stapft zur Tür und fischt sich ihren Blümchen-BH von der Bank. Als der Wanderer kurz darauf den Kopf in die Hütte streckt, hat Leni bereits ihr Fleeceshirt übergezogen und macht Feuer im Herd.

»Was magst denn?«, fragt Leni ihn, bevor er noch ein zweites »Moin, moin« loswerden kann.

»Wenn ich einen Kaffee bekommen könnte, wär ich froh. Ist doch ganz schön frisch hier oben.«

»Hast gar nix dabei?«, fragt Leni den Kerl, der offenbar ohne Rucksack losgelaufen ist. »Nicht mal Wasser?«

Der Wanderer zieht zwei Müsliriegel und einen Apfel aus den Jackentaschen.

»Und das soll für den ganzen Tag reichen?« Leni schüttelt den Kopf. »Einen Kaffee kannst haben, musst halt warten, bis das Wasser kocht.« Schnaps gibt's aber keinen, denkt Leni, der wäre dann doch ziemlich ungesund um die Uhrzeit. Acht Uhr. Bestimmt hat der Kerl Schlafstörungen, wenn er so früh losrennt. Oder Ärger mit seiner Freundin.

»Bist du allein auf der Alm?«, fragt er.

»Schau ich so aus?«, fragt Leni zurück. »Meine sechzehn Grauen sind schon draußen beim Frühstücken. Wo kommst denn her?« Das ist normalerweise nach »Magst an Schnaps?« die zweite Frage auf der Alm. Die dritte ist: »Wo willst denn heute noch hin?«

Doch dem Wanderer scheint nicht an einer persönlichen Unterhaltung gelegen zu sein. »Von unten«, sagt er nur, und das ist Leni sehr recht, denn in der Früh, mit zwei Stunden harter Arbeit hinter sich, ist sie auch noch nicht besonders gesprächig.

Um halb sechs Uhr steht sie auf und schlüpft in die klamme Wäsche und die nicht mehr saubere Arbeitskleidung. Ihre Grauen rufen dann schon nach ihr und stehen vor dem Stall Schlange, in dem sie gemolken werden. Aber zuerst muss der Stromgenerator anspringen. Ein wahres Wunder, dass er es bisher so zuverlässig getan hat. Er sieht aus wie aus dem Museum, nur schäbiger, repariert mit improvisierten Ersatzteilen. Gut, dass Kühe so friedlich sind. Geduldig warten sie, bis sie an der Reihe sind. Nur manchmal gibt es ein wenig Gerangel, wenn eine der anderen auf die Idee kommt, Grigia, der Leitkuh, den ersten Rang streitig zu machen. Dann wird mit den Hörnern gestoßen, bis die Ordnung wiederhergestellt ist. Eine nach der anderen führt Leni sie hinein, wischt ihnen das Euter ab und steckt das Melkgeschirr auf die

Zitzen. Auf dem Melkschemel sitzend legt sie die Stirn gegen die warme Flanke des Tiers und döst so lange, bis die Maschine leer durchläuft. Dann nimmt sie die Melkbecher einzeln wieder ab, entlässt die Kuh auf die Weide und nimmt die nächste mit in den Stall. Selbst wenn sie mit dem Kopf an eine ihrer Kühe gelehnt einnickt, passiert nichts. Nur ihr Geist wandert fort, hinunter ins Tal, zu ihren zwei Eseln, zu ihrem Nachbarn Rudi, der sich um die beiden und um Haus und Hof kümmert. Zu ihrem Sohn, der irgendwo am anderen Ende der Welt beim Klettern bis an seine Grenzen und wahrscheinlich über sie hinausgeht. So träumt Leni dahin, alles ist in ihr und gleichzeitig weit weg, als ginge es sie gar nichts an. Loslassen, sich nicht einmischen, nicht hadern, nicht daran denken, ob alles gut geht und ob es nicht besser laufen könnte. Hier oben ist diese Lektion ein bisschen leichter zu lernen als unten im Tal, und deshalb ist sie hier. Auch die Kollegen tauchen in ihrem Dämmerschlaf auf, dann erlebt sie die Schrecksekunde noch einmal, als der Milchlaster sie beinahe überfahren hätte und dabei den Vorderreifen ihres Mountainbikes demoliert hat. Auch das Abseilen in die endlos tiefe Höhle im Göll steht ihr dann vor Augen, die Verfolgungsjagd im Bergwerk. Alles kommt und geht immer wieder und immer wieder, während sie halb wach ist und halb schläft. Es wird noch dauern, bis auch diese noch frischen Bilder verblassen und sie in ihrem Leben hier oben nicht mehr stören.

Der Gast hat seinen Kaffee bekommen und fragt, was sie denn im Herbst mache, wenn sie wieder hinuntergehe ins Tal. Ob sie dort eine Landwirtschaft habe. Leni nickt. Sie muss ja nicht jedem Dahergelaufenen auf die Nase binden, dass sie eigentlich bei der Kripo ist. Es liegt ihr nichts daran, fremde Neugierde zu befriedigen und Auskunft zu geben, warum sie sich die Auszeit genommen hat. Wovor sie davonläuft, wie Rudi immer zu sagen pflegt. Ihr Chef und die Kollegen halten es für Spinnerei, und vielleicht haben sie damit sogar recht. Aber das weiß man immer erst hinterher, wenn man es ausprobiert hat. Es vorher zu wissen ist unmöglich.

Der Wanderer stärkt sich noch am Brunnen, dann zieht er weiter auf den Berg. Er will die schwierigere Tour über den

Ostgrat gehen, und Leni wünscht ihm viel Glück und wenig Durst, denn Wasser gibt es dort oben keines.

Während des Melkens, als das Stromaggregat lief, hat Leni ihr Handy aufgeladen. Mit dem Telefon läuft sie nun zur Scharte in etwa einem Kilometer Entfernung, von wo aus man ins Tal hinuntersieht. Hier ist der einzige Platz, an dem es in der Nähe der Alm ein Netz gibt.

»Rudi, alles in Ordnung bei dir?«, fragt sie.

»Ja, bei mir scho.« Ein großer Redner ist Rudi nie gewesen.

»Wie geht's Romy und Ludwig?«

»Gut geht's ihnen. Die wenn wüssten, dass du von ihnen weg bist und dich jetzt da oben um andere Viecher kümmerst. Da wärn dir die zwei aber sauber beleidigt.«

»Dann sagst es ihnen halt einfach nicht, gell?«

»Und, is des Leben auf der Alm jetzt so, wie du's dir vorg'stellt hast?«

Rudis Lachen klingt ein wenig schadenfroh. Natürlich hatte sie vergessen, wie viel Arbeit es auf so einer Alm gibt, wenn man allein für sechzehn Rinder, fünf Kälber, ein Dutzend Ziegen und eine Handvoll Hühner verantwortlich ist. Da geht es ihr wie den meisten Saisonsennerinnen. Wenn der Almsommer um und man selbst wieder im Tal ist, vergisst man schnell die Strapazen, die dieser Knochenjob mit sich bringt. Und je länger der Winter dauert, umso toller wird die Zeit auf der Alm in der Erinnerung. Und umso größer ist dann der Schock, wenn man sich im Frühsommer wieder aufmacht und sieht, wie viel Arbeit vor einem liegt.

»Möchst wieder heim«, fragt Rudi, »und lieber wieder in die Arbeit gehn? Ins Büro, mit Strom und warmem Wasser, Dusche und so weiter?«

»Und wieder Verbrecher jagen und in ewig tiefe Höhlen absteigen und Leichen bergen? Nein, Rudi, das geht mir wirklich nicht ab. Und die Kollegen auch nicht. Schön ist es hier heroben.«

Rudi weiß, dass sie auf der Alm ausharren wird bis zum Abtrieb im Herbst. Da müsste schon etwas ganz Schlimmes passieren, um die Leni davon abzubringen. Der Almbauer verlässt sich auf sie, und solange sie nicht von einer Kuh mit ihren Hörnern aufgespießt wird wie ein Torero oder ihr eine Ziege versehentlich den Finger abkaut, wird Leni die Zähne zusammenbeißen und durchhalten, bis ihr Körper sich wieder an das frühe Aufstehen und die harte körperliche Arbeit gewöhnt hat. Dann wird sowieso alles leichter.

»Ja, ich weiß eh, dass man dich nicht mehr von was abbringen kann, was du dir einmal vorgenommen hast. Da bist du wie dein Bub«, liefert Rudi das Stichwort.

»Hat Simon was von sich hören lassen?« Sie kann sich die Frage nicht verkneifen, auch wenn sie die Antwort kennt.

»Nix«, sagt Rudi. »Aber um den Buben brauchst dir keine Sorgen zu machen. Der kommt schon z'ruck, irgendwann, wenn ihm was gelungen ist. Er ist doch dein Bub.«

Leni hat nicht ewig Zeit. Sie muss rauf auf die Hochweide, die Kälber zählen, damit ihr keines wegläuft. Überm Tal lösen sich gerade die Nebel auf, grün ist es jetzt im Frühsommer dort unten. Ein Fluss zieht in der Ebene seine Schleifen. Wie im Märchenfilm sieht diese Landschaft aus, überall Puppenhäuschen und Autos wie Flöhe oder Fliegenschiss. Den Lärm hört Leni hier oben nicht. Es ist, als würde eine Käseglocke über dem normalen Leben hängen.

Sie hält den Ausschaltknopf ihres Handys gedrückt und wartet, dass das Gerät herunterfährt, als es klingelt. Vermutlich noch mal der Rudi, der etwas vergessen hat.

»Rudi?«, fragt sie.

»Leider nicht«, sagt der falsche Rudi, »nur der Weidinger Leo vom LKA.«

Woher hat der denn ihre Nummer? Wer hat sie ihm gegeben? Sie ist doch außer Dienst, und trotzdem erzählt er ihr, dass ein Batzen Falschgeld aufgetaucht ist, von dem man vermutet, dass es auf der Schiene Kiew–Frankfurt ins Land gekommen ist. Einen Teil davon hat man an der Grenze Passau/Suben entdeckt. Empfänger waren Kollegen in Wien, die in einer Etage eines ehemaligen Stundenhotels im zweiten Bezirk residierten und die Euros wahrscheinlich auf dem Balkan verteilt hätten. Einer der Festgenommenen hat eine Verbindung zu dem Frankfurter Hehler von Reichenberg zugegeben.

»Sie glauben also, das Falschgeld kam aus dem Osten? Aus

Russland oder der Ukraine?«, fragt Leni. »Dann könnten die drei seltsamen Höhlenforscher in Berchtesgaden doch die Kuriere gewesen sein?«

»Leider können wir ihnen das nicht nachweisen«, antwortet Weidinger. »Von Reichenberg ist tot. Sie waren ja dabei, als er im Salzbergwerk abgestürzt ist.«

Daran muss Weidinger sie nun wirklich nicht erinnern. Sie hatte von Reichenberg zunächst auf einem Segway und dann zu Fuß verfolgt und zusehen müssen, wie er von dem Mann, den er als Geisel genommen hatte, über die Abbruchkante gestoßen wurde. Er war in ihren Armen gestorben. Und als sie ihn in seinen letzten Lebensminuten nach dem Grund für seinen Aufenthalt in Berchtesgaden gefragt hatte, da hatte er sie nur angegrinst und geschwiegen. Sie hatte seinen Blick schon verstanden: Sie würde es wahrscheinlich nie herausfinden. Wie oft hat sie seither diese Szene noch einmal durchlebt, dieses hässliche Gesicht vor sich gesehen und das höhnische Lachen gehört, mit dem er sie verspottete?

»Hallo? Sind Sie noch dran?«, fragt Weidinger.

Am liebsten möchte Leni einfach auflegen. Sie ist doch nicht auf tausendsiebenhundert Meter über der Adria aufgestiegen, um jetzt ihren letzten Fall in allen Einzelheiten noch einmal zu durchleben. Er verfolgt sie sowieso, und sie hat immer noch Mühe, die Gedanken und Erinnerungen daran zurückzudrängen und sich auf ihr neues Abenteuer hier oben einzulassen. Sie ärgert sich, dass sie nicht auf die Rufnummer geachtet hat, bevor sie ans Handy gegangen ist, aber sie hat ja gedacht, der Rudi sei's noch einmal. Hat gehofft, es gebe vielleicht doch irgendeine Nachricht von Simon. Oder über jemanden, der von ihm gehört hat. »Ich bin noch da«, sagt sie, »aber ich muss gleich nach meinen Viechern schauen, viel Zeit hab ich nicht.«

»Sie wollen mir jetzt aber nicht erzählen, dass Sie gar nicht wissen wollen, was wir in der Zwischenzeit herausgefunden haben, oder?«

Lenis Festung gerät sofort wieder ins Wanken. In den letzten Monaten haben sie zwei Todesfälle beschäftigt. Offiziell wurden sie aufgeklärt, aber hinter der Oberfläche ist vieles unklar geblieben. Sie haben nicht herausfinden können, was dahintersteckte, dass ein ukrainischer Killer und ein Frankfurter Hehler in den Berchtesgadener Alpen aufgetaucht waren, der eine den anderen umbrachte und dann selbst umkam. Diese Ungewissheit war und ist noch immer ein ziemlich blödes Gefühl.

»Mein Akku ist gleich leer«, sagt Leni ungeduldig, »und ich kann ihn nur aufladen, wenn der Kompressor läuft. Machen Sie's also kurz.«

»Kompressor? Haben Sie denn da oben keinen Strom?«, fragt Weidinger entsetzt.

»Ich bin hier nicht im Drei-Sterne-Alpenhotel, sondern auf einer Alm, und jetzt piepst mein Akku wirklich gleich.«

»Na gut, dann ganz schnell. Also, wir haben den Weg der drei Höhlenforscher von ihrer Landung in Frankfurt an versucht zu rekonstruieren. Dabei sind wir auf ein Video von der Flughafenabfertigung gestoßen, auf dem sie alle drei zu sehen sind, während ihr Gepäck kontrolliert wird. Also, eigentlich ist nur dieser Wiktor kontrolliert worden. Erinnern Sie sich an den?«

Ja, meint der Weidinger eigentlich, dass die Höhenluft mich senil macht?, denkt Leni. Sie erinnert sich an den Kerl mit dem grauen Stoppelhaar, als wäre sie ihm gestern das letzte Mal begegnet. »Was ist mit dem?«, fragt sie.

»Wissen Sie, was er in seinem Koffer hatte?« Weidinger macht eine Pause, aber Leni denkt gar nicht daran, ihm die Freude zu machen und zu antworten. »Dessous. Und einen gebrauchten Dildo.« Weidinger lacht. »Frau Morgenroth, sind Sie noch dran?«

Leni schnaubt. »Jetzt erzählen Sie einfach der Reihe nach, ich muss dann wirklich weiter«, drängt sie.

»Er hat sich wie ein Rohrspatz über die Behandlung durch das Bodenpersonal beschwert. Es gab sogar Streit zwischen ihm und der Frau, die seinen Koffer inspiziert hat.«

»Ja, aber«, sagt Leni, »könnte das nicht bedeuten, dass er mit einer seiner Begleiterinnen den Koffer getauscht hat?«

»Das habe ich mir auch zusammengereimt«, sagt Weidinger.

»Wie blöd kann man eigentlich sein?«, ereifert sich Leni über die Frau von der Flugsicherung. »Sich einfach von einem Dildo ablenken zu lassen.«

»Nicht zu vergessen von dem Palaver, das der Mann dort vom Zaun gebrochen hat. Hat geschrien, dass er sich über sie beschweren wird. War halt eine Stresssituation. Außerdem hat sie nicht wissen können, dass er in Begleitung gereist ist. Die drei sind im Flugzeug und bei der Kontrolle nicht als Gruppe aufgetreten.«

»Ist ja eh egal.« Leni zupft einen Grashalm aus der Wiese und wickelt sich ihn um den Zeigefinger. »Das werden wir denen sowieso nie nachweisen können. Auch den Kontakt zu diesem von Reichenberg nicht.«

»Doch, den schon«, sagt Weidinger, »wenn auch nicht direkt.«

»Wie denn dann? Indirekt?« Leni wird schon wieder ungeduldig.

»Wir waren in dem Hotel, in dem die drei nach der Landung abgestiegen sind. Nobel, nobel. Sechsundzwanzigster bis zweiunddreißigster Stock in einem Frankfurter Wolkenkratzer. Die Rezeption ist im zwanzigsten –«

»Herr Kollege, können wir das Ganze bitte ein bisschen beschleunigen?«

»Natürlich. Auch dort gibt es überall Videokameras. Tatsache ist, es gibt einen Film von den dreien in der Hotelbar. Die Damen aufgebrezelt, mit goldenen Sandälchen. Aber bevor sie noch an ihren Drinks nippen können, scheucht Wiktor sie bereits zum Aufbruch. Dann gibt es da noch einen Ausschnitt einer Aufnahme von einer Kamera auf dem Gang, die ist am darauffolgenden Tag gemacht worden. Ein Mann geht durch den Flur, die Wände sind in einem warmen Rotton gestrichen. Man sieht ihn nur von hinten, aber als er einige Minuten später zurückkommt, sieht man ihn auch von vorn. Es ist dieser hässliche von Reichenberg mit der Narbe im Gesicht, und er tut etwas, was dem Hotel bestimmt nicht gefallen hat und was der eigentliche Grund für diese Kameras ist.«

»Und, was hat er gemacht?«, fragt Leni und verdreht die Augen. »Ein Furz wird es ja nicht gewesen sein, der das Hotel so in Rage gebracht hat.«

»Nein, das wäre zwar auch schlechtes Benehmen, aber sehr wahrscheinlich ohne weitere Folgen geblieben. Von Reichenberg hat mit seinem schwarzen Lederschuh gegen die Wand und die Fußbodenleiste getreten und seinen Abdruck dort hinterlassen. Der Portier hat anschließend das Zimmermädchen angewiesen, sofort mit harter Chemie anzurücken und nötigenfalls den Maler zu holen.«

»Hm, und was hat das zu bedeuten?«, fragt Leni.

»Ein Akt der Aggression. Vandalismus. Frust. Reichenberg hat die drei nicht mehr angetroffen, weil sie in der Nacht zuvor bereits abgereist waren.«

»Und? Es gab also eine Verbindung, gut, aber der eine ist tot, und die anderen sind wieder in der Ukraine. Und ein Verdacht allein reicht nicht aus, um ihnen dort auf den Zahn zu fühlen. Wir wissen immer noch nicht, was sie tatsächlich bei uns gemacht haben.« Leni beobachtet einen Schmetterling, der sich gerade auf ihren rechten Wanderschuh setzt. Es ist ein Bläuling, der aussieht, als habe ihm Friedensreich Hundertwasser mit dem Pinsel ein paar orangefarbene und schwarze Farbtupfer auf die Flügelränder gemalt. »Ich muss jetzt nach meinen Viechern schauen, und außerdem bin ich außer Dienst. Ich mag nicht mehr bei jedem Tritt und jedem Handgriff über diesen Fall nachdenken. Ganz bestimmt nicht. Wir haben bei der ganzen Aktion doch wie Anfänger ausgesehen. Wie Halbblinde, die sich mit dem Stock vorantasten, um den Ausgang zu finden, und es doch nicht schaffen. Wir waren ihnen immer auf den Fersen, aber immer zu spät dran.«

»Das glaube ich gern, dass das für jemanden wie Sie schwer auszuhalten ist«, sagt Weidinger, und es klingt nicht einmal ironisch. »Aber genau das ist das Wesen unserer Tätigkeit als Ermittler. Wir sind immer die, die hinterherrennen.«

»Sie vielleicht«, sagt Leni.

Weidinger lacht. »Ja, Sie sind eher eine, die bestimmen will, wo's langgeht. Die vorprescht. Sie müssen die Kontrolle haben über alles, was um Sie herum passiert, Sie wollen das Heft nicht aus der Hand geben, stimmt's?«

»Sie klingen grad so, als hätten Sie es immer noch nicht verwunden, dass ich Sie im Bergwerk abgehängt hab. Bloß weil Sie mit dem Segway nicht umgehen konnten, oder waren Sie einfach nicht schnell genug?« Das ist jetzt die Retourkutsche für seine Unterstellung, sie sei ein Kontrollfreak. Stille. »Hallo?« Leni sieht auf das Display. Die Verbindung steht noch.

»Ich bin schon noch da«, sagt Weidinger. »Ich überlege grad, was ich zu meiner Verteidigung vorbringen könnte, aber es fällt mir nichts ein. Sie waren wirklich verdammt schnell auf dem Ding, als wären Sie damit groß geworden. Letztens habe ich allerdings gelesen, dass der Erfinder dieses Rollers selbst darauf umgekommen ist. Weil er Bremse und Gas verwechselt hat, ist er einen Abhang hinuntergestürzt. Und genau deshalb habe ich einen Mordsrespekt vor diesen Dingern.«

»Runterfallen kann man überall«, sagt Leni, »auch beim Fensterputzen oder bei der Apfelernte. Das Leben ist gefährlich.«

»Und da droben, bei Ihnen auf der Alm? Was lauern da für Gefahren? Dass Sie eine Kuh beim Melken umwirft? Gibt es bei Ihnen eigentlich auch männliche Wesen, oder haben Sie denen jetzt endgültig den Rücken gekehrt?«

Wenn du wüsstest, wer mich heute schon bei der Morgentoilette überrascht hat, denkt Leni. »Uns Weibern geht's gut hier heroben. Uns geht nichts ab«, sagt sie.

»Mit Tieren kenn ich mich nicht so aus«, sagt Weidinger. »Und mit Frauen eigentlich auch nicht, wenn ich ehrlich bin. Obwohl ich zwölf Jahre verheiratet war.«

Aha, denkt Leni, war. Warum ist dieser Mensch eigentlich grad heute so gesprächig?

»Und wie ist das bei Ihnen?«, hört sie ihn fragen.

»Was?«, blafft sie zurück.

Aber so leicht lässt der LKA-Kollege sich nicht abwimmeln, wo er schon mal bis zu diesem Punkt gekommen ist. »Waren Sie auch schon mal verheiratet, oder sind Sie's gar noch?«

»Mich hat nie einer haben wollen«, antwortet Leni. »Jungfrau bin ich trotzdem keine geblieben, wenn Sie's so genau wissen wollen.«

»Für eine Heilige hätte ich Sie auch nicht gehalten«, sagt Weidinger. »Dann wäre das damals ja eine unbefleckte Empfängnis gewesen. Sie haben doch einen erwachsenen Sohn, oder?«

»Erwachsen? Was Sie nicht alles wissen. Hat mein Privatleben jetzt etwas mit unserem Fall zu tun, oder wollen Sie mich fürs LKA anwerben und überprüfen grad meinen Lebenswandel?«

Auf einem der niederen Äste der Tanne, die etwas unterhalb von Lenis Telefonplatz steht, landet ein grauer eichelhähergroßer Vogel mit feinen weißen Querstreifen auf der Brust, wie ein Sperber. Während Leni ihn bei der Landung beobachtet, ertönt auch schon sein Ruf: Kuckuck, Kuckuck.

»Verdammt«, flucht sie. »Wird's wieder nichts mit dem Wohlstand.«

»Wie?«, fragt Weidinger. »Gibt's ein Problem?«

»Mein Geldbeutel ist in der Hütte, und jetzt hab ich nichts zum Schütteln.«

»Was meinen Sie?« Weidinger versteht kein Wort.

»Ach, nix«, sagt Leni. »Es ist Sommer. Der Kuckuck ruft.«

»Ich könnte Sie hier schon brauchen«, fährt Weidinger fort. »Sie würden den Beamtenapparat in seiner rundum gesicherten Festung ganz schön aufmischen. Aber wahrscheinlich würden Sie mir hier in München glatt eingehen, jetzt, da Sie sich noch weiter ins Gebirge hineinverkrochen haben. Kann man Sie da eigentlich mal an einem Wochenende besuchen?«

Oha, denkt Leni. Was ist denn heute los? Kaum zieht man sich in die Einsamkeit der Berge zurück, schon stehen die Männer Schlange und wollen einem Gesellschaft leisten. »Was glauben Sie denn? Ich bin hier ja nicht beim Wanderurlaub, sondern habe eine Menge Arbeit. Jeden Tag stehe ich um halb sechs auf, und das ist Samstag und Sonntag nicht anders. Oder meinen Sie, da melken sich die Kühe gegenseitig, weil Wochenende ist, damit ich ausschlafen kann? Außerdem lass ich mich doch nicht von der Kripo beurlauben, damit das LKA hier heroben bei mir einfällt. Heut war eh schon einer da. Nicht vom LKA, hoffe ich, aber einen Schnauzbart hat er gehabt, genau wie Sie.«

»Ah, da haben Sie heute also eh schon an mich gedacht?«

»Nur an Ihren Schnauzbart. Aber ich muss jetzt wirklich weitermachen, Herr Weidinger.«

»Leo«, sagt er.

»Von mir aus auch Leo. Ich bin die Leni. Und jetzt auf Wiedersehen, gell?« Sie will schon auflegen.

»Und aufpassen da oben, Leni. Wie lange bist du denn noch dort?«

»Wenn alles nach Plan läuft, bis Mitte September.«

»Noch über zwei Monate! Wo liegt diese Alm eigentlich genau?«

»Kannst du schweigen, Leo?«

»Du wahrscheinlich auch, gell? Na, hab ich mir schon gedacht.«

»Also dann …«

»Mach's gut, Leni!«

München, denkt Leni, geh weiter! Das LKA in der Maillingerstraße, ein Betonbunker mit polizeigrünen Fenstern und überall Kameras. Fort Knox in München-Neuhausen. Was soll daran denn reizvoll sein? Da musst du bei Föhn auf den Schuttberg im Olympiapark steigen, bis du mal einen Berg siehst. Und am Wochenende an den Tegernsee oder nach Oberammergau fahren, wo schon all die anderen Münchner bei Würstl und Bier oder Kaffee und Kuchen sitzen. Und wenn du auf einen dieser Waldmuggl steigst, sagst du beim Raufgehn ungefähr dreihundertneunzigmal »Grüß Gott« und beim Runtergehen noch öfter, weil du dann zusätzlich noch die überholst, die erst später mit der Seilbahn raufgefahren sind. Hilfe! Leni wird das Herz schon eng, wenn sie nur daran denkt. LKA, MUC, das ist doch alles nichts für sie. Und deshalb ist es auch so schwer, einen gescheiten Mann zu finden. Von den Einheimischen sind in ihrem Alter praktisch alle entweder vergeben, notorische Junggesellen, total durchgedrehte Freeclimber oder Trailrunner mit achtzehn Paar Laufschuhen im Keller. Der Rudi sagt immer zu ihr: »Jetzt geh halt mal raus in die Stadt und such dir da einen. Da gibt's doch genug. Und den nimmst du dann mit zu uns ins Tal. Die Städter sind doch eh alle so wild aufs Land und auf die Berg'.«

Aber nur zum Urlaubmachen, sagt sie dann. Die sind den Komfort in der Stadt gewohnt. Die Straßenbahn, die Busse und U-Bahnen. Und bei uns? Jede Stunde geht ein Bus nach Salzburg und nach neunzehn Uhr gar nichts mehr. Immer mehr Läden machen zu, ein einziges Kino. Bei uns ist doch wirklich nicht viel los.

Leni schaltet ihr Handy aus, sie muss Batterie sparen. Dann wirft sie einen letzten Blick ins Tal hinunter. Nein, es geht ihr nichts ab hier oben. Sie darf sich jetzt wieder ausklinken, nicht mehr erreichbar sein. Nur wenn ihr oder den Tieren etwas passiert, wird sie das Telefon wieder anschalten, sonst bleibt es aus. Das Auto, die Spülmaschine, die elektrische Zahnbürste – braucht sie alles nicht. Die Welt dort unten dreht sich weiter, aber sie ist für ein paar Wochen nicht dabei.

Das Gras riecht nach Sommer. Leni atmet tief ein, lauscht. Der Wind antwortet ihr, und weiter weg hört sie das Bimmeln der Glocken. Sie folgt ihm den Hang hinauf. Die Hufe der Rinder haben bereits Stufen und Tritte eingegraben. Schnell gewinnt sie an Höhe. Das Bimmeln wird lauter, sie sieht ihre Tiere, und die Rinder drehen ihre Köpfe in ihre Richtung, ohne das Kauen oder Wiederkäuen zu unterbrechen.

Beim Durchzählen stellt Leni fest, dass die üblichen drei Kälber fehlen. Bestimmt haben sie sich wieder eine besonders saftige Weide ausgesucht, einen steilen Hang über einer Rinne, in der im Winter eine Schneelawine nach der anderen hinunterdonnert und bei starkem Regen ein Wildbach in zahllosen Kaskaden. Leni will gar nicht daran denken, was passieren kann, wenn eines der Kälber ins Rutschen kommt. Und wirklich, jetzt sieht sie eines von ihnen den Hang hinaufspringen, als wäre es eine Gämse. Herrschaftszeiten, kann denn da von den Müttern keine auf die Ausreißer aufpassen? Mit lautem Rufen und Pfeifen gelingt es ihr, die Tiere auf sich aufmerksam zu machen und schließlich zurück zur Herde zu locken. Aber dies wird nicht das letzte Mal gewesen sein, das weiß sie aus Erfahrung.

Morgens um halb sechs aufstehen, zuerst die Rinder, dann die Ziegen melken, Feuer machen, um heißes Wasser zu kochen, zwei Stunden lang über die Hochalm marschieren, um die Kühe zu zählen, Holz hacken, Stall ausmisten, die Hühner versorgen. Nach ihrem ersten Tag hier oben hat sie nicht daran geglaubt, dass sie das durchstehen wird. Vielleicht war sie doch zu alt oder hat im Winter und im folgenden Frühjahr zu wenig an ihrer Kondition gearbeitet. Aber aufgeben ist für Leni eine viel schwierigere Übung. Dann schon lieber durchbeißen.

Als Leni zwei Stunden später auch die anderen beiden Kälber gefunden hat, geht sie wieder zur Hütte zurück. Die Tür steht wie immer offen. Abgesperrt wird hier oben nur am Ende der Saison. Auf dem Tisch liegt ein Zettel, der irgendwo herausgerissen wurde. »Jörg«, steht darauf und eine Telefonnummer. »Schreib mir eine SMS, wenn ich wieder raufkommen soll«, hat er auf die Rückseite gekritzelt. »Aus dem Tal bin ich in zwei Stunden oben.«

So geht das also! Erst der Weidinger und dann dieser Jörg. Die Saison fängt ja prima an. Jetzt muss sie sich nur noch für einen der beiden entscheiden. Beim Zäunereparieren könnte sie schon einen Mann brauchen, aber ob die beiden dafür die Richtigen sind?

Kiew, Sommer 2010

»Hallo, Frau Doktor, fährst du eigentlich mit?«

»Wohin denn, Schätzchen?«

»Na, wohin wohl? Raus.«

»Raus? Aufs Land?«

»In die Zone natürlich.«

»Wieso denn das?«

»Hast du schon vergessen, wem wir das alles zu verdanken haben?«

»Ach so, jetzt warte mal, ich muss mich aufsetzen. Sekunde, bleib dran.«

Das Telefon wird abgelegt, Luba hört Papiergeraschel und das Quietschen eines Kunstlederbezugs. »Wo bist du denn?«, fragt sie in das Geraschel hinein.

»Im ›Salon de Beauté‹.«

»Im Schönheitssalon?«

»In *dem* Schönheitssalon von Kiew. Total exklusiver Schuppen. So exklusiv, dass hier alle nur Französisch sprechen. Na ja, sagen wir, sie versuchen es zumindest.«

»Kostet bestimmt 'ne Stange Geld.«

»Na, hör mal, Lubotschka, es gibt nicht viele Dinge, in die es sich in meinem Alter noch zu investieren lohnt. Und gerade die Schönheit ist bekanntlich ein sehr flüchtiges Gut. Man muss sich um sie kümmern.«

»Du könntest ja auch mal an andere denken, nicht nur an dich. Da würdest du bestimmt noch was finden, für das es sich lohnt, Geld rauszuschmeißen.«

»Ach, komm schon, jetzt gönn mir doch die kleine Freude, junge Frau. In die Zone willst du also, zu ihr, stimmt's? Aber was soll ich dabei? Willst du etwa wieder mit deiner grünen Minna rausfahren?«

»Ninja, nicht Minna, Marjana! Womit soll ich sonst fahren?« Luba steht in ihrer Wohnung am Fenster und sieht auf den gepflasterten Bereich zwischen ihrem und dem nächsten Wohnblock hinunter. Der Schulbus hat gerade seine Fracht gelöscht, und die Schulkinder nähern sich gegenseitig schubsend und schreiend im Zickzack den beiden gegenüberliegenden Eingangstüren der Wohnblocks.

»Kauf dir halt endlich ein gescheites Auto, Mädel«, meint Marjana.

»Aber ich will kein Auto. Außerdem, bist du noch ganz bei Trost? Meinst du vielleicht, die lassen mich da mit einer Limousine reinfahren? Hast du schon mal versucht, in die Zone mit einem Auto reinzukommen?«

»Natürlich nicht. Wozu auch? Aber du, Mademoiselle Julie wartet schon ungeduldig. Sie soll mir French Nails machen, aber dazu muss ich das Handy weglegen, du verstehst?«

»French Nails? Wozu brauchst du denn so einen Quatsch? Damit kannst du doch nicht arbeiten.«

»Das habe ich auch nicht unbedingt vor, meine Liebe. Also, Kindchen, ich verstehe, was du da planst. Du willst auf deinem grünen Feuerstuhl deine üblichen Rennen auf schnurgeraden, verlassenen Straßen mit aufplatzendem Asphalt fahren. Und du willst Mila besuchen. Aber warum denkst du, dass ich dich begleiten könnte?«

»Hm.«

»Hm? Bisher bist du doch auch immer allein gefahren. Wo ist jetzt plötzlich das Problem?«

Marjana wartet, aber Luba antwortet nicht.

»Luba?«

»Ja, Mann.«

»Ach sooooo«, sagt Marjana. »Ich glaube, ich verstehe.«

»Mila ist alt und krank. Es ging ihr nicht besonders, als wir sie das letzte Mal gesehen haben. Und jetzt, wo Alexej tot ist …«

»Verstehe«, sagt Marjana noch einmal. »Du hast Angst, sie könnte in der Zwischenzeit gestorben sein, und willst für den Fall nicht allein sein?«

»Ich spüre, dass sie noch lebt. Aber was ist, wenn ich damit falschliege oder es ihr schlecht geht? Was mach ich dann?«

»Wenn sie tot ist, müssen wir sie begraben, Kindchen. Das ist doch klar.«

»Wir?«

»Na, du und ich. Oder hast du noch einen dritten Sitzplatz auf deinem Motorrad? Und ein Auto willst du dir ja auch nicht kaufen.«

»Das will ich wirklich nicht. Dann können wir morgen fahren, ja?«

»Aber eines musst du mir versprechen.«

»Was?«

»Wir fahren nicht schneller als hundertdreißig.«

»Hundertdreißig? Können wir uns darauf einigen, dass wir *meistens* nicht schneller als hundertdreißig fahren?«

»Nein, das ist meine Bedingung.«

»Ja, Mann, okay. Dann kriechen wir eben durch die Zone.«

»Und ...«

»Was noch?«

»Ich werde nichts tun, was meine teuren French Nails ruinieren könnte. Abgemacht?«

»Geht klar. Morgen um zehn. Ich hol dich ab.«

Luba fährt in die Altstadt hinüber. Sie trinkt eine Tasse Schokolade im Café Puschkin und denkt an Alexandr, mit dem sie oft hier gewesen ist. In einem früheren Leben.

In den letzten zwei, drei Monaten ist so viel passiert, Liebster. Mehr als in den vielen Monaten davor, seit du nicht mehr da bist. Verzeih, aber zwischendurch habe ich dich sogar ein bisschen vergessen. Ich weiß, was du sagen wirst: Das Leben geht weiter. Die Toten sind tot, und die Lebenden sind am Leben. So ist das, ja. Aber als du plötzlich weg warst, habe ich nicht glauben können, dass das Leben für mich tatsächlich weitergeht. Wie kann es denn weitergehen, wenn ich endlich das Liebste gefunden hatte, es aber viel zu schnell wieder verloren habe? Ich habe mich immer gefragt, wieso wir so wenig Zeit bekommen haben. Was ist das für ein Schicksal, das die Menschen sich erst finden und dann gleich wieder verlieren lässt? Du sagst, wir hatten die Zeit, die uns bestimmt war, und sie war ausreichend. Aber ich sage, für mich hat sie nicht gereicht. Du hast schon vor mir ein Leben gehabt. Du hattest eine Frau und ein Kind, einen

Beruf. Aber ich hatte nichts davon. Ich kann dieses Schicksal einfach nicht verstehen, das dich mir geschenkt hat, um dich mir gleich wieder wegzunehmen. Aber du wirst sagen, dass das doch mit allen Menschen im Leben so ist. Du hast Eltern, die dich großziehen. Wenn du Glück hast, kannst du dich noch ein wenig um sie kümmern, aber dann sind sie weg und nehmen dich nicht mit dorthin, wohin sie gehen. Aber es ist nun einmal so, dass Eltern vor ihren Kindern sterben. Das kann ich akzeptieren, aber doch nicht, dass du mich verlassen hast. Du warst nicht alt. Dieser verdammte Unfall, diese unfähigen Politiker. Was haben sie denn getan, außer uns zu belügen, uns der Strahlung auszusetzen und am Ende tonnenweise Beton auf den kaputten Reaktor zu kippen? Aber jetzt, jetzt kannst du noch etwas tun, jetzt hast du Geld, sagst du. Ja, jetzt habe ich mehr Geld als je zuvor. Aber ob es reichen wird? Für etwas wird es auf jeden Fall reichen, hab nur Geduld. Ja, Liebster, stell dir vor: Ich habe zum ersten Mal in meinem Leben mein Land verlassen und bin in Europa gewesen. Im Westen, Alexandr. Es ist alles so furchtbar schnell gegangen, und immer waren wir unterwegs, auf der Flucht. Aber jetzt bin ich wieder zurück in Kiew und habe Geld. Es gefällt mir, dass ich wieder hier bin.

Der Dnjepr glitzert in der Sonne, die goldenen Dächer der Klöster in der Altstadt leuchten, die Stadt ist so riesig, ein Häusermeer, dazwischen Bäume, Grünflächen und der Fluss. In den letzten Jahren sind so viele neue Häuser gebaut worden, und einige Straßen haben sich vollständig verändert, jedoch nicht immer zum Vorteil. Doch hier in der Altstadt sitzen noch die Frauen in ihren bunten Röcken und Blusen auf Treppen und Plätzen und verkaufen kleine Blumensträußchen, selbst gezogenes Gemüse aus der Datscha und getrocknete Pilze, deren Strahlenbelastung schon längst niemand mehr misst. Neben ihnen verdienen sich einbeinige Kriegsveteranen ein paar Hrywnja als Straßenmusiker. Der Sommer ist schön in ihrer Heimat, und Luba genießt es, wieder zu Hause zu sein.

Als sie Marjana am nächsten Morgen abholt, ist Frau Professor noch nicht fertig. Luba sieht sich ihre Fingernägel an: Sie sehen geschmacklos aus. Lang wie die Grabschaufeln eines Maulwurfs, nur breiter vorn und die Nagelspitzen weiß lackiert. Auf den Nägeln des kleinen Fingers sitzt je ein Strassbrillant.

»Sind die nicht geil?«, fragt Marjana. »Die Brillis sind natürlich nicht echt.«

Luba schüttelt den Kopf. »Scheußlich. Weshalb musst du dich eigentlich so auftakeln?«

»Du bist immer so nüchtern, Luba. Du hast doch keine Ahnung, wie es ist, wenn das letzte dünne Schnürchen, das eine Frau mit der Zahl vierzig verbindet, ganz zerreißt. Du denkst, niemand würde es bemerken, aber es vergeht kaum ein Tag, an dem du selbst es nicht merkst oder zumindest daran denkst.«

»Und deshalb gehst du in den Schönheitssalon? Um noch mehr Schminke draufzukleistern?«

»Ach, komm schon, lass uns losfahren und ein noch viel älteres Weiblein als mich besuchen. Vielleicht verrät es uns ja sein Geheimnis, wie man es schafft, ohne French Nails alt zu werden.« Beim Aufsitzen erinnert Marjana Luba noch einmal: »Hundertdreißig. Du hast es versprochen. Langsamer fahren darfst du natürlich, klar?«

Luba startet die Kawasaki, das satte Brummen geht ihr wie immer wie Traubenzucker direkt ins Blut. Das Geräusch und die Beschleunigung schalten ihr Denken ab und ihre Konzentration an. Andere müssen dafür meditieren, sie muss sich nur auf ihre Ninja setzen. So schnurren die beiden Frauen auf der Maschine artig durch die Stadt und hinaus auf die Landstraße nach Norden. Luba beschleunigt auf die vereinbarte Richtgeschwindigkeit, als an der Stadtgrenze das platte Land beginnt. Kleine Straßendörfer mit hohen Holzzäunen, deren Farbe, meist ein wässriges Blau, abblättert. Kleine Häuschen, die Datschen der Kiewer. Um sie herum üppige Gärten, in denen das Gemüse sprießt wie im Garten Eden, Wasser gibt es hier genug. Die Straßen werden verlassener, je weiter sie sich der Sperrzone nähern.

Der erste Sperrposten kommt in Sicht, und Luba bleibt vor der Schranke stehen. Der Militärposten kommt heraus, nickt Luba zu, nicht unfreundlich, nicht freundlich.

»Du bleibst hier und rührst dich nicht vom Fleck, und den

Helm lässt du auch auf«, sagt sie zu Marjana, dann folgt sie dem Mann in sein Wachhäuschen, den Helm in der Hand.

Nach ein paar Minuten kommt sie zurück, setzt den Helm wieder auf und schwingt sich auf den Sitz. Auch Marjana klettert zurück auf den Bock, wartet, dass der Posten die Schranke öffnet. Luba startet den Motor, aber der Mann kommt nicht wieder heraus.

Sie warten und warten, und irgendwann gibt Luba Gas und fädelt die Ninja einfach zwischen Postenhäuschen und Schranke hindurch. Noch mehr Gas, Marjana klammert sich an Luba und presst ihren Kopf an ihren Rücken. Sie ist sich sicher, dass der Posten aus der Tür stürmen, sein Gewehr in Anschlag bringen und dann auf sie schießen wird. Ist Luba denn verrückt geworden? Drinnen muss doch irgendwas schiefgegangen sein. Was zum Teufel ist hier los? Marjana macht sich fast in die Hosen vor Angst, aber nichts passiert. Trotzdem presst sie sich immer noch mit geschlossenen Augen an Lubas Rücken. So fahren sie weitere fünf Minuten, bis Marjana Luba schließlich in den Rücken boxt. Luba bremst ab.

»Was ist los?«, schreit sie nach hinten.

»Was los ist?«, kreischt Marjana. »Ich denke, ich kriege gleich von hinten eine Salve mit der MP ins Genick, und du fragst, was los ist? Bist du denn vollkommen durchgedreht?«

Luba bleibt mitten auf der Straße stehen und klappt das Visier hoch. »Beruhige dich, Marjana. Das läuft hier fast immer so, kapiert?«

»Ich bin schon einmal mit dir in die Zone gefahren, und da ist es nicht so gelaufen. Da ging die Schranke ganz normal auf. Darauf habe ich heute auch gewartet.«

»Das war eine Ausnahme. Meistens läuft es so ab wie heute.«

»Und wieso sagst du mir nichts davon?«

»Aber jetzt sag ich's dir doch.«

»Vorher!«, schreit Marjana.

»Aber vorher weiß ich doch nicht, wie's ablaufen wird«, sagt Luba und grinst. »Eigentlich hab ich gedacht, dass dir das vielleicht sogar Spaß macht. Ein Hauch von Abenteuer und Gefahr. Hast du echt gedacht, der feuert hinter uns her?«

Marjana starrt sie an. Lubas Grinsen macht sie nur noch wütender.

»Du hast ja gesehen, dass ich mit ihm reingegangen bin«, sagt Luba. »Was meinst du, was da drinnen passiert ist?«

»Keine Ahnung.«

»Er hat mich nach meinem Passierschein gefragt, aber ich hatte natürlich keinen.«

»Na, und dann?«

»Dann habe ich mein Bakschisch auf den Tisch gelegt und bin wieder raus. Und als ich mir sicher sein konnte, dass er schön in seinem Häuschen bleibt, bin ich losgefahren. Ist doch nicht so schwer zu begreifen, oder?«

»Was ist das bloß für ein Land!«, stöhnt Marjana auf.

»Wenn's blöd läuft, sagt er, ich sei durchgebrochen und er habe die Schranke nie aufgemacht. Hat er ja auch nicht.«

»Und warum hat er dann keinen Alarm gegeben, per Telefon oder Telegraf oder was auch immer sie hier haben? Was wird er darauf sagen?«

»Keine Ahnung, aber das ist dann sein Problem. Ich muss das nicht wissen. Können wir jetzt endlich weiterfahren?«

Marjana klappt das Visier wieder runter. »Moment noch. Was passiert, wenn wir aus der Zone rausfahren wollen? Das gleiche Spiel noch mal?«

»Quatsch.«

»Wieso denn?«

»Beim Rausfahren kontrollieren sie nie, weil sie denken, ich wäre schon beim Reinfahren kontrolliert worden. Sie wissen Bescheid, wie's läuft.«

Marjana sieht nicht so aus, als würde sie das beruhigen, aber sie legt die Arme um Luba und hält vorerst den Mund.

Nach zwanzig Minuten drosselt Luba die Geschwindigkeit, um ihre Ankunft noch etwas hinauszuzögern. Dann taucht Milas Haus auf, die hölzerne Scheune mit dem halb offenen Tor, der Zaun mit der einen verbliebenen Zaunlatte. Luba lässt den Motor noch eine Weile laufen und starrt auf die Haustür, während Marjana die Umgebung scannt. Nichts rührt sich. Marjana steigt ab und wartet auf Luba, die den Motor ausstellt. Mila ist ihre Freundin. Wie in Zeitlupe steigt Luba vom Bock, nimmt den Helm ab und legt ihn auf den Sitz. Sie fährt sich mit der Hand durchs Haar, schüttelt ihre Mähne, spannt den Körper an und nähert sich dem Haus. Von außen späht sie durch das Küchenfenster. Nichts. Als sie die Haustür öffnet, ist Marjana dicht hinter ihr. Die Küche wirkt verlassen. Die Treppe hinauf zu den Schlafzimmern im ersten Stock ist ausgetreten, eine Stufe ist angebrochen. Luba zögert, sieht hinauf, geht dann aber weiter zu einer Tür im Erdgeschoss, hinter der eine kleine Schlafkammer liegt. Dort hatte Milas Mann Alexej gelegen, als er krank wurde. Luba bleibt stehen, atmet durch, klopft dann und lauscht. Keine Reaktion. Sie drückt die Klinke, streckt den Kopf in den Türspalt, fährt zurück und presst sich die Hand auf den Mund. Marjana berührt sie sanft an der Schulter und schiebt sie ins Zimmer hinein. In Alexejs ehemaligem Bett liegt Mila. Sie ist mit einer zerschlissenen, farblos gewordenen Decke zugedeckt und hat die Augen geschlossen. Ihr Gesicht ist wächsern, die Finger auf der Bettdecke knotig wie Haselnusszweige. Ein säuerlicher Geruch hängt in der Luft.

»Sie ist tot«, flüstert Luba, ohne den Blick von der alten Frau zu wenden.

Marjana will das Fenster öffnen, aber es klemmt. Durch die Scheibe eines der Fensterflügel wächst ein Riss, die Gardinen sind staubgrau. Marjana tritt wieder ans Bett und nimmt Milas Hand. »Du hast verdammtes Glück«, sagt sie. »Sie ist noch warm.« Sie beugt sich über die alte Frau und sucht an ihrem Hals nach dem Puls. »Ich würde sagen, sie hat auf dich gewartet.«

Luba kann die Tränen nicht zurückhalten. »Was machen wir jetzt?«, fragt sie und wischt sich über die Wangen. »Wir müssen einen Arzt holen. Wir müssen sie ins Krankenhaus bringen!«

»Und was noch?« Marjanas Ton ist barsch. »Die Angehörigen verständigen, den Priester holen und den Sarg bestellen? Also, du hast Nerven! Siehst du im Umkreis von dreißig Kilometern vielleicht irgendwo ein Krankenhaus? Kannst du das Blaulicht aufstecken und deine Ninja schnell zum Rettungsfahrzeug umbauen, mit einer Bahre als Beiwagen? Oder sollen wir Mila einfach zwischen uns nehmen?«

»Aber wir müssen doch etwas tun!«

»Denk doch mal nach.« Marjana redet jetzt beruhigend auf sie ein. »Sie ist alt, sie ist krank, und sie hat mit dem Sterben auf dich gewartet. Jetzt, wo du da bist, ist doch alles perfekt.«

»Unter ›perfekt‹ verstehe ich aber etwas anderes«, sagt Luba. »Und wenn sie gar nicht mehr aufwacht?«

»Dann wacht sie eben nicht mehr auf. Was machst du dir so viele Gedanken? Es liegt doch sowieso nicht in deiner Macht. Freu dich einfach, dass sie noch lebt. Sie wird trotzdem merken, dass du da bist. Gibt es hier Wasser? Dann koche ich uns Tee, während du dich ein bisschen beruhigst.«

»Draußen an der Zisterne«, sagt Luba.

»Und das kann man trinken?«

»Mila und die anderen trinken es seit Jahren, und sie haben es überlebt.«

»Lieber trinke ich meine eigene Pisse als das Zisternenwasser in der Zone. Wo ist der Geigerzähler?«

»Liegt auf dem Küchentisch.«

»Ach, und, Luba? Muss ich da draußen aufpassen auf irgendwelches Getier? Wölfe, Bären oder so was?«

»Wölfe schleichen sich ganz leise an, von denen kriegst du gar nichts mit. Aber wenn's laut knackt, dann bricht wahrscheinlich gleich ein Bär durchs Unterholz. Allerdings habe ich noch nie einen getroffen. Und Wildpferde laufen hier draußen auch irgendwo herum. Aber auch die hab ich nur mal weit von der Straße entfernt gesehen.«

»Und was ist mit Schlangen, Skorpionen und anderen kriechenden Fieslingen?«

»Skorpione sind hundertmal resistenter gegen Gammastrahlung als wir Menschen, wusstest du das? Wenn's irgendwo im Gebüsch raschelt und zischt, dann fass da halt nicht rein. Und jetzt hau endlich ab, Marjana, und hol uns Wasser.« Luba hat sich einen Stuhl neben Milas Bett gestellt und streichelt ihre Hand.

Hinter dem Haus steht eine offene Regentonne aus rostigem Blech. Das Wasser ist dunkel von Mückenlarven. Der Geigerzähler schlägt zwar nur leicht aus, aber Marjana ekelt sich vor den zuckenden Larven. Man müsste das Wasser durch ein engmaschiges Sieb filtern, aber es ist nahezu unwahrscheinlich, dass sie hier so etwas finden wird.

Ein Birkenwäldchen schickt sich an, sich Milas und Alexejs Häuschen einzuverleiben. Überall sprießen kleine Stämmchen aus den fünfundzwanzig Schichten Laub, die den Boden bedecken. Zwischen zwei ausgewachsenen Birken, von denen eine krumm wächst und jetzt im Sommer gelbe Blätter trägt, taucht ein Brunnen auf. Als Marjana den Geigerzähler über den Rand schiebt, schlägt der Zeiger aus. Nein, das stark belastete Grundwasser werden sie nicht für Milas vielleicht letzten Tee verwenden, beschließt Marjana. Bei der Scheune findet sie endlich einen mit einem feinmaschigen Gitter abgedeckten Zinkbehälter mit Wasser. Wahrscheinlich die Zisterne, die Luba meinte. Auch in diesem Wasser schwimmen einige Larven, aber vielleicht kann man es so abschöpfen, dass sie in der Zisterne bleiben. Das könnte funktionieren. Die radioaktive Belastung hier ist nur mäßig. Marjana nimmt die Abdeckung ab, taucht ihren Topf ein und füllt ihn, als neben der Zisterne das Laub raschelt. Sie versteift sich, passt auf, dass sie ihr Wasser nicht ausschüttet, und starrt auf die Stelle, von wo das Geräusch kommt. Um einen in der Sonne liegenden Stein herum schlängelt sich etwas Silbriges, es ist etwa fingerdick, sieht eher aus wie ein Wurm mit Einzelgliedern statt Schuppen. Es ist eine Blindschleiche. Marjana denkt, dass ihr durch irgendeine Mutation Füße gewachsen sind, aber als sie näher kommt, sieht sie, dass ein verästeltes Geschwür aus der Haut an ihrer Flanke wuchert. Marjana geht zurück ins Haus, die Wildnis fest im Blick für den Fall, dass ein Bär oder Luchs plant, sich auf sie zu stürzen.

Mit ein paar Spänen und neben dem Herd lagernden Holzscheiten versucht sie, ein Feuer zu entfachen. Verdammt, ist das kompliziert. Bloß auf die manikürten Finger aufpassen. Wäre ja schade um die stundenlange Behandlung, das Stillsitzen und das Warten. Tatsächlich beginnt das Holz nach mehreren Anläufen zu brennen. Jetzt den Wassertopf aufsetzen. Drei, vier Larven schwimmen im Wasser, aber was soll's. Marjana findet ein feines Netz, das wohl schon länger als Teesieb dient und braun verfärbt ist. Im Küchenschrank stehen Gläser mit getrockneten Kräutern. Marjana entscheidet sich für Himbeerblätter. Daraus hat ihre Mutter früher auch immer Tee gekocht.

Während das Wasser heiß wird, sieht sie in die Schlafkammer hinüber. Luba hat ihren Kopf auf Milas Hüfte gelegt und hält ihre Hand noch immer fest.

Das Wasser kocht, und Marjana setzt den Tee an. Als sie schließlich mit drei Tassen in der Hand die Kammer betritt, scheint es ihr, als habe sich etwas verändert. Luba sitzt zusammengesunken am Bettrand. Das Fenster ist noch immer geschlossen, und die Luft im Raum ist nicht besser geworden, aber Mila! Mila hat ein Lächeln auf den Lippen, das vorher noch nicht da war. Marjana berührt Luba, die erst aufschreckt, die Veränderung dann aber auch bemerkt und Milas Hand etwas stärker drückt.

»Stützt du sie?«, fragt Marjana. »Dann flöße ich ihr Tee ein.«

Luba greift unter Milas Rücken. Sie ist federleicht. Sie bringt den Oberkörper nach vorn, und Marjana nimmt den ersten Löffel Tee, bläst zum Abkühlen darauf, setzt ihn an Milas Lippen und lässt den Tee langsam vom Löffel in ihren Mund laufen. Mila schluckt hart und schmatzt. Soll das heißen: Gebt mir mehr? Während sie warten, dass Mila ihnen ein weiteres Zeichen gibt, schlägt sie die Augen auf. Luba kommen die Tränen. Mila sieht erst sie an, dann Marjana, dann schluckt sie den nächsten Löffel Tee. Sie macht Anstalten, etwas zu sagen, aber das Sprechen fällt ihr schwer. Ein Mensch, der vielleicht an der Schwelle des Todes steht. Aber hier ist Mila, schaut die beiden Frauen an und schlürft Himbeerblättertee.

»Ich bin's, Luba, die Frau mit dem Motorrad. Kennst du mich noch?«, fragt Luba.

»Und ich bin Marjana«, sagt Marjana. »Wir gehören zusammen.«

Mila scheint großen Durst zu haben. Wie lange sie wohl schon in der Kammer gelegen hat und durstig war? Ihre Augen irren im Zimmer herum, dann verschwinden die Augäpfel unter dem oberen Lid, bis nur noch das Weiße zu sehen ist. Luba ist enttäuscht. Jetzt ist sie gerade erst erwacht und dämmert schon wieder weg.

Marjana tätschelt Milas Hand und ruft: »Hallo, bleib ein bisschen wach, alte Frau! Unterhalte dich mit deinen Gästen. Wir sind extra deinetwegen hier herausgefahren. Und wir haben dir auch etwas mitgebracht.« Marjana knöpft sich ihre Bluse auf, greift mit der Hand in den BH, tastet ein wenig herum und zieht schließlich einen Einhundert-Gramm-Goldbarren heraus.

»Du spinnst doch«, flüstert Luba.

»Trage ich immer an meinem Herzen«, meint Marjana. »Hier.« Sie bewegt den Goldbarren vor Milas Augen hin und her und versucht, ihren Blick einzufangen. Endlich fixieren die Augen den Barren, aber Mila zeigt keine Anzeichen, etwas zu erkennen, also drückt Marjana ihr den Goldbarren einfach in die Hand. Als Mila zugreift, lächelt sie wieder ein wenig.

»Das haben wir aus dem Berg geholt«, sagt Luba. »Alexej hatte recht. Es ist alles da, aber leider konnten wir nicht sehr viel mitnehmen.«

Mila lässt den Barren nicht mehr los. Auch als sich ihre Augen wieder verdrehen, hält sie ihn weiter fest. Sie lächelt noch, als sie schon aufgehört hat zu atmen. Luba und Marjana haben beide den Übergang vom Leben zum Tod gemerkt, aber sie hätten nicht sagen können, woran. Sie konnten den Moment spüren, in dem Milas Herz aufgehört hat zu schlagen und ihre Seele begonnen hat wegzudriften. Luba hält noch immer Milas warme Hand. Nur ihr Lächeln hat sie ihnen zurückgelassen, vielleicht hat sie sie ja wirklich erkannt.

Langsam wird der Tee in den Bechern kalt. Luba weint leise, Marjana streichelt Milas Wange.

»Weißt du, wo sie Alexej begraben hat?«, fragt Marjana schließlich.

»Hinter dem Haus«, sagt Luba, »wo früher der Gemüsegarten war.«

Marjana steht auf und lässt Luba zurück, die immer noch Milas Hand hält. Sie geht aus dem Haus, überquert die Straße und findet Alexejs Grab, das mit einem genagelten orthodoxen Holzkreuz markiert ist. Zwei Querbalken untereinander und weiter unten ein dritter schräger Querbalken. Neben Alexej ist ein zweites Grab ausgehoben. Eine leere Grube, am Boden daneben ein zweites Kreuz, man muss es nur noch aufstellen. Sie hat sich ihr eigenes Grab geschaufelt, denkt Marjana, obwohl sie nicht wissen konnte, dass jemand kommen, sie finden und begraben würde. Und trotzdem hat sie vorgesorgt.

Als Marjana zurück in die Kammer kommt, hat Luba Mila bereits die Augen geschlossen. »Bringen wir sie jetzt hinaus, oder möchtest du noch ein bisschen warten?«, fragt Marjana.

»Hinaus?«, fragt Luba.

»In ihr Grab«, sagt Marjana.

***

»Kann ich Ihnen helfen, Madame?«, fragt der Händler.

»Vielleicht ja, vielleicht nein«, antwortet Marjana.

Der Kerl stutzt kurz, macht einen Kratzfuß und schweigt.

Marjana geht ein paar Schritte durch den Ausstellungsraum. Tock, tock, tock machen ihre in Deutschland gekauften Schuhe. Aus den Augenwinkeln sieht sie, dass der Kratzfuß sich in ihre Richtung wendet, ihr aber nicht folgt. Wahrscheinlich weiß er schon im ersten Augenblick, wenn jemand den Laden betritt, ob er etwas kaufen wird oder nicht. Wahrscheinlich sogar eher, als sein potenzieller Kunde es selbst weiß. Wenn er seit zwanzig Jahren hier arbeitet, hat er bestimmt seine Methoden entwickelt, um Ressourcen zu sparen. Denn bestimmt ist es harte Arbeit, jemandem einen Dreihundert- oder Fünfhunderttausend-Dollar-Luxuswagen zu verkaufen, der nicht schon beim Betreten des Geschäfts dazu so gut wie entschlossen ist. Richtig harte Arbeit. Die oft genug nicht zum Erfolg führt. Geistige Anstrengung, bis der Mann den Kunden dazu gebracht hat zu denken: Ja, warum denn nicht, das Auto gefällt mir, und den Gästen auf der nächsten Cocktailparty werden die Augen aus dem Kopf fallen. Um dann, im allerletzten Moment, doch zu sehen, wie der Geiz in dem potenziellen Kunden aufsteigt und dem Verkäufer womöglich den Erfolg wieder zunichtemachen wird. Erst gibt sich die Sparsamkeit an einem leichten Zucken der Mundwinkel zu erkennen, dann als Flackern in den Augen. Was, wenn ich doch den Gebrauchten nehme, den Gennadi mir vor Kurzem angeboten hat, oder wenn ich noch bei Rinat vorbeisehe, ob er gerade eine neue Lieferung bekommen hat? Wie viel kann ich diesen undurchsichtigen, unterwürfigen Kerl hier noch herunterhandeln, ohne dass ich ihn beleidige oder Verachtung oder, schlimmer noch, Mitleid in seinen Augen lesen muss?

Tock, tock, tock. Eigentlich sieht ein Auto doch aus wie das andere: riesengroß, wuchtig, luxuriös, blank gewienert, Lederausstattung in dezentem Schwarz, altmodischem Braun oder protzigem Weiß. Armani, YSL oder D&G, wie hätten Sie es denn gern? Ein Vermögen kosten sie alle, einen Motor wie ein Rennwagen haben sie auch alle und natürlich die eisige, abweisende Ausstrahlung eines Panzers. Ab einer gewissen Größe gehört das ebenfalls automatisch dazu. Es sind Autos, die nach frei gemachten Straßen und ehrfürchtig zurückweichenden Passanten verlangen. Nach Staatsmännern, nach Industriebossen oder Mafiapaten mit handgefertigten Lederschuhen und Maßanzügen aus bestem Zwirn. Was werden die Leute denken? Was um Himmels willen will die eigentlich mit so einem Ding? Steif und aufrecht in den kalten Lederbezügen sitzen wie eine Schaufensterpuppe und sich durch getönte Scheiben beglotzen lassen? Wer ist sie überhaupt? Woher kennt man die? Eine Fernsehmoderatorin, die mit einem der Gas-Oligarchen verbandelt ist, oder gehört sie doch eher zur Präsidentenfamilie? Nein, das ist doch die Chefin eines Mädchenhändlerrings, pfui, schau dir den Prunk nur mal an. Diese Leute schrecken doch vor nichts zurück. Quatsch, das ist die Filmproduzentin, die in Hollywood lebt und hier nur ihre arme Stiefschwester besucht.

Ist es wirklich das, was sie will? Alle gleich, diese dicken Karren, wie soll sie da eine Entscheidung treffen? Soll sie eine Münze werfen oder Lose ziehen? Der katzbuckelnde Stummfisch ist ihr nun doch auf den Fersen, fast lautlos, aber der wird ihr die Entscheidung wohl auch nicht abnehmen. Sie ist nicht einmal sicher, ob er von sich aus überhaupt noch einmal den Mund aufmachen wird. Wahrscheinlich hat er an ihrem gleichmäßigen Tock, tock, tock schon gemerkt, wie gleichgültig sie den Nobelkarossen im Grunde gegenübersteht. Dass sie Geld hat, kann er an einigen wichtigen Accessoires erkennen, die unverzichtbar sind, wenn man so einen Laden betritt. Die stahlblauen Prada-Sandalen mit dem Blockabsatz, das hübsche gelbe Miu-Miu-Täschchen. Bestimmt hat er die Zeichen gelesen und richtig gedeutet. Auch der Seidenschal von Kenzo wird ihm aufgefallen sein. Dafür platzieren die Designerfirmen ja ihre Markenlogos praktischerweise immer gut sichtbar auf ihren Luxusprodukten. Und nun also auch noch diese Karossen, die sie nicht einmal voneinander unterscheiden kann. Was hat sie bloß hierhergetrieben? Welcher Pheromonspur ist sie gefolgt, als liefe ein biologisches Programm in ihr ab? Sie könnte hier durchspazieren, sich über all die Angeberei lustig machen und dann auf ihren italienischen Designer-Blockabsätzen wieder rausmarschieren. Und anschließend sich im Café Puschkin einen Wodka oder ein Tässchen Schokolade oder beides zusammen gönnen. Dabei könnte sie ihre French Nails betrachten und mit der Hand über ihre depilierten Waden in den teuren Strümpfen und die immer noch schlanken, spitzen Knie streichen. Sie muss hier nichts kaufen, sie muss sowieso überhaupt nichts. Und den armseligen Kerl, der den Mund nicht aufbringt, muss sie auch nicht beachten. Andererseits könnte sie sich von ihm aber auch die einzelnen Modelle zeigen und erklären lassen. Die Vorteile von diesem und von jenem. Oh, sie könnte ihm stundenlang auf die Nerven gehen. Sie hat Zeit, und er muss sich die Zeit nehmen, auch wenn er sie für noch so verschwendet hält, das verlangt seine Stellung.

Ein Maybach, blaumetallic, die Nobelmarke von Mercedes. Marjana bleibt stehen, streicht mit dem Finger über den Lack, innen schwarzes Leder und Armaturen aus Kirschbaum- oder Walnussholz. Sie geht um das Auto herum. Was für ein obszön großer Kühlergrill, wie die Barten eines Wals, die den halben Ozean durchsieben. Der Stummfisch ist zu ihr gesprungen und hat ihr bereits die Fahrertür geöffnet. Er sagt noch immer kein Wort, lädt sie nur mit einer Geste ein, Platz zu nehmen, und sie tut ihm den Gefallen. Das Leder ist nicht so kalt wie erwartet. Es fühlt sich an, als wäre es auf ihre Körpertemperatur vorgewärmt worden, und es riecht nach der Behaglichkeit eines Kaminzimmers im Norden Englands, nach zwei gefüllten Whiskygläsern auf einem Schaffell. Es riecht nach Behaglichkeit, das ist das richtige Wort, nicht Luxus. Behaglichkeit steht einem zu, Luxus kann man sich leisten oder eben nicht. Weil es mir zusteht, genau, denkt Marjana. Das wäre der einzige Grund, warum ich mir so ein Ding zulegen würde. Das muss nun auch der Angestellte mit seinem glatten, teigigen Gesicht gespürt haben, denn mit einem für sein bisheriges Verhalten überraschenden Eifer greift er nach der Sitzverstellung und fährt den Pullmansessel, auf dem Marjana wie eine Kaiserin thront, lautlos nach vorn. Endlich berührt ihr rechtes Prada-Füßchen das Gaspedal, das beste Stück des Herrn Maybach, denn der Wagen ist natürlich männlich. Nur Franzosen kommen auf die Idee, einem Automobil ein weibliches grammatisches Geschlecht zu verpassen.

Marjana streicht mit den Fingerkuppen über das polierte Kirschbaum- oder Walnussholz der Armatur, das sich anfühlt wie von Michelangelo bearbeiteter Marmor, und ein Schauer läuft ihr über den Nacken und kriecht dann langsam ihren Rücken hinab. Als sie einen Blick in den Fond des Wagens wirft, auch hier schwarzes Leder und warmes Marmorholz, bleibt ihr Blick an den silbernen Champagnerkübeln auf der Konsole zwischen den rückwärtigen Sitzen hängen. Sie findet die Kübel viel weniger obszön als den Kühlergrill, obwohl sie es doch zweifellos genauso sind. Was sie wohl tun muss, damit ihr das Teiggesicht einen Schluck Champagner anbietet? Was wird der Auslöser für diesen nächsten Schritt sein, was müsste sie fragen, wohin müsste sie sehen oder fassen? Geht es um ein Wort, einen Blick, eine Bewegung? Der Schalthebel, natürlich! Ein Automatikwagen, ein Hebel, kein ordinärer Schaltknüppel. Und ein Startknopf, der zur Berührung mit der Fingerkuppe verführt.

»Möchten Sie den Wagen starten?« Der bisher Stumme hat endlich sein Handicap überwunden und schnurrt: »Das Motorengeräusch wird Sie beeindrucken.«

Hat er den Schlüssel in der Tasche, überlegt Marjana, oder liegt er im Handschuhfach oder der Mittelkonsole des Wagens? Ihr Finger ist schon auf dem Weg zum Startknopf, und plötzlich ist es da, dieses wohlige Geräusch, satt und reif wie eine tropische Frucht kurz vor dem Aufplatzen, präzise und vollmundig wie ein

Chateau-Pipi-Spitzenwein, der dieses pappsatte Gefühl hinterlässt, dass einfach nichts mehr geht. Wie nach einem Orgasmus klebt Marjana im Sitz, fühlt sich erfüllt, aber auch ein klein wenig schmutzig und nimmt erst nach und nach die anderen Geräusche wahr. Weitere Personen haben den Ausstellungsraum betreten, stehen nun an der offenen Fahrertür und werfen einen Blick ins Wageninnere, auf das Leder, das Walnuss- oder Kirschbaumholz, die spitzen Knie und die stahlblauen Prada-Sandalen. Dem Teiggesicht scheint es plötzlich peinlich zu sein, dem offensichtlichen Interessenten keinen leeren, jungfräulichen Wagen präsentieren zu können, sondern nur einen, in dem eine Konkurrentin sitzt, eine schwarze Witwe, die sich vom Geräusch des Motors hat überwältigen lassen und nie wieder auszusteigen gedenkt.

Doch Marjana bewahrt Haltung. Natürlich kommt es nicht in Frage, jetzt hektisch aus dem Fond zu stolpern. Man wird sich doch auf keinen Fall um den Kauf eines der teuersten Autos, die es überhaupt gibt, prügeln wie um ein paar reduzierte Damenslips in der Wühlkiste.

»Der Wagen steht Ihnen ausgezeichnet«, sagt der Mann, den Marjana schon in der Boulevardpresse gesehen zu haben glaubt. Aber in den letzten Jahren gab es nicht gerade wenige von diesen Industriebossen und Oligarchen. Mal schwimmen sie oben, mal stehen sie vor Gericht. Man fängt an, sie zu verwechseln. Die, die in der Politik auftauchen, kann man leichter auseinanderhalten. Dieser hier ist jedoch noch nicht ins Parlament eingezogen, aber das kann ja noch kommen.

»Ich habe mich noch nicht entschieden«, sagt Marjana und versucht, den Fuß möglichst elegant aus dem Wagen zu heben und auf dem Hallenboden aufzusetzen. Der blonde Milliardär mit dem aus der Mode gekommenen Topfhaarschnitt und dem unglaublich dichten Haar, das dazu reizt, hineinzugreifen wie in eine Sommerwiese, reicht ihr die Hand, um ihr beim Aussteigen zu helfen.

»Das sollten Sie auch nicht, wenn Sie noch keine Probefahrt gemacht haben«, sagt er. »Gestatten? Jewgeni Senajew. Wenn Sie möchten, werde ich Ihnen dabei Gesellschaft leisten.«

»Ein andermal sehr gern«, antwortet Marjana, »aber heute

Nachmittag habe ich leider noch einen Termin.« Nur mit dem Fitnesstrainer, aber das muss sie ihm ja nicht auf die Nase binden.

»Schade«, er gibt nicht auf, »aber vielleicht hätten Sie ja heute Abend Lust und vielleicht sogar Zeit, zu einer kleinen Abendveranstaltung zu kommen? Zu der Geburtstagsparty für meine Frau im Hyatt Regency?« Er zieht eine Visitenkarte mit goldenem Rahmen aus der Sakkotasche und reicht sie ihr.

Marjana wirft einen kurzen Blick darauf. Um nichts in der Welt wird sie jetzt ihre Lesebrille hervorkramen, auch wenn sie nicht einen Buchstaben entziffern kann.

»Sie hat sich einen Song von Zlata Ohnevytj als Geburtstagsgeschenk gewünscht«, fährt Jewgeni Senajew fort.

Marjana hat keinen Schimmer, wer das sein soll.

»Sie kommt direkt aus Malmö«, hilft er ihr auf die Sprünge.

Ach, denkt Marjana, wahrscheinlich eine von den elfengleichen Sängerinnen, die ihr Land mit wenig Stimme, dafür aber sehr langen Beinen auf dem Eurovision Song Contest vertreten haben. Die lässt er also einfach mal so zum Geburtstag einfliegen.

»Wenn es sich einrichten lässt, komme ich gern«, näselt Marjana und tut so, als fühle sie sich geehrt. Und das muss sie nicht einmal heucheln.

Als Senajews Smartphone klingelt, entschuldigt er sich und wendet sich ab. »Ich muss leider«, sagt er kurz darauf, das Handy noch immer mit einer Schulter ans Ohr geklemmt, und reicht ihr die Hand. Dem Autoverkäufer signalisiert er, dass er die Papiere für ihn vorbereiten soll. Der Mann nickt, dann rauscht Senajew davon, und im selben Moment fährt draußen sein Wagen vor, ein 7er BMW, schwarz wie die Nacht und wie von Sensoren gesteuert, die auf seine Körperwärme reagieren, sein Gesicht erkennen oder einfach intuitiv wissen, wann er den Wagen braucht.

Hat er jetzt im Vorbeigehen tatsächlich den Maybach gekauft und den Händler gebeten, alle Verträge fertig zu machen? Das hat er, wie der Verkäufer Marjana bestätigt.

»Keine Sorge, ich bekomme bestimmt bald wieder einen. Wenn Sie möchten, kann ich Sie anrufen, wenn es so weit ist«, bietet das Teiggesicht an.

»Ich frage nicht wegen mir«, meint Marjana. »Aber fünfhunderttausend! Ich meine, wer hat die schon daheim herumliegen, um sich mal eben schnell ein Auto zu kaufen?«

»Jewgeni Senajew jedenfalls schon. Erst letzte Woche hat er sich die teuerste Wohnung der Welt gekauft. In London.«

»Wie teuer?« Marjana kann es sich nicht verkneifen nachzufragen.

»Einhundertsechsundfünfzig Millionen«, sagt der Verkäufer. »Euro. Für lausige sieben Zimmer auf zwei Etagen. Am Hyde Park. Dagegen ist der Maybach das reinste Schnäppchen.«

Marjana versucht, sich diesen Palast vorzustellen, der bestimmt von einem Stararchitekten geplant und gebaut wurde, aber es will ihr nicht gelingen. Eine Wohnung, die einhundertsechsundfünfzig Millionen wert ist! Euro! Wie sieht da wohl die Einrichtung aus? Der Mann kann sich doch schlecht sein Sofa vergolden lassen oder sein Bett. Auch wenn er noch so reich ist, schläft er doch bestimmt auch lieber auf einer Matratze oder auf einem Wasserbett, aber nie und nimmer auf einer goldenen Bahre.

Marjana hat den Maybach als Möglichkeit für sich selbst schon abgehakt und dafür einen weißen Mercedes SL ins Auge gefasst. Das Motorengeräusch kann sich nicht mit dem des Maybach messen, dafür bewegt sich das Ausmaß des Kühlergrills in menschlichen Maßen. Für jemanden wie sie, die die letzten fünfundzwanzig Jahre überhaupt kein Auto besessen hat, reicht das vollkommen aus.

Im Studio wartet Kuko bereits auf sie. Doch Marjanas Fitnesstrainer weiß sich auch ohne sie zu unterhalten und wanzt sich an zwei junge Frauen heran, die sich keinen Personal Trainer leisten können oder wollen. Erst als Marjana umgezogen ist, wird ihr endlich seine ungeteilte Aufmerksamkeit zuteil.

Dann ein Anruf. »Entschuldige, Kuko.« Er verdreht genervt die Augen. »Ja, was gibt's denn?«

»Ich wünsche Ihnen einen guten Tag, Frau Dr. Luschenko! Hier spricht Ludmilla Fedorowa. Ich rufe Sie an, um Sie um eine Spende für Halbwertszeit zu bitten.«

Ein Spendenaufruf? Am Handy? »Wer oder was ist bitte Halbwertszeit?«, fragt Marjana.

»Halbwertszeit«, antwortet Ludmilla Fedorowa, »ist die Zeitspanne, in der die Menge eines Radionuklids durch Zerfall auf die Hälfte sinkt.«

»Das ist mir bekannt, Kindchen, aber für eine Zeitspanne werden Sie doch keine Spenden sammeln. Der Zerfall findet auch ganz ohne unser Geld statt.«

»Ohne unser Geld und ohne dass wir ihn beschleunigen oder ändern könnten, da haben Sie natürlich recht. Nein, wir sammeln für eine Geisterstadt vor unserer Haustür: Prypjat. Wir haben die Stadt an die Kernkraft und ihren schwersten Störfall verloren.«

»Auch das ist mir bekannt, Kindchen. Wollen Sie mir vielleicht Landeskundeunterricht erteilen? Was genau wollen Sie von mir, und warum bekomme ich diesen Anruf?«

»Wir wollen, dass die Atomkraftwerke in unserem Land entweder sicherer oder ganz abgeschaltet werden. Für unsere Arbeit sammeln wir Geldspenden.«

Kuko hat sich wieder den zwei jungen Damen zugewandt.

»Okay, den Teil verstehe ich«, sagt Marjana, »aber trotzdem werde ich nichts spenden. Weder für Halbwertszeit noch für sonst was und schon gar nicht am Telefon. Jetzt zu meiner zweiten Frage.«

»Entschuldigung, aber wie lautete die noch mal?«, fragt Ludmilla Fedorowa, deren Kundengespräch wahrscheinlich aufgezeichnet wird, so höflich und vorschriftsmäßig verhält sie sich.

»Warum werde ich angerufen? Wie kommen Sie an meine Handynummer, Kindchen? Die steht nicht im Telefonbuch, und kaufen kann man sie auch nicht.«

»Wir rufen einfach das Kiewer Telefonbuch durch, Frau Doktor.«

»Aber ich habe Ihnen doch gerade gesagt, dass die Nummer da nicht drinsteht.«

Ihr Fitnesstrainer macht Marjana ein Zeichen, dass er nicht ewig Zeit hat, also lässt Marjana die Sache auf sich beruhen und beendet nach einem frostigen »Guten Tag« das Gespräch.

Kuko blinzelt den beiden Damen zu, begrüßt Marjana endlich gebührend und schaltet das Laufband für sie ein. Weil er weiß, dass sie das Gerät hasst, bleibt er bei ihr stehen und erzählt ihr, während sie schwitzt, ein paar lustige Anekdoten aus der Muckibude von den A-, B- und C-Promis aus Kiew. Von denen, die dem Präsidenten nahestehen und denen, die ursprünglich der Expräsidentin nahestanden, jetzt aber in das Lager des neuen Präsidenten gewechselt sind. Oh Gott! Einerseits ist Marjana froh, weder zu den einen noch zu den anderen zu gehören und deshalb keine Loyalitätsprobleme zu haben, andererseits, ja, andererseits hat sie diese Probleme eben nur deshalb nicht, weil sie in diesem Staat und dieser Gesellschaft total unbedeutend ist. Eine Null. Dabei würde es ihr doch wahrlich zustehen, in diesem Volk von Bauern und Schlawinern eine gewisse Bedeutung zu haben. Sie, Dr. Marjana Luschenko, ist schließlich Historikerin, eine Intellektuelle, die zur geistigen Elite der Ukraine gehört. Für die Universität fehlten ihr leider die entsprechenden Verbindungen, also war sie zuerst nur Assistentin gewesen, eine ganze Dozentenstelle, geschweige denn eine Professur hatte man ihr nie angeboten. Und das hatte so gut wie nichts mit ihren Leistungen zu tun, sondern ausschließlich damit, dass sie an den entsprechenden Stellen keine mächtigen Fürsprecher hatte. Dass ihre Familie es nie geschafft hatte, an die Zentren der Macht anzudocken.

Also gut, denkt sie und muss auf ihrem blöden Laufband langsam keuchen, wenn ich es auf dem intellektuellen Weg nicht bis an die Spitze schaffe, dann muss ich eben einen anderen einschlagen. Für die ganz großen Eroberungen durch ihren jugendlichen Luxuskörper ist es allerdings schon fast zu spät. Retten, was noch zu retten ist, muss daher die Devise lauten. Immerhin hat ihr heute das Glück zugewinkt. Man muss sich nur in einem Laden für edle Schlitten aufhalten, und schon bekommt man die richtigen Einladungen.

»Kuko, kennst du eigentlich …«, wendet Marjana sich schwer atmend ihrem Coach zu, »einen Jewgeni Senajew?«

»Leider nicht persönlich«, antwortet Kuko, »sonst hätte ich mein Laufband schon unter den Arm genommen und wäre ihm bis ans Ende der Welt gefolgt.«

»Hä? Ist der denn schwul?«

»Quatsch, so war das nicht gemeint. Aber solche Leute brauchen immer eine Menge anderer Leute für alle möglichen Aufgaben. Und wenn's der Posten als Fitnesstrainer für seine Frau, Tochter oder seinen Bodyguard ist.«

»Ich hab ihn heute kennengelernt, und er hat mich zu einer Party eingeladen.«

»Was? Er hat dich eingeladen?«

»Ja, gerade eben.«

»Auf der Straße, oder wie?«

»Nein, beim Autohändler.«

»Autohändler? Aber nicht beim Škoda-Händler hier an der Ecke, oder?«

»Nicht ganz.« Marjana hechelt.

»Aha«, macht Kuko. »Andere Marke, was?«

Marjana zuckt mit den Achseln.

»Und wann und wo soll die Party stattfinden?«

»Heute Abend im Hyatt Regency. Willst du mitkommen? Eine Begleitung wird ja wohl in Ordnung sein. Ich kenn da ja sonst überhaupt niemanden.«

Kuko starrt sie an, als habe sie ihn eben schwer beleidigt. Warum ist der denn auf einmal so wütend? So kennt Marjana ihren Trainer gar nicht. Dann rennt Kuko los, hinüber zu den Geräten, schlüpft in ein Paar Handschuhe und drischt ungehalten auf den Punchingball ein.

»Was hat er denn plötzlich?«, fragt eine der Schönen, die sich zuvor mit ihm unterhalten haben.

»Keine Ahnung.« Marjana schaltet ihr Laufband ab, bevor sie noch auf die Nase fliegt.

Als Kuko sich ausgetobt hat, kommt er zu ihr zurück. Er riecht nach Schweiß und hat dunkle Flecken unter den Achseln.

»Was war denn los?«, fragt Marjana.

»Meine Chefin ist im Krankenhaus. Sie bekommt heute oder morgen ihr Kind«, sagt er.

Marjana schüttelt den Kopf. »Und deshalb musst du auf diesen armen Ball eindreschen? Hast du was gegen Kinder, oder bist du jetzt vollkommen übergeschnappt?«

»Nein, verdammt, aber ich muss sie so lange hier vertreten. Ich kann nicht weg, verstehst du? Oh Mann, da bekomme ich ein Mal die Möglichkeit, bei so einer Party dabei zu sein, solche

Leute kennenzulernen, und dann muss ich arbeiten! Das ist doch einfach nur unfair!«

»Hm, kann nicht jemand anderer …?«

»Auf keinen Fall. Ich hab's ihr doch in die Hand versprochen.«

»Und sie würde nicht verstehen …?«, versucht es Marjana noch einmal.

»Nein, würde sie nicht. Das kann ich mir aus dem Kopf schlagen. Wenn ich hier nicht ausharre, bis sie mit dem Baby im Arm zurückkommt, dann schmeißt sie mich einfach raus. Verdammter Mist!«

»Hm, das wäre schon ziemlich blöd«, sagt Marjana. »Aber wen soll ich denn dann auf die Party mitnehmen? Ich kenn dort doch niemanden.«

»Du wirst doch wohl ein paar Freunde haben, die sich um diese Gelegenheit reißen. Und jetzt: husch, husch! Mach den Abgang!«

»Aber wieso denn? Machst du früher zu und kommst doch mit?«

»Quatsch, aber du musst noch zum Friseur und zur Kosmetikerin! Und am besten kaufst du dir auch noch ein passendes Cocktailkleid. Und Schuhe natürlich. Also los, du hast nicht mehr viel Zeit. Wann genau beginnt denn die Party?«

»Das hat er nicht gesagt. Was meinst du, wann ich da auf der Matte stehen kann? Und vor allem: Hast du nicht doch noch einen Vorschlag, mit wem?«

»Ich würde sagen, gegen neun, halb zehn ist eine gute Zeit, um dort aufzulaufen. Und jetzt soll Iwanka dir eine Tasse Kaffee machen, und du schaust in deinem Telefonbuch nach, wen du mitnimmst.« Er schiebt Marjana in Richtung Theke. »Iwanka, sei so lieb und mach meiner Marja ein starkes Käffchen, ja?«, ruft er der Dame am Tresen zu, die orangefarbenen Nagellack samt farblich passendem Lippenstift trägt.

»Und einen Schnaps dazu«, bittet Marjana sie.

»Tut mir leid, aber wir schenken im Studio keinen Alkohol aus«, sagt Iwanka, doch Kuko räuspert sich, verdreht die Augen und gibt ihr ein Zeichen, dass sie ausnahmsweise die geheimen Vorräte plündern darf.

Als Marjana aus der Umkleide zurückkommt, stehen zwei

gefüllte Tassen vor ihr auf dem Tresen: eine mit schwarzem Kaffee, die andere mit einem Klaren, den sie in einem Schluck hinunterstürzt. Ahhh! Und jetzt das Telefonbuch in ihrem Smartphone aufrufen. Es ist ziemlich überschaubar. Ein paar ehemalige Kollegen aus der Stiftung, ihr Professor von der Uni, dessen Nummer sie in das Telefonverzeichnis jedes neuen Handys umzieht, ohne zu wissen, ob er überhaupt noch lebt, und schlussendlich ein paar, wenn auch wenige, Freundinnen. Von einigen von ihnen weiß sie nicht, ob sie überhaupt noch Freundinnen sind und noch in Kiew leben. Eine alte Tante in Odessa – wie lange hat sie die schon nicht mehr gesehen? – und ein Cousin in Riga. Oder wohnt er doch in Tallinn? Das letzte Mal hat sie ihn vor mindestens zwanzig Jahren getroffen. Keine männlichen Freunde. Also doch eine Frau? Luba? Nein, die würde doch nie zum Klassenfeind mitgehen. Aber was ist mit Wiktor? Na klar, Wiktor! Warum nicht Wiktor? Er ist ja schon wieder zu Hause, vor einigen Wochen aus dem Krankenhaus entlassen worden. Klassenfeind und Volksheld, das ist doch eine zündende Mischung! Und immerhin ist er ein Mann, vielleicht ein bisschen zu alt und zu mager, um damit auf der Party Furore zu machen, aber darüber kann sie glatt hinwegsehen. Dass er bloß nicht auf die Idee kommt, seinen Orden, diese komische blaue Medaille, anzustecken. Nein, dieses Fass will sie auf keinen Fall aufmachen, sie wird ihm das strikt verbieten. Schon wählt sie seine Nummer.

»Witja, mein bester Freund«, säuselt sie in ihr Smartphone. »Wie schön, dass ich dich erreiche. Sag, hast du heute Abend schon was vor?«

»Gut, dass du mich erst gar nicht fragst, wie's mir geht. Mir geht's wieder einigermaßen gut. Die Fäden sind auch schon gezogen, es kann also nur noch besser werden. Aber hör mal, du meldest dich doch sonst auch nur, wenn du was brauchst. Also, was brauchst du?«

»Brauchen? Aber das ist doch nun wirklich Quatsch, Wiktor! Was soll ich schon von dir brauchen? Ganz im Gegenteil, ich hab dir etwas anzubieten: nämlich eine Party heute Abend, lauter nette Leute, feines Essen, all inclusive sozusagen, verstehst du? Und nicht zu vergessen meine göttliche Gesellschaft.«

»Und wo? Ich meine, was sind das für Leute? Ein Haufen Akademiker, die die Nase genauso weit oben tragen wie du?«

»Ich glaube nicht, dass sie so schlimm sind. Akademiker sind vielleicht auch dabei, aber nicht viele, nein, das kann ich mir nicht vorstellen. Lass dich doch einfach überraschen und genieße einen schönen Abend an meiner Seite, okay?«

»Ich wollte heute Abend eigentlich bei Kolja und Wadim vorbeisehen …«

»Vergiss es, Wiktor, das kannst du morgen auch noch machen. Ich hole dich um neun zu Hause ab. Und Wiktor, wenn du was Anständiges anzuziehen hast, dann wäre das jetzt *die* Gelegenheit. Du musst keine Angst haben, overdressed zu erscheinen, sogar dein Hochzeitsfrack würde sich anbieten, wenn du in den noch reinpasst. Ach, weißt du was? Ich komme einfach gegen halb neun bei dir vorbei und bringe vielleicht etwas für dich mit. Zur Feier des Tages.«

»Hast du Geburtstag, Hochzeits- oder Scheidungstag oder so was?«, fragt Wiktor.

»Nein, es ist eher so etwas wie ein Debütantinnenball.«

»Du hast eine Tochter? Das wusste ich ja gar nicht!«

»Nein, keine Tochter. Ich bin die Debütantin.« Marjana leert kichernd ihre Kaffeetasse.

»Bist du betrunken?«, fragt Wiktor. »Willst du mich auf den Arm nehmen?«

»Nein, ich will dich mit auf eine Party nehmen. Und jetzt freu dich endlich und schau noch beim Friseur vorbei, wenn du Zeit hast. Wirf dich in Schale, Mann, wie für die Oper, fürs Bolschoi und die Donkosaken zusammen, Wiktorchen.« Sie trennt die Verbindung, bevor er weiterfragen kann. Es soll doch eine Überraschung werden.

Wiktor sieht ganz passabel aus, als Marjana ihn abholt. Hellgrauer Anzug, lila Hemd, allerdings eine scheußliche Krawatte.

»Toller Anzug, wo hast du den denn her?« Marjana betrachtet ihn kritisch und signalisiert ihm mit dem rechten Zeigefinger, dass er sich drehen soll. Wiktor drückt den Rücken durch und die Brust raus und macht eine Vierteldrehung, steif wie ein Roboter.

»Du hast doch gesagt, wenn ich noch reinpasse, soll ich den Hochzeitsanzug nehmen.«

»Erzähl mir nicht, dass du vor fünfundzwanzig Jahren in Kiew einen Anzug mit diesem Schnitt, aus diesem Stoff und in dieser Farbe bekommen hast. Ich war zu der Zeit auch schon auf dem Heiratsparkett unterwegs und weiß noch genau, was wir damals getragen haben. Moskauer oder DDR-Schick. Aber einen so dünnen Wollstoff«, sie nimmt den Jackettsaum zwischen Zeigefinger und Daumen, »haben nur die Schneider in London oder Mailand verarbeitet. Und das russische Hellgrau, das unsere Kosmonauten in der Freizeit trugen, sah auch ein bisschen anders aus als das hier. Stumpf wie Beton war das damals, während das hier schimmert wie ein Swarovski-Kristall.« Mit einem schnellen Griff packt sie Wiktor am Schlafittchen und zieht ihm das Jackett bis zu den Ohren hoch, um einen Blick auf das Etikett zu werfen. »Ha! Armani. Wusste ich's doch. Das kann bei uns immer noch keiner. Wo hast du den Anzug her? Na, egal, ist jedenfalls eine prima Wahl. Nur das lila Hemd geht natürlich gar nicht. Hier, ich hab dir zwei andere mitgebracht.«

»Weiß und schwarz, ist das nicht langweilig?«, murrt Wiktor.

»Das ist nicht langweilig, sondern klassisch«, belehrt ihn Marjana und reißt die Verpackungen auf.

Nach reichlichem Abwägen bestimmt sie, dass das weiße Hemd am besten mit dem Grau des Anzugs, Wiktors Teint und seinem grauen Haar harmoniert. Für die Krawatte empfiehlt sie ihm den Mülleimer, da die zu seinen Lebzeiten sicher nie mehr modern werden wird und sich als Erbe für Wiktors Sohn Mitja auch nicht eignet.

Wiktor versucht gar nicht erst, Einwände zu formulieren, und lässt sich am Ende der Aktion auch noch klaglos seinen Igelkopf mit Gel aufmotzen. Marjana findet, so sieht er verwegen aus.

»Wie Alain Delon«, sagt sie. »Der mittelalte Delon, nicht der ganz alte.«

»Gab's den auch mittelalt?«, fragt Wiktor.

»Wieso denn nicht? Meinst du etwa, er hat die schrecklichsten Jahre übersprungen? Dann würde ich ihn gern mal fragen, wie man das macht. Nicht mehr jung und noch nicht richtig alt, das ist irgendwie das Schlimmste. Weißt du, was ich heute Nacht geträumt habe?«

»Was denn?«

»Es war so grässlich!«

»Was denn?«

»Ich hab geträumt, ich wäre schon sechzig.«

»Und? Schlimm?«

»Grauenhaft! Ein Alptraum! Ich bin schweißgebadet aufgewacht. Sechzig, ich! Kannst du dir das vorstellen?«

»Eigentlich schon. Aber ich finde daran auch nichts Schlimmes. Irgendwann sind wir alle mal sechzig, da müssen wir durch.«

»Aber ich fühl mich gar nicht so, so alt, meine ich.«

»Bist du ja auch nicht. Ein paar Jahre hast du noch. Ich finde unser Alter eigentlich eher gut, ich meine, dass wir überhaupt so lange durchgehalten haben. Und dann auch noch so ein Abend wie dieser.«

»Im Armani-Anzug«, ergänzt Marjana.

»Und an der Seite einer bezaubernden reifen Frau.«

»Kunststück, nach dem ganzen Aufwand, den ich betrieben habe. Zwei Kosmetikerinnen, ein Friseurteam und eine Boutiquenbelegschaft haben sich heute eine goldene Nase an mir verdient. Alles, was jetzt noch auf dieser Party kommen kann, sind doch nur Peanuts.«

»Diese widerlichen Neureichen«, sagt Wiktor, als sie gegen einundzwanzig Uhr auf die Straße treten. »Schau dir das nur mal an, wie sie mit ihren Westkisten jetzt ständig bei uns herumkurven. Mercedes SL, hoho, und ganz in Weiß. Meine Fresse! Da scheint es jemand aber verdammt nötig zu haben, oder?«

»Ich glaube nicht«, sagt Marjana. »Die Leute haben einfach Spaß an solchen Autos. Und warum auch nicht? Spricht denn etwas dagegen?«

»Und einparken können sie auch nicht. Guck mal, wie weit der vom Randstein entfernt steht. Haha.«

Marjana sieht ihn giftig an. »Ich finde das auch sehr lustig«, sagt sie. »Ich könnte mich glatt darüber totlachen.«

Wiktor starrt sie an. »Jetzt sag bloß nicht, der SL gehört dir.«

»Dann sag ich's halt nicht. Meinetwegen. Ist sowieso nur ein Leihwagen.« Sie tritt auf die Straße und hält nach einem Taxi Ausschau. »Kann der hier stehen bleiben, ohne dass mir deine Klassenfreunde gleich mit dem Schlüssel die ganze Seite zerkratzen und mir den Stern abbrechen?«

»Das kann ich dir nicht garantieren, aber da vorn gibt es ein Parkhaus. Die paar Kröten kannst du ja dann wohl auch noch ausgeben, oder?«

»Okay. Aber noch eines, Wiktor, solltest du in der Westkiste zum Parkhaus mitfahren wollen: Ich weiß alles, was du sagen wirst, noch bevor du es ausgesprochen hast. Du kannst also genauso gut die Fresse halten. Genau genommen bitte ich dich sogar darum.«

»Weißt du was, Schätzchen? Ich hab deine Einladung angenommen und geh mit dir zu dieser Neureichenparty. Ich habe mich sogar von dir einkleiden lassen und habe mir nur deinetwegen diesen sündteuren Armani-Fetzen angeschafft. Aber den Mund verbieten lasse ich mir von dir deshalb noch lange nicht. Und ich hab auch gar keine Lust, mich in diese Kiste mit dem Protzstern zu setzen, wahrscheinlich würde ich dir sowieso nur Flecken auf die weiße Lederausstattung machen. Kurz und gut: Ich geh zu Fuß, ist ja nicht weit zum Parkhaus. Und vielleicht erwisch ich auf dem Weg sogar schon ein Taxi. Wir treffen uns dann dort. *Do sustritschi!*«

»Ja, ja, bis gleich, du alter Esel!« Marjana steigt ein, parkt sehr vorsichtig aus und rauscht Richtung Parkhaus davon.

Wiktor wartet in einem Taxi, das er aufgetrieben hat, am Ausgang auf sie. Schweigend fahren sie zur Tarasowa. In der nach außen gewölbten Glasfassade des zehnstöckigen Hyatt Regency spiegelt sich halb Kiew. Das Gebäude ist wie geschaffen zum Andocken an die Raumstation Mir, denkt Marjana. Die Nachbarhäuser, historische Stadtpalais aus dem 19. Jahrhundert, sehen dagegen aus, als wären sie aus Disneyland hierherverpflanzt worden.

Im Hyatt ist alles groß und protzig. Weiße Ledersofas in der Lobby, sechssitzige Spezialanfertigungen. Dazu Lichtinstallationen an der Wand und Aufzugkästen, die golden schimmern, vier Stück nebeneinander, eine goldene Säule, die eine geschwungene Empore trägt. Wieder muss Marjana an eine Science-Fiction-Raumstation denken, eine sehr luxuriöse und großzügige, im Herzen einer Galaxie. Eine Station für Erdenmilliardäre. Der livrierte Aufzugboy fährt sie hinauf ins Restaurant im achten Stock, das für die private Party des Herrn Senajew reserviert ist.

Oben angekommen erwarten sie zwei Schränke von Männern, die um ihre Einladung bitten. Wiktor zeigt mit einem Haifischlächeln auf Marjana. Seit seinem Wutanfall auf der Straße hat er kein Wort mehr gesagt. Marjana bekommt einen Schweißausbruch. Ihre Einladung? Wo soll sie die jetzt bloß hernehmen?

»Äh, ich bin persönlich eingeladen worden«, stottert sie.

»Und von wem, meine Dame?«

»Von Herrn Senajew. Heute. Beim Autohändler.«

»Ach ja?«, fragt einer der Schränke, und Marjana weiß, sie hätte den Autohändler nicht erwähnen sollen. Das klingt ja gerade so, als wäre sie eine kleine Angestellte im Autohaus.

»Dann haben Sie doch bestimmt eine Karte von Herrn Senajew bekommen?« Der Kerl spricht mit ihr wie mit einem alten Muttchen, das nicht so richtig peilt, was um sie herum geschieht.

»Ach so, ja, die Karte mit dem goldenen Rand«, fällt es Marjana ein.

»Genau die.«

Ihr wird heiß und kalt. Am liebsten hätte sie sich das Kleid vom Leib gerissen oder zumindest Wiktor gebeten, ihr den Reißverschluss zu öffnen. Der Schweiß perlt ihr wahrscheinlich schon auf die Stirn. Sie kramt in ihrem Täschchen, obwohl sie weiß, dass sie die Karte nicht eingesteckt hat. Genau in diesem Moment erscheint Meister Senajew höchstselbst in der Tür, bemerkt Marjana und vielleicht auch Marjanas Problem und tritt auf sie zu.

»Herzlich willkommen, Madame. Ich freue mich sehr, dass Sie gekommen sind.« Er wendet sich Wiktor zu. »Der Herr Gemahl?«

»Einfach Wiktor. Wiktor Owtscharow. Ein Freund.«

Die Gorillas ziehen sich zurück, und Senajew ist zwar untröstlich, muss aber gleich wieder weiter, um einen Minister oder

Staatssekretär zu begrüßen. Marjana sieht erleichtert zu Wiktor hinüber. Er hat noch immer dieses aggressive Grinsen im Gesicht. Will er denn den ganzen Abend so herumlaufen?

Der Speisesaal, in dem ein bereits ziemlich geplündertes, aber immer noch sehr üppiges Büfett aufgebaut ist, sieht aus wie der Salon eines Luxusliners. Wären da nicht diese schnatternden Damen in ihren modisch kurzen Cocktailkleidchen und grellbunten Glitzerfummeln, man könnte sich fühlen wie auf der Titanic. Das Ambiente ist ausgesprochen distinguiert, das Publikum ist es weniger. Eher schrill. Neureich, wie Wiktor gesagt hat, der ihnen jetzt Getränke holt. Zwei Gläser Krimskoye, Krimsekt. Eine Spezialabfüllung für Senajew, wie Wiktor dem Flaschenetikett entnehmen kann.

»Was denkt er eigentlich, wer er ist? Ein Nachfolger des letzten Zaren?«

»Das ist doch harmlos, Wiktor. Ich weiß gar nicht, worüber du dich so aufregst. Der Mann zeigt eben Stil. Und der Sekt schmeckt doch, oder nicht?«

»Auf dich!« Wiktor hebt sein Glas. »Und darauf, dass die erlauchte Gesellschaft dich endlich in ihren Reihen aufnimmt!«

Senajew tritt jetzt auf die Bühne vor den geschlossenen Vorhang. Als er das Mikrofon ergreift, wird es auf einen Schlag still. Alle hängen an seinen Lippen, als würden die über ihr weiteres Schicksal entscheiden. Senajew schmiert seinen Gästen Honig ums Maul, tut so, als sei er der Beschenkte, der mit so viel ihrer Aufmerksamkeit Bedachte, als fühle er sich von der Anwesenheit jedes Einzelnen von ihnen geschmeichelt. Dabei gibt es in ganz Kiew nicht fünfzig Menschen, die nicht alle Hebel in Bewegung setzen würden, riefe er sie zu sich. Nicht fünfzig, die seine Einladung ausschlagen würden. Nein, eher weniger. Sogar Wiktor hat sich in Schale geworfen und ist erschienen, wenn auch noch immer angesäuert durch die blöde Sache mit dem Wagen. Wahrscheinlich glaubt er ihr nicht, dass der Mercedes geliehen ist.

»Sieht komisch aus«, sagt Wiktor und sieht sie an.

»Was denn?«, fragt Marjana.

»Na, du mit offenem Mund.«

Tatsächlich, das passiert ihr doch sonst nur in der Oper.

»Mit Geld kriegt man sie eben alle«, sagt Wiktor. »Auch die klugen Frauen.«

Marjana macht »Scht!«. Jetzt hat sie nicht gehört, was Senajew gesagt hat. Das Publikum klatscht und johlt jedenfalls, und alle recken die Hälse. Die vorn Stehenden bilden eine Gasse, und eine Frau, rundlich, aufgetakelt und über beide Ohren strahlend, steigt auf die Bühne. Senajews Frau, das Geburtstagskind. Ihr Mann kommt ihr entgegen, reicht ihr die Hand und kündigt sein Geschenk an. Hereingefahren wird eine Tortenattrappe, der unter Beifall ein knackiger junger Mann entsteigt, mit Sixpack, superknapper Badehose und allem Drum und Dran. In der Hand hält er einen Autoschlüssel. Die Initialen darauf kennt Marjana seit heute Morgen. Ein schmales M, das auf einem breiteren M steht. Dann ist der Maybach also ein Last-minute-Geschenk für seine Frau gewesen, oder aber Senajew hat ihn bereits vor ewigen Zeiten bestellt, aber erst heute Zeit gefunden, ihn abzuholen.

Für alle, die die beiden Ms nicht sofort erkannt haben, wird mit Hilfe eines Beamers ein Bild an die Wand geworfen. Der imposante Maybach, blaumetallic, am Steuer ein Chauffeur in Uniform, das Fenster geöffnet, die linke Hand an der Mütze. Alles klatscht Beifall, und Marjana bemüht sich mit Rücksicht auf Wiktor, ihren Mund geschlossen zu halten. Dann ein Trommelwirbel, und im Saal kehrt Ruhe ein. Ein zweites Foto wird an die Wand projiziert, auf dem man endlich sehen kann, wo der Maybach mit seinem kecken Chauffeur steht: auf einer strahlend weißen Superluxusmotoryacht, die vor einem wolkenlos blauen Himmel kreuzt. Marjana sieht auf den ersten Blick, dass der Photoshop-Monteur ein bisschen gemogelt hat. Um die Karre auf das Deck der Yacht zu bekommen, hat der Held von Grafiker die markante Schnauze des Maybach gekürzt, einfach so. Ein Sakrileg. Andererseits Nebensache, verglichen mit dem Neid, den das Foto an der Wand in Marjanas Herz pflanzt.

»Meine Frau«, sagt Senajew in das Raunen und die Ohs und Ahs hinein, »wird die zweite Frau unter den Besitzern der achtzig längsten Motoryachten der Welt sein. Bisher gibt es nur eine

Amerikanerin. Sie heißt Laurene Powell Jobs, aber ihre ›Venus‹ ist nur achtundsiebzig Meter lang, während Laras ›Passion‹, nun ja, doch noch ein ganzes Stück länger geworden ist. So etwa dreißig Meter.« Gelächter. »Gebaut wurde sie übrigens in Deutschland«, fügt er hinzu. »Deshalb auch die Größe.« Senajew lacht über seinen Witz. »Unsinn! Ich wollte natürlich sagen, deshalb ist sie pünktlich zu Laras Geburtstag fertig geworden.«

Lara schlägt die Augen nieder, ist ganz Rührung und Dankbarkeit, und ihr Mann nimmt sie wortlos in seinen starken Arm und lächelt sein Siegerlächeln, das er lange Jahre daheim vor dem Spiegel einstudiert hat, während Lara sich um Kinder und Haushalt kümmerte. Das ist nun der Lohn für all ihre Mühen und vielleicht auch eine Bitte um Vergebung für ein paar kleine Abenteuer auf dem langen gemeinsamen Weg. Als Lara die Augen wieder aufschlägt, küsst sie ihren Mann auf den Mund, und natürlich spielt es keine Rolle und sie wird auch nie ein Sterbenswörtchen darüber verlieren, dass sie auf jedem Schiff, selbst auf dem Ausflugsdampfer auf dem Dnjepr, seekrank wird.

Kaum hat Lara an der Hand ihres Gatten die Bühnentreppe erreicht und vorsichtig die erste Stufe genommen, springt eine dunkelhaarige Sängerin aus den Kulissen, zierlich, elfisch, und trägt einen Popsong vor, der sich anhört wie die Titelmelodie von »König der Löwen«.

»Das ist doch die ...«, Marjana dreht sich zu Wiktor um, »... die vom Eurovision ...« Sie blickt in lauter fremde Gesichter. Wo ist denn Wiktor abgeblieben? Zlata heißt die Frau, Zlata Ohnevitj, genau. Ukrainischer Superstar und in Malmö unter den ersten fünf gelandet, so viel hat Marjana mitbekommen.

Bis zum Ende des Songs ist Wiktor immer noch nicht wieder aufgetaucht. Marjana bahnt sich einen Weg durch die Gäste, die dicht an dicht vor der Bühne stehen und Zlata beklatschen. Vielleicht ist er ja draußen auf der Terrasse, von der aus man die goldenen Dächer des Sophienklosters leuchten sieht. Aber bis auf ein paar Raucher genießt niemand hier draußen die Aussicht. Marjana beschließt, sich an der Bar etwas zu trinken zu holen. Während der Barkeeper ihren Cocktail mit Limetten und kubanischem Rum mixt, sieht sie sich nach Wiktor um, kann ihn aber auch hier nicht entdecken. Dafür bleibt ihr Blick an einem Mann hängen, der am anderen Ende des Tresens steht und sie unverhohlen mustert. Nicht sehr groß, dunkelblondes kurzes Haar, ein durchtrainierter Endvierziger, die hellbraunen Augen auseinanderstehend. Der Kerl könnte ein jüngerer Bruder von Putin sein und wie er dem Militär oder Geheimdienst angehört haben oder noch immer angehören. Sein Blick hat etwas Stechendes, und Marjana fühlt sich sofort unwohl. Nicht nur beobachtet, sondern regelrecht durchleuchtet. Als ihr Cocktail fertig ist, schlendert sie damit an dem Kerl vorbei, der sie immer noch fixiert.

»Kennen wir uns?«, fragt sie Putins kleinen Bruder.

»Kann schon sein«, antwortet er mit einer angenehm tiefen Stimme, und doch fröstelt Marjana unter seinem eisigen Blick. »Waren Sie nicht auch zur Tulpenblüte in … äh, Frankfurt?«, fragt er, und sein Gesicht bleibt unbewegt und starr wie eine Maske.

Plötzlich weiß Marjana, wer hier vor ihr steht, obwohl sie ihm nie zuvor persönlich begegnet ist. Das ist er! Das muss er einfach sein! Ihr Herz schlägt ihr bis zum Hals. Hoffentlich kann er es nicht hören. Sie nimmt einen großen Schluck von ihrem Cocktail, der eine Spur zu süß ist, aber wenigstens ausreichend stark. Genau vor diesem Typ hat Wiktor mörderische Angst. Ist er deshalb verschwunden? Hat er ihn schon vorher entdeckt?

Auch er scheint sie erkannt zu haben, obwohl sie sich nie zuvor begegnet sind. Es muss Fotos von Wiktor, von ihr und auch von Luba geben. Hat sie vielleicht dieser Killer gemacht, der ihnen in die Berge gefolgt und dann in der Höhle umgekommen ist? Das alles schießt Marjana in diesem Augenblick durch den Kopf. Sie weiß, dass sie sich nicht täuscht. Er ist es, und er hat sie erkannt. »Es tut mir leid, Sie müssen sich irren«, sagt sie mit aller Ruhe und Unbefangenheit, zu der sie fähig ist. »Ich war noch nie zur Tulpenblüte in Frankfurt. Sie müssen mich verwechseln.«

Ihre Antwort ist kindisch, weshalb er sie auch mit kaum unterdrücktem Spott angrinst. Marjana dreht sich um, spürt aber, dass sein Blick ihr folgt. Sie widersteht der Versuchung, Wiktor anzurufen, um herauszufinden, wo er steckt. Ist er noch auf der Party? Können sie sich irgendwo treffen und gemeinsam von hier verschwinden? Sie will sich nicht von der aufsteigenden Panik überwältigen lassen.

Marjana versucht, sich zu beruhigen, und schlendert zurück. Davor wird Platz für eine kleine Tanzfläche gemacht. Marjana stellt ihr Cocktailglas, in dem nur noch Limettenschnitze und ein hässlicher brauner Zuckerboden mit einem Rest Eiswasser übrig sind, auf einem der Stehtische ab. Ein Mann in ihrem Alter und ein paar Zentimeter kleiner als sie fordert sie zum Tanzen auf, kaum dass sie eine Minute dasteht. Vielleicht hilft es mir ja, mich zu entspannen, denkt sie. Und vielleicht tanzt er ja viel besser, als er aussieht.

Sie lässt sich führen, lässt sich fallen. Nimmt alles ganz intensiv wahr, ungefiltert und ungeschützt, die Geräusche und Bewegungen der Tanzenden, die Discomusik, die rhythmischen Stampfgeräusche aus den riesigen Lautsprechern am Bühnenrand, den Schweiß, der sich unter ihren Achseln bildet, den glatten Anzugstoff ihres Tanzpartners, den Hauch Brillantine in seinem glänzenden schwarzen Haar, in das sich einige kräftige Silberfäden mischen. Er heißt Sergej, ist Bauunternehmer und Besitzer einiger Kieswerke und kann tanzen. Seine Frau sei krank, erzählt er ihr in einer Tanzpause, aber sie habe ihn ermuntert, auf die Party zu gehen, weil sie wisse, wie gern er tanze. Sie lasse ihm alle Freiheiten.

Eigentlich hat Marjana keine Lust, sich mit Sergej über seine kranke Frau zu unterhalten. Herrgott, mit einer neuen Tanzpartnerin spricht man doch nun wirklich nicht über die Gattin, die zu Hause auf einen wartet. Aber vielleicht sollte sie über so viel Ehrlichkeit auch erleichtert sein, denkt Marjana. Vielleicht sind die Zeiten vorbei, in denen einem die Männer ins Gesicht gelogen haben.

Irgendwann gibt Marjana es auf, die Eingangstür im Auge zu behalten. Wiktor taucht nicht wieder auf, und auch den anderen, diesen Jurij, sieht sie nicht mehr. Ist sie ihm denn tatsächlich begegnet? Sie spürt, wie ihr der Rum zu Kopf steigt. Vielleicht war es gar nicht der kleine Bruder, sondern Putin selbst – und sie hat sich benommen wie eine dumme Pute. Aber nein, das kann nicht sein. So weit reicht Senajews Einfluss dann auch wieder nicht, dass der russische Präsident ... Oder doch?

Die kranke Ehefrau, die ihm alle Freiheiten lässt, hindert Sergej um zwei Uhr morgens auch nicht daran, Marjana vorzuschlagen, ob man nicht noch zu ihr gehen könne.

»Aber ich will noch gar nicht nach Hause«, sagt Marjana. »Ich könnte heute Nacht noch ganz verrückte Dinge anstellen.« Doch als Sergej fragt, was zum Beispiel, weiß sie keine Antwort.

»So etwas in der Art wie nachts in Rom wie Anita Ekberg in den Trevi-Brunnen steigen oder in Paris von Sacré-Cœur aus beobachten, wie die Beleuchtung des Eiffelturms eingeschaltet wird?«

»Genau«, Marjana lallt schon leicht, »genau das wären so Sachen, die mir gefielen.«

»Na gut, dann komm mit«, sagt Sergej, und Marjana lacht, weil sie das für einen Scherz hält. Doch Sergej sieht sie an, als meine er es ernst.

»Paris oder Rom?«, fragt er.

»Wann, jetzt?«

»Heute Nacht noch.«

»Wie soll das gehen?«, fragt Marjana.

»Komm«, sagt er und nimmt sie bei der Hand. Draußen auf dem Gang telefoniert er mit einem Mann, den er Adam nennt. Marjana sieht zum Fenster hinaus und lauscht. Adam erhält von Sergej eine Reihe von Anweisungen. Sie versteht nicht jedes Wort, aber sie kann Rom, Paris und Flughafen heraushören, und sie weiß nicht, was sie davon halten soll. Sie ist immer noch zu keinem Schluss gekommen, als Sergej sein Smartphone wieder in die Jackentasche gleiten lässt.

***

Wiktor ist wieder auf der anderen Seite angekommen. Dieser ganze Protz der Neureichen ist doch auf die Dauer nicht auszuhalten. Er hat Marjana versprochen, mit zur Party zu gehen, und er hat sein Versprechen gehalten. Aber plötzlich war da nur noch Ekel, und er hat sich davongeschlichen. Keine halbe Stunde hätte er mehr durchgestanden. Die Yacht, die Schlager-Tussi, das ist doch obszön, so mit dem Geld um sich zu werfen. Marjana wird seine Abwesenheit verkraften, immerhin hat er seine Schuldigkeit getan. Aber nun ist es gut. Er atmet tief durch, läuft durch die Nacht, in der die Gegensätze dieser Gesellschaft noch viel deutlicher werden als am Tag. Hier die endlos hohen Absätze der jungen Frauen, ihre Jeans, die so hauteng sind, dass kein Blatt Papier zwischen Haut und Stoff passt. Sie stöckeln vorbei an einer Bettlerin, die am Boden kauert und eine ihrer schmutzigen Hände öffnet und sie den Vorübergehenden entgegenstreckt. Doch die Frauen sehen sie nicht einmal oder tun so, als würden sie sie nicht sehen. Wohin geht die Bettlerin, wenn die Nachtschwärmer längst zu Hause und die Straßen leer sind? Vermutlich schläft sie gleich hier an Ort und Stelle. Ein Stück weiter, in einer Seitenstraße, steht ein graumetallicfarbener BMW, zwei, drei Jahre alt, super gepflegt. Und gleich daneben parkt ein Lada mit stumpf gewordenem Lack, der vor ewigen Zeiten vielleicht einmal feuerrot gewesen ist. Wohin soll das noch alles führen?, fragt sich Wiktor. Du kannst alles kaufen, wenn du das Geld dafür auf den Tisch blätterst. Hier stehen Häuser mit gepflegten Terrassen, noblen Gartenmöbeln, mit Garagen und beleuchteten Wegen, und gleich daneben quellen die Innenhöfe von stinkendem Müll über.

Als er jung war, hätte er sich nie vorstellen können, dass seine Stadt, seine geschundene alte Stadt, einmal so aussehen würde wie jetzt, nicht zu seinen Lebzeiten. Sie hat sich rasend schnell verändert. Manchmal kommt es ihm so vor, als ginge alles immer schneller und noch schneller. Wie kann einer da noch mithalten, so ein alter Knacker wie er? Und das ist nicht nur eine Sache des Geldes, wie Marjana glaubt. Mit Geld ist es natürlich leichter mitzuhalten, aber dann brauchst du schon wirklich viel davon. Ein bisschen reich reicht nicht. Ein bisschen reich gibt es nicht. Entweder hast du richtig was, dann bist du auch richtig reich. Aber mit weniger als richtig viel fällst du durch.

Will ich denn überhaupt dazugehören?, fragt sich Wiktor. Er fängt schon an, die Zone zu vermissen, auch wenn er froh ist, dass er jetzt nicht mehr sein Geld damit verdienen muss, Schrottteile zu Geld zu machen. Die Strahlenbelastung, die Mühe, noch brauchbare Teile zu finden, sie auszubauen, rauszuschleppen und die Wachposten zu bestechen, das alles vermisst er eigentlich nicht. Aber die Stille. Es ist nicht nur die Stadt, die dieses Land ausmacht. Aber die meisten Städter merken nicht einmal, dass es noch etwas anderes gibt und dass etwas fehlen würde, gäbe es das andere nicht. Die Stadtbewohner fühlen sich als der Nabel der Welt, aber draußen gibt es auch ein Leben, und was für eins.

Was ist eigentlich aus der Alten geworden, zu der Luba ihn damals mitgenommen hat? Lebt sie noch? Mit ihr hat alles angefangen. An dem Tag hat er Luba kennengelernt, die ihn mit ihrer Ninja am liebsten über den Haufen gefahren hätte, als sie ihn am Straßenrand entdeckte. Als Passagier in der Zone. Aber schließlich erbarmte sie sich seiner doch, nahm ihn mit, und er wurde gegen ihren Willen Zeuge eines großen Geheimnisses, von dem sie selbst bis dahin nichts gewusst hatte. Der dicke braune Umschlag, den er vom Fenster aus sah. Die von ihrem Mann mit der Hand gezeichnete Schatzkarte, die die Alte Luba übergab. Von den Höhlen in diesem Berg in den Alpen, in die sie später selbst einsteigen sollten. Wer hätte das damals geahnt? Niemand hätte daran gedacht, dass sie irgendwann zu dritt losziehen und sich den Schatz holen würden.

Und jetzt? Jetzt hat jeder von ihnen Geld. Richtig reich sind sie immer noch nicht, aber keiner von ihnen ist mehr arm. Und sie sind alle drei noch am Leben, auch das ist nicht unbedingt selbstverständlich.

Wiktor stolpert durch die Nacht. Die Erinnerungen kommen in Wellen und vermischen sich mit der Gegenwart. Wieder sieht er dieses Auto vor sich, das auf der riesigen Motoryacht fast verschwindet. Die Sängerin, die beim Songcontest aufgetreten ist. Marjanas offenkundige Bewunderung für das Schlitzohr Senajew. Ist das nicht einfach nur erbärmlich? Bis vor Kurzem hat sie solche Typen noch verachtet, aber kaum hat sie Geld, will sie nichts anderes als so sein wie sie. So einfach ist das, und so schnell geht es.

War ihre Verachtung in Wahrheit nur Neid? Moralische Entrüstung, weil sie nicht dazugehörte und keine Möglichkeit sah, etwas an diesem Zustand zu ändern? Wiktor kann das nicht glauben, aber es wäre nicht das erste Mal in seinem Leben, dass er sich in einem Menschen getäuscht hat, den er zu kennen glaubte.

Er kommt zu einem Club, vor dem sich Grüppchen von jungen Leuten sammeln, die von den Türstehern eingelassen werden wollen. Die jungen Frauen aufgetunt wie protzige SUVs: hohe Keilabsätze, Plateaus, Hauptsache Hohlkreuz und Hintern raus. Auf eine billige Art sexy, als hätten sie es nötig. Sie nehmen ihn gar nicht wahr, so beschäftigt sind sie damit, die Türsteher rumzukriegen. Die Jungs parken die Autos ihrer Väter in zweiter Reihe, obwohl oft kontrolliert und abkassiert wird. Aber Parkplatzsuchen ist so was von uncool. Ein Grüppchen verlässt den Club, ein anderes wird eingelassen. Die Mädchen kreischen, als seien sie für einen Songwettbewerb nominiert worden, dabei bezahlen sie für den Eintritt. Wiktor hat die Nase voll von Partys, Discos und Gekreische. Er will nur noch weg.

Er weiß nicht, ob er die nächste Szene, die er sieht, träumt oder ob sie Wirklichkeit ist. Es wäre ein verstörender Traum, auf den er gut verzichten könnte. Ein Auto, ein BMW voller junger Leute, weicht den in der zweiten Reihe parkenden Autos aus, kommt zu weit nach links, gerät auf die Gegenfahrbahn und rast in ein entgegenkommendes Fahrzeug. Wiktor ist stehen geblieben. Er beobachtet den Unfall und traut seinen Augen nicht. Es muss doch krachen, Glas splittert, Blech schiebt sich in Blech, aber er hört nichts. Mein Gott, warum ist alles so still, als sähe er einen Film ohne Ton?

Wiktor läuft weiter, will nicht helfen müssen, will nicht sehen, wie alle um die beiden Fahrzeuge herumstehen und glotzen. Er will weg und nichts damit zu tun haben, denn es ist mehr, als er jetzt ertragen kann.

Als er um die Ecke biegt, ist er sich schon nicht mehr sicher, ob der Unfall tatsächlich passiert ist. Müsste man nicht Polizeisirenen hören, einen Krankenwagen? Stattdessen nur das Rauschen des normalen nächtlichen Verkehrs.

Er flüchtet sich in eine Bar ohne Türsteher, ohne junge Leute, aber mit Alkohol und ein paar gelangweilt herumstehenden Frauen mit langen Beinen, kurzen Röcken und dafür wieder langen Haaren. Lang-kurz-lang, es ist wie eine Uniform. Wiktor bestellt einen Wodka, und die beiden Damen, die sich sofort um ihn kümmern wollen, bestellen auch etwas, was er später natürlich bezahlen wird. Und warum auch nicht, er hat schließlich Geld, und lieber gibt er es für Alkohol und diese beiden Hübschen aus, als dass er sich davon eine hässliche Yacht bauen lässt. Als sein Handy vibriert, sieht er, dass er eine SMS von Marjana erhalten hat.

»Bist du wegen IHM von der Party abgehauen?«, steht da. »Wegen Jurij? Bin dann mal auf dem Weg nach Paris.«

Aber hoffentlich nicht mit Jurij, denkt Wiktor.

***

»In drei Stunden können wir starten«, sagt Sergej.

Es klingt wirklich so, als sei es ihm ernst damit. Marjana sieht in den Raum zu den Tanzenden auf der Tanzfläche und dann hinaus auf die Terrasse. Gerade hat es angefangen zu nieseln. Ein leichter, warmer Sommerregen, der die Dächer glänzen lässt. Hat sie sich eben verhört?

»Wir haben eine Starterlaubnis für fünf Uhr dreiundzwanzig.«

»Und wohin?«, fragt Marjana.

»Paris, Charles de Gaulle.«

»Welche Maschine?«

»Meine«, antwortet Sergej.

»Du hast ein eigenes Flugzeug?«, fragt Marjana mit großen Augen.

»Einen Learjet«, sagt Sergej, ganz der erfolgreiche, selbstsichere Unternehmer. »Er gehört mir, aber wenn es nötig ist, stelle ich ihn auch anderen Geschäftsleuten zur Verfügung. Aber heute Nacht ist er frei. Ich habe bis Dienstag Zeit, und du?«

Marjana muss nicht überlegen. Sie weiß sofort, dass sie Zeit hat.

»Adam wird sich um die Genehmigung für den Rückflug kümmern. Er ist der Pilot. Willst du noch ein paar Sachen packen? Mein Fahrer holt dich rechtzeitig ab.«

»Und du?«, fragt Marjana. »Ich meine, was wird deine Frau dazu sagen?«

»Darüber mach dir keine Gedanken. Ich hab dir doch gesagt, sie möchte, dass es mir gut geht. Mach dich ein bisschen hübsch, und dann treffen wir uns am Flughafen. Mein Fahrer wartet unten, er kann dich auch nach Hause bringen.«

»Nach Hause fahre ich schon noch selbst. Es reicht, wenn er mich abholt. Und hübsch machen werde ich mich auch nicht, denn ich bin auch so schon schöner, reicher und intelligenter als alles, was jemals in deinem Flugzeug mitgeflogen ist.«

Sergej lacht. Zum Glück.

Frechheit siegt, denkt Marjana und hat ihren weißen Mercedes in der Tiefgarage vor Augen, der mit Sergejs Learjet natürlich nicht mithalten kann.

Der Mercedes ist höchstens ihre Eintrittskarte in eine ihr bisher unbekannte Welt. Wahrscheinlich reicht ihr Benz nur für einen Stehplatz.

Sie fährt nach Hause und packt ein paar Sachen. Sie verstaut die Prada-Sandalen, die sie mit den Euro-Blüten auf der Frankfurter Zeil gekauft hat, gerade in der Reisetasche von Louis Vuitton, als ihr der Mann an der Bar wieder einfällt, den sie für Jurij gehalten hat. Wahrscheinlich war das nur eine Verwechslung. Paris, denkt sie, ich komme! Und ich würde meinen Kopf darauf verwetten, dass der Service an Bord von Sergejs Learjet um einiges besser sein wird als der von Ukraine Airlines. Trotzdem werde ich immer auch ein bisschen Unzufriedenheit mimen. Das macht sich einfach besser als beeindrucktes Dauerstaunen.

***

Als Marjana drei Tage später gegen Mitternacht wieder in Kiew landet, zeigt ihr Handy drei Anrufe in Abwesenheit, von einer Nummer, die sie nicht kennt. Sie lässt das Handy eingeschaltet, sodass es sie bereits um Punkt acht Uhr morgens weckt. Wieder dieselbe Nummer.

»Ja?«, raunzt Marjana in den Hörer.

Es ist wieder Ludmilla Fedorowa, die ihr einen besonders guten Tag wünscht. Was will die denn schon wieder von ihr?

»Ich rufe Sie an, um Sie um eine Spende zu bitten«, fällt die Frau mit der Tür ins Haus.

»Wofür denn diesmal?«, schnaubt Marjana.

»Für die Organisation Halbwertszeit. Wir –«

»Sie haben mir noch immer nicht gesagt, wie Sie zu meiner Telefonnummer kommen. Wer ist Ihr Chef? Ich will Ihren Chef sprechen, jetzt gleich«, droht Marjana und ist gar nicht mal sicher, ob sie das wirklich will. Lieber würde sie noch eine Stunde schlafen.

»Einen Moment«, sagt die professionell sanfte Stimme von Ludmilla, und Marjana denkt, ein Glück, das war's jetzt, sie legt auf, aber nein.

»Hallo?«, meldet sich nun eine andere Frauenstimme, die Marjana ziemlich bekannt vorkommt. »Frau Doktor, was ist Ihr Problem?«, fragt die Stimme.

»Luba! Du steckst also dahinter, ja? Hätt ich mir fast denken können. Halbwertszeit – sag mal, bist du denn vollkommen verrückt geworden? Willst du jetzt die Welt von der Atomkraft befreien, oder was?«

»Irgendwer muss ja damit anfangen. Tschernobyl, Fukushima, reicht dir das noch nicht?«

»Also hast du dein Geld in diese Stiftung gesteckt.« Marjana wird so einiges klar. »Aber wozu sammelst du dann noch Spenden?«

»Du bist doch nicht blöd, Frau Doktor. Rechne mal aus, was es allein kosten wird, die Zone oder wenigstens einen Teil davon zu dekontaminieren und Prypjat wieder bewohnbar zu machen. Hast du eine Vorstellung?«

»Ja, die hab ich tatsächlich. Dafür wird dein Geld nicht reichen, Schätzchen.«

»Eben.«

»Und was ist mit den reichen Staaten im Westen und den …?«

»Und den Milliardären bei uns in der Ukraine, meinst du? Solche, an die du dich gerade ranmachst?«

»Aha«, meint Marjana. »Hat unser Wiktorchen also ein bisschen geplaudert. Dieser Schuft hat mich auf der Party einfach sitzen lassen.«

»Ach, du Ärmste! Dass du tatsächlich bei Senajew warst, schämst du dich eigentlich gar nicht, sag mal? Weißt du nicht, wie der zu seinem Geld gekommen ist?«

»Durch Gas? Erdöl? Immobilien? Tschetschenien? Ach, Luba, muss ich das denn wirklich wissen? Ich kann daran doch sowieso nichts ändern. Ich habe eben nicht dieses Klassenbewusstsein von Nobodys wie du und Wiktor.«

»Ich fasse es einfach nicht. Warum habe ich dich eigentlich zweimal in die Zone mitgenommen, zu Mila und Alexej? Hast du schon vergessen, wie es dort ausgesehen hat? Aber natürlich, vom achten Stock eines Luxushotels mit einem Martini in der Hand auf die goldenen Kuppeln von Kiews Klöstern hinunterglotzen, das lässt einen alles Mögliche vergessen, stimmt's? Ich hätte nie gedacht, dass du so leicht zu kaufen bist.«

»Und du, arbeitest du vielleicht noch in der Fischkonservenfabrik?«

»Den Job habe ich an den Nagel gehängt.«

»Aha!«

»Nichts aha! Ich habe einfach keine Zeit mehr. Ich werde hier gebraucht, und zwar täglich zwölf Stunden lang, wenn es dich interessiert. Wir rufen mögliche Spendengeber in der ganzen Welt an, von Wladiwostok bis New York.«

»Also ein Business durch alle Zeitzonen der Welt, du erstaunst mich, ehrlich, Luba.«

»Wo warst du eigentlich die letzten Tage? Ich habe mehrmals versucht, dich zu erreichen.«

»Um mir eine Spende aus den Rippen zu leiern? Ich war ein paar Tage in Paris.«

»Nein, sag bloß! In der Hauptstadt der Atomstromnation.«

»Sei keine Banausin, Luba. Damit machst du mir meinen Aufenthalt in der schönsten Stadt der Welt auch nicht madig.«

»Und mit wem warst du dort? Doch nicht mit dem kriminellen Senajew höchstpersönlich? Der steht doch bestimmt eher auf Frischfleisch?«

»Jedes Alter hat seine ganz besonderen Reize, Kindchen. Ich wünsche dir von ganzem Herzen, dass du später auch diese Erfahrung machen wirst.«

»Und?«

»Was und?«

»Was ist jetzt mit einer Spende für Halbwertszeit? Du willst dein ganzes Geld doch nicht allein verprassen. Für deutsche Autos, Flugreisen und Luxushotels. Wofür warst du denn an der Universität, wenn du doch nichts gelernt hast?«

»Anscheinend habe ich dort tatsächlich nicht so viel gelernt wie du in deiner Fischfabrik.«

»Anscheinend.«

»Jetzt hör schon auf, Luba, und komm von deinem hohen Ross wieder herunter. Dass sich alle Weltretter immer so aufspielen und über alle anderen erheben müssen. Ich will mich nicht schlecht fühlen, nur weil ich anfange, das Leben ein bisschen zu genießen, und es mir gut gehen lasse. Ich kritisiere dich ja auch nicht dafür, dass du dir diese verdammt hohen Ziele gesetzt hast, okay?«

»Okay. Trotzdem gibt dir Ludmilla jetzt unsere Kontodaten durch. Wenn in den nächsten Tagen nichts von dir kommt, wird sie dich eben wieder anrufen. Und blaff sie ja nicht wieder so an. Sie macht nur ihren Job, verstanden?«

»Okay, verstanden. Und natürlich kriegst du auch was von mir, obwohl das Wesen der Spende ja im Grunde ihre Freiwilligkeit ist, stimmt's nicht?«

»Ach, Marjana, jetzt mach es uns doch nicht so schwer.« Bei Luba klingelt ein zweites Telefon.

»Warst du eigentlich mal wieder mit deiner Ninja in der Zone?«, will Marjana noch wissen.

»Leider keine Zeit«, antwortet Luba. »Aber sie wartet auf mich wie ein treuer Gaul. Und wer weiß, vielleicht komme ich ja auch mal nach Paris oder Rom. Würdest du dann mitkommen?«

»Auf deiner Höllenmaschine? Bist du verrückt geworden? Dafür bin ich wirklich schon zu alt.« Da ist ein Learjet zum Glück ein bisschen komfortabler, aber das behält Marjana lieber für sich. Man muss die jungen Leute ja nicht mit Absicht provozieren.

Schon gar nicht die Weltverbesserer. Sollen sie es doch wenigstens versuchen.

***

Luba macht ernst. Was sie sagt, setzt sie in die Tat um, und was sie ankündigt, das wird auch so eintreten. Und wenn sie sagt, ihr Terrier Ludmilla wird alle zwei, drei Tage anrufen und Marjana um eine Spende bitten, dann passiert das auch. Genau so. Ludmilla Fedorowa. Sie benutzt mehrere Telefonnummern, für alle Fälle, und führt sogar Ferngespräche über die Aleuten, wenn es Erfolg verspricht. Es gibt in jeder Branche Profis, auch bei der telefonischen Spendenakquise. Mit solchen Mitarbeitern kannst du Kohle machen ohne Ende, denkt Marjana. Wahrscheinlich hat Ludmilla sich mit ihren fetten Provisionen bereits ein Penthaus in der City gekauft oder etwas davon an Lubas Organisation gespendet. Nein, das wohl eher nicht. Sie stellt ja schon ihr unübertreffliches Verkaufstalent in den Dienst der guten Sache. Sie *braucht* ihre Luxuswohnung, um ihre Batterien aufzuladen.

Ludmilla hat Marjana erwischt. Wahrscheinlich hat sie sich längst einen Zugang zu Marjanas Handy besorgt und ihr Adressbuch ausspioniert, um beim nächsten Mal eine der gespeicherten Nummern zu imitieren.

»Ludmilla, Sie Schlitzohr, Sie könnten für einen der US-Nachrichtendienste arbeiten. Haben Sie sich da schon mal beworben?«

»Passt nicht«, antwortet Ludmilla knapp. »Falsche Gesinnung.«

»Das heißt?«

»Ich bin Kommunistin, mittlerweile in der vierten Generation.«

»Na, dann eben bei den Russen.«

»Passt auch nicht«, sagt Ludmilla. »Wir sind ukrainische Kommunisten und jetzt auch Atomkraftgegner.«

»Mist«, sagt Marjana. »Dann passt es bei keinem der großen Player. Deutschland vielleicht?«

»Seit drei Generationen Klassenfeind.«

»Aha, na, ist ja auch egal. Sie haben jetzt schließlich einen Job bei Luba, in dem Sie Ihre Kreativität voll entfalten können.«

»Stimmt, aber kreativ war ich schon, jetzt brauche ich nur noch Ihr Geld«, sagt Ludmilla und will Nägel mit Köpfen machen. »An wie viel hatten Sie denn gedacht? Luba hat mir von größeren Zahlungseingängen Ihrerseits in den letzten Monaten erzählt.«

Marjana will gar nicht genauer wissen, was Luba ihrem Terrier noch so alles erzählt hat.

»Außerdem hat sie mir erzählt, Ihr zweiter Vorname sei Großzügigkeit.«

Marjana weiß, dass Luba so etwas nie gesagt hat. »Ich dachte an fünfzigtausend Euro«, sagt Marjana.

»Ich dachte nach Lubas Hintergrundinfos eher an hunderttausend«, schießt Ludmilla zurück. Und bevor Marjana noch protestieren kann, steuert sie schon auf den Abschluss zu: »Wenn wir uns in der Mitte treffen, sind wir doch beide glücklich, oder? Also fünfundsiebzigtausend. Von welchem Konto soll ich die Summe abbuchen?«

»Von keinem, meine Liebe. Jedenfalls von keinem, das sich in meinem Besitz befindet. Da bin ich ziemlich empfindlich. Sie müssten schon meine Zugangsdaten knacken und das Geld stehlen. Aber wenn Sie in Ihrer Familie nur Kommunisten sind, dann können Sie nicht gleichzeitig ein Dieb in der vierten Generation sein, oder etwa doch?«

»Dann überweisen Sie uns eben die Summe. Bis wann?« Ludmilla lässt sich nicht mehr vom Geschäftsabschluss abbringen.

»Diese Woche noch, das müsste eigentlich klappen.«

»Dann ist das Geld bis Samstag auf unserem Konto?«

»Mhm.«

»Dann kann ich mir nächste Woche endlich freinehmen«, sagt Ludmilla. »Sie waren mein Monatsprojekt. Ihr Zahlungseingang ist sozusagen mein Urlaubsschein.«

»Alles klar, das freut mich für Sie«, meint Marjana. »Dann wünsche ich Ihnen schöne Ferien.«

»Wenn kein Geld kommt, muss ich ihn streichen.«

»Ja doch, es reicht jetzt wirklich, ich habe Sie verstanden. Aber wenn Sie mich diese Woche noch ein einziges Mal anrufen, überweise ich gar nichts. Keine Telefonate mehr. Diese Woche nicht und auch nicht nächste. Ist das klar?«

»Klar. Aber falls wir keinen Zahlungseingang feststellen können, werden wir Sie leider doch in der nächsten Woche wieder anrufen müssen.«

Marjana legt auf. Fiese Geldeintreiberin, diese Ludmilla. Das ist ja wie bei der Mafia. Kann man das unter zivilisierten Leuten nicht auch anders regeln?

Es klingelt. Der Postbote mit einem Einschreiben. Er stellt sich an der Gegensprechanlage mit Namen und Dienstnummer vor, so ist es Vorschrift in der Wohnanlage, in die Marjana kürzlich umgezogen ist. Sie könnte jetzt unter einer bestimmten Telefonnummer anrufen und erfragen, ob Name und Dienstnummer zusammenpassen, bevor sie auf den Türöffner drückt, aber das ist ihr zu umständlich.

»Von wem ist der Brief?«, fragt sie.

»Kann ich nicht lesen«, sagt der Bote. »Aber auf dem Umschlag ist ein Schiff abgebildet. Mit Segeln. Ein schönes Schiff.«

»Kommen Sie rauf«, sagt Marjana und schlüpft in den roten Seidenkimono, den sie sich in einem Einrichtungshaus in der Asia-Abteilung gekauft hat. Irgendwie symbolisiert er für sie Luxus und Müßiggang – genauso wie die Hauspantoffeln mit den weißen Plüschbommeln. Dekadent, aber wenn sie sich einmal einbildet, etwas haben zu müssen, dann muss sie es auch haben. Ein Spleen, aber was will man dagegen tun?

Der Bote übergibt ihr den Brief und bekommt eine Unterschrift und einen Obolus, der ihn zu einer mitteltiefen Verbeugung nötigt.

Dass diese deutsche Werft aus Bremerhaven ihre Teilrechnungen per Einschreiben schickt, ist wohl langjähriger Erfahrung geschuldet. Versüßt wird die Rechnung durch ein paar Farbfotos von den Baufortschritten der Yacht. Die Anzahlung hat Marjana bei Vertragsabschluss geleistet. Nun sieht sie das erste Mal ihre »Lady M.« beziehungsweise ihren offenen Rumpf. Die fertige Yacht zeigen die 3D-CAD-Simulationen, die ebenfalls auf Fotopapier ausgedruckt wurden und der Rechnung beiliegen. Sehr schick. Aber dafür kostet das Ding auch ein Schweinegeld.

Nur fünfzigtausend Euro wollen sie dieses Mal und schreiben, dass die Konstruktion zügig und wie geplant vorangehe. Für den nächsten Schritt, den Bootsaufbau, bräuchten sie allerdings ... bla, bla, bla.

Später, beim Onlinebanking, erschrickt Marjana. So schnell schmilzt ihr Geld dahin? Wofür eigentlich? Wegen dieser vergleichsweise Mini-Yacht, mit der sie ganz sicher nicht unter die einhundert größten Yachtbesitzer der Welt aufsteigen wird? Wegen des S-Klasse-Wagens, der nicht einmal eine Spezialanfertigung, sondern nur von der Stange war und außerdem, was nur Marjana und der Autohändler wissen, nicht einmal nagelneu, sondern ein günstiger Jahreswagen, dem man es nicht ansehen konnte, dass er schon gebraucht war? Die Wohnung, na ja, das war ja wirklich mal nötig, dass sie sich da auch etwas gönnt, was ihrem aktuellen Status und Bankkonto entspricht. Und eigentlich sind die hundert Quadratmeter in der City ja jetzt auch nicht *der* riesige Luxus. Jeder muss schließlich irgendwo wohnen. Warum also nicht genau hier, wo es ihr am besten gefällt? Sogar Wiktor will demnächst umziehen, hat er ihr jedenfalls erzählt. Er hat ein Grundstück gekauft und will darauf eine moderne Wohnanlage errichten. Ein Teil soll für Reiche sein, einer für Leute, die von staatlicher Unterstützung leben. Der edle Robin Hood hat sogar an Witwen und Waisen gedacht. Der letzte Teil soll für Normale auf den Markt kommen, für Arbeiter, wie er sagt. In diesem Teil will er selbst leben, vielleicht mit Mitja, seinem Sohn. Die Anlage soll sein Erbe werden, das er Mitja hinterlassen will. Er war so stolz, als er ihr davon erzählt hat.

Marjana warnte ihn, bloß mit den Immobilienhaien aufzupassen. Aber er meinte, er habe einen super Berater gefunden. Einen Exflieger wie ihn, auf den er sich hundertprozentig verlassen könne. Wenn also selbst Wiktor sein Geld anlegt und investiert, warum soll sie das nicht auch tun? Es wird schon alles gut gehen, sie ist ja nicht doof.

Aber als sie ihr Onlinekonto aufruft, ihre Rechnungssumme an die Werft überweist und sich den neuen Kontostand betrachtet, wird sie doch blass. Das Geld verdunstet wie Wasser in der Sonne. Kurz glaubt sie, jemand habe womöglich ihr Konto angezapft, einer von diesen Betrügern, die einzelne Konten hacken oder ganze Banken abzocken. Sie überprüft die Kontobewegungen, kann aber nur ihre eigenen Auszahlungen und Überweisungen feststellen. Als sie die lange Liste ihrer Automatenauszahlungen und Zahlungen mit der Platin-American-Express-Karte sieht, wird ihr ganz schwindlig.

Sie überweist fünfzigtausend Euro und keinen Cent mehr an Lubas Halbwertszeit und ärgert sich, weil sie diese Ludmilla nicht einmal gefragt hat, ob sie überhaupt dazu berechtigt sind, eine Spendenquittung auszustellen. Aber noch mehr ärgert sie sich darüber, dass sie sich überhaupt zu dieser Spende hat breitschlagen lassen. Und dass sie jetzt nicht mehr von ihrem Wort zurücktreten kann, ohne ihr Gesicht zu verlieren. Überhaupt ärgert sie gerade alles, weshalb sie sich anzieht und hinüber zu Kuko ins Fitnessstudio marschiert, um sich von ihrem Personal Trainer psychisch wieder aufbauen zu lassen. Wozu überweist sie diesem Kerl schließlich monatlich Geld? Das erste Gläschen Schampus mit Kuko wird sie bestimmt wieder aufrichten und auf Spur bringen. Bisher hat die Taktik noch immer funktioniert.

***

»Pst, pssssst!« Ludmilla deckt mit der Hand das Mikro ihres Headsets ab und versucht, Rafael auf sich aufmerksam zu machen, der jedoch auf seinen Bildschirm starrt und auf Ludmillas Kontaktversuche nicht reagiert. »Einen Moment bitte, ich verbinde Sie mit meinem Kollegen«, sagt Ludmilla zu ihrer Gesprächspartnerin am anderen Ende der Leitung, drückt auf »Gespräch parken«, greift sich einen Bleistift und zielt.

»Au! Spinnst du?«, reagiert Rafael nun endlich auf Ludmillas neuerlichen Kontaktversuch. Er ist erst seit Kurzem bei ihnen. Ein Praktikant aus Österreich.

»Du träumst wohl von deiner Freundin, einem frischen Schweinebraten oder einem Tête-à-Tête mit Jennifer Lawrence? Irgendwie musste ich dich ja da rausholen«, sagt Ludmilla.

»Das hättest du aber auch tun können, ohne mir mit dem Bleistift ein kreisrundes Loch in die Rippen zu stanzen. Was ist überhaupt los?«, fragt Rafael.

»Ich habe hier eine Frau aus Deutschland in der Leitung, deren

Englisch ich ganz schlecht verstehe. Vielleicht ist es besser, du sprichst mit ihr.«

»Und deshalb musstest du mir eine ganze Ladung Graphit subkutan injizieren?«

»Ging nicht anders. Dein Telefon ist ausgeschaltet. Leider.«

»Okay, dann gib sie mir. Bin eh schon wieder online.« Das Gespräch zwischen ihm und der Deutschen dauert mindestens vierzig Minuten.

»Hey, was war das denn jetzt für eine Plaudertasche? Ich hab schon gedacht, du lässt für die das Mittagessen ausfallen«, sagt Ludmilla, nachdem Rafael durch sein langes Ausatmen signalisiert hat, dass seine Gesprächspartnerin endlich aufgelegt hat.

»Ich weiß jetzt einfach alles«, stöhnt Rafael. »Ich weiß jetzt, dass auf einem Parteitag der Grünen 1980 in Nürnberg Petra Kelly neben Frau Helga Gfaller saß. Ich weiß, was Frau Gfaller, Herr und Frau Daxenberger und noch einige andere Leute am Tag des radioaktiven Fallouts nach dem Reaktorunglück in Tschernobyl gemacht haben und –«

»Stopp mal«, unterbricht Ludmilla ihn. »Was erzählst du da eigentlich? War das eine Verrückte, oder kommt da noch etwas, was wir tatsächlich wissen müssten?«

»Die ist kein bisschen verrückt. Ich würde viel eher sagen, sie ist eine sehr engagierte Frau. Sie war so gerührt darüber, dass sie in Kiew jemanden erreicht hat, der wie sie nicht bereit ist, die Tschernobyl-Katastrophe zu vergessen und zur Tagesordnung überzugehen. Ich glaube, ihre Welt wird erst dann wieder in Ordnung sein, wenn das über ganz Europa verstreute Material aus dem Reaktor aufgehört hat zu strahlen.«

»Das wird sie leider nicht erleben«, schaltet Luba sich jetzt ein. »Keiner von uns wird das. Ganze Generationen müssen mit der zusätzlichen Strahlung leben. Aber was hat die Frau mit uns zu tun? Wird sie etwas spenden, oder gibt es einen anderen Grund, warum wir uns mit ihr beschäftigen sollten?«

»Den gibt es tatsächlich«, behauptet Rafael. »Sie wird auch im Rahmen ihrer Möglichkeiten spenden, aber das Wichtigere ist, dass sie in ihrer Heimat gern eine Zweigstelle oder lokale Initiative unserer Organisation einrichten oder betreuen möchte. So habe ich sie jedenfalls verstanden. Sie möchte, dass auch in ihrer Heimat das Unglück nicht vergessen wird und den Geschädigten, soweit es noch möglich ist, geholfen wird. Sie möchte in Deutschland für uns aktiv sein und vor Ort Spenden sammeln.«

»Großartig!«, ruft Luba. »Und wo genau wohnt die Dame?«

»In Bayern«, antwortet Rafael. »Irgendwo am Chiemsee.«

Traunstein, Herbst 2010

Seit ihrer Pensionierung kann Helga Gfaller jeden Morgen ausschlafen. Keine Hektik mehr in der Früh, kein Aufstehen, wenn es draußen noch dunkel ist. Sie schläft jetzt überhaupt mehr, auch tagsüber, mal ein kleines Nickerchen nach dem – leichten – Mittagessen, mal ein kurzer Schlaf im Liegestuhl, wenn sie sich von der Gartenarbeit erholt und eigentlich ein bisschen in der Zeitung blättern wollte, sogar in der Chorprobe ist sie schon eingeschlafen, am Dienstagabend im Kirchenchor ihrer Gemeinde. Wenn sie leise zu schnarchen anfängt, dann rüttelt sie ihre Sitznachbarin im Alt leicht am Arm. Erst die von links und beim nächsten Mal die von rechts, sie wechseln sich immer ab. Im Team der Verteilerinnen des Gemeindebriefs ist Helga Gfaller die zuverlässigste und die mit der größten Runde. Sie hat ja auch Zeit, jetzt im Ruhestand. Den Grünen ist sie auch nach der Zeit mit Petra Kelly und Gert Bastian treu geblieben. Eine schreckliche Tragödie damals, die beiden sind bis heute unvergessen. Der General, der erst seine junge Geliebte, dann sich selbst tötete. Es war so grauenvoll, vor allem für Helga Gfaller, die schon an der Gründungsversammlung der Grünen teilgenommen und beide persönlich gekannt hatte.

Auch Helgas Mann Paul war damals in der Keimzelle der bayerischen Grünen mit dabei gewesen. Vor zwölf Jahren hat er Helga verlassen und ist mit seiner neuen Lebensgefährtin nach Stuttgart gezogen. Seinetwegen hätte Helga beinahe ihren Glauben verloren. Paul war Pfarrer. Helga hat nie wieder einen anderen Mann getroffen, der noch frei gewesen wäre und von ihr hätte geliebt werden wollen. Ihren Parteifreund Sepp Daxenberger, den hat sie verehrt und bewundert. Sie kannte auch seine Frau und hat ihre Kinder in der Schule unterrichtet.

All die Jahre hat sie den Grünen die Treue gehalten, trotz Joschka Fischer, diesem Turnschuh-Hallodri, der mit dem SPD-Verräter Schröder deutsche Soldaten wieder in den Krieg geschickt hat und das Sozialsystem von einem Ex-VW-Boss hat umkrempeln lassen. Mit deinen Ansichten wärst du besser bei den Linken aufgehoben, hat erst vor Kurzem einer der Parteifreunde zu ihr gesagt. Aber das sind doch Atheisten, hat Helga ihm geantwortet, und Atheisten sind für eine Pastorentochter aus Franken unvorstellbar. Also ist sie immer noch bei den Grünen und zahlt, ohne zu murren, ihren Beitrag. Bei den Wahlen hält sie sich immer zurück, sie will den jungen Leuten nicht im Wege stehen. Ich habe Ämter und Aufgaben genug, pflegt sie zu sagen.

Als das Unglück in Tschernobyl geschah, war Paul noch bei ihr und den Kindern. Sie waren eine glückliche Familie, die Kinder acht und zehn Jahre alt. Es war Luisas Geburtstag, und wegen des Regens hatten sie die Geburtstagsfeier ins Haus verlegt. Zehn Kinder hatte Luisa einladen dürfen, für jedes Lebensjahr eines. Sie aßen Kuchen und spielten die alten Spiele, die Kinder wahrscheinlich bis in alle Ewigkeit spielen werden: Topfschlagen, mit dicken Handschuhen Schokolade mit Messer und Gabel essen und Mumienwickeln mit Klopapier. Helga kann sich so genau daran erinnern, als wäre es gestern gewesen. Die Kinder waren im Haus geblieben, aber Paul war mit einem Freund in die Berge gegangen. Sie waren draußen, als der Regen niederging, und später berichtete er, dass ihnen der Regen nichts ausgemacht habe und sie sich nicht untergestellt hätten, da sie dachten, es werde bald wieder aufhören. Nicht einmal Jacken hatten sie sich übergezogen, denn der Regen war so angenehm warm auf der Haut.

Der 29. April 1986 war für Helga und ihre Generation ein entscheidendes Datum gewesen, so wie später der Tag des Mauerfalls und noch später der 11. September 2001. Jeder aus dieser Generation konnte danach für diese drei Daten genau sagen, wo er gewesen war, was er gemacht und empfunden hatte. Am 9. November 1989 war Helga mit den Kindern im Garten, als ihr Mann, der Radio gehört hatte, den Fernseher anschaltete und ihr die Bilder von der Pressekonferenz zeigte, den stotternden Günter Schabowski, der die neue Ausreiseregelung bekannt gab und einem italienischen Journalisten, der mehrfach hartnäckig nachfragte, bestätigte, dass die Regelung seiner Kenntnis nach ab sofort gelte. Sie blieben bis zu den Tagesthemen vor dem Fernseher sitzen und konnten sich an den Bildern nicht sattsehen. Paul hätte sich am liebsten sofort ins Auto gesetzt und wäre nach Berlin gefahren, um die Euphorie mitzuerleben. Sie hatte ihn gebremst. Über fünfhundert Kilometer, für die Kinder wäre es eine Strapaze gewesen, und sie – genauso wie Helga selbst – hätten am nächsten Tag, einem Freitag, doch schließlich in die Schule gemusst. Sie und Paul bereuen es bis heute, dass sie nicht gefahren sind.

Auch an den 11.9.2001 – 9.11. und 11.9., was für eine Zahlenmagie! – erinnert Helga sich genau. Sie war auf einer Lehrerfortbildung in Würzburg, einem Seminar zum Thema gewaltfreie Kommunikation nach Marshall Rosenberg. Paul rief sie am Nachmittag an, sie sollten den Fernseher anmachen. Schließlich saß die ganze Gruppe vor dem Bildschirm in dem großen Seminarraum und sah immer und immer wieder die Bilder von dem Flugzeug, das gegen den spiegelnden Wolkenkratzerturm prallte wie ein Vogel gegen eine Glasscheibe, um dann in einer Feuerkugel in ihn einzudringen, die Verbindung des Turms zu seiner Basis zu kappen und ihn zum Einsturz zu bringen. Die Fernsehkameras nahmen die Schreie der Menschen auf und zeigten kleine schwarze Männchen, die wie Funken aus dem brennenden Hochhaus sprühten und in den Tod stürzten.

Der 11. September 2001 war verstörend, aber seltsam irreal und irgendwie auch weit weg. Aber die nukleare Wolke aus Tschernobyl, die war beängstigend, schleichend, unsichtbar und dennoch immer da. Die Wolke hat den Zustand der Erde in vielen Ländern Europas verändert und wird dies über eine unvorstellbar lange Zeit auch weiterhin tun. Mit Tschernobyl war das eingetreten, wovor Leute wie Helga und Paul immer Angst gehabt hatten und wogegen sie mit Demonstrationen und lustigen Sonnenaufklebern protestiert hatten: der Störfall einer vom Menschen nicht beherrschbaren Technologie, der GAU. Dafür waren sie als Träumer diffamiert, als Demonstranten und Chaoten kriminalisiert worden. Die Politiker hatten reflexartig abgewiegelt, es bestünde keine Bedrohung. Vielleicht wussten sie es wirklich nicht, oder sie dachten, es sei für alle besser, die allmählich durchsickernden Informationen zurückzuhalten. Nach dem Störfall waren alle Lebensmittel zunächst als unbedenklich eingestuft worden. Dann sollte immerhin Milch nicht mehr getrunken und auf frischen

Salat verzichtet werden. Endlich wurde gründlicher gemessen, und das Ergebnis war wie in der Zone: schwarzes oder weißes Feld, alles lag so nah beieinander. Einen Garten, eine Plantage hatte es erwischt, die daneben nicht. Das Jod mit seiner kurzen Halbwertszeit von acht Tagen war bald nicht mehr nachweisbar, hatte sich aber in den Schilddrüsen der Menschen eingelagert. Andere radioaktive Elemente wie Cäsium würden erst in vielen Jahren zerfallen. Pilze und Flechten sammelten die radioaktiven Nuklide und speichern sie bis heute. Flächendeckende Messstationen veröffentlichen ihre Ergebnisse regelmäßig, aber wer liest sie noch, und wer kann sie richtig interpretieren? Die Maßeinheiten haben sich von Becquerel und Röntgen zu Mikrosievert geändert, zuerst bezogen sie sich auf eine Stunde, dann auf einen Tag oder ein Jahr, und auch die Grenzwerte wurden nach oben verschoben. Über die Einschätzung der Gefährdung besteht bis heute keine Einigkeit. Auch nicht über das Ausmaß der Katastrophe und die wirklichen Opferzahlen. Während die offiziellen Zahlen der Sowjetunion und ihrer Nachfolgestaaten von nicht einmal zweitausend Toten ausgehen, inklusive der langfristigen, schätzen sie die Umweltgruppen und NGOs auf ein Vielfaches davon. Während die Weltgesundheitsbehörde keinen Zusammenhang zwischen dem Anstieg von Krebserkrankungen und dem radioaktiven Fallout von Tschernobyl herstellt, tun freie Ärzteorganisationen dies mit großem Nachdruck. Und weisen zusätzlich darauf hin, dass mögliche Folgen nicht nur Krebserkrankungen sind – zum Beispiel des Knochenmarks wie im Fall von Sepp Daxenberger –, sondern gerade auch Herz- und Kreislauferkrankungen, die die WHO nicht damit in Verbindung bringt. Man weiß es einfach nicht, sagen die Leute, wenn wieder ein Krebsfall im persönlichen Umfeld bekannt wird, wenn jemand in den Vierzigern erkrankt. Man weiß es einfach nicht, sagt auch Helga. Man kann es nicht wissen, weil sie es nicht untersuchen, weil es keine Melderegister wie für Aids gibt, weil es nicht dokumentiert wird. Man munkelt, dass die Leukämiefälle unter Kindern rund um die Kernkraftwerke stark zugenommen haben. Man munkelt, weil man es nicht weiß und weil die Verantwortlichen es aussitzen und sich ausschweigen. Helga hat mit dem Thema nie abgeschlossen. Es gehört zu ihrem Leben, so wie es zu ihrem Leben gehört, dass Paul sie verlassen hat und mit einer anderen glücklich geworden ist. Dass ihre Kinder groß geworden und aus dem Haus gegangen sind. Dass vierunddreißig Jahre Schuldienst ein Ende gefunden haben und dass die Birke, die sie beim Einzug hinter das Haus gepflanzt haben, heute alle Dächer überragt, viel zu groß für ihren Garten und ein Ärgernis für die Nachbarn. Aber solange Helga lebt, wird sie diesen Baum schützen.

Irgendwann ist Helga im Netz auf Lubas Blog gestoßen, liest seitdem immer wieder rein und sieht sich die Bilder aus der Sperrzone an. Sie verfolgt, wie sich die Landschaft verändert, wie die Häuser zerfallen, der Asphalt der Straßen aufplatzt, die Bäume wachsen und die Wildpferde sich vermehren. Helga spendet auch. Für Lubas Halbwertszeit und für einen Tschernobyl-Kinderhilfeverein. Zusätzlich hat sie eine Patenschaft für eine Suppenküche in Nizhyn übernommen, einhundertfünfzig Kilometer nordwestlich von Kiew. Für fünfundachtzig Cent pro Tag bekommt dort ein Kind täglich eine warme Suppe. In der Ukraine und in Weißrussland kommen die Kinder krank auf die Welt und bleiben schwach und anfällig, wenn man nichts für sie tut. Helga tun die fünfundachtzig Cent nicht weh, und sie wundert sich, dass nicht mehr Leute sich engagieren.

Tschernobyl, Herbst 2010

Auf Lubas Bildschirm ploppt das Chat-Fenster des internen Vereinsnetzwerks auf. »Die Bilder von Grischa und Natalja sind da. Wollt ihr sie sehen?« Die Nachricht kommt von Ludmilla.

»Sehenswert?«, fragt Luba zurück.

»Unbedingt. Würde ich sonst versuchen, dich von der Arbeit abzuhalten?«

Kurz darauf sitzen alle rund um Ludmillas PC, der den größten Bildschirm im Büro hat. Es gibt Kaffee und eine Dose englisches Teegebäck. Andrij und Rafael stürzen sich auf die Kekse, als hätten sie seit Tagen nichts mehr zu essen bekommen.

Ludmilla startet die erste Filmsequenz.

»Ey, was soll das denn sein?« Rafael hat den Mund noch voller Schokowaffeln. »Ein Grenzstein?«

»Jetzt hör doch zu«, sagt Ludmilla, »der Ton kommt gleich.«

Dann setzt Grischas Stimme ein. Ein Mann wie ein Bär, denkt Luba, aber eine Stimme wie ein Chorknabe. »Stell mal lauter, bei dem Gemampfe versteht man ja überhaupt nichts«, sagt Luba und verschließt die Keksdose mit dem Deckel.

»Die Grenzsteine sind Gedenksteine«, sagt Grischa. »Für jedes Dorf ist einer aufgestellt worden. Ein Stein mit dem Namen des Dorfes, der Zahl seiner Einwohner und dem Datum, an dem sie es verlassen mussten. Hier: Krassnaselje. 583. Am 5. Mai 1986 von seinen Bewohnern aufgegeben, nun aber wieder besiedelt. Wir folgen den Spuren der neuen Bewohner.«

Ludmilla öffnet eine neue Datei mit einer kurzen Videosequenz. In ihr ist zu sehen, wie die beiden Forscher einen großen Knochen finden. Weiter erkennt man einen Bewässerungsgraben. Sie setzen die Schutzmasken auf. Der Geigerzähler knattert.

»Biberknochen«, sagt Grischa. »Biber sind die größten europäischen Nager, also müssen ihre Jäger auch hier sein, vielleicht sogar hier in Krassnaselje.«

Man sieht Aufnahmen des Dorfes. Vier, fünf Häuser mit eingestürzten Dächern. Wahrscheinlich sind sie unter den winterlichen

Schneelasten zusammengebrochen. Nur das Dach des größten Hauses ist noch heil.

»Bestimmt das Haus des Dorfvorstehers«, meint Luba.

»Pst!«, macht Andrij. »Da, schaut doch mal!«

Auf dem First des einzigen intakten Hausdaches liegt er, der Wachposten, der von hier aus die Ebene bis hinüber zum Fluss überblickt.

»Von dort oben kann er jede Bewegung im Gras und am Ufer ausmachen«, sagt Grischa. »Er wacht über die gesamte Umgebung. Seine Nachbarn sind entweder Beute oder Konkurrenten um das erlegte Wild. Hoch über ihm kreist ein Seeadler.« Die Kamera folgt seinem Flug und schwenkt dann zurück auf die Erde.

Grischa legt die Hände an den Mund, formt einen Schalltrichter und heult in den Himmel. Das Geräusch klingt eher nach Mensch als nach Tier. Der Wächter hat sich aufgerichtet und lauscht. Seine Rute steht waagrecht wie eine Sturmfahne. Dann hebt er den Kopf, reckt die Schnauze in die Luft und demonstriert mit kehligem Geheul seine Vorherrschaft. Wir sind hier die Herren, heißt seine Botschaft. Und: Wir kennen dich nicht, also verzieh dich. Du kannst nicht bei uns bleiben.

»Lenka und Yol sind nicht hier«, hört man nun die Stimme Nataljas, die die Videokamera bedient. »Wir haben schon lange keine Signale mehr von ihnen empfangen. Vielleicht sind sie weggezogen.« Sie stellt die Kamera auf ein Stativ, dann setzen sich die beiden Forscher auf die Dorfstraße und warten. Natalja nimmt eine Thermoskanne aus dem Rucksack, schweigend trinken sie ihren Tee. Im Hintergrund erkennt man, wie der Wächter seinen Posten verlässt, wenig später kreuzt das Rudel die Straße. Einer hinter dem anderen.

»Es sieht aus, als würden sie alle immer nur den Spuren des Leitwolfs folgen«, sagt Grischa. »Es gibt immer nur eine einzige Spur. Wir kennen das: Sieht man ihre Spuren im Sand oder Schnee, denkt man, dass man nur ein einziges Tier verfolgt. Erst wenn die Spuren im Jagdfieber auseinandergehen, weiß man, dass es ein ganzes Rudel ist.«

Erst als das Rudel das Dorf verlassen hat, wagen sich die Forscher nach Krassnaselje hinein. Anhand der Losungen und der herumliegenden Knochenreste machen sie sich ein Bild von der Größe des Rudels. In einer ehemaligen Kartoffelmiete findet Natalja unter einer Abdeckung aus einem Stück Blech einen nur wenige Tage alten Wurf. Die dunklen Welpen drücken sich eng aneinander und quietschen vor Angst. Sie spüren, dass es nicht ihre Mutter ist, die zurückgekehrt ist. Sie fiepsen noch lauter, als Natalja zwei von ihnen aufnimmt und jedem ein kleines Büschel Haare aus dem Fell zieht. Jetzt trägt sie auch wieder ihre Maske, um keines der hoch verstrahlten Haare einzuatmen. Sie reicht die Büschel Grischa, und er legt sie getrennt in zwei mit Deckeln zu schließende Plastikschalen, die sie später im Labor untersuchen werden.

»Bei den Wölfen haben wir darüber noch keine Erkenntnisse«, sagt Grischa, »aber bei den Siebenschläfern, die wir seit Jahren beobachten und deren Nester wir immer wieder prüfen, haben wir eine Rate von Missbildungen durch Gendefekte in Höhe von konstant fünf bis sechs Prozent festgestellt. Bei den hohen Geburtsraten der Nager spielt das keine Rolle, ihr Vermehrungszyklus fängt diese Menge an Defekten leicht auf, aber beim Menschen wäre sie verheerend. Und bei Wölfen? Das versuchen wir noch herauszufinden.«

Natalja legt die Welpen zurück in den Bau.

»Ihre Handschuhe sind mit Wolfslosung eingerieben«, erklärt Grischa, »damit die Wölfin keine fremden Gerüche wahrnimmt, wenn sie zurückkommt, um ihre Jungen zu säugen.«

Jetzt übernimmt wieder Natalja die Kamera und kommentiert weiter: »Die Wölfe in der Zone jagen Rehwild und Hirsche wie anderswo auch. Aber hier in den Sümpfen haben sie ein neues Beutetier entdeckt, das auf ihrem Speiseplan steht und ihre Brut ernährt. In der Stalin-Zeit wurden die Prypjat-Sümpfe trockengelegt und zur Kornkammer gemacht. Seit der Katastrophe befindet sich die Gegend in einer intensiven Phase der Renaturierung. Erst hat der Mensch die Natur besiegt, nun holt sich die Natur zurück, was der Mensch ihr genommen hat. Heute sind die Deiche gebrochen und die Drainagekanäle von Hunderten von Biberbauten verstopft.«

Die Kamera folgt kurz der Spur der Wölfe, die in die Wildnis führt. Wieder spricht Natalja: »Große Areale von Sümpfen haben sich jetzt rückgebildet, und die Wölfe holen sich die größten Nager, die auf dem ganzen Kontinent zu finden sind. Der Biber macht heute etwa die Hälfte ihrer Nahrung aus. Und sowohl die Nager- als auch die Wolfspopulation der Zone hat sich auf ein konstantes Niveau eingependelt. Schon seit Jahren wachsen sie nicht mehr, alles ist im Gleichgewicht. Es gibt weder eine Wolfs- noch eine Biberplage.«

Die Kamera schwenkt zurück ins Dorf. Grischa ist auf das Dach des Dorfvorsteherhauses geklettert, auf dem zuvor der Wächter lag. »Anscheinend haben sie draußen in den Sümpfen Beute gemacht. Der Seeadler, der die ganze Zeit in der Luft gekreist ist, hat sich hinabgestürzt, und eine Schar Saatkrähen sammelt sich über den Sümpfen. Beides sind sichere Zeichen. Die Krähen markieren den Jagdort. Vielleicht sind Lenka und Yol ja nach Norden abgewandert«, kommt Natalja auf das mit Sendern ausgestattete Wolfspaar zurück. »Wir sollten den Kollegen in Weißrussland die Frequenz durchgeben, unter der sie die beiden orten können, falls sie bei ihnen auftauchen.«

Bevor Grischa vom Dach hinuntersteigt, sieht er noch einmal durch sein Fernglas. Er kann weit, aber nicht bis zu den Sümpfen sehen, dazu ist die Kate zu niedrig. Das Dorf Krassnaselje ist von Grassteppe umgeben, auf die nun auch Nataljas Kamera schwenkt. Der Wind lässt die Spitzen der Gräser erzittern, Schwärme von Mücken ziehen darüber hinweg. Plötzlich teilt ein brauner Rücken das Gras, die dunkle Mähne kurz und aufrecht wie eine Bürste. Dann wendet das Tier den Kopf und zeigt sein Maul, das so hell ist, als habe es gerade aus einem Mehlsack gefressen. Eine Herde Wildpferde durchstreift die Ebene, ihre Fohlen haben die Älteren schützend in die Mitte genommen.

»Nur einer ist hier noch Jäger«, sagt Natalja. »Und das ist nicht der Mensch, sondern der Wolf.«

Kiew, Frühling 2011

Wiktor trifft Mitja in dem Café, in dem sein Sohn seit ein paar Wochen arbeitet. Das, in dem er zuvor gekellnert hat, musste schließen, weil die Pächter die Miete nicht mehr bezahlen konnten. Zu wenig Umsatz und noch weniger Gewinn, schätzt Wiktor, aber Mitjas Meinung nach sind die Immobilienhaie schuld, die den Hals nicht voll genug kriegen können. Rausholen, was geht. Und wenn's der eine Mieter nicht schafft, kommt eben der nächste rein. Aber bloß nie etwas renovieren. Die Gäste seien auch wegen der Heizung nicht gekommen, die praktisch nie richtig funktioniert habe, sagt Mitja. Und wegen der ständig verstopften Toilette. Ja, Pech, denkt Wiktor, aber was kann man da machen? Wenn der Junge nur einen richtigen Beruf erlernt hätte … Aber wenn er damit anfängt, fragt Mitja immer: »Einen richtigen Beruf? So wie deinen, Papa? Mit dem du eine rasante Karriere vom verheizten Hubschrauberpiloten zum Lumpensammler in der Zone gemacht hast? Hätte ich vielleicht bei dir in die Lehre gehen und Schrottlaster auseinandernehmen sollen? Vater und Sohn, Hand in Hand? Nein, dann schon lieber ein ehrbarer Kellner.«

Aber müssen es denn immer die lausigsten Cafés sein, fragt sich Wiktor im Stillen, die, in denen sich nur die Leute treffen, die den ganzen Nachmittag nichts zu tun haben und bei einem Glas Bier oder einem Kaffee herumsitzen und die Tische belegen? Junge Leute ohne Job, alte, die nichts zu tun haben und eine Rente bekommen, die zum Leben zu klein und zum Sterben zu hoch ist. Mitja und seine Kollegen behandeln sie alle gleich zuvorkommend, kein schlechtes Wort hört man von ihnen. Und wahrscheinlich würde Mitja es sogar ablehnen, in einem der schicken Cafés in der Altstadt zu arbeiten, wo die Touristen verkehren und großzügig Trinkgelder verteilen, selbst wenn man ihn dort nehmen würde. Schon mit seiner Frisur will er sich nicht anpassen – vorn trägt er die Haare normal kurz, verstrubbelt durch die beiden Wirbel, die er schon als kleiner Junge hatte, aber hinten hängt so ein Rasta-Würstchen heraus, ein einzelnes, das er aber hütet, als würde dort wie bei Samson seine ganze Kraft sitzen. Und das Drachen-Tattoo, das er sich im letzten Jahr am Hals hat stechen lassen, wäre vielleicht auch ein Hinderungsgrund für eine anständige Anstellung. Wiktor hat ihn gefragt, was es zu bedeuten habe und warum er es sich habe stechen lassen, aber Mitja hat es ihm nicht erklären können. Als er sagte: »Das verstehst du nicht, Papa«, da kam er sich richtig, richtig alt vor. So geht das also immer und in jeder Generation weiter, hat er gedacht. Er selbst hat diesen Satz vor vielen Jahren zu seinem Vater gesagt, und jetzt sagt Mitja ihn zu ihm. Und hat damit sogar recht.

»Wie geht's dir?«, fragt Mitja, und sein Blick bleibt an Wiktors Narbe auf der rechten Wange hängen.

»Na ja, ich war schon mal jünger und schöner«, scherzt Wiktor.

»Tut es noch weh?«

»Ach was, ist nicht der Rede wert.«

»Wieso hast du den Hundehalter damals eigentlich nicht angezeigt?«

»Beinahe wäre ich ja noch davongekommen«, wehrt Wiktor ab. »Aber das Biest war einfach schneller als ich.«

»Beinahe! Und wenn der Köter in seinem Blutrausch nicht mehr auf seinen Herrn gehört hätte? Was wäre dann gewesen? Totgebissen hätte er dich!«

»Hat er aber nicht. Und jetzt mach dir keine Sorgen, Kleiner. Das ist alles schon wieder zusammengewachsen. Und so ein paar Narben machen uns Männer doch erst richtig sexy, oder etwa nicht?«

»Ich versteh's echt nicht, warum du den Kerl schonst.«

»Diesen Kerl kriegt man nicht wegen so einer Bagatelle dran. Hundehalter hat ein einziges Mal nicht aufgepasst, Opfer hat sich blöd benommen, Hundchen hat sich bedroht gefühlt und so weiter. Gegen so einen Kerl wie Jurij können zehn wie ich antreten und trotzdem nichts ausrichten.«

»Dann hältst du dich hoffentlich in Zukunft von ihm fern, wenn du sowieso immer den Kürzeren ziehst. Eure Geschäfte sind doch jetzt abgeschlossen, und ihr seid quitt, oder, Papa?«

»Was heißt hier quitt? Ich hab ihm ja nichts getan. Sein Geld hat er wiederbekommen, und für die andere Sache, für die ich büßen musste, habe ich nichts gekonnt. Ich hab diesem Wladimir kein einziges Haar gekrümmt, das war das Rattengesicht aus Frankfurt. Aber das ist Jurij doch egal. Er braucht einen Schuldigen. Und wenn er den richtigen nicht finden kann, weil der tot ist, dann nimmt er eben einen anderen, der noch am Leben ist. Mich zum Beispiel.«

»Dann geh ihm aber in Zukunft aus dem Weg, Papa.«

»Darauf kannst du Gift nehmen«, verspricht Wiktor. »Ich habe übrigens ein Grundstück gekauft, an der Moldavska.«

Mitja rührt in seinem Kaffee und scheint nicht gehört zu haben, was ihm sein Vater gerade erzählt hat.

»Willst du denn gar nicht wissen, wozu?«

»Wozu denn?«, fragt Mitja ohne Neugier. »Bist du jetzt auch unter die Spekulanten gegangen?«

»Quatsch! Es soll ein großes Projekt werden, und du kannst mir vielleicht helfen, wenn die Planung steht.«

»Aber du hast doch schon eine Wohnung. Und ich übrigens auch.«

»Die Löcher, in denen wir hausen, bezeichnest du als Wohnungen? Ich glaube, wir können uns jetzt wirklich ein bisschen verbessern.«

»Kennst du dich denn aus mit Häusern, Immobilien und dem ganzen Kram?«

»Noch nicht, aber ich habe einen Berater. Ohne so einen Spezialisten kommst du heutzutage ja nicht weit. Ich werde ein richtiges Projekt daraus machen. Ein Niedrigenergiehaus, sagt mein Berater. Dafür werden wir Preise kriegen. Und eine soziale Komponente hat das Projekt außerdem. Verschiedene Kategorien von Mietern und Eigentümern, verstehst du? Die Reichen zahlen mehr als den vollen Satz, und der Überschuss wird für die verwendet, die nichts oder zu wenig haben. Die einen sind praktisch die Sponsoren und unterstützen die anderen. Und dann gibt's natürlich auch noch die ganz normalen Bewohner, die finanzieren nur sich selbst.« Wiktor hat sich warm geredet. Wenn er noch rauchen würde, würde er sich jetzt eine Zigarette anzünden, so ist er in Fahrt. Mitja hingegen steht auf der Bremse, er rührt und rührt in seinem Kaffee, während sein Vater begeistert von den Plänen seines famosen Beraters erzählt. Als einzige Reaktion zupft Mitja beim Zuhören sein Rasta-Zöpfchen nach vorn und zwirbelt daran herum. Sein Verhalten ist so unbewusst und unschuldig, dass Wiktor an ein Baby denken muss, das sich weltvergessen seinen Zeh in den Mund steckt und glückselig die Welt um sich herum vergisst.

»Und? Juckt es dich nicht in den Fingern, da mitzumachen?«

»Ich weiß nicht, Papa. Ich hab keine Ahnung von so was«, sagt Mitja, »und ich glaube, du auch nicht, wenn ich ehrlich sein soll.«

»Dann solltest du dich mal drum kümmern und dich mit dem Thema auseinandersetzen. Mensch, ich mach das doch schließlich auch für dich. Das alles wird eines Tages dir gehören. Ich hab doch auch nicht das ewige Leben für mich gepachtet. Willst du hier«, Wiktor umfasst mit einer Handbewegung die Cafébesucher, die stumm ihre Köpfe zu ihnen drehen, »etwa versauern? Was ist so schlimm daran, ein Erbe mitzugestalten, das man später einstreichen wird?«

»Ich sage ja nicht, dass es schlimm ist, sondern nur, dass ich keine Ahnung von so etwas habe. Außerdem fange ich nächste Woche bei Luba an.«

»Bei Luba? Natürlich, das war ja klar. Die Chance, ein für alle Mal die Welt zu retten, würde ich mir an deiner Stelle auch nicht entgehen lassen.«

»Jetzt reg dich doch nicht so auf, Papa! Luba ist doch eine Freundin von dir. Hat sie dich nicht letztes Jahr aus der Zone gerettet, als du diese Panne hattest?«

»Gerettet? Mitgenommen hat sie mich, und das auch nur, weil ich mich mitten auf die Straße gestellt habe, damit sie nicht an mir vorbeifahren konnte. Am liebsten hätte sie trotzdem Gas gegeben, das war nicht zu übersehen.« Und wie sie ihn angeblafft hat, als sie dann doch neben ihm zum Stehen gekommen war! Daran erinnert sich Wiktor noch, als wäre es gestern gewesen. »Was sollst du denn für Luba machen?«

»Spenden sammeln«, sagt Mitja leise, und die weiteren Worte gehen in Wiktors Hohngelächter unter.

»Was noch? Was noch?«, japst er schließlich, als er mit Lachen fertig ist.

Doch Mitja lässt sich nicht provozieren. »Später werde ich vielleicht Touristengruppen und Geldgeber durch die Zone führen.«

»Und wer soll das genehmigen? So viele Spenden sammelt ihr nie, dass ihr euch die Bestechungsgelder leisten könnt!« Wiktor wird wieder lauter. Aber sosehr er auch dagegen argumentiert und sein eigenes Vorhaben als soziales Musterprojekt anpreist, seine Worte prallen an diesem Dickschädel Mitja, der sein Ein und Alles ist, sein Fleisch und Blut, den er aber anscheinend nicht autoritär genug erzogen hat, einfach ab.

»Wenn du für mich eine Wohnung bauen willst«, sagt er, und für einen kurzen Moment glaubt Wiktor, er lenke doch noch ein, »dann könntest du mir das Geld dafür doch auch auszahlen. Ich meine, anstelle einer Wohnung.«

Wiktor kratzt sich am Kopf, zieht die Brieftasche heraus und wirft einen Fünfziger für die Zeche und einen Fünfhunderter für Mitja auf den Tisch. »Sollte ich das tun, weiß ich, was mit dem Geld passiert. Du wirst es dir von Luba oder ihrer rechten Hand, dieser geldgierigen Ludmilla, die mir jeden zweiten Tag tierisch auf den Sack geht, abschwatzen lassen.«

Mitja schüttelt nicht sehr vehement und auch nicht besonders überzeugend den Kopf.

»Stimmt, wahrscheinlich gibst du es ihr freiwillig – so wie damals das Geld, das du von Onkel Kolja bekommen hast. Kolja hatte es *dir* gegeben und nicht dem Verein gegen die Ausrottung der kleinen und großen Pelztiere, dem du es in den Rachen geworfen hast! Du hast kein Händchen für Geld, Mitja, das musst du ehrlicherweise zugeben. Und wenn Luba das noch nicht gemerkt hat, spricht das auch gegen ihren Geschäftssinn, sei mir nicht böse. Mach, was du willst, aber auf mein Geld passe ich schon noch selbst auf, solange ich lebe. Nach mir kannst du alles der Gesellschaft zur Rettung der Inuit vor der Trunksucht oder der sibirischen Schamanen vor dem Wahnsinn schenken. Aber solange ich noch atme, werde ich dir noch ein paar Chancen geben, vernünftig zu werden. Und dafür solltest du mir wirklich dankbar sein, Söhnchen.« Wiktor steht auf und zieht seine Jacke über.

»Viel Glück mit den Haien, Väterchen«, sagt Mitja und schlurft mit seiner schon leicht angeschlagenen Kaffeetasse an einen Tisch mit tätowierten Übergewichtigen, die Rauchen und Biertrinken für die beste Methode halten, genau so zu bleiben, wie sie sind. Womit sie wahrscheinlich recht haben.

***

»Herr Danko, wie steht es denn nun mit unserer Sache? Wann kann es losgehen?«

»Alles ist auf dem besten Weg, Herr Owtscharow, alle Schritte zur Vorbereitung sind getan.«

»Aber wann geht es denn endlich los, wenn doch alles so schön vorbereitet ist, wie Sie sagen?«

»Geduld, Herr Owtscharow. Geduld ist des Bauherrn erste Tugend in unserem Staat. Alle Pläne sind eingereicht, wir warten nur noch auf die Genehmigungen. Ich habe sämtliche meiner Beziehungen für uns arbeiten lassen, und ich hoffe, Sie haben dasselbe getan?«

»Na ja, Sie wissen ja, mit meinen Beziehungen zum Beamtenapparat ist das so eine Sache.«

»Wieso? Ich denke, Sie sind ein Volksheld? Mit diesem Pfund müssten Sie doch wuchern können. Sie haben für das Volk, für den Staat Ihre Gesundheit und fast Ihr Leben gegeben – Sie hätten doch Ihr Leben gegeben, ist es nicht so?«

»Natürlich hätte ich es gegeben, wenn auch nicht unbedingt freiwillig. Nicht freiwillig.«

»Aber ich bitte Sie, wer soll sich heute noch daran erinnern? Sie haben gekämpft für das Wohl der Ukraine …«

»Die damals noch Sowjetunion hieß …«

»Ich bitte Sie, wer wird das heute noch so genau nehmen?«

»Der Beamtenapparat von heute kann sich wahrscheinlich nicht einmal vorstellen, dass so ein alter Haudegen wie ich noch lebt, nachdem er durch die Hölle geflogen ist und in den Schlund des Teufels gesehen hat. Die werden mich für einen Hochstapler halten, wenn ich dort mit meiner Lebensgeschichte auftauche.«

»Dann müssen Sie sich eben Ihre Plakette anstecken und sie

wie einen Orden tragen. Das ist Ihr Kapital im Umgang mit der Bürokratie.«

»Das Blech dürfte schon verrostet sein. Ich weiß nicht einmal, wo sich das Teil befindet.«

»Wiktor, darf ich Sie Wiktor nennen?«

»Sie dürfen, Witalij.«

»Sie müssen besser auf Ihre Sachen aufpassen. Haben Sie Kinder, Wiktor?«

»Einen Sohn.«

»Na, sehen Sie. So eine Plakette ist doch etwas, was Sie ihm vererben werden. Was Sie überdauern wird, wenn Sie längst auf anderen Umlaufbahnen kreisen.«

»Glauben Sie wirklich, Witalij? Bisher hat dieses ehemals blaue Abzeichen noch nicht einmal für eine Rente gereicht, von der ich hätte leben können.«

»Oh, mit der Rente ist das ein bisschen schwieriger, leider kenne ich mich damit gar nicht aus. Dafür aber mit Baugenehmigungen und behördlichen Auflagen, die fallen in andere Abteilungen als die Renten. Und die Baubehörden haben ein Herz für Volkshelden, das kann ich Ihnen versichern.«

»Wollen wir es hoffen, Witalij. Nicht dass die Genehmigung erteilt wird, wenn ich den Planeten bereits mit den Füßen voraus verlassen habe. In welcher Abteilung irren Ihre Pläne denn gerade herum und lechzen nach der blauen Stempeltinte wie ein dreckiger Holzboden nach dem Eimer Wischwasser?«

»Wie Sie wissen, sind meine Baupläne schon alle genehmigt, Wiktor. Jetzt wird nur noch geprüft, ob das Gelände für die geplanten Bauten auch geeignet ist.«

»Was sollte denn an dem Gelände nicht geeignet sein?«

»Nichts, das kann ich Ihnen versichern. Es ist alles in bester Ordnung, aber es muss eben geprüft und als unbedenklich eingestuft werden. Außerdem hat ja jetzt sogar unsere Regierung ihr Herz für die Umwelt und den Schutz unseres Landes und seiner natürlichen Ressourcen entdeckt. Also gilt es, auch noch ein paar umwelttechnische Begebenheiten zu prüfen. Etwa Boden, Luft und Wasser, das ist seit dreißig Jahren europäischer Standard, und jetzt sind diese Maßnahmen eben auch bei uns angekommen. Wir hinken noch immer um Jahrzehnte hinterher, aber wir holen auf. Und unser Beamtenapparat will schließlich beschäftigt sein, ist es nicht so?«

»Ich weiß nicht, Witalij, ich kenne mich mit Beamten nicht so aus. Wie Sie wissen, habe ich meinen Arsch zwei Jahrzehnte in einen Hubschraubersitz gezwängt, statt ihn auf einem Bürostuhl platt zu sitzen und Stempel zu verteilen. Ich würde jetzt wirklich sehr gern anfangen zu bauen, wie Sie sich bestimmt vorstellen können, aber was will man da machen?«

»Abwarten, Wiktor, abwarten. Es wird nicht mehr lange dauern, glauben Sie mir. Gleich morgen werde ich wieder vorsprechen und die Vorzüge des Projekts für die Stadt und für die gesamte Oblast betonen. Stellen Sie sich darauf ein, dass wir noch im Sommer oder Herbst mit dem Bauen beginnen können.«

»Das will ich auch hoffen, wer weiß, ob mir ansonsten nicht noch ein anderer Verwendungszweck für mein Geld einfällt.«

Witalij würde dies natürlich zutiefst bedauern, wie er sofort zu versichern bemüht ist. Dass er sich mit einer Klausel im Vertrag einen prozentualen Anteil am Gesamtbauvorhaben für den Fall einer Kündigung des Auftrags, aus welchen Gründen auch immer, und sei es ein Meteoriteneinschlag, gesichert hat und von daher ganz gelassen allen Entwicklungen entgegensehen kann, das erwähnt er bewusst nicht. Aber das muss er auch nicht, schließlich ist alles schriftlich fixiert.

***

Luba und Marjana treffen sich in einem der Terrassenlokale am Dnjepr, vor dem die Ausflugsdampfer vorbeituckern. Helles Frauenlachen, eine Männerstimme, die ein Geburtstagsständchen schmettert. Es ist Sonntag, der schlechteste Tag der Woche, um Spenden einzutreiben.

Marjana bestellt einen Aperitif, Luba ein Tonicwater. Sie ist auf ihrer Ninja gekommen.

»Hast du jetzt schon einen Chauffeur?«, fragt Luba und zeigt auf Marjanas Martiniglas.

»Quatsch, selber fahren macht viel mehr Spaß, und das bisschen

Alkohol verflüchtigt sich doch während des Essens. Seien wir mal nicht päpstlicher als der Papst, Frau Motorradbraut.«

Luba beobachtet die Spatzen unter den Tischen, die die Brotkrümel aufpicken. Als eine Taube sich kopfwackelnd einem ihrer Stiefel nähert, holt Luba aus und tritt in die Luft, um sie zu verscheuchen. Schwerfällig schwingt sich der Vogel in die Luft und macht sich davon. »Irgendwie hört es sich immer an, als seien bei Tauben irgendwelche Scharniere nicht geölt, findest du nicht auch?«, fragt Luba.

Marjana macht ein Gesicht, als sei ihr das noch nie aufgefallen.

»Außerdem bin ich keine Braut. Oder hast du schon mal einen Bräutigam an meiner Seite gesehen?«

»Oh ja, entschuldige bitte, wie konnte ich nur so unbedacht formulieren! Warum siehst du Männer eigentlich noch nicht mal mit dem Arsch an?«

»Das stimmt so nun auch wieder nicht. Ich schau sie ja an, aber die meisten gefallen mir eben nicht.«

»Ah ja, klar. Unter den x-Tausenden hier ist noch nie ein passender für dich dabei gewesen, oder wie?«

»Sagen wir mal so, zumindest in den letzten paar Jahren nicht.«

»Aha«, sagt Marjana. »Alles klar. Aber warum nimmst du nicht einen unpassenden? Muss ja nicht für immer sein. Du wirst ja auch Bedürfnisse haben, du weißt schon, so in Richtung dessen, was die Menschheit bis heute am Leben erhält und wachsen lässt. Oder bist du lesbisch?«

»Wie kommst du denn jetzt darauf?«

»Na, hör mal, du bist immerhin in einem Männersport unterwegs, und unter den Bikern gibt es doch bestimmt knackige Kerle, die nichts anbrennen lassen. Aber von denen hat dir wohl auch noch nie einer gefallen.«

»Die meisten Biker sind einfach nur tätowierte Blödmänner und Säufer.«

»Na ja, für gewisse Arten des Kontakts sind Tattoos genauso egal wie Blödheit. Für Sex brauchst du keinen Nobelpreis.«

»Pah, Sex! Was anderes fällt dir wohl nicht ein zu Männern?«

»Doch, aber Sex ist noch die leichteste Übung das andere Geschlecht betreffend, zumal in deinem Alter. Warte nur ab. Die

Abfälligkeit, mit der du jetzt darüber redest, wird dir schon noch vergehen. In meinem Alter bist du froh darüber, wenn ein Mann mit dir *nur* Sex will.«

Luba winkt ab.

»Ja, ja, jung und überheblich. Du wirst noch an meine Worte zurückdenken, das garantiere ich dir. Jetzt glaubst du, es wird nie anders sein, es wird sich nichts verändern, und du hast ja noch so viel Zeit. Dazu sage ich nur: Das ist eine Illusion. Aber jetzt ist Schluss mit meiner Lebensberatung, alles Weitere nur gegen ein saftiges Honorar, klar? Themenwechsel: Wenn man sich anschaut, was deine Wunderwaffe Ludmilla den Leuten alles aus den Rippen leiert, kann man nur staunen und versuchen zu verstehen, wie sie das anstellt. Ich hoffe, ihr wart zufrieden mit meiner kleinen Spende?«

Luba ist anscheinend noch immer mit der Spatzenbeobachtung beschäftigt. »Ehrlich gesagt hatte ich mir ein bisschen mehr erwartet. Und Ludmilla auch.«

»Fünfzigtausend waren mein ursprüngliches Angebot«, sagt Marjana.

»Eben«, sagt Luba. »Und Ludmilla hat die Vorgabe, ursprüngliche Angebote um mindestens fünfzig Prozent in die Höhe zu treiben. Dann verdoppelt sich ihre Provision.«

»Mir kommen gleich die Tränen!«, ächzt Marjana. »Bin ich jetzt vielleicht schuld, dass sie ihren Urlaub auf der Krim nicht im Fünf-Sterne-Superior-Hotel verbringen kann, sondern nur in einem mit vier mickrigen Sternchen ohne Marmortoilettenschüssel und vergoldete Armaturen?«

»Warum hast du nicht die Fünfundsiebzigtausend rausgerückt, auf die Ludmilla dich schon raufgehandelt hatte?«

»Warum, warum. Was geht dich das an?«

Luba mustert Marjana kritisch. »Geht dir vielleicht schon das Geld aus, oder warum sonst warst du so geizig?«

»Bist du verrückt geworden?«

»Oder geht es dir wie Wiktor?«

»Wie Wiktor? Was hat der denn wieder angestellt? Was ist es diesmal, lass mich raten: doch nicht wieder ein Hund?«

»Nein, diesmal ist es kein Hund und auch kein Jurij. Beziehungsweise wenn er doch dahintersteckt, wissen wir es jedenfalls nicht und werden es wohl auch nie erfahren.«

Auf die Überraschung bestellt Marjana sich gleich noch einen Martini, diesmal einen doppelten, obwohl die Vorspeise schon serviert wurde. »Los, erzähl endlich«, fordert sie Luba auf.

»Du weißt doch von seinen Bauplänen.«

»Natürlich, sein großes Projekt, sozialer Wohnungsbau, bei dem die Reichen zugunsten der Armen geschröpft werden sollen. Ich hab ihm gesagt, dass das den Reichen nie und nimmer gefallen wird, aber er hat immer wieder die Bibel angeführt: Unter eintausend Sündern wird sich auch mindestens ein Gerechter finden lassen, der freiwillig etwas von seinem Vermögen abgibt.«

»Vergiss es! Wie es aussieht, ist das Projekt schon tot, noch bevor der erste Bagger anrückt.«

»Und was hat das mit Wiktors Geld zu tun, wenn er aus irgendeinem Grund nicht bauen darf? Ich versteh's nicht.«

»Sie haben ein Umweltgutachten erstellt und Dioxin und andere Gifte im Boden gefunden.«

»Aber dafür ist doch nicht Wiktor verantwortlich, oder?«

»Natürlich nicht. Die Gifte stammen entweder von dem Betrieb, der vorher auf dem Gelände ansässig war und heute bankrott und überhaupt nicht mehr existent ist. Bei dem wäre auch nichts mehr zu holen. Oder sie kommen von dem Staatsbetrieb, der das Grundstück davor benutzt hat. Eine Fabrik, in der neue Maschinen gebaut und alte Landmaschinen wieder aufgemöbelt wurden. Beim Aufarbeiten des Altöls aus den Motoren ist wahrscheinlich unter anderem Dioxin angefallen, um das man sich nicht gekümmert und das so den Boden versaut hat. Den Staatsbetrieb gibt es natürlich auch nicht mehr, genauso wenig wie den Staat, zu dem er gehörte.«

»Und? Bezahlen muss doch der Verursacher, und das ist Wiktor ganz eindeutig nicht.«

»Er ist nicht Verursacher, das ist richtig. Aber anscheinend hat er sich vertraglich gebunden. Er muss bauen, will er nicht einen Haufen Geld an seinen famosen Berater und Schadensersatzzahlungen an Architekten und die Baufirma abdrücken. Und wenn er bauen will oder eben muss, muss er auch dafür sorgen, dass der Boden von den Altlasten befreit wird.«

»Aber sie können ihn doch nicht ausnehmen wie eine Weihnachtsgans!« Marjana hämmert mit der Faust auf den Tisch, sodass alle Spatzen und mit ihnen eine erschrockene Amsel davonstieben.

»Ein Teil wird wohl von irgendeinem Umweltfonds beigesteuert, aber die Hauptlast trifft den Bauherrn, also Wiktor.«

»Und dieser Berater hat davon gewusst?«, fragt Marjana.

»Keine Ahnung, ist aber jetzt auch egal. Wiktor steckt mittendrin in der Scheiße, und niemand hilft ihm raus. Entweder bringt er die nötigen Mittel für den Bau und die Sanierung auf und die Banken spielen mit, dann hat er irgendwann ein Wohngebäude für sein Geld, oder aber sein Geld geht für die Altlasten drauf, dann bekommt er kein Gebäude, das irgendwann ja auch mal Einnahmen liefern sollte.«

»Brutta bestia!«, flucht Marjana. Sie hat den Ausdruck bei einem italienischen Kollegen an der Uni gehört, er hat ihn ständig verwendet, und ihr hat der Klang gefallen.

Luba stochert in ihrem Salat herum, pickt jedes einzelne Maiskorn heraus und schiebt es an den Tellerrand. »Wie man es auch dreht und wendet«, sagt sie schließlich, »es sieht verdammt danach aus, dass Wiktor nicht viel Geld übrig behalten wird, oder besser gesagt, dass sein Geld nicht reichen wird für den Bau, den er sich vorgenommen und in den er jetzt schon eigentlich alles investiert hat, was er hatte.«

Der Kellner nimmt ihre Vorspeisenteller mit und kippt Lubas Maiskörner im Vorbeigehen in einen Hundenapf, der am Boden vor dem Eingang des einstöckigen Lokals steht. Die gesamte Spatzenpopulation an diesem Abschnitt des Dnjepr-Ufers lässt daraufhin alle Scheu fahren und stürzt sich auf die Körner, als müsste sie sonst verhungern. Mehrfach müssen die kleinen Spatzen mit dem Schnabel picken, bis ein Korn schließlich ihren Schlund hinunterwandert. Bei der Amsel reicht eine einzige Bewegung des Schnabels, was ihr bei der Nahrungsverteilung einen entscheidenden Vorteil verschafft.

»Das Geld sollte doch auch zur Absicherung seines Jungen

reichen«, sagt Marjana und beißt ein kleines Stück Steak von dem großen auf ihrer Gabel ab.

»Ach, Mitja, der ist aus anderem Holz geschnitzt als sein Vater«, sagt Luba.

Marjana horcht auf. »Hör ich da etwa eine Art Sympathie, ach, nennen wir es doch ganz verwegen *Zuneigung*, heraus?«

»Unsinn! Im Gegensatz zu euch hat er nur seine Ideale noch nicht aufgegeben. Morgen fängt er bei mir zu arbeiten an.«

»Und als was? Als Privatsekretär vielleicht?« Marjana grinst anzüglich.

»Er wird von Ludmilla angelernt und soll sie schon bald unterstützen. Ich sprach von Idealen, falls du es überhört haben solltest, nicht von Sex.«

»Schade eigentlich. Manchmal denke ich, du weißt gar nicht, was du da verpasst. Aber egal. Seid ihr denn eigentlich zufrieden mit der Menge an Spenden? Ich meine, Ludmilla ist ein Profi, da müsste doch ganz schön was bei rumkommen.«

»Es könnte immer besser sein, würde ich sagen. Und die Aufgabe, die wir uns vorgenommen haben, ist gewaltig. Dafür werden wir Unsummen brauchen. Momentan stockt der Flächenankauf, weil wir einfach nicht schnell genug Geld reinbekommen. Die meisten Leute finden unsere Arbeit toll, aber das Problem beginnt, wenn sie ihren Geldbeutel aufmachen sollen. Aber das hast du ja an dir selbst erfahren.«

»Das heißt«, fasst Marjana zusammen, »du brauchst mehr Geld.«

»Genau wie du, nehme ich an. Wobei ich betonen möchte, dass ich mir außer einem neuen Auspuff für meine Maschine für mich persönlich nichts Großes gegönnt habe, im Gegensatz zu dir.«

»Jetzt werd nicht unverschämt, Luba. Du bist nicht meine Tochter, und selbst die ginge es nichts an, wofür ich mein Geld ausgebe. Ich habe eben andere Bedürfnisse als du, Kindchen, kostspieligere, ja, meinetwegen. Und meine Ideale? Nun, ich würde das Vorhandensein von Idealen in meinem Leben als überschaubar bezeichnen. Du bist da vielleicht anders, das habe ich schon zur Kenntnis genommen.«

»Und für deine *kostspieligen* Bedürfnisse ist jetzt noch etwas übrig, oder musst du eins von deinen hochpreisigen Spielzeugen zurückgeben?«, fragt Luba.

»Alles im grünen Bereich«, behauptet Marjana. »Wobei, wie du schon selbst gesagt hast, es könnte immer mehr sein.«

***

»Ja, spinn ich denn? Bin ich blöd, oder was ist hier los? Steckst du hinter dieser mysteriösen Einladung?«, blafft Wiktor Luba an.

»Blödsinn! Wieso denn ich und nicht Marjana? Wieso soll wieder nur ich die blöde Gans sein? Kannst du mir das bitte mal erklären?«, keift Luba zurück.

»Ist ja schon gut, Lubotschka, reg dich ab. Okay, du steckst also nicht dahinter. Aber Marjana doch auch nicht. Die würde doch nicht uns hierherzitieren, sondern schon eher ein paar knackige Jungs aus dem Fußballclub, oder?«

»Damit kannst du recht haben«, sagt Marjana. »Trotzdem freue ich mich, euch zu sehen. Was stand denn in deiner Einladung?«

Wiktor wirft ein Kuvert auf den Tisch, das auf der polierten Holzplatte bis zu Marjana hinüberrutscht. Sie klappt es auf, nimmt einen Zettel heraus und beginnt zu lesen. »Hallo, Wiktor. Endlich hab ich dich wiedergefunden! Hast du Lust auf einen Kaffee? Nächsten Mittwoch um drei bin ich im Café Kowalski. Tisch Nummer drei, du wirst ihn sicher finden. Liebe Grüße.« Marjana schiebt die Karte weiter zu Luba und deutet auf den lippenstiftroten Kussmund, der die kurze Notiz anstelle eines Namens ziert.

»Klar, da konntest du nicht Nein sagen«, sagt Luba. »Auch wenn du nicht wissen konntest, von wem der Brief war. Typisch Mann!«

»Und was war es bei dir? Du bist doch auch nicht zufällig hier?«, fragt Wiktor.

»Mir hat jemand, der sich als Wissenschaftler ausgegeben hat, geschrieben, er habe Beweise, die das wahre Ausmaß des Reaktorunglücks dokumentieren.«

»Aha«, sagt Wiktor, »und zu guter Letzt würde mich noch interessieren, was in Marjanas Einladung stand.«

»Nicht viel«, sagt Marjana. »Aber was genau, das werde ich

euch sicher nicht wissen lassen. Ich bestehe auf einem Minimum an Privatsphäre, das ist ja wohl nicht zu viel verlangt.«

Plötzlich wird Wiktor nervös. Ein nicht unerheblicher Teil seines Blutes verlässt die exponierteren Hautbereiche seines Gesichts und zieht sich in die inneren Gefilde seines Körpers zurück. Er wird blass. Der Grund dafür betritt soeben das Café. Es ist Jurij, der im weißen Anzug aufkreuzt, zarte dunkle Streifen auf weißem Grund. Jurij ist wirklich nichts peinlich, auch nicht ein Outfit, das im Kölner Karneval jederzeit als gelungene Mafiaparodie durchginge. Doch Jurij ist keine Parodie, und er setzt sich zu ihnen an den Tisch.

»Darf ich vorstellen«, presst Wiktor hervor, »das ist der Mann, der seinen Hund auf mich gehetzt hat und der sich nichts sehnlicher wünscht, als mich um die Ecke zu bringen.«

»Meine Damen, glauben Sie ihm kein Wort«, antwortet Jurij lächelnd. »Denn würde ich mir Wiktor wirklich tot wünschen, dann wäre er es bereits. Ich habe euch nicht hierherbestellt, um mich an euch zu rächen. Vielmehr will ich euch ein großzügiges Angebot machen.«

»Ah«, sagt Wiktor, »da bin ich aber gespannt.«

»Zuerst einmal verzeihe ich euch, dass ihr nicht ganz unschuldig am Tod meines besten Mannes seid. Und dann biete ich euch an, bei der Bergung des Goldes in diesem Alpendorf Berchtesgaden euer Partner zu werden. Warum macht ihr denn so überraschte Gesichter? Ich weiß mehr über euch und euren Ausflug in die Berge, als ihr euch vorstellen könnt. Ich möchte euch zu mir nach Hause einladen, damit wir meine Pläne in Ruhe besprechen können.« Er sieht von einem zum anderen. »Und darauf trinken wir jetzt! Ich darf euch doch auf ein Glas Schampus einladen? Herr Ober!«

***

Es ist eindeutig zu kalt für das Cabrio, deshalb nimmt Marjana lieber den Mercedes. Kaum ist sie aus der Garage gefahren, donnert es so laut, dass sie meint, das Lenkrad würde von dem Geräusch vibrieren. Im Westen versucht die untergehende Sonne, den Horizont rot zu färben, aber es gelingt ihr nicht. Die gelbe Färbung der Wolkenfetzen verkündet Unheil.

Marjana schert sich nicht um das Wetterspektakel über ihr, setzt den Blinker, biegt in die Zhytomirer Straße ein und fährt dem Gelb entgegen. Schon ein paar Minuten später rüttelt der Wind an der Karosse, und dicke Regentropfen zerplatzen auf der Windschutzscheibe. Die Scheibenwischer kommen auch in Höchstgeschwindigkeit nicht mehr hinterher. Ein paar Kilometer weiter trommeln Hagelkörner, groß wie Wachteleier, auf das Auto ein und machen einen Höllenlärm. Marjana überlegt gerade, ob es noch schlimmer kommen kann, als es noch schlimmer kommt: Ein Sprung durchläuft quer die gesamte Windschutzscheibe.

Die Hagelkörner liegen mittlerweile in mehreren Schichten auf dem Asphalt. Die meisten Autofahrer sind längst an den Straßenrand der sechsspurigen Schnellstraße gefahren, um dort das Ende des Unwetters abzuwarten. Doch Marjana hat keine Zeit zu verlieren. Außerdem sollte der Wagen mit so einem Wetter doch locker klarkommen. Teuer genug war er jedenfalls. Aber als Hagelkörner und Wasser die Haftung der Reifen auf der Straße zu sehr verringern, genügt eine kleine Bodenwelle, und das Heck bricht zur rechten Seite aus. Der Wagen stellt sich quer. Ein über das Lenkrad auf ihre Hände übertragenes Rattern signalisiert die Aktivität des ASP-Systems, das mit aller Kunst versucht, den Wagen wieder in Spur zu bringen. Marjana unterstützt die elektronisch gesteuerten Bemühungen des Fahrzeugs mit Gegenlenken, sodass es ihr schließlich gelingt, den schlitternden Wagen wieder unter Kontrolle zu bringen.

Sie gibt nun doch klein bei und drosselt ihre Geschwindigkeit, als sie rechts einen grünen Blitz an sich vorbeizischen sieht. Das kann nur Lubas Ninja gewesen sein. Ein paar Sekunden noch sieht Marjana das Rücklicht wie eine Boje auf hoher See, dann verschwindet das Motorrad in einer Wand aus Nebel und Dunst. Scheißwetter, denkt Marjana und tritt wieder aufs Gaspedal. Sie will nicht als Allerletzte ankommen und als lahme Ente belächelt werden.

Als Treffpunkt haben sie ein Gewerbegebiet mit Verbrauchermärkten, Lagerhallen und mehrstöckigen Verwaltungsgebäuden ausgemacht. Jetzt, am späten Nachmittag, ist hier draußen nicht mehr allzu viel los. Es ist vereinbart, dass sie alle vor dem Möbeldiscounter parken. Marjana sieht Lubas Ninja und zwei fette SUVs dastehen, BMW, Audi oder Mercedes, auf alle Fälle protzig, und daneben noch, wie falsch abgestellt, Wiktors alten Wolga. Gibt es irgendeinen Menschen auf der Welt, der noch sentimentaler ist?, denkt Marjana, als sie als letzten Wagen ein weiteres Relikt aus der Sowjetzeit entdeckt. Ein ZIL-4104, in dem Minister und Präsidenten der Sowjetunion herumkutschiert wurden. Es ist klar, wem der gehört, und klar ist auch, dass das nicht unbedingt etwas mit Sentimentalität zu tun hat. Jurij möchte mit dem Wagen Eindruck schinden und eine glasklare Botschaft aussenden. Früher haben die KGB-Chefs Wagen wie diesen benutzt. Es ist ein eindeutiges Statement.

Der Hagel hat schon auf der Schnellstraße aufgehört, jetzt hat auch der Regen nachgelassen. Nur gelegentlich ist noch das Echo eines weit entfernten Donners zu hören. Der nasse Asphalt glänzt, als wäre er mit einer dünnen Eisschicht überzogen, aber es tut gut, die vom Gewitter gereinigte Luft einzuatmen. Luba und Wiktor stehen schon neben Jurijs ZIL und wollen gerade einsteigen. Einer von Jurijs Gorillas lässt sich aus einem der SUVs gleiten und kommt breitbeinig auf Marjana zu.

»Du fährst auch beim Chef mit. Handy, Diktiergerät und den anderen Elektronikscheiß lässt du in deinem Wagen, ist das klar? Und Waffen sowieso«, bellt er seine Anweisungen, noch während er ihr entgegenkommt.

»Aber ich habe keine Waffen, noch nicht mal eine«, antwortet Marjana.

»Dann ist ja gut. Leg also noch den Elektroschrott ins Auto, und dann spielen wir gleich das Flughafenspiel«, sagt der Gorilla. Mit dem Handdetektor sucht er Marjana nach Metallgegenständen und Wanzen ab und führt sie dann, als sie fertig sind, zur Staatskarosse. Im Fond des Wagens gibt es zwei Sitzreihen, die sich gegenüberliegen.

Luba und Wiktor sitzen mit dem Rücken in Fahrtrichtung, Jurij, der auf der anderen Bank sitzt, macht eine Handbewegung, die so viel heißt wie: »Setz dich neben mich.«

»Dann kann es ja jetzt losgehen«, sagt Jurij und gibt dem Chauffeur ein Zeichen.

Die Fahrt führt eine Stunde lang kreuz und quer über Straßen der Kategorie zwei, die eine westliche Limousine wie ihren Mercedes wohl wieder überfordert hätten, denkt Marjana.

Während der Fahrt fühlt sich Marjana unwohl. Es bereitet ihr Unbehagen, so nah neben dem Paten zu sitzen. Natürlich ist er skrupellos, schon allein das, was Wiktor erzählt hat, mit dem Köter, den er auf ihn gehetzt hat. Und jetzt werden sie auch noch Komplizen, vielleicht noch nicht heute, aber es könnte dazu kommen. Einfach nur schmierig, wie er in dieser Angeberkarre eine Flasche Krimsekt aus dem Kühlfach nimmt, natürlich Rosé, was denn sonst, und ihnen vier Gläser einschenkt.

Mit *»Nastrovje!«* fordert er sie auf, mit ihm anzustoßen. »Jetzt sind wir ein Team!«, sagt er und lehnt sich dabei zu Marjana hinüber, als würde er sie gleich küssen. Elegant wendet sie sich von ihm ab und blickt zum Fenster hinaus.

»Seht mal, wie die Sonne jetzt noch einmal rauskommt«, sagt sie und denkt im selben Moment: Etwas Blöderes kannst du dir nicht einfallen lassen, oder? Nein, sie will keine Komplizin von diesem Kerl sein, der über Leichen geht und protzt wie ein gemeiner Zuhälter, der sich dank der Liebeskünste seiner Schlampe ein rotes Auto kaufen kann. Der so tut, als wären sie eben die dicksten Freunde geworden, obwohl er vor ein paar Monaten noch seinen Killer auf sie gehetzt hat. Wer weiß, vielleicht will er sie ja immer noch umbringen. Die Fahrt durch dieses Niemandsland tut jedenfalls nichts dazu, sie zu beruhigen.

»Da sind wir auch schon«, sagt Jurij, als eine weiß getünchte Mauer mit einer Toreinfahrt vor ihnen auftaucht.

So hat sich Marjana immer eine Hacienda vorgestellt, nicht in der Ukraine, sondern in Mexiko, aber das passt zu diesem Kerl. Baut sich in seiner Protzwut eine Ranch, wo sie nicht hingehört. Sie fahren durch das gemauerte Tor mit schmiedeeisernen Flügeltüren, die sich automatisch öffnen. Dann geht es eine lange

Auffahrt entlang, und auf einem kleinen Hügel steht schließlich das Wohngebäude, die Hacienda. Sie ist riesig.

Auch Jurijs weißer Hund kommt sogleich angetrottet. Die unteren Augenlider scheinen ausgeleiert, das fleischige rosafarbene Innere ist sichtbar. Das muss die Bestie sein, von der Wiktor erzählt hat. Scheißvieh, denkt Marjana. Eine Hausangestellte ruft den Hund zu sich, und er bleibt stehen und gehorcht. Widerwillig.

»Na, was sagt ihr zu meiner bescheidenen Hütte?«, fragt Jurij.

»Wenn das eine Hütte ist, bin ich ein Unterseeboot«, antwortet Marjana, und Jurij grinst zufrieden.

»Geht schon mal dort hinüber.« Er deutet zu einer zwischen hohen Bäumen stehenden überdachten Laube. »Ich lasse euch die Zimmer herrichten. Ihr seid meine Gäste und bleibt natürlich über Nacht. Aber bevor wir über Geschäftliches reden, werden wir noch eine Kleinigkeit essen. Ihr habt doch hoffentlich Hunger? Ich bin gleich wieder bei euch.«

»Wollt ihr den Schatz wirklich mit diesem Typen teilen?«, fragt Wiktor, als sie unter sich sind.

»Ich glaube, das ist keine Frage des Wollens«, antwortet Marjana.

»Am liebsten würde ich abhauen«, sagt Luba, »so schmierig ist dieser Kerl.«

»Keine Wolke mehr am Himmel, die Luft ist noch immer frisch, und die Sonne steht tief im Westen, eigentlich die idealen Voraussetzungen für ein Picknick unter Bäumen.« Marjana sieht sich um.

»Wenn nur die Gesellschaft eine andere wäre«, sagt Luba.

»Du meinst die Krähen in dem Baum? Ist das ein schlechtes Zeichen?«, fragt Wiktor.

»Ich mag Krähen«, sagt Luba. »Mich stört eher dieser Jurij.«

»Du magst Krähen?«, fragt Marjana. »Ich finde sie, na ja, eher vulgär.«

»Ich weiß nicht, ich mochte sie schon immer. Sie sind so treu und irgendwie melancholisch. Schau, wie sie trauern«, sagt Luba und deutet auf die Vögel.

»Wieso sollten die denn trauern?«, fragt Wiktor. »Die sitzen doch nur in den Bäumen und dösen vor sich hin.«

»Du hast wieder mal keine Ahnung. Sieh sie dir doch an, wie traurig sie alle in eine Richtung schauen.«

»Dann halten sie eben nach etwas Fressbarem Ausschau«, sagt Wiktor.

»Du weißt anscheinend überhaupt nichts über Krähen, oder? Wenn sie nach Fressen suchen, sehen sie ganz anders aus. Dort, wo sie hinsehen, liegt eine tote Krähe. Wahrscheinlich werden sie noch ein paar Minuten sitzen bleiben, dann ziehen sie weiter. Nur zwei oder drei werden dann noch ein wenig länger bei dem toten Vogel bleiben. Das sind die Geschwister oder Freunde von dem. Aber sobald sie sich verabschiedet haben, fliegen auch sie weiter.«

»Hallo, Kindchen, du tust ja gerade so, als würdest du den Käse, den du uns erzählst, selbst glauben«, mischt sich Marjana ein.

Luba deutet zum Baum, in dem sich gerade der Schwarm sammelt, um fortzufliegen. Wie sie gesagt hat, bleiben drei Krähen sitzen und sehen in die gleiche Richtung. Eine Minute später fliegen auch sie davon. »Na, glaubt ihr mir jetzt?«, fragt Luba.

»Sie sind davongeflogen, na und? So wahnsinnig überraschend ist das nun auch wieder nicht. Und wo, bitte, soll überhaupt die tote Krähe sein?«, fragt Wiktor.

»Sie liegt dort, wo sie alle hingeschaut haben. Wenn du mir nicht glaubst, sieh nach. Ich bin mir sicher, du wirst sie finden.«

»Aber weshalb bist du dir so sicher?«, fragt Marjana. »Bist du etwa Krähen-Expertin?«

»Die Fischfabrik, in der ich gearbeitet habe, liegt an der Kreuzung von zwei Schnellstraßen. Mittags haben Daryna und ich immer etwas abseits von den anderen unsere Pause gemacht, die anderen haben uns zu viel geredet. Dort haben wir gesessen und in die Landschaft gestarrt. Wir haben uns sehr gut verstanden, auch ohne miteinander zu sprechen. Manchmal flog ein Schwarm Krähen herbei, ließ sich auf dem Baum vor uns nieder, der an der Autobahnkreuzung stand, und blieb einige Minuten sitzen, dann flatterten die Vögel wieder auf, bis auf ein paar Nachzügler. Wir scherzten, den Nachzüglern würde das ständige Gekrächze der anderen auf den Senkel gehen, darum suchten sie ein bisschen Abstand und flogen erst mit Abstand zum Schwarm weiter. Irgendwann fiel uns auf, dass die Vögel still waren, wenn sie sich auf dem Baum niederließen. Sie krächzten nicht, und sie hüpften auch nicht herum, wie sie es sonst tun. Da begannen wir uns für die Krähen zu interessieren. Etwas später merkten wir, dass die Vögel von ihrem Baum aus zu einer toten Krähe mitten auf der Fahrbahn starrten, die von einem Auto überfahren worden war. Wir fanden heraus, dass es sich bei den überfahrenen Krähen meist um unerfahrene Jungvögel handelt. Die jungen Wilden machen Mutproben, setzen sich auf einen Mast und versuchen dann, möglichst knapp vor einem Lkw über die Straße zu fliegen.«

Wiktor schüttelt den Kopf.

»Ich bin noch nicht fertig«, sagt Luba. »Wenn es eine Krähe erwischt, egal ob wegen einer Mutprobe oder weil sie einfach nur Pech gehabt hat, dann kommen alle zusammen, um still von ihr Abschied zu nehmen.«

»Mir kommen gleich die Tränen«, sagt Wiktor, aber Luba lässt sich nicht aus der Ruhe bringen.

»Du musst sie nur lange genug beobachten, dann kannst du all das sehen.«

»Wirklich sehr interessant«, sagt Jurij, der sich unbemerkt genähert hat, »aber wir wollen nicht trauern wie die schwarzen Vögel. Wir wollen feiern, nicht wahr?« Er klatscht zweimal in die Hände wie ein Pascha in einem Bollywoodfilm, und eine ganze Schar Bediensteter in Schwarz-Weiß taucht auf und serviert ein Picknick wie aus längst vergangenen Zeiten: Krimsekt, Wein, Früchte, Wachteln, alles, was man sich zu so einem Anlass wünschen kann, und noch ein bisschen mehr.

Jurij beißt in eine Hühnchenkeule und beginnt mit vollem Mund seinen Monolog: »Kann sein, dass ihr noch nicht alle der Meinung seid, dass es eine gute Idee ist, den Schatz, den ihr entdeckt habt, gemeinsam zu bergen. Kann sein, dass ihr mir misstraut und denkt, ich würde euch nur aushorchen wollen. Und wenn ich alles erfahren habe, begleiche ich mit dem Vorschlaghammer unsere alte Rechnung und kassiere den Schatz ganz für mich allein. Aber das wird niemals passieren, denn nichts ist zuverlässiger als mein Wort, da könnt ihr fragen, wen ihr wollt. Egal, was ich verspreche, ich halte es.« Er spült das Hühnchen mit einem Schluck Sekt hinunter. »Ich habe euch verziehen, und ihr habt nichts mehr von mir zu befürchten. Ab jetzt sind wir Partner, also wie eine Familie. Alles, was man euch antut, ist, als würde man es mir antun, verstehst du?« Jurij sieht Luba an.

Sie wirkt so nervös, als sei sie gerade bei einem unsittlichen Gedanken ertappt worden. Doch dann nickt sie, mechanisch und steif wie eine Marionette.

»Siehst du«, sagt Jurij. »Habe ich es doch gewusst, dass du mich verstehst. Gemeinsam werden wir viel mehr erreichen, als wenn jeder nur für sich allein kämpft. Das Wichtigste aber ist, dass wir ab jetzt eine Familie sind.« Jurij winkt eine Frau zu sich, die sich aus der Schar der Angestellten herauslöst. Ihr schwarz-weißes Oberteil ist an den Nähten mit breiten Pyramidennieten von einem Zentimeter Kantenlänge verziert. Dazu trägt sie hautenge schwarze Leggings. Das Ensemble sieht aus wie eine Uniform der Star-Wars-Sternenflotte. Die Frau ist Mitte dreißig, blond, groß und sportlich. »Olga hat Wladimirs Platz an meiner Seite eingenommen und mir etwas über den Verlust hinweggeholfen. Auch sie wird von nun an zu unserer kleinen Familie gehören, vertraut ihr, und ihr werdet schnell feststellen, wie genial sie ist.«

Das Trio mustert Olga unverhohlen, aber die Aufmerksamkeit scheint sie nicht verlegen zu machen. Sie wirkt, als sei sie es gewohnt, angestarrt zu werden.

»Und jetzt wird euch Olga meinen Plan vorstellen. Setzt euch an den Tisch, schlürft Austern und löffelt Kaviar, genießt die süßen Weintrauben und schließt die Augen, damit Olga euch in unsere gemeinsame Zukunft entführen kann.«

»Liebe Freunde«, beginnt Olga mit angenehm dunkler Stimme, »mein Chef hat mich schon vorgestellt, also werde ich keine Zeit verlieren und Ihnen wie angekündigt demonstrieren, wie unsere Zusammenarbeit und die Zukunft, die wir zusammen gestalten werden, aussehen werden.«

Während Marjana geräuschvoll ihre dritte Auster schlürft, scheint Luba in den Hungerstreik treten und Wiktor sich an Olga sattsehen zu wollen.

»Vordergründig gibt es hauptsächlich ein Problem«, fährt sie fort. »Wie schaffen wir es, Hunderte von Tonnen Gold zu Geld zu machen, ohne aufzufallen? Ohne dass die paranoiden Organisationen, wie auch immer sie heißen mögen – BND, BKA, NSA, LKA, KGB, CIA, FBI –, Verdacht schöpfen? Sie wissen, dass das Problem heikel und die Lösung nicht leicht ist. Bestimmt haben Sie selbst schon tage- und nächtelang überlegt und diskutiert, wie diese Hürde zu nehmen ist. Die Situation ist knifflig, aber ich habe die Lösung gefunden. Ich möchte mich nicht selbst loben, das liegt mir nicht, aber in diesem Fall muss ich es einfach sagen: genial! Damit meine ich natürlich die Lösung.« Sie legt eine Kunstpause ein, um das Gesagte wirken zu lassen. »Gemälde. Kunstwerke, Devisen, Aktien, Diamanten, all das werden wir später zu Geld machen. Jetzt konzentrieren wir uns erst einmal ausschließlich darauf, das Gold unter die Leute zu bringen. Wie gehen wir nun dabei vor?«

»Das würde mich auch interessieren«, raunt Wiktor seinen beiden Gefährtinnen zu.

»Haben Sie eine Frage, Herr Owtscharow?« Miss Star Wars blitzt Wiktor aus graublauen Mandelaugen an.

»Nein, fahren Sie nur fort, Olga«, antwortet Wiktor. »Wir sind ganz Ohr.«

»Wie ich weiß, hat Herr Koch, mein Chef, aus früheren Zeiten noch ein paar Freunde im ukrainischen Alpenverein«, sagt Olga. »Sie sind ihm noch einen Gefallen schuldig, könnte man das so sagen?«

Jurij nickt zustimmend. »Das könnte man.«

»Mit Hilfe einer großzügigen Spende von Herrn Koch, die Sie noch vergrößern können, kann nun das Projekt namens Halbwertszeit umgesetzt werden.«

»Halbwertszeit?«, fragt Luba verblüfft.

»Halbwertszeit«, wiederholt Olga. »Mit diesem Projekt wird unter der Schirmherrschaft des Alpenvereins ein kleines Informationszentrum in der Nähe Ihrer Höhle beziehungsweise des Eingangs zu Ihrer Höhle errichtet. Die wissenschaftliche Leitung wird Frau Dr. Marjana Luschenko angeboten werden. Sie, Frau Munin und Herr Owtscharow, werden als ehrenamtliche Mitarbeiter Besucher empfangen und durch die Ausstellung führen. Ich werde mich mit meinen Leuten darum kümmern, dass das benötigte Gebäude möglichst schnell gebaut werden kann und auch sonst alle notwendigen Arbeiten durchgeführt werden.«

»Aber was sollen wir dort mit einem Infozentrum?«, will Wiktor wissen.

»Der Plan ist folgender«, antwortet Olga, »das Haus, oder besser gesagt die Hütte, bauen wir so nahe wie möglich an den Eingang der Höhle. In der Höhle selbst werden wir Seile verlegen, damit wir möglichst einfach an die Goldbarren kommen und sie zum Höhlenausgang transportieren können. Und von dort werden sie dann immer nachts zum Infozentrum gebracht und dann nach Westen, zu unserem Rheingold-Unternehmen. Kapiert?«, fragt Olga und sieht dabei wieder Luba an.

»Rheingold-Unternehmen? Was soll das denn sein?«, fragt sie.

»Das ist gar nicht so kompliziert«, versichert Olga. »Hören Sie mir einfach zu: Wir fahren das Gold an den Rhein und machen dann Rheingold daraus. Sie wissen schon, das Gold, aus dem der Schatz der Nibelungen besteht.«

»Kindchen, was soll das hier werden?«, meldet sich Marjana zu Wort. »Eine Märchenstunde?«

»Pardon, das war nur ein Scherz«, antwortet Olga, aber nicht das kleinste Lächeln verirrt sich auf ihr Gesicht. Es ist kühl und glatt wie Marmor.

Jurij zupft sich eine Handvoll blauer Trauben ab und lässt sie einzeln nacheinander von der Hand in seinen Mund rollen. »Ich habe ein Unternehmen gekauft«, sagt er, »das seit ein paar Jahren mit eher mäßigem Erfolg Gold aus dem Rhein gewinnt. Nach dem letzten Hochwasser war der Schwimmbagger der Firma so schwer beschädigt, dass sie eigentlich schon bankrott war. Aber jetzt befindet sich der Schwimmbagger gerade in der Reparatur und wird in einem Vierteljahr wieder voll einsatzfähig sein.« Jurij übergibt Olga wieder das Wort.

»Ich werde Ihnen jetzt erzählen, wie die Gewinnung von Gold aus dem Rhein funktioniert. Wenn es Sie denn interessiert?« Sie blickt in die Runde. Wiktor signalisiert mit einem Nicken, dass zumindest er daran interessiert ist. Olga hat einen Ordner auf ihrem Tablet-PC geöffnet und präsentiert das erste Foto als Vollbild.

»Lange bevor man den Rhein erreicht, sieht man den weißen

Dampf, der als riesige Fahne über dem hohen Kühlturm eines Kernkraftwerks am anderen Flussufer steht. Näher am Fluss erkennt man dann das Stahlmonster. Zweihundertfünfzig Meter reichen seine stählernen Finger in einen Altwasserarm des Rheins, wo sie auf schwimmenden Pontons ruhen. Eigentlich trifft das nur auf zwei der stählernen Finger zu, der dritte hat auf halber Länge schlappgemacht und ist untergegangen. Das letzte Hochwasser hat seinen Schwimmkörper weggerissen.« Sie zeigt das Ungeheuer aus Stahl auf einem der Bilder. »In Betrieb genommen, rattert, hämmert und klappert die Förderanlage, dass man sein eigenes Wort nicht versteht, wenn man in ihrer Nähe steht. Wie das drängelnde Fiepsen eines Jungvogels klingt dann die Welle, über die ein mit Kies beladenes Förderband rollt. So bettelt das Kugellager nach einem Tropfen Schmieröl – wenn Sie mir den Vergleich gestatten – wie der Vogel nach einer fetten Made. Im Vollbetrieb liefert die Anlage fünfhundert Tonnen Sand und Kies pro Stunde an die Sortieranlage. Dort wird der Kies nach verschiedenen Qualitäten getrennt und gereinigt. Der dabei anfallende Sand gelangt in einen Spezialteil der Anlage. Man könnte auch sagen, er kommt in das Herz der Anlage.« Wiktor reckt den Hals, um auf den Fotos etwas zu erkennen. »Hier stehen gewaltige Zentrifugen, die in einem speziellen und geheimen Verfahren und ohne Zusatz von Chemikalien das Gold von Sand und Schlamm trennen.«

»Und wo ist dann das Problem?«, fragt Marjana.

»Das Problem ist, dass der Standort nicht ergiebig genug ist«, sagt Olga. »Zurzeit beträgt der Ertrag nur etwa ein bis zwei Milligramm pro Tonne Material. Da kommt in der Summe nicht viel zusammen.«

»Wie viel denn?«, will Wiktor wissen.

»Fünfhundert Euro am Tag, wenn alles gut läuft. Aber das wird sich ändern, sobald wir am Ruder sind. Wir zäunen das Gelände ein und werden kurz darauf die Ausbeute um das Hundertfache steigern. Auch das ist natürlich noch lange nicht genug, daher habe ich mir zusammen mit zwei Ingenieuren, die in Herrn Kochs Diensten stehen, etwas ganz Besonderes einfallen lassen: den Kiesgrubengoldverdichter.«

»Den was?«, fragt Marjana. »Ich bin Historikerin, wie Sie bestimmt wissen. Mit Tiefbau und Kiesgruben kenne ich mich nicht aus.«

»Kiesgrubengoldverdichter heißt die Wundermaschine nur bei uns, also intern.«

Mit einer Handbewegung unterbricht Jurij sie. Er nimmt noch einen Schluck Krimsekt und rülpst ausgiebig. »Seitdem ich von eurer Schatzhöhle weiß«, sagt er, »habe ich viel über das Nazigold gelesen, und nach allem, was ich erfahren habe, glaube ich, dass in dem Berg an die viertausend Tonnen Gold liegen könnten. Wir könnten dieses Gold innerhalb von zehn Jahren zu Geld machen, aber nur, wenn es uns gelingt, dass alle Welt glaubt, dass es unsere Rheingoldanlage ist, die so viel Gold produziert. Bitte, Olga.«

»Jetzt kommt also der Kiesgrubengoldverdichter ins Spiel. Bei ihm handelt es sich um eine verhältnismäßig kleine, nur drei mal drei Meter große Anlage, durch die der gesamte geförderte Kies und Sand hindurchläuft und die von außen her uneinsehbar ist. Der Kies wird von dem Förderband in unseren Goldverdichter transportiert. Am anderen Ende der Anlage werden Kies und Sand wieder auf ein Förderband geworfen. Nur ein winziger Teil des Schlamms und Sandes bleibt in dem Behälter für das verdichtete Material. In ihm sollte der größte Teil des Goldes enthalten sein, der mit dem Kies und Sand gefördert wurde.«

»Ich kapiere es noch immer nicht ganz«, sagt Marjana. »In wie vielen Kiesgruben sollen die Verdichter denn aufgestellt werden? Und was hindert die Kiesgrubenbesitzer daran, die Maschine auseinanderzunehmen, um nachzusehen, wie sie genau funktioniert? Und weshalb sollten sie nicht den Goldgehalt prüfen, der sich im Auffangbehälter für das konzentrierte Material befindet? Ich für meinen Teil habe schwer das Gefühl, dass der Plan noch nicht ganz ausgereift ist.«

»Der Plan ist ausgereift, ihr wisst nur noch nicht alles«, behauptet Jurij und erteilt wieder Olga das Wort.

»In Deutschland«, sagt sie, »gibt es in fast allen Kiesgruben Gold. Meistens allerdings in so niedriger Konzentration, dass der Abbau sich nicht lohnt. Vor allem in den Kiesgruben mit großem Durchsatz könnten mit der optimalen Methode jedoch täglich ein paar Gramm Gold gewonnen werden. Wir behaupten einfach, dass unser geheimer Goldverdichter optimal arbeitet. Damit die neugierigen Partner jedoch nicht anfangen, den Verdichter zu zerlegen, verfügt jeder über ein ausgeklügeltes Alarmsystem. Zwölf verborgene Kameras senden über verschiedene Mobilfunkprovider kontinuierlich Livebilder von der Anlage in unser Kontrollzentrum, auch aus dem Inneren der Maschinen. Zusätzlich wird es jede Menge Raumüberwachungssysteme geben, Lichtschranken und was sich unsere Techniker sonst noch alles zur Sicherung von Objekten einfallen lassen.«

»Das ist alles schon mit Ingenieuren abgesprochen?«, fragt Wiktor.

»Natürlich«, beruhigt Olga ihn. »Außerdem kommen zu jeder Anlage sechs Pseudoliten, die –«

»Sechs was?«, kreischt Marjana.

»Pseudoliten«, wiederholt Olga geduldig, »sind terrestrische Sender. Sie stehen auf der Erde, senden aber Signale aus wie ein Satellit.«

»Und wozu braucht man die?« Marjana lässt nicht locker.

»Zum Beispiel, um die Messgenauigkeit von GPS-Empfängern, also Navigationsgeräten, zu erhöhen«, erklärt Olga. »Die Pseudoliten werden in einem Abstand von etwa fünfhundert Metern aufgestellt und ermöglichen eine Messung der genauen Position aller Anlagenteile einschließlich des Behälters mit dem goldverdichteten Material. So weit alles klar, Frau Dr. Luschenko?«

Marjana zuckt mit den Achseln. »So ungefähr«, sagt sie.

»Ich bin auch bald am Ende meiner Ausführungen«, verspricht Olga. »Die hermetisch verschlossenen Behälter mit dem verdichteten Material werden dann täglich von einem Spezialfahrzeug abgeholt und in die Rheingold-Zentrale gebracht.«

»Wir werden mit etwa dreihundert Kieswerkbesitzern Verträge schließen«, unterbricht Jurij. »Und die werden froh darüber sein, denn mit jedem Kubikmeter Kies und Sand, den sie fördern, bekommen sie von uns – wie viel, Olga?«

»Fünfzig Cent«, antwortet Olga.

»Fünfzig Cent, ohne dass sie dafür eine zusätzliche Leistung erbringen müssen. Das ist doch ein gutes Geschäft für die Burschen. Für uns ist entscheidend, dass durch diesen Verbund die Mengen, die wir produzieren, realistisch erscheinen.«

»Unseren Ausstoß«, übernimmt wieder Olga, »von täglich bis zu fünfzig Kilo Gold begründen wir offiziell damit, dass das Gold aus mehreren tausend Tonnen gewaschenem Kies von mehr als dreihundert Kiesgruben stammt. Die Aufwendungen, die wir dafür leisten müssen, sind überschaubar.«

»Ach ja?«, fragt Wiktor. »Für mich hört sich das nach ziemlich viel Holz an.«

»Ist es aber nicht«, sagt Olga. »Es handelt sich nur um circa dreihundert Pseudomaschinen, ein paar Lkws und den Umbau unserer Zentrale. Dazu kommt noch das Einrichten der Goldraffinerie, da wir die Barren mit einem Gehalt von neunhundertneunundneunzig Komma neun fünf gießen wollen, um die Herkunft des Goldes zu verschleiern. Auf diese Weise«, die schöne Olga beugt sich nach vorn und stützt beide Arme auf den Tisch, »auf diese Weise werden wir täglich bis zu eins Komma fünf Millionen Euro erwirtschaften. Das müsste für den Anfang reichen.«

Golling, Tennengau, Juni 2011

Gollinger Anzeiger

Goldgräberstimmung im Tennengau

Polizei riegelt Zugang zum Gollinger Wasserfall ab
Naturdenkmal Tag und Nacht bewacht

Eine Reportage von Gernot Landthaler

Wilfried S., 38, Familienvater aus Deutschland, glaubte zunächst, es handle sich nur um eine der Abenteuergeschichten, die sich sein Sohn Lenny, 9, täglich zu Dutzenden ausdenkt. Die Familie aus Gelsenkirchen verbringt ihren Urlaub schon zum dritten Mal im Salzburger Land, aber der Gollinger Wasserfall stand zum ersten Mal in diesem Urlaub auf dem Programm der Familie. Der kleine Lenny war schon vorausgelaufen und bestaunte die Wassermassen, die aus einer Felsöffnung heraus ins Tal stürzen. Als er seinen Eltern aufgeregt berichtete, er habe im fast kreisrunden Becken, in das der Wasserfall mündet, etwas Goldenes blinken sehen, maßen Wilfried S. und seine Frau Sieglinde dem keine große Bedeutung bei. Nur zum Spaß begaben sie sich mit ihrem Sohn auf die Pirsch nach dem Schatz.

»Wo? Wo hast du es blitzen sehen?«, rief Wilfried S. und lief mit seinem Sohn am Ufer des Beckens entlang, während er seine Augen mit der Hand wie ein Späher gegen die Sonne abschirmte. Aber weder er noch seine Frau Sieglinde konnten etwas anderes als jede Menge glatt geschliffener Bachkiesel in allen Farben entdecken. Gold war definitiv nicht dabei. »Wo ist denn nun das Gold, das du gesehen hast, Lenny?«, fragte seine Mutter. Doch auch Lenny fand die Stelle nicht mehr. »Es war aber da«, beteuerte er.

Sieglinde S. schlug vor, einen Platz für ein Picknick zu suchen, aber Lenny hatte bereits den Steig entdeckt, der am Wasserfall entlang bis unter das Felsloch hinaufführt, aus dem das Wasser austritt. Der Junge rannte die rutschigen Stufen der Steiganlage hinauf und hörte wegen des tosenden Wassers die Warnungen nicht, die seine Eltern ihm nachriefen. Es blieb ihnen nichts anderes übrig, als ihrem Sohn hinterherzulaufen. Erst auf der Aussichtsplattform erinnerte er sich wieder an seine Eltern und blieb stehen. »Da, da!«, rief er und zeigte mit dem Finger ins Becken. Als sie eine Weile das Wasser abgesucht hatten, sahen seine Eltern es auch. Dort unten schimmerte etwas matt. Als die Sonne durch die Wolken brach, blitzte es golden auf. Wilfried S. dachte, es handle sich um Pyrit, Katzengold, ein häufig vorkommendes Mineral, aber Lenny behauptete, es sehe nicht aus wie ein natürliches Kristall, sondern sei rund wie eine Münze.

Sofort wollte Lenny zum Becken hinunterlaufen und das Goldstück aus dem Wasser fischen, doch zuerst überredeten ihn seine Eltern, noch weiter hinauf zum höchsten Punkt des Steigs zu gehen, von wo aus man beobachten kann, wie das Wasser mit großem Druck aus dem Berg schießt.

Wie die Leser unserer Zeitung wissen – der Gollinger Anzeiger berichtete erst kürzlich darüber –, wird der Wasserfall aus einer Karstquelle gespeist, die aus einer Höhle entspringt, der sogenannten Schwarzbachfall-Höhle. Von den Tauchern des Salzburger Vereins für Höhlenkunde wurde sie bereits bis zu einer Tiefe von dreiundsiebzig Metern erforscht und kartiert.

Sieglinde S. nahm ihren Sohn Lenny an die Hand und ließ ihn nicht mehr los, bis sie den höchsten Punkt erreichten. Am Felsloch, Gesicht und Hände schon nass von den tosenden, spritzenden Wassermassen, geschah schließlich das Wunder, an das Wilfried S. gar nicht, seine Frau Sieglinde nur ein bisschen, Lenny aber staunend geglaubt hatte. Mit dem Wasserschwall schoss plötzlich etwas aus dem Felsloch, was für den Junior der Schnatz aus den Harry-Potter-Büchern war, für Sieglinde S. nur ein Blinken und für ihren Mann Wilfried eine Fata Morgana. Wie nach dem Verglühen einer Sternschnuppe sahen die drei einander an, um herauszufinden, ob die anderen das auch gesehen hatten. Lenny konnte es an der Hand seiner Mutter nicht mehr aushalten. Er wollte hinunter und endlich den Schatz aus dem Becken fischen. Vielleicht hätte er es sogar getan, trotz der eisigen Wassertemperatur von konstanten fünf Grad, hätte es ihm seine Mutter nicht energisch verboten. Lenny war sehr enttäuscht, als seine Eltern mit ihm dem Wasserlauf folgten und zurück zum Parkplatz gingen. Erst beim Abendessen im Gasthof Goldene Traube sprach Wilfried S. über ihr Erlebnis am Wasserfall mit dem Wirt, der am nächsten Morgen seinem Sohn davon erzählte. Und nur, weil der Moser Toni Mitglied der Bergwacht und der Salzachtaler

Wasserwacht ist, kam der Stein schließlich ins Rollen.
Eine Gruppe Froschmänner aus Golling und Hallein nutzte den Anlass, um eine ihrer jährlichen Tauchübungen mit allem nötigen Gerät durchzuführen, und fanden schließlich zwei Zehner- und eine Zwanziger-Goldmark-Münze aus dem Deutschen Kaiserreich. Ihren Wert schätzen Vertreter der Numismatik-Freunde Salzburg auf etwa das Zehnfache ihres Nennwerts. Kein riesiger, aber dennoch ein Schatz.
Das bedeutet keinen unermesslichen Reichtum, weder für die Finder noch für die Gemeinde Golling, der das Grundstück gehört, aber die Neugier ist geschürt. Woher kommen diese Münzen? Wenn sich nicht jemand einen Scherz erlaubt und sie eigenhändig in das Wasserfallbecken geworfen hat, dann müssen sie aus dem Berg stammen. Aber wie sind sie dort hineingekommen?
Lesen Sie dazu auch das Interview mit Vroni Gstettner, unserer Expertin vom Salzburger Höhlenverein, auf der folgenden Seite.

Das Gold im Wasserfall – woher kommt es?

Ein Interview mit Vroni Gstettner vom Salzburger Höhlenverein

GA: Frau Gstettner, waren Sie selbst auch schon mal in der Schwarzbachfall-Höhle?
Vroni Gstettner: Ja, zweimal schon.
GA: Ist es dort nicht unheimlich? Ich meine, ich stelle es mir nass, kalt und dunkel vor. Was treibt einen an, freiwillig dort hineinzugehen?
Vroni Gstettner: Na ja, was treibt einen an: Neugier, Forscherdrang und Abenteuerlust. Wir wollen halt einfach wissen, wie es im Innern ausschaut, wollen die Höhle vermessen, ausleuchten, fotografieren und bei jedem Mal ein bisschen mehr erfahren und unsere Entdeckungen auch für andere dokumentieren.
GA: Wie weit sind Sie bisher in die Höhle vorgedrungen?
Vroni Gstettner: Ziemlich genau einhundertfünfzig Meter. Ursprünglich wollten wir den bisherigen Rekord, der bei einhundertsiebenundsiebzig Metern liegt, brechen, aber wir haben es nicht geschafft.
GA: Warum nicht?
Vroni Gstettner: Man könnte sagen, aus Dummheit. Erst haben wir einen Teil unserer Taucherausrüstung vergessen. Ein Anschlussstück zum Mundstück. Meine zwei Kollegen, Michi Werner und Charly Diemer, sind dann noch mal raus, um es zu holen. Ich habe währenddessen in der Höhle auf sie gewartet.

GA: Wie lange waren die Kollegen weg?

Vroni Gstettner: Sechs Stunden.

GA: So lange waren Sie allein in der Dunkelheit?

Vroni Gstettner: Ja, ich hatte ja meine Lampe und wollte nicht noch einmal hinaus und dann wieder gegen die Flussrichtung hinein. Das ist ziemlich anstrengend.

GA: Und warum haben Sie auch dann nicht den Rekord gebrochen, als die Kollegen wieder da waren?

Vroni Gstettner: Das hat einfach alles viel zu lang gedauert. Es war kalt, wir haben gefroren, und es war so viel Wasser in der Höhle. Wir mussten drei Siphons durchtauchen. Irgendwann konnten wir nicht mehr, und dann haben wir beschlossen umzukehren.

GA: Das hört sich ja wirklich nach einem Abenteuer an, Frau Gstettner. Aber was uns und unsere Leser natürlich besonders interessiert: Wo kommen die Goldmünzen her, die die Familie aus Deutschland im Wasserbecken entdeckt hat? Haben Sie dafür eine Erklärung?

Vroni Gstettner: Da fragen Sie mich zu viel. Drinnen in der Höhle haben wir jedenfalls keine Münzen gefunden, gar nichts. Nur Steine und Wasser, ein paar Sedimente, aber nichts Festes und schon gar nichts aus Gold. Das wäre uns bestimmt aufgefallen.

GA: Aber was denken Sie? Woher könnten die Münzen gekommen sein? Aus dem Berg?

Vroni Gstettner: Nein, das glaube ich nicht. Ich muss den kleinen Jungen enttäuschen, der gedacht hat, er habe einen großen Schatz gefunden. Ich glaube, jemand hat die Münzen in das Becken geworfen und damit der Wasserwacht Gelegenheit für ihre Jahresübung an Tauchgängen in eiskaltem Wasser gegeben.

GA: Ein Scherzbold also, der seine Sammlung an Goldmünzen aufgelöst hat und nichts Besseres damit anzustellen wusste, als sie in das Wasserfallbecken zu werfen?

Vroni Gstettner: Eine andere Erklärung gibt es für mich nicht.

GA: Und wenn es doch aus dem Berg kommt? Aus der Höhle?

Vroni Gstettner: An den Spekulationen möchte ich mich auf keinen Fall beteiligen. Alpenfestung, Schatz und so weiter. Das ist doch alles Quatsch.

GA: Aber die Münzen sind tatsächlich da, und irgendwo müssen sie doch hergekommen sein.

Vroni Gstettner: Und ich als Höhlenforscherin sage Ihnen, eher bleibe ich in der Höhle in einem Siphon stecken oder entdecke einen blinden Alpen-Axolotl, als dass ich einen Schatz im Berg finde. Egal ob er von den Kelten, von den Berggeistern, von Göring oder von Indiana Jones höchstpersönlich dort hineingeschafft worden sein soll.

GA: Danke für das Gespräch, Frau Gstettner.

Lieber Simon,
du wirst denken, dass deine Mutter seltsam geworden ist, weil sie dir in ihrer Lebensmitte, ohne ernsthaft krank zu sein, einen Brief schreibt, der vielleicht irgendwann ein Vermächtnis sein wird. Ich habe lange überlegt, ob ich einem Menschen – außer denen, die dabei waren – davon erzählen soll. Aber ich erzähle nicht, ich schreibe. Und du bist nicht irgendein Mensch, sondern der Mensch in meinem Leben, den ich am besten kenne und mit dem ich am längsten zusammengelebt habe. Deshalb bist du der Einzige, der in Frage kommt, wenn es darum geht, etwas aufzuschreiben, was ich nicht mit in mein Grab nehmen will. Ich habe keine Ahnung, was du damit anfangen wirst, und ich habe auch keinen Auftrag für dich. Es wäre gelogen, wenn ich sagen würde, dass es mir völlig gleichgültig ist, wie du auf die Information reagieren wirst, aber ich nehme keinen Einfluss darauf. Ich habe einfach das Vertrauen, dass dir schon etwas einfallen wird. Du kannst die folgende Information verschweigen oder hinausposaunen, sie einem oder dreißigtausend Menschen erzählen. Du kannst mit ihr tun, was immer dir einfällt und was dir richtig erscheint. Ich vertraue darauf, dass jedes Jahr zählt und du immer klüger wirst, du und die anderen, die nach uns leben werden. Das hoffe ich. Und natürlich auch, dass du die richtige Entscheidung triffst. Es scheint, als wäre ich der Erkenntnis nicht gewachsen, deshalb soll es einer, der mich überlebt, erfahren. Ich gebe den Stab weiter an meinen einzigen Nachkommen, der es im Moment vorzieht, seine biologische Vorfahrin zu ignorieren und so zu tun, als wäre er mit dem Fallschirm vom Himmel auf die Erde gekommen. Aber auch das ist jetzt völlig egal. Wichtig ist nur eines: dass ich dir erzähle, was ich gesehen habe. Alles, was ich dir zumuten werde, ist die Wahrheit. Du hast die Freiheit, damit zu tun, was immer dir richtig erscheint.

Meine Wahrheit lautet: Ich habe den größten Schatz der Menschheit, na ja, oder zumindest der Neuzeit gesehen. Ob irgendein Minotaurus oder Agamemnon oder Inka auch schon so viel zusammengerafft hat, kann ich nicht sagen. Ich glaube zwar nicht, trotzdem begrenze ich meine Aussage lieber auf die Neuzeit.

Über die heutigen Eigentumsverhältnisse dieses Schatzes kann ich nur spekulieren. Wenn die Bundesrepublik Deutschland die Rechtsnachfolgerin des Nazi-Regimes von 1933 bis 1945 ist, dann gehört ihr dieser Schatz. Der BRD, also dir, mir, uns allen. Aber du und ich, wir würden wohl nie etwas davon sehen oder abbekommen, auch wenn uns theoretisch wie allen anderen Bürgern ein Teil davon zustünde. Das heißt aber nicht, dass ich meinen Anteil haben möchte. Ich brauche ihn nicht, weil ich da lebe, wo auch meine Vorfahren gelebt haben, die mir ihr Haus und ihren Besitz vererbt haben. Durch sie bin ich versorgt, den Rest habe ich aus eigener Kraft geschafft. Ich brauche nicht mehr als das. Aber auch die, die wirklich etwas bräuchten, würden sehr wahrscheinlich nichts davon abbekommen. Denn wer, mit Ausnahme von ihnen selbst, hätte denn ein Interesse daran, dass sie etwas bekämen? Eben: niemand.
Ich werde dir in einem zweiten Dokument die geografischen Koordinaten des Schatzes nennen, aber trotzdem wirst du nicht einfach loslaufen und dir den Schatz holen können. Tut mir leid, aber daran sind die Berggeister schuld, die Vorsehung oder einfach ein dummer Zufall. Er wird einige Mühe kosten, ihn zu bergen. Wahrscheinlich müsste man Teile des Bergs wegsprengen. Viele würden das für so viel Reichtum tun. In dem Berg sind Dinge geschehen, die mein Leben verändert und die nichts mit Geld zu tun haben. Du kannst alles ruhen lassen, wie es ist. Wenn wir alle dichthalten, wird nie irgendwer davon erfahren. Das kann ich dir natürlich nicht garantieren, sondern nur hoffen. Und jetzt? Jetzt bist du am Zug.

Deine Mama
Magdalena Morgenroth

Salzburg, 1. Juni 2011

Ein dunkelblauer Klecks im Grün. Kein Viereck, aber auch kein Kreis, wohl eher irgendetwas dazwischen. Und in diesem Fleck ein kleines Etwas. Der Flugkapitän informiert seine Passagiere, dass sie sich gerade über dem Chiemsee befänden und nun gleich eine Schleife über einen Teil der österreichisch-bayerischen Alpen fliegen würden, bevor sie in Salzburg landen könnten.

Marjana presst ihre Nase ans Fenster. Berggipfel, zuerst grün, bewaldet, dann karstig und grau. Die Zahl der weißen Flecken auf den Hochebenen nimmt zu, ebenso ihre Ausdehnung. Hinter sich hört sie eine Frau: »Da, schau, der Gipfel mit dem Gletscher, das muss der Großvenediger sein. Weißt du noch?«

Nebelfetzen ziehen am Fenster vorbei und verhindern für Sekunden den Blick auf die nahen Gipfel, dann tauchen wieder ein Tal und ein See zwischen den Bergen auf. Ein Schwemmkegel schiebt sich in den See hinein und wird ihn in hundert, tausend oder hunderttausend Jahren in zwei Teile geteilt haben. Alles fließt, denkt Marjana. Alles.

Eine große Staumauer, dahinter ein See und dann wieder Gletscher. Sieht man genau hin, so kann man eine Seilbahnstation über dem Eis entdecken, bevor das Flugzeug sich neigt und nach Norden abschwenkt. Dörfer und Täler, ein Fluss schlängelt sich zwischen Felswänden hindurch, bevor er sich in die Freiheit einer breiten Ebene ergießt, neben sich eine gezirkelte Autobahn, Bäche und kleinere Flüsse in sich aufnehmend, auf eine Stadt zufließend, die Marjanas Meinung nach nur Salzburg sein kann. Immer weiter der Landschaft entgegen sinkt das Flugzeug. Die Gipfel der Bergketten an den Rändern der Flussebene sind längst höher als ihr Flugzeug, und zu ihrer linken Seite erkennt Marjana den Tafelberg, der sich bei ihrem letzten Besuch in den Weg stellte und in einer quietschenden Kurvenfahrt vom IC-Königssee rechts umfahren werden musste, damit sie ihr Ziel Berchtesgaden erreichten. Der Untersberg.

Das Fahrwerk rumpelt beim Ausfahren, mit einem Summen

werden die Landeklappen in ihre Positionen gebracht, und ein kurzes Ruckeln markiert den eben erfolgten Bodenkontakt. Wieder alles gut gegangen und gelandet.

Ist das Fliegen eigentlich immer ähnlich, so ist das Ankommen meistens etwas Besonderes, geht es Marjana durch den Kopf. Sie denkt an ihren Abflug aus Kiew, ihre Landung in Frankfurt, beides Monsterflughäfen, aber in nichts vergleichbar. Vielleicht haben sich zu Beginn des vorigen Jahrhunderts die Menschen so gefühlt, als sie in Paris-Est den Orient-Express bestiegen und am Ende ihrer Fahrt in Bagdad ankamen und in eine andere Welt entlassen wurden. Und jetzt Salzburg. Ein fast leeres Rollfeld. Nach ein paar Schritten sind sie in der Ankunftshalle. Fast familiär ist der Eindruck, nur ein kleines Grüppchen Menschen wartet am Band, das sich nach wenigen Minuten in Gang setzt. Es muss nur ein einziges Mal durchlaufen, und jedes Gepäckstück hat seinen Eigentümer gefunden. Ohne Personen- und Zollkontrolle für den innergemeinschaftlichen Verkehr aus Frankfurt geht es in die An- und Abflughalle, dann ein paar Meter weiter zum Taxistand.

»Hey, sind wir schon wieder auf der Flucht?«, schreit Wiktor den beiden Frauen nach, die mit dem Taxifahrer bereits einen beigefarbenen VW Sharan mit ihren Koffern beladen. »Wir könnten doch hier noch eine Kleinigkeit essen oder zumindest eine Kaffeepause machen?«, schlägt Wiktor vor. »Vielleicht mit Hirschgulasch oder einem kleinen Rehragout?«

»Danke«, sagt Luba, »aber ich habe gerade im Flugzeug eine Stunde Kaffeepause gemacht und will jetzt endlich in mein Hotel. Also los, Wiktor, beeil dich, oder willst du mit deinem eigenen Taxi anreisen?«

***

»Wir haben reserviert«, sagt Marjana zu der jungen Dame hinter dem Tresen, an deren Brust ein Schildchen mit dem Namen Tamara Traubner steckt. »Drei nebeneinanderliegende Einzelzimmer auf den Namen Wiktor Owtscharow«, präzisiert Marjana.

Beim dritten Versuch ist es der Dame schließlich gelungen, den Namen Owtscharow richtig zu tippen, und auf dem Computerbildschirm erscheinen die Reservierungsdaten.

»Sie haben noch für eine vierte Person reserviert? Für Herrn Jurij Sokolski?«

»Herr Sokolski wird erst in ein paar Tagen eintreffen«, antwortet Marjana.

»Stimmt, die Reservierung ist ab 5.6., aber soll Herr Sokolski dann ein Zimmer neben Ihnen beziehen?«, will die Empfangsdame wissen.

»Nein, auf keinen Fall. Quartieren Sie Herrn Sokolski bitte weit entfernt von uns ein, am besten am anderen Ende des Hotels. Wir wollen ihm nach Möglichkeit nicht zufällig begegnen«, sagt Marjana.

»Wenn ich Sie richtig verstehe, dann reisen Sie zwar mit ihm, legen aber keinen Wert auf seine Gesellschaft? Wenn Sie wollen, kann ich dafür sorgen, dass Sie auch beim Frühstück möglichst wenig Kontakt zu diesem Herrn haben werden«, schlägt Frau Traubner vor.

»Kindchen, Sie gefallen mir«, sagt Marjana und schiebt ihr einen Fünfzig-Euro-Schein zu, der unmissverständlich als Trinkgeld gedacht ist.

»Danke, sehr nett.« Frau Traubner lächelt. »Wenn Sie weitere Wünsche haben, freue ich mich, sie Ihnen zu erfüllen.«

Ein Angestellter bringt ihre Koffer auf die Zimmer.

»Dann mache ich eben jetzt Kaffeepause«, sagt Wiktor, »im Kaminzimmer.« Er klingt ganz so, als wäre er bereits seit sechs Wochen zur Sommerfrische in dem Hotel.

»Ist gut. Dann schlage ich vor, wir treffen uns später am Pool«, sagt Marjana und folgt dem Gepäckträger.

Wiktor versteht, warum es vielen Leuten in diesem Landstrich so gut gefällt. Schwer vorstellbar, dass sogar hier wie auch in anderen europäischen Regionen von Skandinavien bis zur Adria etwas tickt, ständig und unsichtbar, vor dem man sich nicht schützen kann. Die wenigsten denken daran, aber das ändert nichts an der Bedrohung. Ihrer aller Lungen filtern, egal wo sie in Europa leben, tagein, tagaus vom Wind oder einer raschen Bewegung aufgewirbelte radioaktive Staubkörner. Diejenigen unter ihnen, die gern Wild oder Pilze essen, sammeln über Jahrzehnte hinweg ein, was damals in Tschernobyl in die Luft flog und Wolken und Wind erreichte, der es nach Westen wehte. Eine giftige Fracht, die immer höher stieg, bis sich an den Kondensationspunkten so viel Wasser sammelte, dass die Luft nicht mehr in der Lage war, ihre Ladung weiterzutragen, und sie hier, ebenso wie an tausend anderen Orten Europas, ausspuckte und damit die natürliche Strahlung vervielfachte. Die Fracht war sogar mobil genug, dass sie sich in die Organe der Menschen und aller anderen lebenden Wesen einschleichen konnte. Seither infiziert das Wild seine Jäger mit etwas, was nicht zu sehen, zu hören oder zu riechen ist und trotzdem tickt und tickt und vielleicht irgendwann einmal ein Molekül aus der Regenerationseinheit einer Zelle schlägt, wodurch diese beginnt sich zu teilen und wieder zu teilen, in einem endlosen Prozess. Wie in der Zone, denkt Wiktor. Natürlich mit einer viel günstigeren Prognose für die hiesigen Bewohner, doch mit der gleichen Gefahr für den Fall, dass ein Teilchen eines zerfallenden Elements die kunstvoll geflochtene Doppelhelix eines Menschen beschädigt und so den Prozess des Verderbens für das betroffene Individuum einleitet.

Und trotzdem kann man sich gleichzeitig diese schrecklichen Vorgänge in den Zellen vorstellen und das Leben genießen. Wiktor jedenfalls genießt sein zweites Stück Torte, den ausgezeichneten Kaffee, den Sonnenschein und den Blick auf die Bergkulisse und verschluckt sich fast, als er an einem der weiter entfernten Nebentische, fast schon in dem Bereich, der an das offene Bibliothekszimmer angrenzt, ein Paar sitzen sieht. Den sportlich wirkenden Mann in Outdoorkleidung kennt er nicht, dafür aber die blonde Frau, die wie vor einem Jahr, als sie sich kurz kennenlernten, Zöpfe trägt. »Polizei«, schießt es Wiktor durch den Kopf, und sein erster Impuls ist Flucht. Er dreht sich ein wenig zur Seite und hofft, dass sie ihn vielleicht nicht sehen wird. Vorsichtig beobachtet er sie aus den Augenwinkeln. Irgendetwas stimmt nicht zwischen Blondzöpfchen und ihrem Begleiter. Sie streiten nicht, zumindest nicht sichtbar, aber Wiktor hat den Eindruck, dass ihre Unterhaltung sich auf immer kürzere Satzfetzen reduziert. Kein Austausch mehr von Erlebnissen, Meinungen oder Gefühlen, nur noch die Mitteilung eines Standpunkts, der nicht verrückt werden wird oder darf und entweder zu akzeptieren ist oder eben nicht. Das war es dann wohl, denkt Wiktor. Sieht ganz nach dem Ende einer Beziehung aus. Blondzöpfchen – er erinnert sich sogar noch an ihren richtigen Namen, Magdalena Morgenroth – bleibt sitzen, als ihr Begleiter den gemeinsamen Tisch verlässt, nach seiner über die Stuhllehne gehängten Jacke greift und noch einen Geldschein unter die Kaffeetasse klemmt, als gelte es, auf alle Fälle die Demütigung zu vermeiden, von jemandem, mit dem man sich im Streit befindet, eingeladen zu werden, nur weil man nicht mehr warten möchte, bis der Ober zum Bezahlen kommt. Goldzöpfchen sieht zum Fenster hinaus, als ihr Begleiter geht. Keines Blickes würdigt sie seinen Abgang. Wiktor kommt das Benehmen fast ein wenig kindisch vor, eigentlich albern unter erwachsenen Menschen. Was mag zwischen den beiden vorgefallen sein, dass sie so auseinandergehen? Aber was geht es ihn an? Nichts, gar nichts.

Ein junger Mann mit einem Stapel Musiknoten in der Hand geht an Wiktors Tisch vorbei, da zwischen Bar und Kamin ein Klavier in Stellung gebracht worden ist. Wiktor mag die Musik, die nun vom Klavier zu ihm herüberschwebt. Es ist die Art von Musik, die oft an den Bars etwas besserer Hotels am späten Nachmittag gespielt wird. Eine nicht mehr ganz junge Frau, ausgestattet mit einer von Zigaretten und Whisky rauen Stimme, beginnt einen Dialog mit dem Mann am Klavier. Eine schöne Stimme, findet Wiktor. Eine Stimme, die die Phantasie von Männern anregt, die tagsüber mit dem Verkauf von Baumaschinen auf Messen ihr Geld verdienen oder einen Industriebetrieb besuchen, dem sie eine neue Produktionsstraße verkaufen wollen. Solche Männer gibt es zuhauf in Hannover zu Zeiten der Industriemesse oder in Wolfsburg, wenn ein neues VW-Modell und seine Produktion geplant werden. Hier in Berchtesgaden, im Interconti, gibt es diese Art von Männern eigentlich gar nicht, trotzdem regt die Musik auch Wiktors Phantasie an. Wenn alles nach Plan läuft, wird er bald mit einer großen Industrieanlage viel Geld verdienen, die vorgeblich Rheingold wäscht, aber mit dem Gold gefüttert wird, das im Innern des Kehlsteins schlummert.

So träumt er ein wenig vor sich hin, als er plötzlich bemerkt, dass die blonde Polizistin von ihrem Tisch aufsteht. Doch statt ihrem Begleiter Richtung Ausgang zu folgen, steuert sie direkt auf Wiktor zu. Es ist nicht mehr abzuwenden, sie hat ihn entdeckt, und Wiktor rutscht etwas tiefer in seinen Sessel. An seinem Tisch angekommen, sieht sie ihn einen kurzen Augenblick fragend an, wartet aber keine Antwort ab, sondern setzt sich ihm einfach gegenüber. »Sie erinnern sich noch an mich?«, fragt sie.

Wiktor nickt. »Sie haben ja auch ziemlich viel dafür getan, dass ich Sie nicht so schnell vergesse. Zuerst lassen Sie mich in diesem Schuppen mitten auf der Tanzfläche stehen, und dann holen Sie uns wie Schwerverbrecher aus unserer Pension ab, um uns auf Ihrer Dienststelle mit Fragen zu einem Todesfall zu löchern, mit dem wir nicht das Geringste zu tun hatten.«

»Dass ich Sie beim Tanzen hab stehen lassen, das war nicht in Ordnung. Sie haben ganz recht, wenn Sie mir das heute noch vorwerfen. Aber dass ich Sie auf dem Präsidium befragt habe, das war beruflich und absolut gerechtfertigt. Ich bin noch heute der Meinung, dass Sie mich damals angelogen haben. Auch wenn Sie nichts mit dem Mord zu tun hatten, haben Sie doch hier in Berchtesgaden etwas getan, von dem Sie nicht wollten, dass es bekannt wird. Wahrscheinlich war es sogar illegal, aber das kann ich Ihnen nicht beweisen, also bleibt es vorerst meine private Meinung.«

Als der Kellner sich dem Tisch nähern will, sieht ihn die Polizistin so streng an, dass er kehrtmacht und zurück an die Bar geht.

»Muss mich denn Ihre Privatmeinung interessieren?«, fragt Wiktor. »Ich glaube nicht. Und wenn ich ehrlich bin, dann muss ich Ihnen sogar sagen, dass sie mich nicht im Geringsten interessiert. Für mich gibt es Wichtigeres. Wie Sie als über meine Person gut informierte Beamtin wissen, war ich einer der Hubschrauberpiloten, die die Katastrophe von Tschernobyl bekämpft haben, und habe somit auch für Sie den Kopf hingehalten, damit in Ihrem beschauliches Ländchen nicht noch mehr radioaktives Material niederging als schon geschehen. Jetzt bin ich hier, um zusammen mit meinen Kolleginnen und Kollegen die Folgen des Fallouts von Ende April 1986 zu dokumentieren.«

»Davon habe ich schon gehört«, antwortet die Kommissarin. »Wir hier im Talkessel brauchen keine NSA oder andere Geheimdienste. Wir erfahren alles Interessante sofort per Mundpropaganda. Aber Ihren vorgeblichen Grund für den Besuch können Sie mir so oft erzählen, wie Sie wollen. Ich werde Ihnen nie glauben.« Sie hat sich über den Tisch gebeugt, als müsse sie sich beherrschen, Wiktor nicht an die Gurgel zu gehen. »Weshalb ich mich zu Ihnen gesetzt habe, ist eigentlich schnell erzählt. Ich wollte Ihnen nur sagen, dass Sie auf der Hut sein sollten, denn egal, was Sie machen, ich werde davon erfahren, und es wird mir nicht noch einmal passieren, dass Sie mir durch die Lappen gehen. Das wollte ich noch unbedingt loswerden. Also dann, ich wünsche Ihnen, Ihren Kollegen und Freunden einen schönen Aufenthalt hier in Berchtesgaden.« Sie steht auf. »Einen allerletzten Tipp noch: Bleiben Sie nicht zu lange, denn ich könnte mir vorstellen, dass man Ihrer Hilfe auch anderweitig noch bedarf.«

Ja, ja, du blöde Ziege oder Gämse, das ist wahrscheinlich treffender, du weißt natürlich alles ganz genau. Welterfahren und ohne Fehl und Tadel, wie du nun einmal bist. Eigentlich will Wiktor sie einfach ziehen lassen, wortlos, grußlos, ohne einen Kommentar zu ihrem Vortrag abzugeben, der wiederum Anlass für eine erneute Diskussion sein könnte, aber dann kann er seinen Mund doch nicht halten. »Und wie lange darf ich mich Ihrer Meinung nach in diesem Landstrich noch aufhalten? Ungefähr so lange, wie die deutschen Soldaten in der Ukraine geblieben sind? Drei, vier Jahre? Oder doch nur so lange, wie die zwangsrekrutierten ukrainischen Arbeiter hier geknechtet wurden, zwei oder drei Jahre? So etwas Selbstgerechtes wie Sie hat mir gerade noch gefehlt.« Wiktor hat sein Kreuz durchgedrückt und seinen Oberkörper aufgerichtet, trotzdem muss er zu der Polizistin aufsehen, die nun vor ihm steht.

»Das war ja klar«, zischt sie, »jetzt wird wieder das geschundene Volk der Ukrainer ausgepackt. Jeder deutsche Kripo-Beamte sollte Ihrer Meinung nach ein schlechtes Gewissen haben, nicht wahr? Aber jetzt sage ich Ihnen mal etwas: Ich habe tatsächlich ein schlechtes Gewissen, aber nicht Ihnen gegenüber, sondern denen gegenüber, die unter der Besetzung gelitten haben und die dieses verbrecherische Regime als Zwangsarbeiter verschleppt hat. Dafür muss man sich schämen, das gebe ich zu. Aber wegen Ihnen persönlich habe ich null schlechtes Gewissen. Ganz im Gegenteil. Und dass hinter dem Verein mit dem schönen Namen Halbwertszeit e.V. eine gigantische Gaunerei steckt, das kann ich hundert Meter gegen den Wind riechen. Also, eine schöne Zeit noch, und seien Sie vorsichtig, wenn Sie wieder in den Bergen herumkraxeln!« Damit dreht sie sich auf den Absätzen ihrer braunen Lederstiefel um und stapft davon, klack, klack, klack, ein paar Stufen hinauf in die Lobby und dann Richtung Ausgang.

Wiktor sieht ihr hinterher und rechnet nicht damit, dass sie sich noch einmal umdreht, aber genau das tut sie. Sie macht sogar kehrt und kommt noch einmal an seinen Tisch zurück. »Ist Ihre Predigt immer noch nicht beendet?«, wundert er sich. »Und ich dachte, Sie hätten schon Amen gesagt.«

»Eine letzte Frage«, blafft die Kommissarin. »Was ist eigentlich mit Ihrem Gesicht passiert? Ich meine, mich zu erinnern, dass Sie letztes Jahr um diese Zeit deutlich besser ausgesehen haben.«

Wiktor greift sich automatisch an die Backe, um die vom Hundebiss verbliebene Narbe zu berühren. Sie ist eigentlich gut verheilt.

»Kann es vielleicht sein, dass Sie sich mit den falschen Leuten eingelassen haben?«, bohrt die Polizistin weiter nach.

»Eher mit dem falschen Hund«, antwortet Wiktor. »Und jetzt hören Sie schon auf, mich so anzustarren. Hat man Ihnen als Kind nicht beigebracht, dass man das nicht tut?« Er fühlt sich tatsächlich seltsam, als sie ihn so ansieht. Sie starrt gar nicht auf seine Backe, sondern ihm direkt in die Augen. Und fast gelingt es ihr, dass er in diesem Duell klein beigibt und wegsieht. Aber dann reißt er sich zusammen und widersteht dem Drang, die Augen niederzuschlagen wie ein Backfisch. Er starrt zurück, mit demselben ernsten Blick wie sie, auf den nun eigentlich, wären sie Kinder, das befreiende Lachen folgen müsste, in das einer von ihnen zwangsläufig ausbrechen würde. So geht das Spiel, aber das geschieht nicht. Sie sind nicht nur keine Kinder mehr, sondern so etwas wie Räuber und Gendarm, denkt Wiktor. Keine Konstellation, die für schallendes Gelächter prädestiniert ist.

Zu dem Schluss ist die Kommissarin nun offenbar auch gekommen und hat außerdem verstanden, dass Wiktor ihr nicht erzählen wird, zu welchem Herrn besagter Hund gehört. Wenn die Geschichte mit dem Hund überhaupt stimmt. Sie hat offenbar genug gesehen und gehört und wendet sich nun ab, um im zweiten Versuch das Hotel zu verlassen. Wiktor denkt, wenn er ihr schon so tief in die Augen gesehen hat, dann kann er jetzt auch noch ein bisschen nett sein, und wünscht ihr einen schönen Tag. Erwartungsgemäß reagiert sie nicht, kehrt aber diesmal auch nicht wieder um, sondern entschwindet ohne ein weiteres Wort durch die Glastür. Erst als die Tür lautlos hinter ihr schließt, wird das Klacken ihrer Stiefel leiser und leiser, bis es schließlich nicht mehr zu hören ist.

»Wiktor, bist du in die Kaffeetasse gefallen, oder was ist los?«, schnattert Marjana, als sie mit Kosmetikköfferchen und umgehängtem Bademantel auf ihn zukommt.

»Da hast du beim Personal aber ziemlichen Eindruck hinterlassen, wenn sie sich nach über einem Jahr noch daran erinnern, dass du ohne deinen Martini unerträglich bist«, sagt Wiktor, als Marjana, kaum dass sie sich an seinem Tisch niedergelassen hat, auch schon einen Drink serviert bekommt.

»Idiot, den hab ich mir bestellt, als mir der Kellner über den Weg gelaufen ist. Übrigens habe ich gerade dein blondes Liebchen aus dem Tanzschuppen durch die Lobby rauschen sehen. Hast du etwa schon vor deinem Abflug ein Date mit ihr vereinbart? Ich hoffe nur, du hast deine Hormone unter Kontrolle, denn wenn ich mich recht erinnere, hätte sie uns letztes Jahr am Ende beinahe noch Handschellen angelegt.«

»Keine Sorge, da ist nichts. Blondchen hatte im Kaminzimmer eine andere Verabredung, nach der sie so frustriert war, dass sie bei mir noch Dampf ablassen musste, um dann noch frustrierter Leine zu ziehen. Bevor es der gelingt, mir den Kopf zu verdrehen, fließt der Dnjepr in den Königssee.«

»Dann bin ich ja beruhigt.« Marjana nippt an ihrem Martini.

»Stell dir vor, wen ich vorher näher kennengelernt habe: den Hoteldirektor. Und weißt du, wo der Herr, qua seines Amtes, wohnt? In einem Haus, das früher Albert Speer …«

Sie plappert weiter und weiter, aber Wiktor hört nicht mehr, was sie sagt. Er ist mit seinen Gedanken wieder bei dem weißen Hund und bei dem Befehl »Fass!«, den er gehört hat, bevor er die Schnauze mit den gebleckten Zähnen auf sich zufliegen sah und ihm schwarz vor Augen wurde. Die Sequenz der Bilder verfolgt ihn manchmal am Tag, aber vor allem in der Nacht, dann schreckt er hoch und spürt noch einmal, wie sich die Hundezähne in seine Wange verbeißen und sein Blut warm am Hals entlangfließt. Zwischendurch kam diese Erinnerung schon seltener hoch, doch seit er weiß, dass Jurij im selben Hotel wohnen wird, vergeht keine Nacht, ohne dass ihn dieser Köter besuchen kommt.

So eine Schnapsidee, denkt Wiktor und kann gerade wieder nicht verstehen, wie er sich überhaupt darauf einlassen konnte. Wieso brauchen sie denn diesen Satan, dieses falsche Arschloch? Doch nur, damit sich Marjana eine Yacht groß wie ein Flugzeugträger kaufen kann und Luba alle Atomkraftwerke, die sie dann ausschaltet und deren Personal sie zum Sandschippen in die Zone schickt. Eine Schnapsidee! Um das, was er braucht, aus diesem Loch im Berg zu schaffen, braucht er weder Jurij noch Luba oder Marjana. Dazu braucht er nur einen Rucksack und zwei Tage Zeit, um drei-, viermal in die Höhle zu gehen. Dann hat er genug für sein ganzes Leben, denn er hat nicht den Ehrgeiz, die ukrainisch-russische Oligarchenmischpoke in ihrer Verschwendungssucht zu übertrumpfen oder gegen den Willen ihrer Bewohner die Welt vor dem drohenden Untergang zu retten. Er möchte nur ganz normal leben und, wenn es dann einmal so weit ist, etwas seinem hoffentlich bis dahin zur Vernunft gekommenen Söhnchen vererben. Keinen Reichtum, nur so viel, dass er sich bei allem Schmerz, den die Vergänglichkeit mit sich bringt, ein bisschen darüber freuen kann, dass er bedacht wurde und etwas Balsam fürs Herz zurückbleibt.

Er könnte einfach verschwinden, sein Ding drehen und die anderen machen lassen, was sie wollen. Warum denn nicht? Er geht doch niemandem ab, und er nimmt auch keinem etwas weg.

Ganz im Gegenteil. Wenn er mit nur ein paar Kilo Gold zufrieden ist, dann bleibt in der Summe doch viel mehr für die anderen übrig. Er verzichtet auf den Großteil seines Anteils, deshalb kann ihm doch niemand böse sein. Denn was passiert, wenn sie alles wie geplant durchziehen, aber dieses Arschloch plötzlich nicht genug kriegt? Wenn der Typ alles für sich haben will und schließlich alle Mitwisser einen nach dem anderen beseitigt? Was, wenn Luba und Marjana ins Gras beißen sollen und er es nicht verhindern kann? Träumt er dann von Marjana mit ihrem Glas Martini statt vom weißen Hund, der ihm die Wange zerreißt? Reicht es dann, sich einzureden, dass sie sich mit ihrer Gier ihr eigenes Grab geschaufelt hat, um diese Alpträume zu verscheuchen? Oder verfolgen ihn dann Träume, in denen er auf Lubas Ninja durch die Zone flitzt, während sie heult, weil die Alte nicht mehr lange leben wird?

Als er beschließt, aus seinem Gedankenkarussell auszusteigen, und seinen Blick auf Marjana richtet, winkt sie ihm gerade zu. »Und, wieder zurück unter den Lebenden, du Träumer?«, sagt sie. »Wohin hat dich denn die Phantasie jetzt schon wieder verschlagen? Ich finde wirklich, du solltest zumindest ab und an einen Schluck Martini trinken. So ganz ohne Alkohol, das ist doch auch gegen die menschliche Natur. Sieh mich an, hast du mich schon mal grübeln sehen? Nein. Alkohol und Sex, ein bisschen was davon braucht der Mensch immer, sonst wird er schwermütig. Und glaub mir, schwermütige Moralisten haben auf der Welt schon mehr Unheil angerichtet als alle Halunken, Säufer, Nymphomaninnen und Tagediebe zusammen. Ich will dich nicht zum Saufen bekehren, aber ein bisschen mehr loslassen, das würde dir und auch Luba wirklich guttun.«

Berchtesgaden, 5. Juni 2011

Als Jurij im Interconti ankommt, ist er erstaunt, seine drei Kompagnons dort nicht anzutreffen. Die drei haben sich einen Tag mehr als ursprünglich geplant Zeit gelassen und im Hotel eine Nachricht für ihn hinterlegt: »Brauchen mindestens noch einen Tag länger. Nicht aufregen, Partner, du wirst sehen, das Warten lohnt sich für dich.«

Die Worte »nicht aufregen« haben auf Jurij ungefähr die gleiche Wirkung, wie wenn man zu einem Dackel sagt: »Nein, das Wursti gibt es erst morgen«, dann aber den Hund mit dem Wiener Würstel allein lässt.

Jurij zählt nicht nur bis zehn, sondern bis vierzig, bis fünfzig und sogar bis sechzig. Für einen Augenblick hat er das Gefühl, seinen Zorn nun besser unter Kontrolle zu haben, aber dann platzt alles doch aus ihm heraus, ohne dass er sich dagegen wehren kann. Zuerst beschimpft er die Rezeptionistin auf Russisch, und als er merkt, dass sie dessen nicht mächtig ist, sondern ihn nur verständnislos ansieht, wechselt er ins Englische, das er mit russischen Flüchen spickt. Das Kauderwelsch bringt die Rezeptionistin trotzdem zum Heulen.

»Herr Sokolski, bitte mäßigen Sie sich«, ruft ihn ein Hotelangestellter zur Räson. »Meine Kollegin hat Ihnen lediglich eine Nachricht überbracht, sonst nichts.«

»Du Arschloch, du kleiner Würstchenwichser, psychologischer Volldepp, was meinst du denn, mit wem du es zu tun hast? Ich bin nicht irgendeine hochwohlgeborene Schwuchtel, ich bin Jurij Sokolski, und mir verbietet niemand den Mund!«, schreit Jurij in gewohnt schlechtem Englisch.

»Entweder mäßigen Sie sich jetzt, oder Sie müssen leider unser Hotel verlassen«, sagt der Angestellte scheinbar ungerührt.

»Von Ihnen lasse ich mir doch nicht drohen! Besorgen Sie mir die teuerste Suite im besten Hotel, das es vor Ort gibt, dann sind Sie mich los und mein Geld auch, bitte schön!« Jurij kommt langsam wieder zur Besinnung.

»Nach unserem hat das Hotel Edelweiß die höchste Einstufung. Wenn Sie wollen, buche ich dort für Sie eine Suite«, sagt die Rezeptionistin, die sich die Tränen aus den Augen gewischt hat und nun wieder versucht, geschäftsmäßig zu wirken.

»Aber die teuerste«, sagt Jurij, dessen Anfall nun vorüber ist, der aber auch nicht zurückrudern und sich entschuldigen möchte. »Ich bin in zehn Minuten fertig, bitte sorgen Sie dafür, dass dann auch ein Wagen vor der Tür steht, der mich abholt«, sagt er zur Rezeptionistin, als wäre alles ganz normal und er nicht aufgefordert worden auszuchecken. »Und wenn meine Kollegen zurück sind, sagen Sie ihnen, sie sollen mich im Edelweiß anrufen, aber sofort. Und richten Sie ihnen auch aus, dass ich stocksauer bin, das sollten sie nämlich wissen.«

Berchtesgaden, 6. Juni 2011

Luba, Marjana und Wiktor sind fix und fertig, als sie am nächsten Tag wieder im Interconti eintreffen.

»Herr Sokolski war sehr aufgeregt, als ich ihm Ihre Nachricht überbracht habe«, sagt die Rezeptionistin, als sie sie nach Neuigkeiten fragen. »Er wohnt jetzt im Hotel Edelweiß, und Sie sollen ihn bitte sofort anrufen, wenn Sie zurück sind. Außerdem soll ich Ihnen ausrichten, dass er stocksauer ist. Und ganz privat möchte ich noch anmerken, dass ich noch keinem Menschen begegnet bin, der auch nur halbwegs so cholerisch auf eine Nachricht reagiert hat wie Herr Sokolski auf die Ihre.«

»Danke für die Informationen«, sagt Marjana, und die drei gehen in Richtung Zimmer. »Wahrscheinlich hat sich Jurij aufgeführt wie der Räuber Hotzenplotz, nachdem er unsere Nachricht gehört hat. Sie haben ihm bestimmt eine Art Hausverbot erteilt, sonst würde er jetzt nicht im Edelweiß wohnen.«

»Siehst du jetzt, was ich mit unberechenbar meine?«, fragt Wiktor. »Genau so ist Jurij nämlich!«

»Natürlich ist er das«, sagt Marjana, »aber hier nützen ihm sein ganzer Jähzorn, seine Brutalität und seine Mafiafreunde zum Glück nichts. Du siehst ja, wohin sein Jähzorn geführt hat. Hochkant aus dem Hotel geworfen haben sie ihn, so sieht es nämlich aus, hier ist er machtlos. Hier hat er keine weißen Kampfhunde, keine Schläger, keine bestochenen Polizisten, die auf ihn hören. Er spricht nicht einmal die Sprache der Einheimischen, eigentlich ist er uns ausgeliefert wie ein auf dem Rücken liegender Käfer. Wenn wir uns nicht von seinen Zornausbrüchen bluffen lassen, dann wird er uns bald aus der Hand fressen wie ein dressiertes Eichhörnchen.«

»Alles ist okay, Wiktor«, meint auch Luba. »Jurij ist im Edelweiß und geht uns hier nicht auf den Sack. In nur zwei Tagen haben wir zweihundertachtzig Kilogramm Gold aus der Höhle geschafft und in der angemieteten Ferienwohnung sicher versteckt. Wir haben einen Mietwagen, mit dem wir jederzeit abhauen können, und wir verfügen über genügend Bargeld, um schnell reagieren zu können, wenn es denn nötig sein sollte. Deine Idee, Wiktor, uns vom Ausgang des Jurij-Experiments unabhängig zu machen, war genau richtig. Uns kann dieser Furz doch nichts mehr anhaben. Wir sind die Chefs. Wenn er pariert wie ein Schäferhund und sein Rheingoldplan funktioniert, dann kann er mit uns profitieren, und wenn nicht, dann gibt's einen *kick in the ass*, oder?«

»Ich fürchte, so einfach wird das nicht werden. Ich hatte schließlich auch einen Plan, als ich bei ihm aufgetaucht bin. Mein Pech war nur, dass er ihn nicht verstanden und mich samt meiner zerschnippelten Euroscheine und Bitcoin-Adressen nicht für voll genommen hat. Das Ende vom Lied war, dass sein Hund mich daraufhin fast zu Paprikagulasch verarbeitet hat. Ich würde sagen: Bär schießen, Fell teilen und nicht umgekehrt. Ich geb's ja zu, dass ich inzwischen dazu neige, die Flöhe husten zu hören, aber mir ist es lieber, einen realistischen Plan B zu haben, egal ob in der Hinter- oder Vorderhand. Vielleicht nützen uns unser Goldvorrat, unser Mietwagen oder die Wohnung, in die wir untertauchen können, ja irgendwie, aber zu sicher sollten wir uns nicht fühlen. Also, los geht's, die Damen. Wecken wir den Löwen auf. Wer ruft Jurij an?«

»Du!«, antworten Marjana und Luba gleichzeitig.

»Brauchst auch nicht den Lautsprecher einzuschalten«, fügt Marjana hinzu. »Es reicht, wenn du uns nachher sagst, was er dir ins Ohr geschrien hat.«

***

Die teuerste Suite im Edelweiß war schon an einen Prinzen aus dem Morgenland und seine Frauen vermietet, aber immerhin die Juniorsuite war noch zu haben, und die ist auch nicht schlecht. Direkter Zugang auf die Dachterrasse und zum Spa, Panoramafenster mit Alpenblick und genügend Platz, um Gäste zu empfangen. Als Jurijs Telefon klingelt, erscheint Wiktors Foto auf dem Display, und augenblicklich ist Jurij in der Stimmung, um dem Anrufer die Leviten zu lesen. Doch kaum hat er drei Schimpfwörter ins Telefon geschrien, beginnt es zu tuten und eine Stimme teilt ihm mit, dass der Gesprächspartner das Telefonat beendet hat. Kurze Zeit später geht eine SMS auf seinem Handy ein. »Hallo, Jurij, wir brauchen dich nicht. Wenn du von unserem Schatz etwas abhaben willst, dann benimm dich bitte anständig, ansonsten zieh Leine. Nur zur Info: Ich habe Freunde bei der deutschen Polizei. Wenn du unter diesen Bedingungen noch dabei sein willst, dann antworte einfach mit ›Okay‹.«

Jurij möchte auf jeden Fall etwas vom sagenhaften Schatz haben, am liebsten natürlich alles, mindestens aber ein Viertel, das sind tausend Tonnen Gold und mehr, aber mehr noch als das Gold möchte er in diesem Augenblick Wiktor den Hals umdrehen. Er möchte, dass der Wicht gefesselt vor ihm liegt, sodass er ihm ganz langsam den Hals umdrehen kann. Erst kurz bevor es knackt, würde er aufhören, um noch einmal von vorn anzufangen. So oft und so lange, bis ihm der Spaß daran vergangen ist, dann würde er Wiktors Hals wirklich knacken lassen.

Doch Jurij ist sich bewusst, dass das lediglich ein Wunschtraum ist und er die Tatsachen akzeptieren muss. Das heißt: Entweder spielt er das Spiel mit, bis sich die Möglichkeit zur Rache ergibt, oder er lässt den Coup freiwillig sausen. Aber tausend Tonnen Gold sausen lassen? Niemals! Und wenn er Hühnerscheiße fressen und die Gummistiefel der Bäuerin lecken muss. Tausend Tonnen Gold, vielleicht sogar viertausend, falls seinen Kompagnons etwas zustoßen sollte. Er wäre mit einem Schlag der reichste Mann der Welt, könnte seinen texanischen Nebenbuhler mit Marschflugkörpern angreifen und würde niemals mehr Verlierer sein. Und genau das ist es, was er will.

Jurij geht unter die Dusche, dreht das Wasser so heiß, dass es ihm wehtut, und stellt sich zehn Minuten regungslos unter den Strahl. Er geht in die Sauna und faucht später eine Masseurin auf Englisch an, sie solle nicht gaffen, sondern ihn massieren. Als er nach dem Lesen ihres Namensschilds vermutet, dass sie aus seinem Heimatland stammt, blafft er sie an, ob es denn in der Ukraine nichts zu tun gebe, ob er sich nun auf der ganzen Welt von blauäugigen Rundgesichtern mit blonden Haaren massieren lassen müsse.

Am liebsten würde die Masseurin antworten: »Nein, musst

du nicht«, ihn dann einfach liegen lassen und gehen, doch sie ist Profi genug, ihn weiterzumassieren und ansonsten den Mund zu halten. Nach zwanzig Minuten klopft sie ihm auf den Rücken und sagt: »Vorbei. Morgen ist meine Kollegin da. Sie kommt aus Brasilien. Vielleicht probieren Sie es mal mit ihr.«

Zurück in seiner Suite setzt Jurij sich im Lotussitz auf den Boden, schließt die Augen und versucht, seinem Blut zu lauschen. Er hört, wie die Wallung nachlässt und es immer ruhiger und gemächlicher durch seine Adern fließt. Kurz bevor er einzuschlafen droht, nimmt er sein Smartphone zur Hand, tippt »Okay« und sendet die SMS an Wiktor.

Das Klingeln, das nur Minuten später ertönt, hört er nicht mehr. Zu diesem Zeitpunkt zieht er bereits im Schwimmbecken seine Bahnen und blickt durch die Fenster auf die weiß bedeckten Gipfel der Berge, von denen er immer noch nicht die Namen kennt. Auch wo sich die genaue Einstiegstelle in den unterirdischen Stollen befinden soll, ist für Jurij noch immer ein Geheimnis.

***

»Er hat geantwortet«, sagt Wiktor.

»Und, was schreibt er so?«, will Luba wissen.

»Er gibt sein Okay, wie von uns gefordert. Ich glaube zwar, dass er ab jetzt umgänglich und scheinbar friedlich sein wird, trotzdem befinden wir uns noch immer in akuter Lebensgefahr. Kein Mensch, der Jurij so gedemütigt hat, hat bisher überlebt«, sagt Wiktor.

»Es gibt immer ein erstes Mal, oder? Das muss nichts bedeuten«, sagt Marjana.

»Er ist nur auf das Gold aus, darauf will er nicht verzichten. Ich weiß sogar, was er dafür tun würde, wenn es denn sein muss: Scheiße fressen würde er. Aber wenn er das Gold erst mal hat«, sagt Wiktor, »dann wird er nichts sehnlicher wollen, als uns den Hals umzudrehen. Auch um das zu erreichen, würde er Scheiße fressen, das dürfen wir niemals vergessen.«

»Wiktor, wie er leibt und lebt«, spottet Marjana. »Aber natürlich passen wir auf, denn das Böse lauert immer und überall. Wie wär's, Leute, wollen wir nicht wieder mal in die Disco? Vielleicht sogar in die, in der Wiktor die schnuckelige Bergziege fast abgeschleppt hätte?«, schlägt Marjana vor.

»Oh nein, da kann ich mich doch nicht mehr sehen lassen. Ich habe dort doch diesem besoffenen Bauerntrampel mein Knie in die Eier gerammt«, erinnert Luba sich.

»Wenn es nur das gewesen wäre«, stöhnt Wiktor. »Hätten wir dich nicht gebremst, hättest du ihm sein Licht noch ganz ausgeblasen.«

»Jedenfalls kann ich da nicht mehr hin.« Luba schüttelt den Kopf.

»Aber wir müssen. Das ist doch längst vergessen, und die Einheimischen sind hart im Nehmen, das sieht man ihnen doch an. Seid bitte keine Spielverderber. Wir haben heute schließlich gleich zwei Erfolge zu feiern. Erstens haben wir uns einen privaten Goldvorrat gesichert, um den uns eine ganze Menge Leute beneiden würde. Und zweitens haben wir Jurij eins ausgewischt, was er schon längst verdient hatte. Also, bitte. Vielleicht bekomme ich ja dann auch mal einen feschen Gebirgler ab«, sagt Marjana.

»Okay, dann los, aber mit dem Taxi. Es könnte ja sein, dass später keiner von uns mehr fahren kann«, schlägt Wiktor vor.

»Du wirst fahren können«, sagt Marjana. »Wir haben doch versprochen, auf dich aufzupassen.«

***

»Wisst ihr schon, dass die Ukrainer wieder da sind?« Magdalena Morgenroth stürmt außer Atem in die Polizeidienststelle Berchtesgaden und hat die Türklinke noch immer in der Hand.

Die beiden Kollegen drehen nur kurz die Köpfe in ihre Richtung, scheinen aber etwas Besseres zu tun zu haben. Sie stehen am Fenster und sehen hinaus. »Servus, Leni, ja, des is uns bekannt. Wir haben uns eh schon gewundert, dass du dich noch nicht bei uns g'rührt hast«, sagt der Kollege Brandner.

»Ich seh mich ja in Traunstein gar nicht mehr raus vor lauter Arbeit, sonst wär ich schon früher hergekommen.«

»So viel Arbeit bei der Kripo?«, fragt Kollege Korbi Aschauer, ohne sich vom Fenster wegzubewegen.

Leni nickt. »Schon. Was gibt's denn da draußen eigentlich so Wichtiges? Ist da grad eine Verbrecherjagd im Gang, oder gibt's vielleicht Freibier?«, fragt sie.

»Der Ramsauer ist im Haus der Berge, unser Abgeordneter«, sagt Martin Brandner, einer der beiden Beamten.

»Ich weiß, wer der Ramsauer ist, Martin. Das ist der, der in der Ramsau mit neunundsechzig Prozent sein bestes Ergebnis bei der Bundestagswahl erzielt hat. Nur wegen seinem Namen – das muss man sich mal vorstellen!«

»Ach, ist der Ramsauer also gar kein echter Ramsauer?«, fragt Korbinian Aschauer, der zweite Kollege. »Ich hab immer gedacht –«

»Nix«, sagt Magdalena Morgenroth. »In München ist der geboren.«

»Aber seine Familie hat doch eine Mühle bei Traunstein«, weiß Aschauer.

»Stimmt«, sagt Leni, »der Mann ist Verkehrsminister und Müllermeister. Als Verkehrsminister will er die Autofahrer aus dem Ausland abkassieren, also einen großen Teil der Touristen im Landkreis. Was er als Müller so treibt, weiß ich nicht. Aber jetzt passts auf, Burschen, habt ihr die Ukrainer schon im Visier? Wisst ihr Bescheid?«

»Wir sind doch nicht deppert. Ist ja erst ein Jahr her, dass ihr hier den Ukrainer aus dem Berg gezogen habt und du seinen Mörder durchs Salzbergwerk gejagt hast.« Der junge Aschauer bekommt ganz glänzende Augen, als er sich daran erinnert.

»Und wie der Schnauzer vom LKA dir blöd hinterherg'schaut hat, wie du mit dem Segway auf und davon bist, und er …« Brandner kichert und klopft sich auf die Schenkel.

»Was er?«, fragt Leni Morgenroth.

»Na, ihm hat's den Segway aufgestellt, als wär's ein Araberhengst, einmal, zweimal, immer wieder. So schnell hat er das Fahren auf dem Ding dann doch nicht lernen können.«

»Der war ja auch nicht auf der Christophorusschule wie die Leni«, pflichtet ihm der Kollege bei, »und auch nicht im Jugendkader der Ski-Nationalmannschaft.«

»Na, na, so weit bin ich doch gar nicht gekommen. Wenn mich damals beim Training am Götschen nicht dieser Holländer mit seinem Snowboard über den Haufen gefahren hätte, dann wär's vielleicht so gekommen. Aber so bin ich nicht im Kader, sondern im Krankenhaus gelandet, und danach war ich sechs Wochen auf Reha.«

»Und jetzt?«, fragt Brandner und sieht seine Kripo-Kollegin an. »Liegt denn was gegen die drei Ukrainer vor? Was Konkretes, meine ich.«

»Leider nein«, antwortet sie, »aber für mich sind das ausgemachte Gauner, die ganze Bagage.«

»Da gibt's doch jetzt diesen deutsch-ukrainischen Verein, der dafür sorgen will, dass die Radioaktivität hier in den Alpen gemessen wird. Also das, was natürlich immer schon da war, und das, was nach dem Unglück damals in der Ukraine neu dazugekommen ist.«

»Machen da viele mit?«, will Leni wissen.

»Aus dem Talkessel sind's nicht so viele, glaube ich. Die paar Grünen halt. Eine pensionierte Lehrerin aus Traunstein ist hier bei uns für die Organisation zuständig«, sagt Kollege Brandner.

»Und was meinst du dazu, Korbi?«, fragt Leni.

»Ja mei, das weiß man doch, dass man nicht zu viel Hirschgulasch und Rehfleisch und Schwammerl essen soll, weil die immer noch verstrahlt sind. Aber was will man denn machen? Wir brauchen doch den Strom aus den Atomkraftwerken, und bei uns sind s' eh viel sicherer als drüben im Osten.«

»Und Japan zählt ja auch zum Osten«, sagt Leni.

»Mei, na ja.« Korbinian Aschauer tritt verlegen von einem Fuß auf den anderen.

»Ist eh egal«, sagt Leni. »Darum geht's jetzt auch nicht. Dass man als Bürger informiert werden will über Belastungen in der Umwelt, das ist schon klar. Und dass es Bürgerinitiativen gibt, die sich drum kümmern, wenn die Politik mauert und nicht genug Informationen rauslässt, das finde ich ja auch gut. Aber wenn diese drei Halunken da mitmischen, dann muss einfach was faul sein. Ich kaufe es denen nicht ab, dass sie harmlose Atomkraftgegner sind und ausgerechnet hier bei uns mit der Aufklärung beginnen wollen. Das stinkt doch zum Himmel.«

»Aber wenn du doch nichts gegen die in der Hand hast – was sollen wir dann tun?«, fragt Brandner, und das ist nicht einmal die schlechteste Frage, die man stellen kann.

»Sie im Auge behalten«, sagt Leni.

»Und wie soll das gehen?«, will Brandner wissen. »Mit welchem Personal und auf welchen Auftrag hin sollen wir die drei beschatten?«

»Nicht beschatten«, sagt Leni. »Das dürfen wir ja gar nicht. Aber vielleicht passen die Streifenkollegen in nächster Zeit einfach ein bisschen besser auf und lassen sich mehr auf der Straße sehen. Und habt ihr nicht vielleicht einen Spezl oben im Interconti, der ein bisschen auf die drei schauen kann?«

»Die Schwester von meiner Schwägerin arbeitet da«, sagt Korbinian Aschauer.

»Super, was macht sie denn?«, fragt Leni.

»Sie arbeitet in der Küche.« Die Kollegen Brandner und Morgenroth sehen ihn an und fangen an zu lachen. »Was lacht ihr denn jetzt so?«

»Wie soll die denn mitkriegen, was die drei da machen, wenn sie den ganzen Tag in der Küche steht?« Leni muss immer noch lachen. »Stellt euch das mal vor, da streckt sie dann immer ihren Kopf mit weißer Haube aus der Küchentür und sieht sich im Restaurant um, wo die drei Verdächtigen sitzen, um herauszufinden, was sie gerade verspeisen.«

Auch Brandner prustet erneut los, und Aschauers Ohren leuchten tiefrot.

»Aber sie kann doch auch außerhalb der Küche irgendwas im Haus zu tun haben«, rechtfertigt er sich.

»Genau«, japst Leni, »Miss Marple ist wahrscheinlich eine blutige Anfängerin gegen dein spionierendes Küchenmädchen im weißen Kittel. Und das im Fünf-Sterne-Superior-Hotel. Was meinst, was der Direktor oder die Damen am Empfang in ihren adretten Kostümen dazu sagen, wenn die Küchenhaube an ihrem Tisch vorbeischwebt?«

»Ui, schau mal, Leni, jetzt kommt der Ramsauer wieder aus dem Haus der Berge raus. Und unser Bürgermeister ist auch mit dabei«, erlöst Brandner den armen Aschauer Korbinian von seiner

Pein. Leni tritt ans Fenster, und Aschauer zückt sein Handy und macht einen Schnappschuss durchs Fenster.

»Für meine Freundin«, sagt Aschauer. »Wenn man schon mal einen Promi vor der Haustür hat.«

Klack, klack macht Aschauers Handy, und der Minister bleibt hoch und quer jeweils kurz auf dem Display stehen. Für seine Freundin hätte sich Aschauer aber auch ein schöneres Motiv einfallen lassen können, denkt Leni. Aber so sind sie halt, die Burschen. Und die Mädchen lassen sich ja viel erzählen, wenn sie verliebt sind.

»Habt ihr euch mittlerweile eigentlich schon ein bisschen an das neue Haus der Berge gewöhnt?«, fragt Leni, deren Dienststelle nicht Berchtesgaden, sondern die Kripo in Traunstein ist.

»Geh, hör mir doch auf!«, schnaubt Brandner. »So ein Blechkasten, so ein eckerter. Dem kannst du ja beim Rosten zuschauen.«

»So ein Schmarrn, Martin«, widerspricht Leni. »Was hätten sie denn sonst hinbauen sollen? Alpenländischer Stil in großen Dimensionen haben wir ja schon einmal gehabt. Ich find den Bau eigentlich richtig schön modern und klar. Und du, Korbi?«

»Ich? Ja, ich weiß nicht recht …« Aschauer schaut von einem zum andern, er braucht noch ein paar Monate, bis er sich entschieden hat, wie er den Bau nun endgültig findet.

»Ich ruf jetzt unseren Mister LKA in München an. Mal sehen, ob die schon was von unseren sauberen Gästen mitgekriegt haben. Die müssten doch längst ihre Meldungen bekommen haben. Wundert mich eh, dass der Weidinger sich noch nicht gemeldet hat.«

»Vielleicht ist er immer noch eing'schnappt wegen der Geschichte im Bergwerk letztes Jahr«, meint Martin Brandner.

»Ach geh«, sagt Leni, »das glaub ich nicht. Der ist doch ein Mann und kein Elefant.«

»Ja, die Frau Kollegin vom Königssee!« Weidinger scheint entzückt über Lenis Anruf. »Ich hab schon mit Ihnen, äh, mit dir gerechnet.«

Stimmt ja, wir waren schon beim Du, fällt es ihr wieder ein.

»Selbstverständlich wissen wir, dass die drei Helden vom letzten Jahr wieder da sind«, sagt Weidinger. »Aber dieses Mal haben sie euren IC Königssee verschmäht und sind von Frankfurt aus nach Salzburg geflogen. Wahrscheinlich hat ihnen der Kaffee im Zug nicht geschmeckt.«

»Irgendwelche Vorkommnisse, Ungereimtheiten bisher?«

»Davon ist uns nichts bekannt. Ihr habt ja alle möglichen Nationalitäten bei euch in den Bergen als Gäste. Ungarische Touristen, polnische Höhlenforscher, ukrainische Wanderer, chinesische Königsseefans. Da braucht man nur mal in die Meldeverzeichnisse der Gästebetriebe zu sehen, das ist ja kaum zu glauben, wer sich bei euch so alles tummelt.«

Leni beobachtet, wie die Finger ihrer linken Hand ungeduldig auf die Tischplatte zu klopfen beginnen.

»Ja, ja«, sagt Weidinger gerade, »Temperament hast du, Leni, keine Frage, aber Geduld zählt nicht zu deinen Stärken. Na ja, ich wollte es dir sowieso gleich erzählen.«

Leni horcht auf, und ihre Finger halten auch endlich still.

»Ihr habt noch einen weiteren hohen Gast in Berchtesgaden, im Hotel Edelweiß, wo ich letztes Jahr auch untergebracht war. Sehr nett dort.«

»Auch ein Ukrainer?«

»Ja, und zwar der Bösewicht, der bei euch einen seiner besten Männer verloren hat. Gut, dass du ihn nicht auf dem Gewissen hast, sonst müsste ich jetzt fast Angst um dich haben.«

»Dieser Mafioso aus Kiew?«

»Ein wirklich großer Fisch, auch wenn er sich seit letztem Jahr aus allen schmutzigen Geschäften zurückgezogen hat, wie es aussieht. Entweder weil ihm seine rechte Hand zum Richtig-böse-Sein jetzt fehlt oder weil hier alles über diesen Reichenberg gelaufen ist …«

»Von Reichenberg«, verbessert Leni ihn, so viel Zeit muss sein.

»Meinetwegen, dann eben von Reichenberg, wobei das doch eigentlich egal ist, weil er eh tot ist. Seit er weg ist, sind die Falschgeldlieferungen aus der Ukraine jedenfalls drastisch zurückgegangen. Dieser Jurij Koch, der Mafia-Boss, hat derzeit eine reine Weste. Er ist sozusagen clean.«

»Oder er plant den nächsten Coup und verhält sich deshalb so auffallend ruhig«, argwöhnt Leni.

»Im Edelweiß hat er unter einem anderen Namen eingecheckt. Er nennt sich Sokolski. Jurij Sokolski.«

»Was? Darf der das denn? Reist er mit einem falschen Pass?«

»Nein, Entwarnung. So leicht macht er es uns nun auch wieder nicht. Das ist der Name seiner Mutter. Er hat ihn ganz legal angenommen.«

»Seltsam, finden Sie nicht?«

»Du! Wir waren schon beim Du.«

»Stimmt.« Leni hat sich immer noch nicht daran gewöhnt. Wahrscheinlich, weil man normalerweise auch nicht am Telefon beschließt, sich zu duzen.

»Was ist denn eigentlich aus der aufgetakelten Witwe von diesem Reichenberg geworden?«, fragt sie. »Die hat doch damals auch im Edelweiß gewohnt und angeblich von nichts gewusst.«

»Von ihr gibt es nichts Besonderes zu berichten. Lebt in Frankfurt, relativ unauffällig, wenn man von den Stilettoabsätzen absieht, auf denen sie herumstakst. Aber keine krummen Geschäfte. Offenbar tritt sie nicht das Erbe ihres verstorbenen Gatten an, sondern jobbt weiter in dem Nachtclub, in dem sie vorher auch schon beschäftigt war.«

»Und sie ist ganz sicher in Frankfurt und nicht bei uns in Berchtesgaden, oder?«

»Ja, die zieht der gesunden Bergluft halt doch die Großstadt vor.«

»Na gut. Fehlen tut sie mir persönlich jetzt überhaupt nicht«, meint Leni.

»Aber sonst ist es doch sehr ruhig und beschaulich bei euch im Talkessel, oder, Kollegin? Eigentlich könntest du doch froh sein, dass mal wieder was passiert. Muss ja nicht gleich wieder ein Mord sein und eine unterirdische Verfolgungsjagd. Aber wenn es noch einmal dazu käme, Frau Kollegin, dann wäre ich sehr gern dabei. Du würdest mir wirklich einen großen Gefallen tun, wenn du mich rechtzeitig verständigen könntest. Und wenn du wieder so ein kindisches Segwayrennen veranstalten willst, dann sei doch bitte so freundlich, mir ein stinknormales Fahrrad zur Verfügung zu stellen. Meinst du, das wäre möglich?«

»Fahrrad, du bist gut! Fürs nächste Mal überleg ich mir was ganz Besonderes. Lass dich überraschen!«

»Aber bitte etwas, womit ich den Hauch einer Chance gegen dich habe. Komm ja nicht auf die Idee, mich mit Skiern, Langlauf-Skates oder Schlittschuhen zu versorgen.«

»Aber wenn das alles rausfällt, bleibt nicht mehr viel übrig.« Leni muss nachdenken. »Schlitten vielleicht?«, fragt sie.

»Schlitten wär super.«

»Na bitte. Und dann eine Runde Eiskanal. Das geht sowieso nur hintereinander, nicht nebeneinander. Ich geb dir auch Vorsprung.«

»Meinst du da, wo die Hausstrecke vom Hackl Schorsch ist? Da bringst du mich nicht runter, das sag ich dir.«

»Kollege, eins täte mich dann jetzt doch noch interessieren: Du hast doch bestimmt eine Menge Informationen und Erkenntnisse über diesen Jurij Koch. Wäre es möglich, mir die zur Verfügung zu stellen, damit ich im Bilde bin, wenn ich ihm vielleicht mal zufällig im Edelweiß oder im Ort begegne? Kann ja nie schaden, Bescheid zu wissen.«

»Kein Problem, ich lasse dir das Dossier zum Paten von Kiew zukommen. Aber du ermittelst mir da nicht auf eigene Faust und ohne Absprachen, sind wir uns da einig?«

»Beim letzten Fall war doch auch alles abgesprochen.«

»Ah, ja?«

»Ja. Du warst nur zu langsam.«

Golling, 7. Juni 2011

SERVUS TV: *Wir befinden uns hier in Golling im Tennengau. Hinter uns tost der Wasserfall in die Tiefe. Wir haben uns ein Stück davon entfernt, damit wir, und vor allem Sie, liebe Zuschauer, uns auch verstehen können. Bei mir, an meiner Seite, ist jetzt Edmund Mayenberg. Herr Mayenberg, Sie sind der Leiter der gerade durchgeführten Expedition in das Höhlensystem hinter dem Gollinger Wasserfall. Wie war's denn jetzt so da drinnen?*
Mayenberg: Ich würd sagen, finster war's und kalt, und a bisserl eng war's an manchen Stellen auch. A echte Plackerei mit der Taucherausrüstung. Also ungefähr genau das, was die meisten Leute auf gar keinen Fall freiwillig machen würden.
SERVUS TV: *Waren Sie lang mit Ihrer Mannschaft im Berg? Haben Sie da drin auch biwakiert?*
Mayenberg: Nein, wir waren immer nur tageweise in der Höhle. Als Taucher kommt man da relativ schnell an seine Grenzen. Trotz Technik. Wir Menschen sind halt verdammt schlecht ausgerüstet für das Tauchen in kaltem Wasser und in großen Tiefen.
SERVUS TV: *Wie kalt ist denn das Wasser in der Höhle?*
Mayenberg: Das Wasser hat konstant so um die fünf, sechs Grad. Wärmer wird's einfach nicht. Dabei kühlen die Taucher sehr schnell aus. Und bei Tiefen von über fünfzig, sechzig Metern brauchen wir so viel Pressluft, Sauerstoff, Flaschen und Leitseile, das ist eine echte Schinderei.
SERVUS TV: *Tauchen Sie alle gleichzeitig?*
Mayenberg: Nein, wir gehen nie alle gemeinsam runter. Jeder Taucher braucht einen Hilfstaucher, der seinen Tauchgang überwacht und Kontakt zu Personen außerhalb der Höhle herstellen kann. Außerdem sind die Dekompressionszeiten sehr lang, da wäre es zu gefährlich, wenn wir alle gleichzeitig runtergingen.
SERVUS TV: *Und wie weit sind Sie jetzt gekommen?*
Mayenberg: Wir sind insgesamt dreihundertfünfzig Meter

in die Quellhöhle vorgedrungen und haben sie vermessen und Leitseile verlegt.

SERVUS TV: *Quasi schon für die nächste Expedition? Ist denn schon etwas Konkretes geplant?*

Mayenberg: Nein, im Moment nicht. Aber die technische Entwicklung schreitet ja rasant voran. Irgendwann wird es bestimmt wieder eine Gruppe geben, die sich zu einer Betauchung entschließt.

SERVUS TV: *Herr Mayenberg, was unsere Zuseher und Zuseherinnen jetzt sicher brennend interessiert: Haben Sie in der Höhle etwas gefunden? Nach den Goldmünzen im Becken des Wasserfalls liegt es ja nahe, dass in der Höhle auch danach gesucht wird, nicht wahr?*

Mayenberg: Also, das war jetzt nicht unser erster Grund, in die Höhle zu gehen. Den Tauchgang hatten wir schon längere Zeit geplant. Die letzte Expedition im Quellbereich hat in den neunziger Jahren des vorigen Jahrhunderts stattgefunden, die Erstbegehung liegt noch einmal zwanzig Jahre zurück: Die war im Jahr 1973. Es ist also mal wieder an der Zeit gewesen, nachzuschauen und wenn möglich ein Stück weiter als zuvor zu gelangen, was uns ja auch gelungen ist. Wir haben unsere Vorgänger um hundertfünfzig Meter übertroffen. Natürlich haben wir durch die jüngsten Funde von Gold im Becken auch ein paar mehr Sponsoren gewinnen können als sonst. Zu den üblichen Tauchausrüstungsfirmen sind neue Geldgeber gekommen, die sich vielleicht auch spektakulärere Ergebnisse unserer Expedition vorgestellt haben. Sogar öffentliche Gelder haben wir über einen Spezialfonds des österreichischen Kultusministeriums erhalten.

SERVUS TV: *Und? Haben Sie etwas gefunden, was unsere mitfiebernden Schatzsucher an den Bildschirmen jetzt brennend interessiert?*

Mayenberg: Versuchen Sie einfach mal, sich das Innere der Höhle vorzustellen. Es ist stockdunkel. Das Licht, das Sie benötigen, müssen Sie selbst mit reinschleppen und so schützen, dass es auch unter den vorhandenen Bedingungen noch brennt. Dann die wassergefüllten Gänge. Die aktuelle

Wassermenge reicht bei dem vorhandenen Gefälle aus, um eine konstant hohe Fließgeschwindigkeit zu erzeugen, gegen die Sie permanent antauchen müssen. Das ist körperliche Schwerstarbeit.

SERVUS TV: *Können Sie uns denn schildern, wie es nach dem Wasserfall im Inneren weitergeht? Ich meine, wie muss man sich das vorstellen? Geht es da relativ eben in den Berg hinein? Und in welche Richtung erstreckt sich die Höhle?*

Mayenberg: Das gesamte Höhlensystem erstreckt sich nach Westen. Nach dem ersten Schräggang hinter dem Eingang geht es im sogenannten Göllgang relativ gleichmäßig und eben dahin. Das ist das bequemste Stück. Nach einer Abzweigung, die noch nie jemand betreten beziehungsweise betaucht hat, geht es steil bergab. Das ist der sogenannte Treppenschacht. Er geht bis auf siebzig Meter Tiefe unter den Austritt des Wasserfalls. Die letzte Expedition war bis hierhin gekommen. Im folgenden Horizontalgang, der wieder ein Stück eben dahingeht, liegen jede Menge Felsbrocken, da muss man beim Tauchen höllisch aufpassen. Schließlich geht es wieder mäßig bergab, wir haben diesen Abschnitt »Talfahrt« getauft, der zu einer Trümmerhalle führt. Dort hat das Wasser den Gang zu einer runden Halle geweitet, die Wände sind ausgewaschen und glatt geschliffen. Von dieser Halle gehen zwei separate Schächte ab, es gibt also eine Verzweigung. Der eine führt sehr steil nach unten, der andere nur mäßig steil. Aber als wir den erreicht hatten, war unser Taucher an dem Tag, der Basti, schon so ausgekühlt, dass wir abbrechen mussten.

SERVUS TV: *Wie viele Tage waren Sie jetzt insgesamt in der Höhle?*

Mayenberg: Fünf Tage, also fünf Tauchtage mit Erholungstagen dazwischen.

SERVUS TV: *Und Sie haben gar nichts gefunden? Kein Gold, nicht das kleinste Körnchen?*

Mayenberg: Nichts außer Wasser, Steinen und einigen Sedimenten, Sand und an ein paar Stellen etwas Schlamm.

SERVUS TV: *Schade, oder? Haben Sie sich mehr erhofft?*

Mayenberg: Na ja, wissen Sie, wir sind Forscher, und unsere Sportart ist im Grunde lebensgefährlich. Wichtiger als das Gold ist für mich, dass ich meinen Auftrag erfülle und meine Leute wieder heil aus der Höhle rausbringe. Beides ist Gott sei Dank geglückt.
SERVUS TV: *Und was denken Sie über die Goldfunde? Können Sie sich die als Wissenschaftler erklären?*
Mayenberg: Nein, aber als Wissenschaftler bin ich eher Skeptiker und nehme deshalb an, dass sich da jemand einen Scherz erlaubt und ein paar Münzen in das Wasserfallbecken geworfen hat. Irgendein Spinner.
SERVUS TV: *Und Sie halten es für vollkommen ausgeschlossen, dass das Gold aus dem Berg kommt?*
Mayenberg: Aber wie soll es denn in den Berg reingekommen sein? Wir wissen von keinen Höhlen im Göllmassiv, die mit der Wasserfall-Höhle direkt verbunden sind. Allerdings stehen wir da mit unseren Erkenntnissen auch noch ganz am Anfang.
SERVUS TV: *Müsste man jetzt nicht von der anderen Seite in den bekannten Höhlen des Göllmassivs weiterforschen? Überprüfen, wie lang die sind und ob sie sich nach Osten so weit fortsetzen, dass sie schließlich eventuell irgendwo Wasser aufnehmen, das hier in Golling wieder an die Oberfläche tritt?*
Mayenberg: Natürlich, aber das wäre eine Aufgabe für ganze Scharen von Höhlenforschern und für eine ganze Armada von Sponsoren, die die technische Ausrüstung bereitstellen müssten. Und ich sage Ihnen, dass wir selbst dann nur sehr begrenzt vorwärtskommen würden. Da kämpft man um jeden Meter.
SERVUS TV: *Das hört sich ja ganz nach einer Sisyphusarbeit an. Und das Schatzsucherfieber hat Sie persönlich gar nicht gepackt?*
Mayenberg: Nein. Aber selbst wenn dem so wäre, kämen wir deshalb auch nicht schneller voran. Wer bei einem solch riskanten Tauchgang fanatisch wird, bringt nur sich und andere in Gefahr. Und da ist mir das Leben meiner Leute und mein eigenes mehr wert als alle Schätze der Welt, das dürfen Sie mir glauben.

SERVUS TV: *Danke schön, Edmund Mayenberg! Vielen Dank für Ihren Expeditionsbericht und Ihr Fazit. Meine lieben Zuseherinnen und Zuseher, natürlich hätten wir Ihnen jetzt gern weitere Erkenntnisse oder sogar neue Goldfunde präsentiert, aber die Expedition unter der Leitung von Herrn Mayenberg hat uns diesbezüglich leider vorläufig im Stich gelassen. Unterdessen reißt der Strom der Wasserfall-Touristen nicht ab. Viele Schaulustige pilgern noch immer zum Fundort der Goldstücke, weshalb der Wasserfall und der historische Steig vorerst geschlossen bleiben. Zum Schutz der vielen Besucher, wie der Gollinger Bürgermeister erst kürzlich vor der Presse erklärt hat. Die Gefahr eines Absturzes ist einfach zu groß bei diesen Menschenmassen, für die der Steig nicht ausgelegt ist. Das Geheimnis der Gollinger Goldmünzen bleibt also weiterhin ungeklärt. Bis jetzt weiß niemand, woher sie kommen. Sollten neue Spuren oder Ergebnisse auftauchen, dann erfahren Sie das natürlich zuerst bei uns. Wir bleiben dran und halten Sie auf dem Laufenden. Und damit verabschiede ich mich für heute von Ihnen und wünsche Ihnen noch einen angenehmen Abend.*
Ihr Rupert Kuchlbauer

Berchtesgaden, 7. Juni 2011

»Herr Sokolski empfängt Sie im kleinen Konferenzraum ›Kneifelspitze‹. Meine Kollegin begleitet Sie«, sagt die Empfangsdame, deren thüringisch-obersächsischer Dialekt dem Dirndl, das sie trägt, die Krone aufsetzt.

Die Kollegin, so wie alle weiblichen Angestellten des Hotels Edelweiß in einem blitzsauberen Dirndl, begleitet Marjana, Luba und Wiktor zum Aufzug.

»Sokolski?«, fragt Luba. »Ich denke, der heißt Koch?«

»Jurij ist bei den Behörden kein unbeschriebenes Blatt«, flüstert Wiktor, »wahrscheinlich ist er deshalb unter einem anderen Namen eingereist.«

Zwei Stockwerke höher steigen sie aus und gehen zum Besprechungsraum, der für ihr Treffen bereits vorbereitet ist. Ein großer Konferenztisch, darauf ein paar Teller mit Knabbereien, kalte Getränke, Tassen, Thermoskannen. An einer der Stirnseiten des Tisches ist ein Laptop aufgebaut, der Beamer projiziert schon einen blauen Windowsbildschirm an eine Leinwand. Jalousien verdunkeln den Raum und verhindern direkte Sonneneinstrahlung und die Sicht nach draußen.

»Bitte setzen Sie sich, wohin Sie wollen«, sagt die blonde Ukrainerin, die sie schon erwartet hat. »Olga, Sie erinnern sich? Wir kennen uns von Herrn Sokolskis Landsitz. Herr Sokolski war so freundlich, mir die Verantwortung für diese Besprechung zu übertragen. Schenken Sie sich doch Kaffee ein, in der anderen Kanne ist auch Tee.«

Als Marjana zu Wiktor sieht, zuckt er nur mit den Schultern, lässt einen Stuhl zwischen sich und Olga frei und setzt sich links von ihr.

»Was macht die denn hier? Soll das jetzt eine Strafaktion sein, oder sieht so die neue Sachlichkeit zwischen Geschäftspartnern aus?«, fragt Luba leise.

»Keine Ahnung, was das zu bedeuten hat«, raunt Wiktor.

Als Olga zur Leinwand geht, zischt Marjana in Wiktors

Richtung: »Wenn du ein bisschen mehr Leidenschaft für unsere Polizistin vorgetäuscht hättest, könnten wir jetzt bei ihr anrufen und fragen, was für ein Früchtchen diese Olga ist. Ob sie als Profikillerin Wladimir ersetzt oder tatsächlich die Technokratin ist, als die sie sich uns präsentiert.«

»Also, unter Killerin stelle ich mir jedenfalls etwas anderes vor als diese Stenotypistin im Businesskostüm«, sagt Wiktor.

»Wenn du dich da nur nicht täuschst«, zischt Luba. »Wahrscheinlich hast du vor allem auf ihre Titten geschielt, aber schau dir mal ihre Oberarme an. Ich vermute, dass dies nicht die einzig trainierte Muskelpartie an ihr ist.«

Olga tut so, als bemerke sie die Tuscheleien nicht. Während sie ihren Laptop vorbereitet, geht die Tür auf, und Jurij steht plötzlich im Lichtkegel des Beamers. Sein Schatten füllt die Leinwand aus, er wirkt bedrohlich, weil er das Original um mehr als einen Meter überragt. Jurij zieht eine Sonnenbrille aus der Jacketttasche und setzt sie auf, sodass das Licht des Beamers an ihrer verspiegelten Oberfläche abprallt wie der Ball von einer Tischtennisplatte.

Er wendet sich dem Trio zu. »Ich werde mit euch weiterarbeiten und euch auch euren jüngsten Fehltritt verzeihen. Ihr dürft euch als etwas ganz Besonderes betrachten: Andere an eurer Stelle wären längst tot, aber ihr dürft einen Fehler machen und sogar noch einen, und ich werde euch kein Haar krümmen. Und alles nur, weil ich euch liebe. Euch und natürlich den Schatz, den wir gemeinsam bergen werden. In den nächsten Tagen, vielleicht sogar Wochen, werden wir uns nicht oft sehen, aber Olga hat mein Vertrauen und wird in meinem Auftrag unser Projekt intensiv vorantreiben, ihr könnt euch auf sie verlassen.«

Er nimmt seine aus den Siebzigern stammende Pilotenbrille ab, dreht sich um und verlässt ohne Gruß, aber mit einem milden Lächeln – so wie ein Vater seinem Kind einen dummen Streich verzeiht – den Raum. Dann kommt er noch einmal zurück, bleibt kurz im Türspalt stehen und winkt Olga zu sich. Sie entschuldigt sich und geht zu ihm.

»Was war denn das jetzt für eine Ansage?«, fragt Wiktor.

»Keine Ahnung«, sagt Marjana. »Irgendwie eine Mischung aus Beleidigtsein, Überforderung und Machogetue. Ich fürchte leider, wir werden ihn doch öfter sehen, als er uns prophezeit hat, und vor allem fürchte ich, dass das genau dann der Fall sein wird, wenn es uns ganz und gar nicht in den Kram passt.«

»Und was denkt ihr?«, fragt Luba. »Wer oder was ist diese Olga jetzt wirklich? Jurijs Geliebte, seine Projektmanagerin oder sein Bodyguard?«

»Fragen wir sie einfach, wenn sie wieder zur Tür reinkommt«, sagt Marjana.

Nach ein paar Minuten kommt Olga zurück und nimmt wieder ihren Platz hinter dem Beamer ein.

»Wenn ich das richtig verstanden habe«, ergreift Marjana das Wort, »sollen wir jetzt mit Ihnen zusammenarbeiten, stimmt das?«

»Ja, das stimmt. Und ich denke, wir werden gut zusammenarbeiten«, antwortet Olga.

»Ich habe nichts dagegen, dass Sie das denken. Aber bevor unsere Zusammenarbeit beginnt, möchte ich ein bisschen etwas über Sie und Ihre Beziehung zu Jurij wissen. Was sind Sie für ihn? Seine Leibwächterin, seine Sekretärin, seine Geliebte? Erzählen Sie uns von sich. Wir würden gern die Person etwas besser kennenlernen, mit der wir den größten Coup der Geschichte landen werden.«

»Herr Sokolski hat mich beauftragt, dieses Projekt mit Ihnen durchzuziehen. Wie meine Beziehung zu ihm ist, das zu ergründen, überlasse ich Ihrer Phantasie. Für mich zählt nur, was ich tun muss, um einen Schritt weiterzukommen.«

»So kommen Sie aber ganz sicher nicht weiter, Olga«, sagt Marjana.

»Frau Dr. Luschenko, wir sitzen doch alle im selben Boot. Sie wollen das Gold aus dem Berg, und wir helfen Ihnen dabei, Ihren Traum im großen Stil zu verwirklichen. Also tun Sie nicht so, als könnten Sie mir drohen«, sagt Olga.

»Ich glaube, Sie müssen noch einiges lernen.« Wiktor stellt sich an den Tisch mit dem Beamer und beugt sich zu Olga hinunter. »Erstens: Jurij und Sie, Sie helfen uns in keinster Weise. Vielleicht lassen wir Jurij, vielleicht Sie beide an unserem Projekt mitarbeiten, ja, aber das ist alles. Wir haben bereits so viel Geld, wir wissen nicht einmal, wohin damit. Außerdem können wir jederzeit in die Höhle gehen und mehr Gold holen, so viel wir wollen. Dazu brauchen wir Sie und Jurij nicht.«

»Sie bluffen doch nur.« Olga hält Wiktors Blick stand. »Das Projekt Rheingold ist viel zu groß, das können Sie allein gar nicht stemmen. Sie haben keine Ahnung, wie die Firma angelegt werden muss, um das anfallende Gold in den Wirtschaftskreislauf einzufügen und zu legalisieren. Sie wissen ja nicht einmal, wo der Rheingold-Schwimmbagger steht.«

»Sie denken wirklich, Sie hätten uns in der Hand, oder, Liebchen?«, kommt Marjana Wiktor zu Hilfe. »Sie haben recht, dass wir nicht wissen, wo der Scheißschwimmbagger steht, aber ehrlich gesagt ist mir das auch total egal. Von mir aus können Sie sich aus dem Bagger auch ein unanständiges Spielzeug bauen, ist mir Jacke wie Hose. Wenn Sie nicht bereit sind, mit offenen Karten zu spielen, und dazu gehört auch, dass wir wissen wollen, ob Sie Jurijs Geliebte sind, dann können Sie Ihr großartiges Projekt Rheingold vergessen. Dann sind wir nämlich weg.« Marjana schiebt den Stuhl zurück und steht auf. »Los, wir gehen«, fordert sie Luba und Wiktor auf.

Sie sind bereits im Flur kurz vor dem Fahrstuhl, als Marjana die entscheidende Frage stellt: »Und was machen wir jetzt?«

»Na, wenn das nicht wieder mal typisch für dich ist! Zuerst frech wie Rotz und dann nicht wissen, wie es weitergehen soll.« Wiktor schüttelt den Kopf. »Wir statten jetzt erst einmal dem Dachrestaurant einen Besuch ab und überlegen dann dort, wie unser Plan aussieht.«

Es riecht ein bisschen nach Hallenbad, als sie aus dem Aufzug steigen. Zweimal um die Ecke, dann treten sie durch eine Glastür ins Freie, in das berühmte Edelweiß-Panoramarestaurant mit Blick über Berchtesgaden und auf die Alpengipfel.

»Nicht schlecht«, sagt Wiktor, ohne zu präzisieren, was genau er damit jetzt meint. Die Kellnerin im Dirndl, die Terrasse, den Bergblick, die Speisekarte mit den Drei-, Vier- und Fünf-Gang-Menüs oder alles zusammen.

»Möchten Sie etwas essen?«, erkundigt sich die Kellnerin.

Wiktor fragt schüchtern nach einem Hirschgulasch oder Rehragout, obwohl er weiß, dass es eigentlich nicht die Jahreszeit für

Wildgerichte ist. Trotzdem, so findet er, muss man es einfach versuchen. Doch was die Dame nun an Gerichten vorträgt, versteht nicht einmal Marjana, und sie ist die, die am besten Deutsch spricht.

»Thunfisch-Tataki mit Wasabi-Kaviar, Kerbel, Asia-Mayonnaise und Avocadocreme oder gelbe Paprikaschaumsuppe mit Hühner-Saté-Spieß und Pesto. Alternativ dazu gebratene Jakobsmuschel, zweierlei Püree, Thai-Spargel und Prosciutto-Chips.«

»Jakobsmuscheln esse ich grundsätzlich nur am Meer«, sagt Marjana.

»Für mich ein Wiener Schnitzel, bitte«, bestellt Wiktor.

»Ich werde Ihnen dann die Bistro-Karte bringen.« Die Dame im Dirndl lächelt nachsichtig. »Aber wenn ich Ihnen etwas empfehlen darf: Rücken vom Spanferkel mit Rahmpolenta, Saubohnen und Sesam und dazu eine Mandelmousse mit Zwetschgenragout.«

»Ragout?«, fragt Wiktor begeistert.

»Zwetschgenragout«, erklärt die Kellnerin, »ein Dessert.«

»Okay, das nehmen wir«, entscheidet Marjana für alle drei.

»Und für mich das Spanferkel ohne Ferkel«, meldet Luba sich abschließend zu Wort.

Die Kellnerin verspricht, ihr Möglichstes zu tun und mit dem Koch Rücksprache zu halten.

Der leichte Wind, der über die Hotelterrasse im sechsten Stock weht, ist warm und trocken. Genau so muss er sein, wenn man weit sehen will. Zweihundert Kilometer sind bei diesen Bedingungen kein Problem. Heute könnte man bis zur Adria sehen, stünden nicht die Alpen dazwischen. Aber da sie nun mal dazwischenstehen, muss man sich darüber auch eigentlich keine Gedanken machen.

***

Ohne anzuklopfen, stürmt Olga in Jurijs Suite, in deren Mitte ein Whirlpool steht. Direkt über der luxuriösen Sprudelwanne hängt ein Spiegel mit Facettenschliff, der einen Blick auf das sich im Pool vergnügende Paar aus sämtlichen Winkeln ermöglicht. Erst als Olga die Tür zur Suite zuknallen lässt, erwachen Jurij und seine mollige und mit stattlichen Brüsten ausgestattete Blondine aus ihrem Liebesrausch.

Als die Dame einen Schrei des Entsetzens loslassen will, hält Jurij ihr mit einer schnellen Bewegung den Mund zu. Ihre Augen weiten sich, und Olga bemerkt, dass ein paar Tropfen Wasser, Schweiß oder Tränen den sauteuren, lediglich vorgeblich wasserfesten Eyeliner aufgelöst haben und zwei feine schwarze Rinnsale über ihr Gesicht laufen.

»Was gibt's?«, fragt Jurij, ohne die Hand vom Mund seiner Gespielin zu nehmen.

»Das Trio ist raus. Sie wollen nicht mehr«, sagt Olga.

»Bleib hier im Wasser und warte auf mich, egal wie lange es dauert«, befiehlt Jurij seiner Badenixe.

Olga ertappt sich dabei, dass sie auf Jurijs halb erigierten Penis schielt, als er aus dem Wasser steigt und in den weißen Hotelbademantel schlüpft.

»Hast du eigentlich schon mal gehört, dass es Kreise gibt, in denen man anklopft, bevor man ein Zimmer betritt?«, fragt Jurij, nachdem er Olga ins Nebenzimmer geschoben und die Tür hinter ihnen geschlossen hat.

»Ich gehöre nicht zu diesen Kreisen«, sagt Olga. »Sag mir lieber, was wir jetzt machen? Die drei haben mich provoziert. Sie wollten von mir wissen, ob ich ein Verhältnis mit dir habe und solche Sachen. Als ich nicht darauf eingegangen bin, haben sie gesagt, das war's, und sind abgerauscht.«

»Diese Ärsche! Die regen mich so was von wahnsinnig auf und du gleich mit! Wieso hast du ihnen nicht gesagt, was sie hören wollten? Meinetwegen hättest du erzählen können, dass wir ständig am Vögeln und am Orgienfeiern sind. Du musst doch spüren, was sie glauben oder glauben möchten. Natürlich brauchen wir die, aber sie brauchen uns nicht. Eine Scheißsituation, aber so ist das nun mal. Klemm gefälligst deinen Schwanz ein, kriech zu Kreuze und hol sie zurück, verstanden?« Jurij ist ziemlich laut geworden.

»Das ist der blödeste Job, den ich jemals hatte!« Auch Olga schreit jetzt. »Ich fühle mich wie ein Hampelmann, jeder darf mir zwischen die Beine fassen und an meiner Schnur ziehen, und ich muss die Beine zum Spagat spreizen und meine Arme nach oben schleudern.«

»Hör mir mal ganz genau zu. Wenn du es nicht versemmelst, ist das der beste Job, den du jemals hattest und jemals haben wirst. Zumindest der einträglichste. Mehr Gold, Geld und andere Schätze wirst du in deinem ganzen Leben nie wieder sehen. Und jetzt reiß dich zusammen. Denk an die Reichtümer und nicht daran, wie weit du Beine und Arme schleudern musst!« Jurij geht einen Schritt auf sie zu, fasst ihr an die Bluse, reißt den Ausschnitt auseinander, dass ein Knopf abspringt, und hebt ihren Busen aus dem BH. »Du musst dir Wiktor schnappen. Aber du darfst dich dabei nicht nur auf deinen Kopf und deine Muskeln verlassen. *Damit* kannst du ihn dir gefällig machen«, sagt er. »Sei Profi, verdammt noch mal! Nur das Ergebnis zählt!«

Jurij holt eine Ampulle aus dem Tresor. »Du wirst die Rechnung begleichen, die ich mit Wiktor noch offen habe. Er muss sterben. Diese Ampulle enthält ein radioaktives Gift: Polonium 210. Offiziell wird Wiktor an den Spätfolgen seines Einsatzes in Tschernobyl sterben, und niemand wird je den eigentlichen Grund erfahren. Keinem normalen Kriminellen steht Polonium zur Verfügung. Nur mir. Du musst es ihm in ein Getränk oder in sein Essen schütten. In der Ampulle ist nur der Bruchteil eines Gramms, er wird nichts schmecken oder riechen. Für dich ist das Gift ungefährlich. Es wirkt nur, wenn es verschluckt oder inhaliert wird. Reine Alphastrahlung. Ihre Radioaktivität ist von außen für den Menschen ungefährlich. Das Gift ist so dosiert, dass das Opfer nicht sofort, sondern erst nach einiger Zeit krank wird und dann stirbt. Man wird dich nicht damit in Verbindung bringen, Kleines, außerdem ist die Zeitspanne ideal für uns. Wiktor führt uns noch zum Gold und dann, wenn es ans Teilen geht, muss er uns leider, leider verlassen. Das bin ich Wladimir schuldig. Für dich würde ich übrigens dasselbe tun.« Mit dem letzten Wort schlägt Jurij mit der Faust gegen eine Schranktür, sodass Olga unwillkürlich zusammenzuckt.

»Ist etwas passiert?« Aus dem anderen Zimmer kommt aus Richtung Whirlpool ein ängstliches Stimmchen. »Soll ich nicht doch lieber gehen, Schatzi? Ich könnte ja morgen wiederkommen?«

»Du bleibst in der Wanne, wie ich es dir gesagt habe. Wenn du willst, darfst du dir etwas warmes Wasser zulaufen lassen, aber hau bloß nicht ab. Ist das klar?«, brüllt Jurij.

»War ja nur ein Vorschlag, Schatzi, ich hab doch nur gefragt. Das ist ja wohl nicht verboten«, versucht die Stimme ihn zu beruhigen.

»Schrecklich, dieses Land«, sagt Jurij. »Vor allem die Weiber. Eigentlich ist es hier nicht auszuhalten. Wenn an dir nur ein bisschen mehr dran wäre, würde ich keine andere ansehen.«

»Schon klar.« Olga verdreht die Augen. »So rührselig kenne ich dich ja gar nicht. Aber mach dir keine Hoffnungen, wegen dir werde ich mich ganz sicher nicht mit Sahnetörtchen vollstopfen. Also dann, noch viel Spaß beim Planschen mit deinem Seepferdchen in XXL.«

***

Olga neigt nicht zur Sentimentalität, aber manchmal träumt sie vor sich hin, und dann kann es passieren, dass sie traurig wird. Sie liegt auf ihrem Bett und sieht durch das Fenster in den Himmel, der blau ist wie das Meer. Sie schließt die Augen, und plötzlich kommt es ihr so vor, als könnte sie einen seltsamen Walgesang und das Kreischen von Möwen hören.

Sentimental zu werden, ohne zu wissen, warum, das behagt Olga nicht, aber sie kann sich davon nicht lösen. Wie zäher Teig klebt der Gemütszustand an ihr. Sie hält die Hand mit der Ampulle gegen den Himmel, starrt sie an, als gäbe es an ihr etwas zu entdecken. Aber da ist nichts. Kein gehörnter kleiner Teufel sitzt in ihr, und in ihrem Glas spiegelt sich auch nicht die Zukunft des erwählten Opfers wie in der Kristallkugel eines Magiers. Nur die Spur eines Metalls lässt sich in dem bräunlichen Glas erahnen. So wenig, dass keine Briefwaage der Welt in der Lage wäre, sein Gewicht zu bestimmen. Kaum zu sehen, und doch reicht die Dosis, um einen Mann zu töten.

Der Prozess geht nicht besonders schnell, Olga hat es auf dem iPad nachgelesen. Bei einer höheren Dosis dauert es Stunden, bei einer Dosis wie dieser vielleicht Tage oder auch Wochen. Aber töten wird das Gift auf jeden Fall, und der Tod wird grausam sein. Vom Opfer unbemerkt gelangt das Gift in den Körper und emittiert dort während seines kontinuierlichen Zerfalls radioaktive Strahlung, bis sich die Alphateilchen schließlich in der Blutbahn daranmachen, die Zellkerne der Organe, in die das Polonium geschwemmt wird, langsam, aber sicher zu zerstören.

Das Element Polonium zerfällt in einhundertachtunddreißig Tagen zur Hälfte, aber die Halbwertszeit nutzt einem Opfer nichts. Denn das Dauerfeuer auf alle Zellen, denen das Isotop zu nahe kommt, beginnt sofort nach dem Verschlucken. Mit dem Blutstrom gelangt das Polonium dann bis in die feinsten Verästelungen des Kreislaufsystems. Die Zellen erwarten Sauerstoff, werden aber stattdessen einem Strahlengewitter ausgesetzt.

Nach wenigen Minuten sterben bereits die ersten Zellen ab, nach Tagen, Wochen oder auch Monaten schließlich die letzten. Die Reproduktion der Zellen wird gestört, die Organe können ihre Aufgabe nicht mehr erfüllen. Am Ende vergiftet sich der Körper selbst, und es kommt zum Organversagen. Exitus.

Der Kremlkritiker Litwinenko soll auf diese Art ermordet worden sein, vielleicht auch noch Arafat, aber das weiß man nicht so genau. Jedenfalls wurden bisher nicht viele Menschen mit Polonium getötet. Das gibt es nicht in Apotheken zu kaufen, man muss schon ein Atomkraftwerk besitzen, um es produzieren zu können, oder über entsprechende Beziehungen verfügen.

Das Metall ist giftiger und grausamer als alles, was Olga bisher kannte. Dass sie nun auf diese Art morden soll, das gefällt ihr nicht. Todesursache Strahlenkrankheit. Nach mehr als fünfundzwanzig Jahren, die seit Wiktors Rettungsflügen über den Reaktor vergangen sind.

Olgas Erinnerungen ähneln Super-8-Filmen, auch die Fernsehbilder des kaputten Reaktors. Und die Erzählungen ihres Vaters darüber, was er nach dem Reaktorunfall getan hat. Er war wie Wiktor Liquidator. Nur ist er nicht geflogen, sondern hat das Erdreich mit der Raupe abgehoben, um zu verhindern, dass es der Wind über ganz Polesien, dem ukrainisch-weißrussischen

Landstrich zwischen Bug und Prypjat, verwehte. Seine Arbeit war nicht so spektakulär wie die von Wiktor, aber er hat sie nicht überlebt. Die Ärzte sagten, er starb an Leukämie, die Mutter sagte, an Tschernobyl. All das sieht Olga in Super-8 vor ihrem geistigen Auge, flimmernd, mit Kratzern und ohne Ton, aber so, wie es war, oder besser gesagt so, wie es in ihrer Erinnerung noch immer ist.

Sie wischt die trübsinnigen Gedanken fort, streift mit beiden Handflächen über ihre Wangen, stellt sich vor den Spiegel und bestraft sich. In diesem Moment muss es einfach sein. Zuerst mit der rechten Hand auf die linke Wange, dann mit der linken Hand auf die rechte, fester, immer fester. Jeder Schlag übertrumpft den vorangegangenen an Heftigkeit. Als sie es nicht mehr aushält, entfährt ihr ein Schrei. Links, rechts, links, rechts. Wieder ein »Au!«, diesmal etwas lauter. Nach der fünften Salve von jeweils sechs Schlägen ist es zu Ende. Ihre Wangen glühen. Sie ist wieder ruhig.

Manchmal muss sie sich bestrafen. Manchmal hat sie eine Sehnsucht danach, vor allem dann, wenn sie wütend ist auf ihre Seele, so wie jetzt, weil sie zu sentimental geworden ist.

Olga ist Profi und bleibt es auch in dieser Situation. Profis zweifeln nicht. Nicht an sich selbst und nicht an dem, was als notwendig identifiziert wurde. Profis sind nicht grausam, zumindest nicht über das nötige Maß hinaus. Sie führen Aufträge aus, kassieren ab und sorgen dafür, dass es keine Zeugen gibt.

Wiktor, überlegt Olga. Wo könnte es ihr wohl gelingen?

Schönau am Königssee, 8. Juni 2011

Sie schlüpft in die klammen Gummistiefel und schaut Richtung Berge. Während es unten im Tal noch ganz grau ist, bricht weit hinten über dem Steinernen Meer ein Streifen Sonnenlicht hervor. Der Himmel in der Wolkenschneise leuchtet unwirklich blau wie auf einem der Airbrush-Bilder im Sommer auf dem Salzburger Residenzplatz, deren Farben allesamt überirdisch wirken.

Sie zieht sich eine Daunenweste an, aus deren Taschen die schwarzen Finger ihrer Softshell-Handschuhe hängen, und holt aus dem Stall die Schaufel mit dem gebogenen Stiel, den ihr der Drechsler angefertigt hat, speziell auf ihre Größe angepasst und so gebogen, dass sie mit dem Oberschenkel einen zusätzlichen Hebel bildet. Sie hat sich das ausgedacht, um ihren Rücken zu schonen. Ein Kanalarbeiter aus Wien, bei dem sie solche maßgefertigten Spezialstiele gesehen hatte, hat sie vor einigen Jahren dazu inspiriert. Bei den Tonnen an Gewicht, die die Männer täglich mit der Schaufel bewegen müssen, hat sich der gebogene Stiel als hilfreiche Maßnahme gegen Bandscheibenvorfälle erwiesen, und Leni hat in den letzten Jahren schon öfter das Gefühl gehabt, dass im unteren Rückenbereich etwas zwackt. Aber vielleicht kommt das auch vom langjährigen Klettern. Zurzeit macht ihr der Sport nicht viel Spaß, die Halle ist ihr zu laut, zu viele junge Leute. Aber die Kletterschuhe stehen noch immer da, haben ihren festen Platz im Schuhregal, und vielleicht kommt ja doch die Zeit wieder, wo sie Lust hat, ein paar einfachere Touren zu klettern und zu testen, was ihre Bandscheiben und ihre Oberarme dazu sagen.

Die Schubkarre rumpelt über die Weide bis zum ersten Haufen kompakter brauner Knödel, der auf zwei Schaufeln passt und von dort in die Karre plumpst.

»Ja, Leni, was machst du denn schon so früh hier draußen?« Rudi hat den beiden Eseln bereits ihr Frühstück gebracht. Ein paar Äpfel und Karotten, die sie ihm aus der Hand fressen. Leni streichelt zuerst Romy, die sich zu ihr gedreht hat, über den Kopf und das samtige Maul, dann klopft sie Ludwig den Hals, der mit dem Zermahlen eines Apfels beschäftigt ist.

»Ich hab nicht mehr schlafen können«, sagt sie.

»Geht dir wieder so viel durch den Kopf?«

»Hm, ja, wahrscheinlich.«

»Das Normale oder was Besonderes?«

»Die Arbeit halt.«

»Ich glaub, du solltest wieder mal am Abend fortgehen. Bist ewig lang in der Arbeit, und wenn du dann daheim bist, hockst du nur allein im Haus herum.«

»Herrschaft, Rudi, ich leb halt allein, was soll ich denn dagegen tun?«

»Fortgehen. Lachen, trinken, tanzen, dich unterhalten, Leut kennst doch genügend. Oder zum Sport gehen.«

»Ja, ja, red du nur. Bist du vielleicht so viel unterwegs?«

»Geh weiter«, lacht Rudi, »brauchst mich alten Mann ja nicht mit dir zu vergleichen. Wenn du mal in meinem Alter bist, dann darfst auch daheim bei deinen Eseln bleiben, aber dann wär's auch schön, wenn noch jemand im Haus wär.«

»Meinst wieder den Simon? Der wohnt bei seiner Freundin in München, seit er zurück ist.«

»Na, den Simon mein ich nicht. Die jungen Leut müssen doch irgendwann raus aus dem Nest, das ist doch klar. Damit müssen wir uns abfinden.«

»Siehst, da bin ich grad dabei, mich damit abzufinden. Aber was meinst dann?«

»Ich mein einen Mann, und das weißt du genau. Du tust ja grad so, als wär das alles schon für dich vorbei. Als wärst du schon siebzig oder achtzig.«

Leni hat sich eine Bürste aus Rudis Eimer genommen und striegelt Ludwig damit das Fell.

»Du bist doch auch nicht aus Holz, da geht doch noch was«, bohrt Rudi weiter. »So ein Kerl im Haus und im Schlafzimmer, das wär doch was Schönes.«

Er zwinkert so heftig, dass Leni lachen muss. »Jetzt hör halt auf, Rudi. Wo soll ich den denn hernehmen, den Traummann?«

»Es muss ja kein Traummann sein. Es reicht doch ein ganz normaler.«

»Aber auch die laufen in meinem Alter nicht mehr in Massen frei herum.«

»Und deswegen sag ich auch, du musst unter die Leut. Dann wirst schon noch einen finden. Und wenn du ihn hast, dann nimmst ihn mit und lasst ihn nimmer aus.«

»Ja, du bist gut. Du tust ja grad so, als sollt ich den nächstbesten nehmen, Hauptsache Mann.«

»Ich weiß doch, wie anspruchsvoll du bist. Und das ist auch der Grund, warum es keinen Mann an deiner Seite gibt. Du darfst nicht so viel von einem Kerl verlangen. Und ned immer alles gleichzeitig haben wollen, verstehst? Du bist doch selbst auch keine Heilige, oder?«

»Ganz bestimmt nicht.«

»Oder du machst Urlaub, vielleicht lernst dabei ja jemanden kennen, wenn du dir hier im Talkessel schon keinen findest.«

»Jetzt hör endlich auf, Rudi, du kaust mir noch mein Ohrwaschl ab mit dem Thema. Hast nix anderes zu reden?«

Die Esel haben ihre Morgenration aufgefressen, der Eimer ist leer. Rudi schiebt die Karre bis zum nächsten Haufen in der Wiese, und Leni beseitigt die Knödel. Als sie sie anhebt, fällt ein gelbbrauner Wurm heraus, der aussieht, als habe er kleine Vorderpfoten.

»Siehst den Wurm da?«, fragt Leni. »Der schaut ja aus wie so ein Grottenolm mit Stummelbeinchen. Weißt schon, die in Höhlen leben und blind sind.«

»Apropos Höhle. Hast des g'hört, dass sie in der Schwarzbachfall-Höhle wieder getaucht sind?«

»Bei uns in der Ramsau, am Schwarzbach?«

»Nein, in Österreich drüben. In der Höhle hinterm Gollinger Wasserfall.«

»Ach so? Nein, da hab ich nix gehört.«

»Im Fernsehen hab ich's g'sehn, im Österreicher. Da haben sie ein Interview mit dem Leiter von der Tauchmannschaft bracht.«

Leni geht schon zum nächsten Haufen weiter, und Rudi packt die Schubkarre, um ihr zu folgen.

»Im Frühjahr sind in dem Becken von dem Wasserfall Goldmünzen g'funden worden, und jetzt haben s' halt auch in der Höhle danach g'sucht.«

»Und, haben sie was gefunden?«

»Nein, ich glaub nicht. Jedenfalls ham s' g'sagt, dass sie nix g'funden ham.«

»Ja, wie soll das Gold auch da reinkommen, gell?« Plötzlich rammt Leni ihre Schaufel in den Boden. »Jetzt Moment amal. Der Wasserfall, der kommt doch aus einer Quelle im Berg, oder? Und der Berg, aus dem der Bach austritt, das ist der Göll, richtig? Das Wasser kommt aus der Ostseite vom Göllstock.«

»So genau weiß ich das auch wieder nicht, aber freilich, das ist der Kuchler Göll oder der Freithof, unter dem des Wasser aus dem Berg fließt.« Rudi versteht die Aufregung nicht, die Leni gepackt hat.

»Und das Gebirge, aus dem der Bach kommt, ist der Göllstock.«

»Freilich«, sagt Rudi noch einmal.

Da lässt Leni ihn mit Schaufel und Schubkarre auf der Weide stehen, rennt in den Stall zurück, schlüpft aus den Gummistiefeln und kommt in Straßenschuhen wieder heraus.

»Pfüat di!«, schreit sie und winkt dem Rudi, der ihr kopfschüttelnd nachsieht.

»Was hat sie denn jetzt schon wieder?«, wundert er sich. Er zieht die Schaufel wieder aus der Erde, legt sie in die Schubkarre und fährt dann rumpelnd zum nächsten Haufen.

Traunstein, 8. Juni 2011

»Den Herrn Bürgermeister hätt ich gern gesprochen.«

»In welcher Angelegenheit, bitte?«

»In einer dringenden. Morgenroth, Kripo Traunstein.«

»Einen Moment. Ich muss grad schaun, ob er frei ist.«

»Bitte, sind S' so gut. Ich bräuchte da eine Art Amtshilfe aus dem Flachgau.«

»Wir sind hier alles andere als flach, Frau Morgenroth, und unser Verwaltungsbezirk heißt Tennengau. Aber ich schau trotzdem gleich, ob der Herr Hametsberger Zeit hat. Einen Moment, Sie können dranbleiben.«

Mist, schon wieder hat Leni die Gaue im Bundesland Salzburg verwechselt. Flachgau, Tennengau, Pongau, Pinzgau. Das lernt sie nie. Fast so schlimm wie Ober-, Unter- und Mittelfranken, das bringt sie auch immer durcheinander.

»Hametsberger, was verschafft mir die Ehre eines Anrufs der deutschen Kriminalpolizei? Suchen S' wen hier bei uns im Gemeindebezirk?«

»Wenn ich jemanden suchen würde, hätt ich mich an die Kollegen von der Gendarmerie gewandt. Ich ruf Sie wegen dem Gold im Wasserfall an.«

»Ach so? Hat sich bei Ihnen jemand gemeldet, dem es g'hört?«

»Nein, bisher noch nicht.«

»Na, bei uns schon. Und nicht nur einer. Da kommen jetzt alle möglichen Leute daher und behaupten, die Münzen stammen aus ihrer Sammlung oder aus der von ihrem Opapa oder ihrer Traudl-Tante.«

»Wie viele Münzen waren es denn, die gefunden worden sind?«

»Nach und nach sind ganze sechs Stück im Becken aufgetaucht.«

»Goldmünzen?«

»Ja, Goldmünzen.«

»Und in welchem Zustand sind sie, haben Sie sie schon einer bestimmten Zeit zuordnen können?«

»Sie sind ganz gut erhalten. Wir haben sie einem Numis... äh, einem Münzhändler in Salzburg gezeigt. Er sagt, drei der Goldmünzen stammen aus dem Deutschen Kaiserreich und die anderen sind französische Louisdors. Die sind ... warten Sie mal, ich hab's mir aufgeschrieben, zwischen 1740 und 1790 geprägt worden. 916er Gold.«

»Das sagt mir nichts.«

»Louisdor?«

»Nein, das ist klar. Für die Münzen haben irgendwelche Ludwige ihren Kopf hingehalten, Ludwig der Vierzehnte, der Fünfzehnte et cetera.«

»Und das war dann auch schon der letzte Ludwig, der den Kopf hingehalten hat. Wurde der nicht auch von der Guillotine um seinen eigenen kürzer gemacht?«

Leni denkt kurz nach. Das mit den Ludwigen kann so nicht ganz hinhauen. Der Vierzehnte hatte sein Luxusleben als Sonnenkönig verbracht, während der Revolution musste es einen späteren Ludwig erwischt haben. Aber egal. »Ich mein das 916er Gold, was bedeutet das?«, fragt sie.

»Dass die Münzen einen Goldgehalt von über neunzig Prozent haben. Sie wiegen zwischen sechs und acht Gramm das Stück.«

»Und was sind die wert?«

»Circa dreißig Euro das Gramm, das ist der Goldpreis. Besonders gut erhaltene Münzen erzielen höhere Sammlerpreise.«

»Also ein eher kleiner Betrag. Aber jetzt sagen Sie mal, was denken Sie, wie die Münzen ins Becken gekommen sind?«

»Das wenn wir wüssten! Eine Hypothese ist, dass sich jemand einen Jux erlaubt hat. Warum?«

»Und die andere?«, umgeht Leni eine Antwort.

»Dass die Münzen aus dem Berg kommen und vom Schwarzbach ausgewaschen wurden.«

»Und wie wären sie in den Berg hineingelangt?«

»Auch das kann ich nicht beantworten, aber wir kennen längst nicht alle Zuflüsse und Höhlen und Gänge in dem Bergstock, aus dem das Schwarzbachwasser austritt.«

»Was für Menschen besitzen denn solche Münzen? Gibt's da viele davon?«

»Na ja, eher nicht. Der Louisdor ist schon ein berühmtes Sammlerstück. In etwa so wie der Krügerrand oder die kanadische Maple-Leaf-Goldmünze, also die mit dem Ahornblatt. Aber die stammen natürlich aus späterer Zeit. In Adelsfamilien, soweit sie nicht komplett verarmt sind, findet man Louisdors noch häufig in deren Sammlungen.«

»Kann man etwas dazu sagen, ob die Münzen aus Deutschland oder Österreich stammen?«

»Meines Wissens nicht. In Österreich gibt es ja seit 1918 offiziell keine Adeligen mehr, das wissen Sie bestimmt. Die Titel sind abgeschafft worden. Aber bloß, weil die Leute ihre Titel nicht mehr tragen dürfen, haben sich ihre Vermögen und Sammlungen natürlich nicht in Luft aufgelöst.«

Leni überlegt kurz, ob der Bürgermeister vielleicht auch einem verlorenen Adelstitel nachtrauert – Anton Edler von Hametsberger zu Hametsberg. Ach, Blödsinn. »Und was hat die letzte Tauchexpedition in den Schwarzbach ergeben?«, fragt sie.

»In Bezug auf die Münzen gar nichts. Keine weiteren Funde.«

»Was dann also eher für Ihre Jux-These spricht. Will Sie vielleicht jemand ärgern?«

»Wenn, dann hätte er's jedenfalls geschafft. Wir haben den Wasserfall schon sperren müssen. Die Gastronomie rundherum freut sich zwar über das Journalistenaufgebot und die vielen Schatzsucher, die jetzt auftauchen und durch die Wälder trampeln, weil wir sie ja nicht mehr zum Bach lassen, aber ich hätt schon auch was anderes zu tun, als mich um die Bewachung und die Bereitstellung von Polizei und anderen Einsatzkräften zu kümmern, das dürfen Sie mir glauben.«

»Das tue ich. Dann will ich Sie auch nicht weiter von Ihrer Arbeit abhalten. Aber ich würde gern noch mit dem Leiter der Höhlentauchmannschaft reden, können Sie mir da mit einer Telefonnummer weiterhelfen?«

»Das macht die Frau Gruber, meine Sekretärin. Aber wieso interessiert sich plötzlich die bayerische Kripo für die Sache? Das haben Sie noch gar nicht gesagt.«

»Ach, eigentlich ist das gar nichts Offizielles. Reine Neugier. Eigentlich noch ganz privat. Ich wohne auf der anderen Seite des

Göllstocks, wir sind sozusagen Nachbarn, wenn man sich den Berg wegdenkt.«

»Und da sind Sie auf die Idee gekommen, die Münzen könnten etwas mit Ihnen oder den bayerischen Nachbarn zu tun haben? Vielleicht, dass bei Ihnen jemand eine Münzsammlung mit auf den Berg getragen und dort verloren hat? Und dann hat das Regenwasser sie mitgenommen und bei uns hier wieder ausgespült? So in etwa?« Der Bürgermeister lacht. »Sie meinen, es könnte sich um bayerisches und nicht um österreichisches Gold handeln? Oder glauben Sie gar an ein Verbrechen?«

»Ich glaube an gar nichts. Aber was, wenn es tatsächliches bayerisches Gold wäre?«

»Dann, liebe Frau Morgentau, müssten Sie uns das schon hieb- und stichfest beweisen. Und ich bin wirklich gespannt, wie Ihnen das gelingen soll. Hand aufs Herz, verehrte Frau Morgenstern: Ist der Freistaat Bayern jetzt schon so arm, dass er auf ein paar österreichische Louisdors und deutsche Goldmark aus ist, oder so gierig?«

»Sehr amüsant, Herr Bürgermeister Hamberger. Noch sind wir jedenfalls nicht auf Ihre vierzig Gramm Franzosengold angewiesen. Aber vielleicht wird's ja die Tage noch mehr? Wenn jetzt wieder eine Münze auftaucht, dann können Sie auf jeden Fall davon ausgehen, dass sie nicht ins Becken geworfen wurde – es sei denn, der Spaßvogel, der zu viel Geld hat, ist unter den Leuten, die den Wasserfall bewachen.«

»Ach was, Frau Morgenstund, eigentlich ist es doch eine schöne Geschichte. Geheimnisse, unaufgeklärte oder unaufklärbare, sind doch immer schöne Geschichten, oder? Immerhin wissen jetzt sehr viele Leute, dass Golling im Tennengau und an der Salzach liegt und einen schönen Wasserfall hat. Das ist doch schon mal was.«

Der Bürgermeister wünscht ihr einen guten Tag, und die Sekretärin gibt ihr die Telefonnummer von Herrn Mayenberg, der einen Vornamen trägt, der auch irgendwie adelig klingt: Edmund. Seinen Von-Titel, wenn er denn einen besitzt, darf er allerdings unter Strafe nicht nennen, zumindest nicht in Österreich.

Was hat Leni nun in diesem Telefonat erfahren? Dass es sich bei dem Fund um alte französische Münzen mit hohem Goldanteil und um deutsche Goldmark aus dem Kaiserreich handelt und man nicht weiß, wie sie in das Wasserfallbecken gelangt sind. Eigentlich ein Wunder, dass noch niemand damit angefangen hat, über Nazigold und die Alpenfestung zu phantasieren, denkt sie. Immerhin liegt drüben, auf der deutschen Seite, unterhalb vom Göll, der Obersalzberg mit seinen Bunkeranlagen, und auch auf österreichischer Seite, in Hallein, gab es Stollen im Berg, in denen Munition und andere kriegswichtige Teile produziert wurden. Gut, dass es französische Louisdors und keine Goldbarren mit Degussa-Prägung sind, die im Wasserfallbecken aufgetaucht sind.

Leni wählt die Handynummer des – vielleicht adeligen – Höhlenforschers, und er erzählt ihr, was sie selbst schon gewusst hat, nämlich dass der Göllstock aus Dachsteinkalk besteht.

»Früher, also ganz früher, war hier ein Meer«, sagt er, und dann folgt etwas, was Leni noch nicht gewusst hat und was sofort einen Film in ihrem Kopf ablaufen lässt. »Wir glauben heute, dass es sich beim Göllmassiv um ein Korallenriff in diesem Urmeer gehandelt hat, das einer starken Brandung ausgesetzt war und deshalb auch so ausgewaschen ist. In dem Karst gibt's heute jede Menge Löcher und Höhlen, in denen das Wasser versickert.«

»So große Höhlen wie im Untersberg?«, fragt Leni.

»Das kann man mit Bestimmtheit nicht sagen, aber auf der Ostseite gibt es ein bisher nur zu einem sehr kleinen Teil erforschtes ausgedehntes Höhlensystem, die Gruberhornhöhle.«

»Irgendwie scheint in diesem Berg alles mit allem verbunden zu sein«, philosophiert Leni. »Und wohin verschwindet das ganze Wasser aus diesen Höhlen und Löchern?«

»Der Berg wird durch unterirdische Abflüsse entwässert. Hauptsächlich in den Schwarzbach, der den Gollinger Wasserfall speist.«

»Wenn also diese Goldstücke tatsächlich aus dem Berg gekommen wären, könnten sie von überall her stammen? Ihre Spur lässt sich nicht nachverfolgen, oder?«

»Nein, so weit sind wir noch lange nicht, und zu Ihren und meinen Lebzeiten werden wir das wohl auch nicht mehr schaffen.«

»Und was glauben Sie ganz persönlich?«

»Ich glaube, dass wir einfach abwarten müssen, ob noch mehr Münzen oder Ähnliches auftauchen.«

»Und Sie haben keine Angst, dass das Becken des Gollinger Wasserfalls ein so begehrtes Schatzsucher-Tauchziel wird wie der Toplitzsee?«

»Das kann man nicht vergleichen. Es ist etwas ganz anderes, in einem See oder in einer wasserführenden Höhle zu tauchen. Das ist wie spazieren gehen und einen Marathon laufen oder Ski laufen am Jenner und vom Mount Everest herunterwedeln.«

»Und die harten Burschen, die vom Achttausender abfahren, das seid dann im übertragenen Sinn ihr, richtig?«

»Genau. Wir sind von Chancen abhängig und müssen so geduldig sein, auf diese Chancen zu warten. Wind, Wetter, Wasserstand, die äußeren Bedingungen müssen stimmen. Aber wir sind erfahren im Warten. Und in Golling haben wir jetzt eben auch so einen Wartefall.«

»Alles klar, leider ist Geduld eine Eigenschaft, mit der ich gar nicht punkten kann«, meint Leni noch, dann legt sie auf. Flugzeuge sind es nicht gerade, die sie nach dem Telefonat mit von Mayenberg im Bauch spürt, aber es grummelt schon ganz ordentlich. Da ist doch irgendwas im Busch beziehungsweise im Berg, denkt sie, grad jetzt, wo die Ukrainer wieder hier sind. Solche Zufälle gibt's doch gar nicht!

Leni ist sich der Gefahr bewusst, in die sie sich im Zuge ihrer Ermittlungen begeben wird. Hier von einer Schatzsuche zu reden, das ist eine Sache und an sich schon schlimm genug. Aber die Sprache auf einen Nazischatz zu bringen und darüber auch noch Nachforschungen anzustellen, das ist ungefähr so wie freiwilliges Harakiri. Ein Nazischatz am Obersalzberg, das kann man einfach nicht ernst nehmen. Wer in dieser Gegend heute wieder mit dem Thema anfängt, der begeht, noch dazu wenn er im Staatsdienst steht, Rufmord in eigener Sache, und zwar nicht in Raten, sondern auf ex. Das lässt sich auch nicht als polizeiliche Ermittlungen tarnen, weil einem einfach keiner glauben wird, noch nicht einmal die gut gesinnten Kollegen. Dass aus Norddeutschland oder aus

Holland immer mal wieder Schatzsucher auftauchen, das kann man ja grad noch so verkraften, aber dass eine Einheimische mit einem solchen Unsinn daherkommt, das hält keiner für möglich. Wenn Leni nicht superdiskret an die Sache rangeht, kann sie gleich einpacken.

Andererseits, wie lautet noch mal dieser Spruch? Ist der Ruf erst ruiniert, lebt es sich ganz ungeniert. Und was anderes, als ungeniert zu leben, das kommt für sie eigentlich eh nicht in Frage.

Berchtesgaden, 9. Juni 2011

Natürlich ist heutzutage alles anders. Er hat seine letzte Maschine vor mehr als fünfundzwanzig Jahren geflogen. Das Cockpit der Mi-6 bestand aus endlosen Reihen von Kippschaltern, Hebeln und analogen Spulenanzeigen. Größer war die Mi-6 außerdem, aber für den jetzt geplanten Einsatz ist diese Maschine hier ausreichend.

Wiktor hatte den Wunsch, wieder einmal im Cockpit zu sitzen, wenn schon nicht als Pilot, dann zumindest als Gast. Er wollte Höhenluft atmen, das Hämmern der Rotoren hören, die Schwingungen spüren, das Gefühl im Bauch haben zu fliegen und sehen, wie die Erde unter ihm immer kleiner wird. Jetzt steuern sie mit einer tonnenschweren Last am Haken auf die Berge zu. Ein paar hundert Höhenmeter über dem Ofnerboden soll die Fracht abgesetzt werden.

»Hat sich in den letzten fünfundzwanzig Jahren doch ein bisschen was verändert, oder?«, fragt Chrissy, die Pilotin.

»Nicht der Rede wert«, wiegelt Wiktor ab. In den neuen Helikoptern informieren fast ausschließlich Bildschirme die Piloten über Höhe, Temperatur, Lage, Geschwindigkeit und alle übrigen Betriebszustände. Virtuelle Kippschalter haben die Funktionen der Reihen von mechanischen Schaltern und Reglern übernommen. Wiktor findet es schade, dass das alles weg ist. So wie alle, die eine alte Technik kennen und lieben, es schade finden, wenn diese durch eine neue ersetzt wird. Nur noch ein paar Displays finden sich im Cockpit, das Fliegen wirkt fast unwirklich, wie in einem Videospiel. Früher erstarrte jeder Laie vor Ehrfurcht, wenn er ein Cockpit betrat. Es war klar, wer diese Schalter, Schieber und Regler bedienen kann, der ist ein Künstler und steht eine Stufe über der normalen, am Boden herumkrabbelnden Menschheit. Heute kann es passieren, dass eine Mutter sagt: »Mein Sohn könnte das Ding sicher auch fliegen. Er hat schon eine Menge Flughäfen angeflogen. Er fliegt alles, vom Kampfjet bis zum Ultraleichtflugzeug. Vielleicht wird er mal Pilot, wenn es ihn bis dahin nicht langweilt.« Und nur, weil durch den Computer jetzt schon Kinder jeden Tag im Flugsimulator sitzen können.

Ganz langsam steigen sie nach oben, am Seil eine Holzkonstruktion, die die Basis für das Infozentrum werden soll.

»Wenn die Sicht noch schlechter wird, müssen wir abbrechen«, informiert Chrissy ihre Kollegen am Boden und wendet sich an Wiktor. »Keine Sorge, ich probiere es noch mal.«

Sie beschleunigt, die Turbine heult auf, und der Hubschrauber steigt mitsamt seiner Last nach oben. Die Sicht ist fast gleich null, aber mit jedem Höhenmeter wird es heller, und plötzlich ziehen nur noch ein paar Schwaden vorbei, dann ist der Blick in den blauen Himmel frei.

»Tschaka!«, sagt Chrissy, und Wiktor reckt beide Daumen hoch.

Der Platz, an dem das Holzgerüst abgesetzt werden soll, ist mit einem weißen Kreuz aus Kalk auf den felsigen Boden gezeichnet worden.

Das Altimeter zeigt an, dass sie jetzt fünftausenddreihundert Fuß über NN sind, und Wiktor schätzt, dass sie ungefähr zweihundert Meter über dem Ziel schweben. Unten stehen ein paar Mitarbeiter der Zimmerei, die das Holzgerüst gebaut hat. Die Männer werden es nun im vorbereiteten Fundament verankern, während die Kollegen der Lufttransportfirma bereitstehen, um das Gerüst abzufangen und an die Stelle zu bugsieren, wo es abgelassen und verankert werden soll. Der Einweiser, der alles im Blick hat, gibt der Pilotin per Headset seine Kommandos.

»Habt ihr es also doch noch geschafft! Alles klar bei euch?«, fragt der Einweiser.

»Könnte nicht besser sein«, antwortet Chrissy. »Ich habe ja einen Experten für schwierige Einsätze neben mir sitzen, da kann überhaupt nichts schiefgehen.«

»Na, dann lass uns anfangen. Anflug zum Absetzen der Last frei!«

Unter sich kann Wiktor die Stelle im Fels erkennen, wo er schon zweimal aus dem Berg gekrochen ist. Auch Luba und Marjana entdeckt er jetzt dort unten.

Einer der Monteure bekommt das erste der vier Taue zu fassen, die von der Holzkonstruktion nach unten hängen, um ihnen das Einpassen zu erleichtern, dann aber drückt eine plötzliche fallende Bö den Hubschrauber nach unten. Die Holzkiste wird zerbrechen, denkt Wiktor, doch Chrissy steuert den Helikopter volle Kraft nach oben, überkompensiert so den Schub der Bö, und der eben noch mit beiden Händen das Tau umklammernde Monteur wird aus dem Stand gerissen. Zwei, drei Meter zieht der Hubschrauber ihn zur Seite, dorthin, wo Marjana Luba gerade gestenreich erklärt, dass diese Operation Routine und absolut ungefährlich ist.

»Das Gefährlichste an diesem Einsatz war der Nebel, aber jetzt ist alles nur noch ein Kinderspiel«, sagt sie, als der Monteur auf sie zukommt und sie genauso über den Haufen rennt wie Luba, die ihren Optimismus von Anfang an nicht geteilt hat.

Berchtesgaden, 11. Juni 2011

Luba tritt aus dem Infozentrum, an dem immer noch gearbeitet wird, obwohl der Termin für die Eröffnung bereits steht und immer näher rückt. Hoffentlich entdeckt keiner zufällig die Goldbarren, die wir in den letzten Tagen noch aus der Höhle geschleppt und im Infozentrum geparkt haben, schießt es ihr durch den Kopf. Sie sieht zum Kehlstein hinauf. Auf der Wendeplattform kurven Busse herum, Besucher stehen an der Begrenzungsmauer, genießen die Aussicht und schießen Fotos. Als Luba einen Apfel aus der Jacke zieht, kommen im Nu drei Dohlen angeschossen. Die mutigste landet vor ihrem rechten Bergschuh, legt den Kopf schief und bettelt sie an. Der Vogel flattert hoch und fängt den Bissen, den Luba ihm zuwirft, im Flug. Als die Dohle mit dem letzten Stück vom Strunk im Schnabel davonfliegt, entdeckt Luba eine Gestalt auf dem Schotterweg, die sich langsam der Hütte nähert. Eine Frau. Ihr kinnlanges graues Haar dreht sich an den Enden keck nach außen.

»Wenn Sie zum Infozentrum wollen, das ist erst nächste Woche geöffnet!«, ruft Luba ihr auf Englisch entgegen. »Kommen Sie dann einfach wieder!«

»Das weiß ich doch, junge Frau«, antwortet sie in einem Englisch mit stark bayerischer Färbung. »Ich wollte nur mal sehen, wie weit das Ganze schon vorangeschritten ist. Sieht ja schon ganz hübsch aus, wie eine Biwakschachtel. Ziemlich klein, oder? Also, ich hätte mir das schon größer vorgestellt. Darf ich einen Blick reinwerfen?«, fragt sie.

»Da würde mich meine Kollegin, die für die Ausstellung zuständig ist, aber mächtig schimpfen, wenn ich vor der offiziellen Eröffnung schon einzelne Leute hier reinließe. Frau Dr. Luschenko ist da ein wenig eigen. Sie bestreitet es zwar, aber ich glaube, sie ist ein bisschen abergläubisch. Sie hat Angst, dass etwas schiefgeht, wenn hier vorher schon Leute rumspionieren, wie sie es nennt. Na ja, Wissenschaftler – ich sage Ihnen, die sind schon ein ganz eigenes Völkchen.« Luba hofft, dass sie die Frau überzeugen kann, wieder zu gehen. »Sind Sie aus Berchtesgaden?«

»Nein, ich komme aus Traunstein, das ist sechzig Kilometer von hier entfernt.« Sie wartet, aber Luba reagiert nicht.

»Ich bin Helga Gfaller«, sagt die Frau, und als es bei Luba noch immer nicht klingelt, fügt sie hinzu: »Ich spende regelmäßig für Ihren Verein und bin bei der Aktionsgruppe dabei, die Ihr Zentrum unterstützt.«

»Helga?« Allmählich dämmert es Luba, wer vor ihr steht. »Helga! Aber natürlich weiß ich, wer Sie sind. Das ist aber schön, dass Sie zu uns heraufkommen. Freut mich, ich bin Luba.«

»Das hab ich mir schon gedacht. Ich hatte Sie mir fast so vorgestellt.«

»Tatsächlich? Wie denn?«

»Na, so ein bisschen burschikos. Wie ein Mann halt«, sagt Helga. »Ich mein, nicht vom Aussehen her, aber vom Auftreten.«

»Einen Moment, ich bin gleich wieder da«, sagt Luba und verschwindet in der Hütte.

Helga würde schon gern einen Blick in das Infozentrum werfen, erfahren, wie weit die Arbeiten fortgeschritten sind. Der Frau Doktor wird sie ja hoffentlich nicht gleich in die Arme laufen. Schließlich ist das ja nicht geheim, was hier passiert. Sie macht ein paar Schritte auf die Hütte zu und sieht hinein. An der Hütteninnenwand lehnen große gerahmte und in Packpapier eingewickelte Bilder oder Tafeln, in Holzkisten lagern weitere Ausstellungsgegenstände. Der Deckel einer der Kisten ist nicht verschlossen. Helga kann einen Packen Holzwolle erkennen und darunter etwas, was wie Messing oder Gold glänzt. Es sieht aus wie ein Goldbarren. Seltsam, was der wohl mit der Ausstellung zu tun hat? Helga weiß, dass sie nicht neugierig sein sollte, aber es drängt sie, die Holzwolle zur Seite zu schieben, um zu sehen, ob die Phantasie ihr einen Streich spielt.

Plötzlich steht Luba neben ihr. Bei ihr sind eine weitere Frau und ein Mann, beide älter als sie.

»Was machen Sie hier drinnen?«, fragt Luba. »Habe ich Ihnen nicht gesagt, dass Dr. Luschenko abergläubisch ist?«

»Ich und abergläubisch?« Marjana schüttelt den Kopf. »Was für ein Unsinn! Wir haben hier doch nichts zu verbergen, nicht wahr, Luba?«

»Natürlich nicht«, sagt Luba und hofft, dass Marjana jetzt wieder den Mund hält. Aber Fehlanzeige.

»Helga, ich bin Marjana. Ich habe gehört, dass Sie unseren Verein unterstützen. Dafür möchte ich Ihnen natürlich danken.«

Die beiden schütteln sich die Hand, und Helga vergisst hoffentlich gleich wieder, was sie gesehen hat. Man könnte sogar denken, dass genau das Marjanas Absicht ist, bei dem Eifer, mit dem sie auf die Frau einredet, während sie sie aus der Hütte hinausdrängt. Draußen zieht sie einen silbernen Flachmann mit eingraviertem Hirschkopf und Geweih aus der Tasche. »Einen Schluck auf die deutsch-ukrainische Freundschaft, Helga, den kannst du mir nicht verwehren.«

»Na, das will ich auch gar nicht. Auf dein Wohl!« Helga nimmt einen kräftigen Schluck. »Ah, Whisky. Der ist aber mild.«

»Ich seh schon, du kennst dich aus. Wir beide werden Freundinnen.«

»Du musst mich mal besuchen kommen«, sagt Helga. »Dann kannst du auch den selbst gebrannten Obstler aus meinem fränkischen Dorf probieren. Eine Wucht, sag ich dir.«

»Das mache ich. Wohnst du weit weg?«

»Nein, gar nicht. Aber deine Kollegin, sag mal, was ist denn mit der los? Sie ist so, ich weiß nicht, wie ich's sagen soll, so ernst und so angespannt. Ist die immer so?«

»Ach ja, die jungen Frauen! Luba ist eine Idealistin. Du weißt schon, ein bisschen fanatisch, ein bisschen dogmatisch, und sie muss immer mit dem Kopf durch die Wand.«

»Ah ja, das kenn ich. So war ich früher auch. Aber bei mir hat der Zustand nicht so lang angehalten. Als meine Kinder auf der Welt waren, bin ich auch ein bisschen lockerer und nachsichtiger geworden.«

»Siehst du, und Luba hat eben keine Kinder. Nicht einmal einen Mann hat sie, und das ist, glaube ich, ihr zweitgrößtes Problem.«

»Nach den Kindern?«

»Nein, nach der Tatsache, dass sie nicht trinkt, also tatsächlich nie.«

»Das Problem hab ich wenigstens nicht«, sagt Helga.

»Und hast du einen Mann?«

»Nicht mehr«, antwortet sie.

»Das tut mir leid. Ist er schon lange tot?«

»Nein, der lebt und ist kerngesund. Es geht ihm sogar richtig gut mit seiner neuen Frau.«

»Oh, das tut mir auch leid, für dich natürlich. Hättest du ihn gern behalten?«

»Das kann man so sagen. Ich würd ihn sogar jederzeit zurücknehmen, und daran wird sich wahrscheinlich nie etwas ändern. Stell dir mal so eine Dummheit vor.«

»Ja, wir Frauen können manchmal ganz schön blöd sein, nicht wahr?«

»Und du? Keinen Mann?«

»Na ja, immer mal wieder einen. Ich hole mir schon, was ich brauche. Aber jetzt schwatzen wir hier rum wie zwei alte Omis, dabei stehen wir doch noch immer voll im Saft, oder etwa nicht?«

»Ich bin schon dreifache Oma. Eigentlich ist das das Schönste am Altwerden.«

»Ach, Helga, ich glaube, wir machen jetzt Schluss für heute und gehen runter ins Tal. Wollen wir heute gemeinsam zu Abend essen? Was würdest du vorschlagen, du kennst dich ja hier bestimmt besser aus als wir.«

»Vielleicht der Goldene Bär? Da gibt's Schweinebraten und Bier, eben was Bayerisches.«

»Gut, abgemacht.«

»Sag mal, Marjana, stimmt das eigentlich, dass ihr in dem sündteuren Interconti übernachtet?«

»Na ja, ehrlich gesagt, ja, das stimmt schon.«

»Aber dafür werden hoffentlich keine Spendengelder verprasst?«

»Aber was denkst du denn von uns? Das Hotel bezahlen wir natürlich aus eigener Tasche. Aufgrund unserer Tätigkeit haben wir sowieso einen Spezialpreis für die Unterkunft aushandeln können. Wir würden das Geld von anderen Leuten niemals verschwenden, allerdings genieße ich den Komfort des Hotels, das gebe ich offen zu. Er tut mir gut. Aber genauso gut gefällt es mir in einer bescheidenen Pension. Ich schätze Luxus, aber ich brauche ihn nicht unbedingt. Glaubst du mir das, Helga?«

»Freilich. Aber ich würde nie so viel Geld für ein Nobelhotel ausgeben. Ich glaube, das können viele Spender überhaupt nicht verstehen. Da kommt dann gleich Neid auf. Die Leut sind halt so.«

Berchtesgaden, 14. Juni 2011

»Gib mal her!«

»Was?« Martin Brandner schüttelt den Kopf. »Ja, sag amal, jetzt glaub ich's aber!«

»Was denn?«, murmelt Leni.

»Ist das jetzt meine Zeitung oder deine?«

»Kriegst sie eh gleich wieder«, sagt Leni.

»Ja, aber …?«

»Jetzt, Martin, ich leih mir doch nur schnell deine Zeitung aus. Ich tu ihr schon nix. Da steht nachher noch genauso viel drin wie jetzt.«

»Und was ist darin heute so interessant? Sonst sagst du doch immer, des dünne Blattl hat man in fünf Minuten durch, und außer zu Böllerschützen, Kramperllauf, Stallweihnacht und Bergunfällen steht eh nicht viel drin.«

»Den Ramsauer nicht zu vergessen. Von dem steht auch immer wieder was drin.«

»Ja, und? Was ist da jetzt so wichtig, dass du mir die Zeitung aus der Hand reißt? Der Ramsauer doch bestimmt ned.« Der Brandner Martin lässt nicht locker. »Ist wieder einer abg'stürzt?«

»Abstürzen tun sie doch dauernd bei uns. Das ist nichts Besonderes. Aber da, schau mal, hast du das schon gesehen?«

»Die Biwakschachtel da?«

»Mensch, Martin, das ist doch keine Biwakschachtel.«

»Na, dann halt a Kaser. Ah, ich weiß schon, der wird da unterm Kehlstein gebaut.«

»Ein Infozentrum soll das werden. Zum Thema Strahlenbelastung.«

»Bei uns?«

»Ja, bei uns, in den Alpen, wo sonst?«

»Geh, des is doch alles ein Krampf! Mia in die Berg', wir ham immer scho mehr Strahlung. Wir sind des g'wohnt.«

»Ach so? Hast du dagegen vielleicht irgendwas entwickelt, eine Art Anti-Strahlungs-Gen oder so? Sag bloß, du bist einer von den richtig harten Burschen, die alles vertragen: Glykolwein, verstrahlte Schwammerl mit Semmelknödeln …«

»Freilich! Hirschgulasch, Gamsknödel, Rehragout, alles kannst mir servieren, jederzeit!«

»Na Mahlzeit«, sagt Leni und liest weiter.

»Is des der Kaser?« Brandner steht jetzt hinter ihr und linst über ihre Schultern in die Zeitung.

»Das siehst du doch«, sagt Leni unwirsch. »Und es nennt sich Infozentrum und nicht Alm-Kaser, da, schau!«

Aber Brandner ist mit den Augen schon weiter, auf der nächsten Seite, auf der eine Gruppe von Leuten beim Empfang durch den Bürgermeister der Marktgemeinde Berchtesgaden abgebildet ist. »Da, schau«, sagt Brandner, »kennen wir die ned? Sind des ned die …«

»Freilich sind das die!« Leni haut mit der Hand auf die Zeitung, der Riss geht mittendurch, und Brandner macht schon den Mund auf, um sich darüber zu beschweren, aber Leni macht »Scht!«, also klappt er den Mund wieder zu. Das Bild zeigt tatsächlich die drei Ukrainer, die ihr allmählich überall im Talkessel zu begegnen scheinen. Langsam wird das richtig unheimlich.

»Und die Helga is a dabei, des passt wieder einmal«, sagt Brandner.

»Was für eine Helga?«, fragt Leni.

»Die Gfaller Helga aus Traunstein, die bei den Grünen is.«

»Und woher kennst du die? Ist ja eher nicht so deine Partei.«

»Na, g'wiss ned. Früher war die Gfaller Helga a Querulantin, da hab ich öfter mal mit ihr zu tun g'habt. Aber jetzt is sie a scho g'mütlicher word'n.«

»Und die macht mit den Ukrainern jetzt gemeinsame Sache?«

»Des weiß ich auch nicht, aber passen würd's eh.«

»Hä? Wie meinst das jetzt? Von wegen Querulantin? Hast du eine Adresse von ihr?«

»Die steht bestimmt im Telefonbuch. Wart, ich schau für dich nach. Aber, Leni, hast du vergessen, dass Traunstein deine Dienststelle ist? Was machst denn überhaupt schon wieder bei uns hier in Berchtesgaden? Ich mein, außer dass du mir die Zeitung kaputtmachst. Gibt's hier was für dich zu tun, was wir nicht selbst erledigen können und wofür wir unbedingt die Kripo brauchen?«

»Mei, das hätt ich jetzt fast vergessen! Freilich bin ich wegen einer Ermittlung da.«

»Und gegen wen?«

»Gegen den Inhaber von einem Sportgeschäft.«

»Im Markt heroben?«

»In der Bahnhofstraße.«

»Gegen den Sport Brunner mit seinen fünfzig Prozent auf alles?«

»Genau gegen den.«

»Wieso, was hat er denn angestellt?«

»Er vertreibt eine eigene Marke für Sportkleidung, die heißt ›Watzmann‹. Die Teile lässt er in China produzieren.«

»Und?«, fragt Brandner. »Wird denn heutzutag nicht sowieso alles in China produziert, weil's dort billiger ist? Is des jetzt plötzlich verboten?«

»Nein, das nicht. Aber dass er die Sachen Watzmann nennt.«

»Aber warum, des is doch unser Hausberg?«

»Jemand anders hat sich den Markennamen Watzmann schon für seine eigene Kollektion gesichert.«

»Echt? Die kenn ich gar nicht. Was sind das für Sachen?«

»Die kannst auch gar nicht kennen, weil's die noch gar nicht gibt«, erklärt Leni.

»Und warum darf der Brunner den Namen dann nicht verwenden?«

»Weil sich jemand die Marke hat schützen lassen, Brandner. Man kann sich eine Marke eintragen lassen, ohne dass man unter dem Namen bereits etwas produziert hat. Dann ist der Name geschützt und kein anderer darf ihn verwenden, ohne dass der Markeninhaber damit einverstanden ist. Verstehst?«

»Oh mei, um so einen Schmarrn muss sich die Kripo jetzt a no kümmern?«

»Das ist kein Schmarrn, das nennt sich Markenpiraterie und ist ein Delikt. Du kannst ja auch nicht einen Schuh in China produzieren lassen und ihn dann als einen von Salewa oder Scarpa verkaufen.«

»Aber wenn's doch noch gar keine andere Watzmann-Kleidung gibt?«

»Das hab ich dir doch grad schon erklärt, Brandner.«

»Also, ich tät's von dem Brunner kaufen, wenn's schee wär.«

»Was jetzt?«

»Na, so ein Watzmann-T-Shirt. Auch wenn's aus China kommt. Heutzutag kommt doch eh alles von den Chinesen.«

»Du hast den Berg jeden Tag vor der Nase und willst ihn noch auf einem T-Shirt spazieren tragen?«

»Ja, schee war's scho.«

»So was kannst anziehen, wenn du mal aus deinem inneren Landkreis rauskommst. Damit die anderen auch wissen, dass du ein Berchtesgadener bist.«

»Freilich«, sagt Brandner.

Der Brunner hat zu, obwohl er eigentlich offen haben sollte. Wahrscheinlich kennt er seine eigenen Öffnungszeiten nicht. Leni geht über die Straße, vorschriftsgemäß an der Fußgängerampel, denn ein Pulk Schulkinder wartet an der Bushaltestelle, von denen sie sich auf keinen Fall beim Bei-Rot-über-die-Ampel-Gehen erwischen lassen will. Sie schlüpft unter einer Holzbarriere hindurch, an der Cowboys ihren Gaul und Radfahrer ihr Bike befestigen können, und betritt die Dependance vom Brunner, das ausgelagerte Fahrradgeschäft mit Werkstatt. Wobei Fahrradladen dafür eigentlich auch wieder der falsche Begriff ist, denn in Berchtesgaden gibt es keine normalen Fahrräder, sondern fast nur Mountainbikes und Rennräder. Die Preise für diese Hightechmaschinen treiben einem Flachland-Radfahrer die Tränen in die Augen. Leni ist mit ihrem neuen Cannondale-Trigger-Carbonrad, das sie sich letztes Jahr geleistet hat, im Prinzip voll zufrieden, dennoch lassen die neuen Modelle, die im Laden stehen, ihr Herz höherschlagen. Und wo sie jetzt schon einmal vor Ort ist, kann sie sich auch gleich ein bisschen umschauen.

Der Angestellte, der aus der Werkstatt in den Laden tritt, sieht sofort, dass er es mit einer Kennerin zu tun hat. Leni inspiziert gerade die Scheibenbremsen des teuersten Mountainbikes im Laden.

»Griaß di. Das absolute Spitzenmodell«, sagt er. »Das beste Radl, das du im Talkessel kaufen kannst.«

»Kann ich mir vorstellen. Aber eigentlich bin ich gar nicht wegen einem Radl da.« Leni richtet sich auf.

»So?«, fragt der junge Mann. »Aber was anderes als Radl hab ich leider nicht.«

»Ich wollt in den Laden drüben, aber es ist keiner da.«

»Die sind wahrscheinlich noch beim Mittagessen«, sagt der Mann aus der Werkstatt. »Aber ich hab einen Schlüssel.«

Für einen Moment denkt Leni, dabei bleibe es jetzt. Der Mann hat zwar einen Schlüssel, ist aber nicht bereit, das Radgeschäft zu verlassen und mit ihr auf die andere Straßenseite zu gehen. Aber sie hat sich geirrt.

»Soll ich mit rübergehn?«, fragt er. Sie nickt, er sperrt seinen Laden zu und dreht das Schild um, auf dem steht: »Bin drüben im Sportgeschäft.«

Als er Leni den Laden aufschließt und das Licht anschaltet, erkundigt sie sich nach einem Watzmann-T-Shirt. Der junge Mann zeigt ihr einen Ständer, auf dem die Kollektion mit der Silhouette des Watzmanns hängt. T-Shirt, Tanktops, Sweatshirts in vielen Farben und Größen. »Habt ihr noch mehr Artikel von der Marke?«, fragt Leni.

»Die sind voll schee, gell? Ich hab selbst a scho zwei daheim«, sagt der Angestellte.

»Ob ihr noch mehr habt, will ich wissen.«

»Da muss i den Chef frag'n.«

»Dann frag ihn bitte.«

»Aber der is no in da Mittagspause.«

»Dann soll er sich beeilen und herkommen«, sagt Leni und hält dem Angestellten ihren Ausweis unter die Nase.

Der Mann fällt aus allen Wolken, so wie auch kurz darauf sein Chef, der nicht einmal auf die Idee gekommen war zu prüfen, ob es die Marke Watzmann schon gab, als er die T-Shirts von einem befreundeten Geschäftspartner in China produzieren ließ. Es hatte ihm genügt, dass er und seine Freunde noch nie Sportkleidung von einem Label namens Watzmann gesehen hatten. Auch jetzt zeigt er sich nicht einsichtig, selbst als Leni ihm den ziemlich eindeutigen Sachverhalt erklärt. Als sie sagt: »Wir müssen die Ware jetzt leider beschlagnahmen«, kratzt Brunner sich am Kopf, und Leni denkt, er überschlägt kurz, wie viele Teile er noch in seinem Lager liegen hat. Oder daheim in der Garage. Irgendwie tut er ihr jetzt schon leid. Vielleicht kann er sich ja mit dem Inhaber der Marke einigen und kommt glimpflich davon. Wäre ja auch schade um die T-Shirts.

Während Leni so über eine Lösung für Brunners Kollektion nachsinnt, fällt ihr Blick auf einen Karton, der ein Stück weiter hinten im Laden unter einem Kleiderständer steht. Der Deckel ist halb aufgerissen.

»Hast du da hinten noch mehr Kisten mit deinen Watzmann-Leiberln rumstehen?«, fragt sie.

»Na«, wehrt der sofort ab, aber Leni steht schon über dem aufgerissenen Karton und greift hinein. Brunner ruft noch »Halt, halt!«, als sie schon ein dunkelrotes T-Shirt mit einem Logo auf der linken Brust herauszieht.

»Halbwertszeit«, liest Leni laut.

»Die sind schee g'wordn, oder?«, fragt Brunner. »Und sie ham auch gar nix mit der Watzmann-Gaudi zu tun.«

Auch das Warnsymbol für radioaktive Strahlung ist auf dem Logo abgebildet. »Wo hast du die her?«, will Leni wissen.

»Die hab ich drucken lassen.«

»Und warum? Bist auch bei dem Verein dabei?«

»Na, ich doch ned! Des war ein Auftrag von einer Dame. Die wollt die T-Shirts gestern scho abholen. Aber des is alles scho bezahlt. So was mach ich eh nur gegen Vorauskasse.«

»Zeig mir doch bitte die Rechnung«, sagt Leni.

»Die müsst ich erst noch rauslass'n. Jetzt is zwar die Gundi nicht da, die sich mit dem Rechnungsprogramm auskennt, aber wart, des muss doch … Ja, da schau, da is'.«

»Da steht ja nur der Verein als Empfänger auf der Rechnung.« Leni ist enttäuscht.

»Sie hat ja eh schon im Voraus zahlt.«

»Und eine Kopie von der Kreditkartenabrechnung, gibt's die auch?«

»Nix Kreditkarte. Die Dame hat bar bezahlt.«

»Und wie hat die Frau ausgeschaut? War es so eine mit grauschwarzen Haaren?«

»Na, na, die war noch recht jung.«

»Dunkelhaarig und kräftig?«

»Kräftig, mei, trainiert meinst? Ja, das schon, aber ganz blond.«

»Hat sie sonst noch was wollen hier bei dir?«

»Sie hat sich nach einer Kletterausrüstung erkundigt und ob ma jetzt in die Höhle einsteigen kann, wo letztes Jahr der Russe oder Ukrainer, was er war, g'funden worden ist. Aber ich hab ihr g'sagt, dass ma dort überhaupt ned reinkommt, dass des viel zu gefährlich is und des doch wirklich schad wär, wenn ihr hier bei uns in die Berg' was passiert. Und dass sie sich besser einen Bergführer nehmen soll, wenn sie klettern will.«

Leni schweigt. Sie muss nachdenken.

»Was willst denn jetzt von der?«, will Brunner wissen. »Is des mit der Halbwertszeit vielleicht auch ein Markenname, den die ned hernehmen dürfen?«

»Schmarrn! Pass auf, wir machen jetzt Folgendes: Ich ruf meine Kollegen an, dass die vorbeikommen und die Watzmann-T-Shirts mitnehmen. Im Laden hast du sonst nix mehr von der Kollektion?«

»Na, hab i ned.«

»Den Kollegen wirst auch dein Warenlager aufsperren müssen. Wo ist das?«

»Bei mir draußen«, antwortet Brunner.

»In der Schwöb, bei deinem Haus?«

Brunner nickt. »Und was passiert jetzt da?«, fragt er.

»Wir nehmen die Sachen halt mit.«

»Beschlagnahmt?« Der Mann wird jetzt doch nervös.

»Sozusagen. Hoffentlich hast nicht zu viele machen lassen, denn die bist definitiv los. Aber in China wird ja preiswert produziert. Kannst dich aber auch mit dem Markeninhaber einigen.«

»Wie denn?«

»Na, dass ihr die Sachen gemeinsam vertreibt und er auf seine Ansprüche zum Teil verzichtet, was weiß denn ich.«

»Kann ich denn mit dem reden, ist der von da?«

»Nein, der ist, glaube ich, nicht von da. Erst mal brauchst

jedenfalls nur mit uns zusammenarbeiten, dann passiert dir nicht viel. Nur dass wir die Sachen eben mitnehmen.«

»Ja, aber dann hab ich ja gleich die Polizei im Laden stehen. Dann sperr ich lieber zu und schreib einen Zettel mit: ›Wegen Trauerfall in der Familie geschlossen‹.«

»Nein, das machst du nicht.«

»Warum denn nicht?«

»Weil das gelogen wär. Ich glaub auch nicht, dass die Kollegen besonders lang brauchen. Ich kann mich ja schon mal umschaun, bis sie kommen. Ich muss eh auf sie warten.«

Brunner ist nicht gerade begeistert, zeigt sich aber kooperativ. Leni hofft derweil, dass sie vielleicht Glück hat und entweder sie selbst oder einer der Kollegen anwesend ist, wenn die blonde Kundin die Vereins-T-Shirts abholen kommt. Aber sie kommt nicht.

Als die Kollegen eintreffen, verabschiedet sie sich und schlendert zur Brücke über die Ache hinüber. Die alte mit dem schmiedeeisernen Geländer ist im Winter abgerissen worden. Die neue ist breiter und natürlich nicht mehr aus Schmiedeeisen, sondern mit einer Stahlkonstruktion als Geländer, grau wie Beton. Leni sieht hinunter auf die Ache, die im Sommer nicht viel Wasser führt. Leni denkt nach.

Eigentlich hat sie schon die ganze Zeit so eine Ahnung gehabt. Dass die Anwesenheit der Ukrainer und ihr Engagement am Kehlstein und am Göll irgendetwas mit den Goldmünzen zu tun haben könnten, die im Gollinger Wasserfall gefunden wurden. Doch bisher hat sie mit noch niemandem darüber gesprochen. Es war ja nur so ein Gefühl. Aber, verflixt noch mal, wie könnte denn nun alles zusammenhängen?

Während die Kollegen den Laden und das Lager nach Watzmännern durchforsten, ersucht Leni bei der Kurdirektion Berchtesgaden um Einsicht in die Meldescheine und veranlasst eine Abfrage bei den Hotels und privaten Gastbetrieben, wie viele Gäste aus der Ukraine sich gegenwärtig im inneren Landkreis aufhalten. Es sind ganze dreiundzwanzig, darunter sechzehn Master-Studenten des Lehrstuhls für Waldbau der Nationalen Forsttechnischen Universität der Ukraine in Kiew, die dieses Jahr bereits zum dritten Mal den Nationalpark Berchtesgaden besuchen, und ein Ehepaar aus Lviv (Lemberg), das seine Tochter besucht, die als Lehrerin an der hiesigen Musikschule tätig ist. Bleiben fünf übrig, von denen Leni drei gut kennt: Im Interconti wohnen Dr. Marjana Luschenko, Luba Munin und Wiktor Owtscharow, der Mann mit der Meckifrisur, die an den Schläfen bereits grau wird. Und im Edelweiß residieren Jurij Sokolski, den Weidinger ihr schon angekündigt hat, und eine gewisse Olga Tschernenko, Mitte dreißig, beide ebenfalls aus Kiew und Mitglieder des ukrainischen Alpenvereins und des Vereins Halbwertszeit. Über Olga Tschernenko kann Leni trotz Nachforschungen nicht viel in Erfahrung bringen. Sie bleibt ein unbeschriebenes Blatt.

Später kommen die Kollegen mit fünf Kisten der Brunner'schen T-Shirt-Kollektion ins Büro.

»Is des ned wirklich schad, dass die Leiberl keiner kaufen und anziehen kann? Sie schaun einfach schee aus. Find'st du nicht?«, fragt der Brandner Martin.

»Jetzt hör halt auf, Martin«, fertigt Leni den Kollegen ab. »Wenn du so dran hängst, mal dir halt selbst den Berg auf dein T-Shirt vorn drauf. Und wenn's nicht so schön wird wie auf der Vorlage hier, dann musst wenigstens keine Angst wegen Piraterie haben. Dann schreibst noch ›My Watzmann‹ drauf und hast deine eigene Marke kreiert, einfach so.«

»So einfach is des? Du, des überleg ich mir wirklich!« Brandner denkt nach. »Du, Leni?«

»Ja?«

»Tät'st du dann auch so ein Shirt haben wollen? Weil, dann könnt ich ja für dich gleich eins mitmachen.«

»Mach dir wegen mir keine Gedanken. Ich brauch den Berg nicht noch öfter sehen als so schon. Schickst halt eins dem Wolfgang Ambros, wenn du welche übrig hast.«

Berchtesgaden, 15. Juni 2011

Als Leni am nächsten Morgen in die Berchtesgadener Dienststelle kommt, herrscht unter den Kollegen ausgelassene Stimmung.

»Was ist denn bei euch so lustig?«, wundert sie sich.

»Hast noch keine Zeitung g'lesen heut in der Früh?«, fragt der Brandner Martin.

»In der Früh muss ich in den Stall. Da hab ich keine Zeit zum Zeitunglesen. Was steht denn drin?«

»Ja, dass die den Führer entlassen ham am Obersalzberg. Und ich hab 'dacht, mit hundertzwanzig Jahr kann der doch wirklich amal in Pension gehn.« Brandner lacht.

Leni steht hinter ihm und wirft über seine Schultern einen Blick auf den Artikel: zwei große Aufnahmen von den Bunkeranlagen, darüber die Überschrift »Führer entlassen«.

»Ist das ein später Aprilscherz?«, fragt sie. »Gib doch mal die Zeitung her.«

»Wird des jetzt die neueste Mode, dass du mir jeden Morgen die Zeitung aus der Hand reißt?«, protestiert Brandner. »Kauf dir gefälligst deine eigene.«

»Ich hab doch eine, aber daheim hab ich keine Zeit zum Lesen.«

»Dann nimm s' halt mit ins Büro. Da hast ja anscheinend Zeit.«

Leni überfliegt den Text. Bei den Führern handelt es sich um die Rundgangsleiter in der Dokumentation, die entlassen worden sind, weil ihr Beschäftigungsstatus nicht geklärt ist. »Wann ist die Dokumentation noch mal eröffnet worden? War das nicht um 2000 herum?«

»1999«, sagt Brandner.

»Und da haben sie jetzt fast dreizehn Jahre gebraucht, bis sie das mit dem Beschäftigungsstatus gemerkt haben?«

»Des sind ja auch Wissenschaftler dort oben, keine Betriebswirtschaftler.«

»Kann man in die Bunkeranlagen eigentlich noch immer rein?«

»Nur in einen kleinen Teil. Unter dem Hotel Zum Türken

gibt's auch noch einen Eingang. Kann ich jetzt bitte meine Zeitung wiederhaben?«

»Und wer kennt sich mit den Bunkeranlagen aus? Wer weiß, wie weit runter die gehen, im Berg, mein ich?«

»Da rufst du am besten oben in der Dokumentation an. Die werden dir schon Auskunft geben. Aber warum ist des denn plötzlich so wichtig? Hat des was mit der Watzmann-Sache zu tun?«

»Mit den T-Shirts? So ein Schmarrn!«

»Was weiß denn ich, gegen wen oder was du hier noch ermittelst? Ich denk, es geht um die Leiberl, und jetzt geht's plötzlich um die Bunker? Glaubst, dass da noch was anderes drin ist, außer Steinen, Wasser und Stalaktiten, die wie Eiszapfen von der Decke runterhängen?«

»Ich hätt bloß gern einen Lageplan, auf dem ersichtlich ist, wie tief die Gänge in den Berg reingehen und wie viele Ebenen es gibt.«

»Suchst irgendwas da oben?« Brandner grinst. »Einen Schatz vielleicht?«

»Apropos Schatz. Hast du das von diesem Kunsthändler gehört, der Hunderte von total wertvollen Gemälden seit siebzig Jahren bei sich in der Wohnung stehen hat, in selbst gezimmerten Holzregalen? Eine Milliarde sollen die Bilder wert sein, die damals von den Nazis aus den Museen entfernt worden sind. Mei, hätt ich gern so ein Bild vom Franz Marc. Rote Kühe oder blaue Pferde …«

»San die vielleicht schöner wie die braunen droben auf der Alm?«, fragt Brandner, aber Leni ist gar nicht zu bremsen.

»Tausendzweihundert Gemälde! Das glaubst du doch nicht, dass es so was gibt. Ein echter Schatz.«

»Vielleicht«, gibt Brandner zu, »aber grad gut, dass sie den ned bei uns am Obersalzberg g'funden haben.«

»Warum?«, fragt Leni.

»Weil s' sonst in alle Löcher graben tät'n, ob s' ned noch was finden. So wie's mit den österreichischen Seen drüben im Salzkammergut passiert.«

»Weil sie halt auch immer wieder was finden«, antwortet Leni.

»Ich glaub, ich fahr da jetzt rauf, zum Obersalzberg, mein ich. Ich war eh schon lang nicht mehr oben. Und du, Martin?«

Brandner winkt ab.

»Jetzt sag bloß, du warst überhaupt noch nie da?«

»Ich wollt ja schon oft«, behauptet er, »aber irgendwie ist immer was dazwischenkommen. Entweder wollten wir mit Besuch rauf, aber dann ist der Besuch krank g'worden, oder des Wetter war grad so gut, und wir sind doch lieber in die Berg'. Weißt eh, wie des immer is.«

»Ich hab schon öfter von Einheimischen gehört, dass sie noch nie oben waren. Und die haben alle dieselben Ausreden wie du. Jetzt fahr halt mit, bestimmt gibt's heut Mittag eine Führung.«

»Wie denn, wenn die doch all ihre Führer entlassen haben?«

»Dann halt keine Führung. Jetzt los, pack dich z'sam!«

Sie sind schon auf dem Sprung, als Brandner mit einem Kollegen zu einem Einsatz in der Stanggaß gerufen wird. Anwohner haben gemeldet, dass auf dem Dach eines Wohnhauses eine Person herumklettert, die mit Sicherheit kein Kaminkehrer und auch nicht angeseilt oder sonst wie gesichert ist.

Brandner verabschiedet sich von Leni, und wenn er es bedauert, schon wieder nicht auf den Obersalzberg zu kommen, dann kann er es gut verbergen.

Auf der steilen Straße von Berchtesgaden auf den Obersalzberg quälen sich mindestens zehn Radfahrer. Bei dem Verkehr und den vielen engen Kurven nicht unbedingt ein Vergnügen. Aber wer dort hinauf- und dann vielleicht auf die Roßfeldhöhenstraße weiterfährt, der tut das auch nicht vorwiegend zum Vergnügen, sondern zu Trainingszwecken.

Kurz vor dem ersten Parkplatz zur Dokumentation zweigt rechts der Carl-von-Linde-Weg ab. Den bin ich auch schon ewig nicht mehr gegangen, denkt Leni. Vielleicht mal im Winter, wenn die Touristen weg sind.

Der große Parkplatz ist fast komplett belegt. Den Autokennzeichen nach hält sich nicht nur ganz Deutschland, sondern halb Europa gerade hier oben auf. Ungarn, Polen, Italiener, ein Reisebus aus der Schweiz. Leni riskiert den Verzicht auf einen Parkschein und hofft einfach, dass sie hier oben nicht kontrolliert wird oder dass wenigstens die Einheimischen unter den Wildparkern verschont werden. Quasi als Belohnung, dass auch sie den weiten Weg auf den Obersalzberg gefunden haben. Sie hilft einem Paar aus den Niederlanden, mit Hilfe ihrer Kurgästekarte den Parkautomaten zur Gewährung einer Ermäßigung zu zwingen. Im Gegensatz zu den halbherzigen Versuchen der Flachländer schiebt Leni die Karte mit Schmackes in den dafür vorgesehenen Schlitz, bis nichts mehr von ihr zu sehen ist. Frau Antje mit dem großen Gebiss, die Leni fast um einen ganzen Kopf überragt, stöhnt noch gequält auf und glaubt, ihre Karte sei jetzt für immer verloren, doch der Automat zieht endlich anstandslos fünfzig Prozent Parkgebühr ab.

Leni nimmt zwei Stufen auf einmal und sieht oben an der Treppe zum Gebäude der Dokumentation hinunter: eine Fassade aus trutzigen Rundbögen mit modernem Glasanbau. Und dahinter die schroffe Südwand des Untersbergs, auf dessen Gipfelplateau das Stöhrhaus wie ein gestrandeter Sputnik blinkt.

Das Grüppchen, das sich vor dem Eingang im Freien versammelt hat, ist keine Reisegruppe, wie Leni angenommen hat, sondern es sind die entlassenen Museumsführer. Ein Kamerateam des ORF steht bei ihnen, und eine der Kassendamen meldet Leni an. Der Leiter sei sowieso nicht da, sagt sie, sondern in München, und die Mitarbeiterinnen hätten eigentlich auch keine Zeit für sie, sie müssten ja für die Entlassenen einspringen. Aber wenn sie wolle, könne sie mit einem wissenschaftlichen Mitarbeiter sprechen.

Das Gespräch dauert ganze zehn Minuten. Die Idee, eine Verbindung herstellen zu wollen zwischen Goldmünzen im Gollinger Wasserfall, dem Höhlensturz eines Ukrainers im letzten Jahr und den Bunkeranlagen am Obersalzberg, hält der Mann für puren Unsinn und die kurze Unterhaltung mit seiner Besucherin für Zeitverschwendung. Die Pläne, die es zu den Bunkeranlagen gibt, könne sie auf Antrag im Archiv in München einsehen. Einen Anspruch auf Einsicht habe sie als Privatperson allerdings nicht – bislang sei sie doch noch als Privatperson unterwegs, und er hoffe doch sehr, so werde es auch bleiben.

»Borniert« ist das erste Wort, das Leni nach dieser Kurzaudienz zu ihrem Gesprächspartner einfällt, aber auf dem Weg zum Parkplatz fallen ihr dann noch mehr ein. Sie merkt sie sich für später, wenn sie ihren Eseln davon erzählen wird.

Männer!, denkt Leni. Eigentlich können Männer eine Frau gar nicht enttäuschen. Denn ist eine Frau auch nur halbwegs bei Trost, dann erwartet sie von Männern maximal nichts. Für verliebte Frauen gilt dieser Lehrsatz selbstverständlich nicht, er bezieht sich ausdrücklich auf Frauen, die bei Trost sind. Manchmal hat Leni schon Angst, sich zu einer mürrischen, zynischen und schrulligen alten Jungfer im landläufigen, übertragenen Sinn zu entwickeln. Und im Moment ist sie sich zudem noch sicher, dass Begegnungen wie die gerade ebendiese Entwicklung enorm beschleunigen.

Da Leni auf die Uhr gesehen hat, weiß sie es jetzt ganz genau: Der Weg vom Parkplatz auf die Salzbergstraße dauert geschlagene sieben Minuten und vierzig Sekunden. Es sind einfach zu viele Besucher hier oben. Vor allem zu viele, die nicht Auto fahren können. Dreimal muss sie rückwärts den Berg vom Parkplatz wieder hinunterfahren, weil die ihr entgegenkommenden Fahrer, ausschließlich Männer, zu feige sind, sich mit ihren Fahrzeugen ein bisschen näher an die Böschung und den hohen Randstein zu wagen.

Gerade als sie den nächsten Versuch starten will, ihre Fahrt fortzusetzen, verwehrt ihr ein von links sich anschleichender orangefarbener Ford Taunus Cortina V6 die Weiterfahrt. Zwei Komma drei Liter, einhundertacht PS, Heckantrieb, das weiß Leni sofort, als sie das Monstrum sieht. Baujahr 1975. Kein Zweifel. Alles, was dieses Auto ausmacht, kann sie im Schlaf aufzählen. Ihr erster Freund hatte so eine Karre und fühlte sich deshalb wie ein King, wie man damals sagte. Heute weiß sie nur noch, dass er sie mit den Details seines Wagens endlos langweilte. Die Wochenenden waren besonders öde, wenn Maxi den Großteil der Zeit mit Tuning beschäftigt war. Das heißt, er lag mit einem Buch mit dem Titel »So wird's gemacht« zur Hälfte unter dem Wagen und schrie ab und zu von unten in ihre Richtung: »Siebzehner gekröpft!« oder: »Einundzwanziger Ring!«. Dann musste Leni zum

Werkzeugkasten rennen, den verflixten Schlüssel möglichst schnell finden und ihn Maxi in die Hand drücken. Schlimmer waren nur noch die Probefahrten. Maxi hatte vor, Rallye-Fahrer zu werden, und Leni als Beifahrerin eingeplant. Bei ihren Testfahrten hatte sie eine Karte in der Hand zu halten und ihm den Straßenverlauf vorzulesen, was sich in etwa so anhörte: »Einhundert zwei plus links; zwei rechts in fünf rechts.« Was so viel bedeutete wie: »Nach einhundert Metern kommt eine Linkskurve zwei plus – das heißt eine ziemlich steile Kurve, bei der du vorher abbremsen musst –, dann eine zweier Rechtskurve und daran anschließend eine leichte fünfer Rechtskurve, die du mit Vollgas fahren kannst.«

Leni machte das genau vom Aschermittwoch bis zum Gründonnerstag mit, dann beschloss sie, dass sie es, wenn alle Männer so waren, vielleicht doch lieber mal mit Frauen versuchen sollte.

Zum Glück hat sich mittlerweile herausgestellt, dass nicht alle Männer so sind, zumindest versuchen nicht alle, genau in dem Tempo in eine Kurve zu fahren, sodass das Auto zwar die Bodenhaftung verliert und ins Schlittern gerät, aber trotzdem an keinem Baum längs der Straße zerschellt. Doch der orangefarbene Ford kann nicht der Wagen ihres ehemaligen Freundes sein, denn dieser hier hat ein Frankfurter Kennzeichen, er ist in einer Gegend zugelassen, die überhaupt nicht zu Maxi passt. Hessisch hat er immer für eine Pest gehalten. Leni fährt fast auf den Wohnwagen auf, den der Taunus im Schlepptau hat, denn kaum ist sie in die Salzbergstraße eingebogen, stoppt der Kerl so abrupt, dass sie gerade noch bremsen und einen Auffahrunfall verhindern kann, der sie mit Sicherheit nicht nur zum Gespött der Berchtesgadener Polizeiinspektion gemacht hätte. Sie ist immer noch am Schimpfen, als ein verwuschelter, übrig gebliebener Althippie, ein echter Reinhold-Messner-Verschnitt, an ihre Scheibe klopft.

»Ja, spinnst denn du?«, fragt Leni, nachdem sie das Fenster runtergefahren hat.

»Kennst du mich nicht mehr?«, fragt der Frankfurter und klingt dabei kein bisschen hessisch. »Ich hab dich gleich erkannt, als du rausfahren wolltest, deswegen hab ich ja auch gebremst. Mei, ist das schön, dass wir uns sehen.«

»Also bist du es tatsächlich und leibhaftig«, seufzt Leni. »Wie ich den orangen Ford gesehen hab, hab ich gleich an dich denken müssen, an die Haarnadelkurven und wie wir einmal bei Nacht und Nebel zum Kehlstein raufgerauscht sind. Aber dass du jetzt bei den Hessen gelandet bist, das wundert mich schon.«

»Ach ja, das ist eine lange Geschichte«, sagt Maxi.

»Das ist jetzt aber grad extrem ungünstig, weil ich gleich weitermuss, in die Arbeit.«

»Was machst denn?«

»Ich bin bei der Polizei. Also, pfüat di, wir sehn uns«, sagt Leni. »Berchtesgaden ist ja ein Dorf. Bleibst denn ein bisschen?«

»Ja, ganz bestimmt. Ich werd wohl auch einige Zeit hier sein, beruflich«, sagt Maxi.

»Aha?«, fragt Leni. Eigentlich ist sie neugierig, aber man will ja nicht unhöflich sein, selbst wenn der andere ein Verflossener ist und man selbst sehr froh, dass man ihn früh losgeworden ist.

»Ich hab noch mal umgesattelt und bin jetzt quasi ein Kollege von dir.«

»Was, du bist auch bei der Polizei?«, fragt Leni. Ja, nehmen die jetzt auch schon jeden?, hätte sie beinahe gefragt.

»Nicht bei der Polizei, sondern bei der Konkurrenz. Ich bin in Frankfurt Privatdetektiv.«

»Und jetzt wollte dein Oldtimer mal wieder Heimatluft schnuppern? Hat er vielleicht Sehnsucht nach der Roßfeldstraße gehabt?«

»Na, du, ich bin schon dienstlich da. Wegen einer Klientin.«

»Ach, das ist jetzt aber interessant. Weißt was, Maxi? Wenn wir uns nach so langer Zeit ganz zufällig treffen, dann hat des bestimmt was zu bedeuten. Ich sag dir, wir fahren jetzt runter ins Tal, ich schau ganz schnell bei meinen Kollegen vorbei, und dann treffen wir uns in der Alpenküche, essen was zusammen, und du erzählst mir die Geschichte, abgemacht?«

»Alpenküche?«, fragt Maxi.

»Ganz neu. Im Haus der Berge in der Hanielstraße. Gegenüber von der Polizei. Mit deinem Wohnanhänger fährst du am besten auf den Busparkplatz, dann hast du mit dem Parken auch keinen Stress«, rät Leni ihm.

»So schnell hab ich dich ja noch nie reden gehört! Aber gut, dann machen wir das so«, sagt Maxi und klopft zünftig auf Lenis Autodach.

»Du, Maxi, macht's dir was aus, wenn du noch schnell mit deinem Wohnwagen da an die Seite fährst und mich und die Leut vorbeilässt, die du jetzt die ganze Zeit aufgehalten hast?«, fragt Leni und schlägt die Augen in einer Art auf, die ihr bisher selbst unbekannt war.

»Ach, Leni, bist immer noch so ungeduldig? Also, dann bis später.«

Als säße man in der ersten Reihe eines Kinos mit Breitleinwand, knallt das Panorama der mächtigsten Gebirgsstöcke der Region durch die übergroße Fensterfront des Neubaus. Die Aufschrift »Haus der Berge« war schon zur Eröffnung verrostet, sagen die Gegner der gar nicht alpenländischen Architektur, die auf moderne klare Linien, Glas, Eisen, Holz und Stein setzt. »Schuhschachtel« nennen diejenigen das Gebäude, denen es nicht gefällt.

Maxi sitzt auf der Sonnenterrasse der Alpenküche. In seinen dunkelhaarigen Wuschelkopf hat sich bereits ein feiner Teppich aus Silberfäden gewoben, er trägt eine Pilotensonnenbrille. Sie kommt Leni so bekannt vor, dass sie überlegt, ob diese Brille tatsächlich so lange gehalten hat oder Maxi sie regelmäßig aus Ebays Raritätenecke nachordert. Es ist eine Bausch & Lomb Wings, eine Kreuzung aus der bekannten Ray-Ban-Pilotenbrille mit Goldrand und einem grünglasigen Vollvisier. Eigentlich so hässlich, dass sie nur kurz in den Siebzigern produziert und verkauft werden konnte. Bestimmt ist Maxi immer noch ein Langweiler, denkt Leni, aber eines muss man ihm lassen: Sein Geschmack ist einzigartig. Wobei Geschmack vielleicht das falsche Wort dafür ist, da ihm mit einer gnadenlosen Sicherheit immer nur die wirklich hässlichsten Dinge einer Gattung gefallen. Dennoch hat seine Konsequenz schon wieder etwas Bewundernswertes.

»Wie geht's dir? Ich bin schon ganz neugierig«, sagt Leni und setzt sich zu Maxi an den Tisch.

Wie sein Auto, seine Frisur, seine Sonnenbrille, seine Kleidung und sein Geschmack, so hat sich auch seine Art zu erzählen in den vergangenen Jahrzehnten nicht verändert. Heldentat reiht sich an

Heldentat, nur unterbrochen von einigen kurzen Aufklärungen über Geheimdienste, die Hochfinanz, Hollywood und kulturelle Eigenheiten der Bewohner verschiedener Weltgegenden. Mit den kulturellen Eigenheiten der Niederländer, eigentlich der Niederländerinnen, hat er sich anscheinend besonders ausgiebig beschäftigt. Ohne dass es sie eigentlich interessiert, erfährt Leni haarklein und im Detail, wie man so eine schnuckelige Holländerin ins Bett kriegt und dass er bei Nummer sechsundzwanzig aufgehört hat, Buch zu führen.

»Insgesamt müssen es mindestens fünfzig gewesen sein. Macht wirklich Spaß mit denen. Besonders, du kennst mich ja, weil sie wegen den Hormonen, die sie beim Essen zu sich nehmen, so groß sind. Bis ich die Ineke kennengelernt habe, war ich eigentlich ganz zufrieden mit der Abwechslung. Du kannst dir nicht vorstellen, was die Ineke für eine Frau ist. Groß und eine Granate im Bett, wow, du, da geht echt die Post ab. Bei der bin ich dann sozusagen hängen geblieben«, erzählt Maxi.

»Ist ja wirklich interessant, dein Leben. Immer auf der Überholspur. Und dann noch Privatdetektiv. Was ist das eigentlich für ein Fall, der dich jetzt zurück in die Heimat führt?«, fragt Leni.

»Hab ich mir schon gedacht, dass dich das interessiert.«

Für einen Moment denkt Leni, dass er ihr eventuell gar nicht von seinem Fall, sondern stattdessen nur irgendwas von Schweigepflicht oder Diskretion seiner Klientin gegenüber oder so einen Unsinn erzählen wird. Sie merkt, dass sie bei dem Gedanken zornig wird.

»Ach, das ist eine ganz verrückte Geschichte«, sagt Maxi dann aber schließlich doch, als hätte er die Gefahr gewittert, in die er sich begeben hat. »Ich erinnere mich noch ganz genau. Wir, also die Ineke und ich, sitzen gerade gemütlich beim Frühstück. Mit gemütlich meine ich, Ineke sitzt ziemlich lasziv auf ihrem Hocker an unserer Frühstücksbar, den Morgenmantel nur schlampig zugemacht, sodass sie eigentlich auch ohne auf dem Hocker sitzen könnte. Schon klar, was sie wollte, und ich wollte mich auch gerade über sie hermachen, da klingelt es. Du kannst dir vorstellen, was da in dem Gesicht von der Ineke los war. Also, ein Gesicht, sag ich dir, als hätte ich gerade verkündet, dass uns meine Mutter vierzehn Tage lang besuchen kommt. ›Nützt nichts‹, hab ich ihr gesagt und bin an die Tür gegangen. Draußen steht eine Witwe wie aus einem François-Truffaut-Film, wenn du weißt, was ich meine. Und so eine Witwe lässt man natürlich nicht vor der Tür stehen. Als ich mit der Trauer tragenden Frau rein bin in die gute Stube, schnürt Ineke ihren Morgenmantel enger und dampft beleidigt ab. Klar, Witwen sind immer gefährlich, die brauchen Trost und haben keinen Mann. Vor allem eine Witwe wie die: mit Schuhen, die sie einen Kopf größer machen. Sehr gefährlich, würde ich sagen. Aber jetzt kommt's.«

Wurde ja auch Zeit, denkt Leni.

»Also, als die Ineke weg ist, sagt diese Frau mit dem Riesenauftritt als trauernde Witwe, dass sie mich aus der Flamingo-Bar in Frankfurt kennt und weiß, dass ich ein gebürtiger Berchtesgadener bin. Mann, da fällt es mir wie Schuppen von den Augen: Die Mandy war's, die sich da so verkleidet hat! Das mit der Verkleidung hab ich natürlich nur gedacht, denn dann hat sie mir erzählt, dass sie tatsächlich Witwe ist. Ihr Mann ist letztes Jahr bei einem Unfall ums Leben gekommen. Alter deutscher Adel übrigens, der Mann. Das hätt ich der Mandy gar nicht zugetraut, also ehrlich.«

»Was für ein Unfall war es denn? Ein Verkehrsunfall?«, fragt Leni.

»Nein. Das war im Salzbergwerk. Hier in Berchtesgaden.«

Langsam kriecht Leni die Gänsehaut über die Arme. Ihre Haare sträuben sich wie das Nackenfell eines Hundes.

»Der ist da drinnen abgestürzt«, sagt Maxi, »und hat sich das Genick gebrochen. Tragische Sache.«

»Und wieso kommt die Frau gerade zu dir?«, fragt Leni und bemüht sich, trotz ihrer Aufregung ruhig und deutlich zu sprechen. »Und wieso erst jetzt, ein Jahr später? Was sollst du für sie tun, wenn's doch ein Unfall war? Davon, dass du hierherfährst, wird ihr Mann doch auch nicht wieder lebendig, oder?«

»Freilich nicht, das hab ich ihr ja auch gesagt. Aber sie hat in der Zeitung das mit den Goldmünzen im Gollinger Wasserfall gelesen, oder hat sie's im Radio gehört? Ach, das weiß ich jetzt auch nicht mehr. Jedenfalls haben sie da im Radio oder in der Zeitung gesagt, dass das nicht weit von Berchtesgaden weg ist, also dass der Göllstock, aus dem der Wasserfall sprudelt, zu den Berchtesgadener Alpen gehört, und da ist die Mandy hellhörig geworden.«

»Wieso denn hellhörig?«, fragt Leni, die auch schon ganz hellhörig ist, eigentlich schon viel mehr als hellhörig, eigentlich schrillen schon alle Alarmglocken.

»Ihr Mann«, erklärt Max ihr wie einer Schwerhörigen, »der alter deutscher Adel war, hat sie damals nach Berchtesgaden gelockt, obwohl sie eigentlich nach Saint-Tropez wollte. Er hat ihr versprochen, dass der Aufenthalt etwas mit großen Reichtümern zu tun hat und sie kurze Zeit später so reich sein werden, dass er ihr ein ganzes Schloss in Saint-Tropez kaufen kann.«

»Ja, und? Glaubst du diesen Schmarrn vielleicht?«, fragt Leni ganz cool, obwohl es in ihr brodelt wie in einem Geysir.

»Also, die Mandy hat gesagt, sie hat gewisse Informationen von ihrem Gatten. Er soll damals hinter irgendwelchen Ukrainern her gewesen sein. Sie glaubt, dass die auch was mit seinem Tod und mit diesen Reichtümern, von denen ihr Mann gesprochen hat, zu tun haben. Weißt du vielleicht was davon?«

»Na also, du bist gut! Weißt eh, dass wir hier Kurgäste aus allen möglichen Ländern haben, wahrscheinlich auch aus der Ukraine. Aber was gehn die mich an? Bin ich die Kurdirektorin?«

»Drei Ukrainer sind's«, sagt Max und bestellt sich noch ein dunkles Weißbier. Auch sein drittes. »Ein Mann und zwei Frauen.«

»Und woher will deine schwarze Witwe das so genau wissen?«, fragt sie.

»Weil sie die verfolgt hat damals.«

»Aha. Und wohin?«

»Bis zum Flughafen in Salzburg. Sie ist ihnen noch nach in die Abflughalle, aber dann sind die nach Kiew abgeflogen, und die Mandy hat kein Visum gehabt.«

»Sei mir nicht bös«, sagt Leni und versucht ein Lachen, das höhnisch klingen soll, »aber du musst schon zugeben, dass das wie eine sagenhafte Räuberpistole klingt, oder? Da verfolgt deine scharfe Mandy irgendwelche ausländischen Kurgäste bis an den Flughafen und würde sogar noch mit in den Flieger hüpfen, wenn sie grad zufällig das passende Visum im Handtäschchen hätte? Also ehrlich, für mich hört sich das eher an, als wär die Frau nicht ganz bei Trost. Goldmünzen in Golling, Ukrainer in Berchtesgaden – das klingt für mich hochgradig verworren, als hätte sich die gute Mandy da irgendwas in den öden Stunden beim Gläserputzen in der Flamingo-Bar zusammenphantasiert. Und wegen so einer abstrusen Story kreuzt du hier auf und startest deine investigativen Aktivitäten, voll getarnt in deinem Ford Carina mit Anhänger und hinter deiner Mega-Retro-Pilotenbrille? Hast du von deiner Millionärin in spe wenigstens einen sauberen Vorschuss gekriegt?«

Maxi ist bei dieser Standpauke in seinem Stuhl ein bisschen kleiner geworden. »Natürlich hab ich einen Vorschuss verlangt, eh klar. Aber ich brauch gar nicht so viel zum Leben, weißt? Bei den Geschäftsreisen schlaf ich in meinem Wohnwagen, das ist mir eh das Liebste. Und mei, ich wollt schon lang mal wieder bei meiner Mama vorbeischaun. Du weißt ja, wie gut sie kocht, erinnerst dich noch?«

»Sowieso, Maxi. Der Apfelstrudel von deiner Mama war wirklich spitzenmäßig.«

»Und die Kasspatzen, weißt das auch noch?«

»Ja, auch die Kasspatzen waren hervorragend und sind es wahrscheinlich heute noch.« Spesen sind also nicht inklusive, denkt Leni, sonst würde der Maxi sich nicht so auf das Essen seiner Mutter freuen. Sie muss jetzt trotzdem weg von hier und nachdenken. Was zum Teufel ist hier noch alles los gewesen, von dem sie nichts mitbekommen hat? Hat diese Reichenberg-Witwe also das Dreigestirn bis nach Salzburg verfolgt. Das darf doch nicht wahr sein!

»Du hast schon recht, Leni, der Vorschuss ist nicht grad was zum Angeben.«

»Aber?« Leni kreischt fast.

»Aber wenn ich dieses Vermögen oder diesen Schatz oder was auch immer finden kann, dann …« Maxi streicht sich über den frisch rasierten Bart.

»Dann?« Leni befürchtet, dass ihr vor Aufregung gleich die Halsschlagader platzt.

»Dann machen wir fifty-fifty, die Mandy und ich«, sagt Maxi

und bestellt noch ein Weißbier. »Aber jetzt erzähl du mal. Hast du geheiratet?«

Das ist jetzt wirklich zu viel für Leni. »Maxi, das müssen wir leider auf ein andermal verschieben«, sagt sie. »Meine Pause ist vorbei, und die Kollegen warten drüben sicher schon auf mich.« Zum Glück klingelt jetzt auch noch ihr Handy. Es ist nur der Rudi, wegen dem Heizungsableser. »Natürlich, ich bin schon auf dem Weg. Alles klar, ich beeil mich. Ja, wirklich. Bis gleich«, sagt sie und steht auf. »Du, Maxi, gib mir doch deine Handynummer, damit ich dich erreichen kann.«

Maxi zieht eine Visitenkarte aus der Jackentasche, und Leni reicht ihm ihre.

»Ja, dann servus«, verabschiedet sie sich. »Du lädst mich doch eh ein, gell? Ich hab ja damals auch immer für dich gezahlt, weil das Benzin so teuer war.«

Dem Maxi vergeht für einen Moment sein Grinsen.

»Und lass lieber dein Auto stehen und geh zu Fuß zu deiner Mama, gell? Vier Weißbier sind schon ein bisschen viel, und wir haben dich von drüben praktisch im Blick. Nicht dass die Kollegen noch einschreiten müssen, das wär doch kein guter Einstand hier für dich, oder? Also servus, Maxi, und sag deiner Mama einen schönen Gruß von mir!«

Berchtesgaden, 16. Juni 2011

»Luba, ganz ehrlich, was hast du bei der Elf für ein Gefühl?«, fragt Marjana.

»Hä? Bei Elf, Gefühl? Wo hast du die Haschisch-Plätzchen versteckt? Jetzt sag's mir schon, sofort!«, sagt Luba.

»Ich meine es ernst, Luba. Traust du der Elf oder nicht?«, fragt Marjana noch einmal.

»Wenn du mich so fragst, traue ich ausschließlich Kawasaki.«

»Jetzt sei doch mal ernst«, sagt Marjana.

»Wenn du mir so eine bekiffte Frage stellst, solltest du keine ernste Antwort von mir erwarten, Marjana.«

»Also gut, dann eben anders. Schau dich mal um. Hier stehen genau elf Bistrotische, und ich überlege mir schon die ganze Zeit, ob das nicht ein ganz schlechtes Omen ist.«

»Aber wieso denn?«, fragt Luba.

»Weil die Elf eine Unglückszahl ist. Zehn ist eine vollkommene Zahl, daher die Zehn Gebote. Zwölf ist die Zahl des neuen Bundes, daher die zwölf Apostel, und darum musste Matthias auch als Apostel nachgewählt werden, nachdem sich Judas Ischariot das Leben genommen hatte. Verstehst du jetzt, worauf ich hinauswill?«

»Okay, okay. Trotzdem will ich wissen, wo die Haschisch-Plätzchen sind. Jetzt kennen wir uns schon so lange, aber ich hätte niemals gedacht, dass du so verrückt bist. Wahrscheinlich fängst du bald auch noch mit der Kabbala und anderem esoterischen Hokuspokus an. Numerologie und so ein Zeug. Ich hingegen bin und bleibe ein Kind des Sozialismus. Selbst wenn es damals ein paar Lügen gegeben hat, glaube ich doch noch immer an die Kraft der Kurbelwelle, des Hubraums und der Einspritzpumpe. Also verschone mich bitte mit solchem Gewäsch. Komm, trink ein Glas Sekt, wahrscheinlich geht dir genau das gerade ab«, sagt Luba.

»Ach ja, ein Kind des Sozialismus also, dass ich nicht lache! Erstens kaufen Kinder des Sozialismus keine japanische Kawasaki Ninja, sondern sowjetische Motorräder der Marke Dnjepr oder

Ural. Und zweitens: Wenn ich an deine Krähengeschichte denke, weiß ich, dass diese nüchterne und eiskalte Technokratin, die du mir jetzt gerade vorspielst, auch nur sporadischer Natur ist«, gibt Marjana zurück.

»Na gut. Also, ich habe dich verstanden, und ich weiß, was du mir sagen willst. Du hast einfach eine Scheißangst, dass uns doch noch etwas passieren könnte. Hol dir also ein Gläschen, dann stehst du diesen Rummel schon durch, ohne dass dir die Knie wegknicken«, sagt Luba.

»Ach, mit dir kann man einfach nicht gescheit reden, da bleibt mir ja fast nichts anderes übrig, als zu saufen.«

Der Raum füllt sich immer mehr. Graumänner stehen neben herausgeputzten Frauen, dann hoppelt plötzlich ein Playboy-Bunny durch die Gegend. Marjana kann es kaum glauben. »Hast du das gesehen?«, flüstert sie Luba zu. »Das ist doch Olga, oder?«

»Stimmt, das Häschen ist Olga. Aber weißt du was? Ich hab mir von Anfang an gedacht, dass die ein bisschen plemplem ist. Und ich glaube, ich hatte recht«, sagt Luba.

Auffallen ist die beste Tarnung, denkt Olga und hat sich deshalb für das Büfett etwas ganz Besonderes einfallen lassen. Heute ist ein großer Tag. Alle wurden eingeladen, und einige von den Honoratioren werden bestimmt kommen oder ihre Vertreter schicken: der bayerische Umweltminister und der ukrainische Generalkonsul aus München, der Landrat und Chef der Landesstiftung, der Monsignore und der Bürgermeister, der Sparkassendirektor, der Tourismus-Chef und sogar ein Stellvertreter des Landeshauptmanns aus Salzburg. Auch Helga Gfaller und Jurij Koch sind eingeladen, Letzterer hier besser bekannt unter dem Namen Jurij Sokolski, außerdem Presse und Lokalfernsehen. Für Olga ist es entscheidend, dass Luba, Wiktor und Marjana bei der offiziellen Feier zur Eröffnung des Infozentrums anwesend sein werden und sie auffällt. Jeder soll sie anstarren, wenn sie ihren Taschenspielertrick vorführt. Und niemand soll merken, was genau hier abläuft.

Sie trägt über die Ellbogen reichende schwarze Samthandschuhe mit weißen Manschetten. Dazu glänzend schwarze Lackschuhe mit Stilettoabsätzen, schwarze breite Ledergurte um die Fußknöchel, schwarze Netzstrümpfe und natürlich das bekannte schwarze Häschenkostüm. Dazu noch der Haarreif mit den abstehenden Hasenohren und das neckische weiße Hasenschwänzchen auf ihrem Hintern. Alles war Olgas eigene Idee.

Noch wird als Vorpremiere eine Dokumentation des Bayerischen Rundfunks gezeigt. Christian Brückner, die bekannteste Stimme Deutschlands, verleiht der Reportage den Anschein einer offiziellen Verlautbarung. Alles ist, wie es sein soll. Alles passt. Nach dem Abspann geht das Licht wieder an, und die Türen zum Nebenraum, in dem das Büfett aufgebaut ist, öffnen sich.

Sofort stürzt Olga-Häschen mit einem Silbertablett in den Händen, auf dem feinste Watzmann-Pralinen in Reih und Glied stehen, auf den Landrat zu. Der zeigt sich etwas überfordert bezüglich der von ihm erwarteten angemessenen Reaktion, als sie ihm mit tief ausgeschnittenem Dekolleté das auf dem Tablett dekorierte Naschwerk präsentiert. Natürlich bemerkt seine Gattin genau in dem Augenblick, als der falscheste Eindruck von den Absichten des Landrats entstehen kann, die Szene. Zum Aussuchen der Leckerei hat er den Kopf etwas gesenkt, aber aus der Perspektive der Gattin sieht es aus, als würde sein Gesicht in Olgas Ausschnitt hängen. Dem Pressefotografen gefällt das Motiv jedenfalls genauso wie dem Kameramann des regionalen TV-Senders. Olga lächelt frivol in das Blitzgewitter hinein, während der Landrat einen etwas versprengten Eindruck macht.

Ihr nächstes Opfer ist der in Berchtesgaden nicht als Kostverächter bekannte Herr Monsignore. Bevor er sich für einen der Doppelgipfel entscheidet, sieht er Olga für eine oder zwei Sekunden nicht nur ganz unverhohlen in die Augen. Sie wendet sich von ihm ab und drapiert von der am Büfett gebunkerten Gipfelparade wieder etliche Exemplare auf ihrem Tablett. Doch diesmal geht sie anschließend kurz in die Knie und zieht ihre Handtasche hinter der bis zum Boden reichenden weißen Tischdecke hervor. Eine mit Polonium präparierte und mit einer Mini-Kerbe markierte Watzmann-Praline liegt sicher in einem Etui. Olga öffnet es und schiebt die Praline schnell in ein Geheimtäschchen, das hinter ihrem Handgelenk in einen der Samthandschuhe eingearbeitet ist.

Von dort wird sie den giftigen Watzmann im richtigen Moment auf ihr Tablett gleiten lassen.

Der Landeshauptmann-Stellvertreter aus Salzburg, Helga Gfaller und auch der Bürgermeister, alle wollen sie die süßen Doppelgipfel vernaschen. Nur noch drei Pralinen sind auf dem Tablett, als Olga endlich Wiktor entdeckt und Kurs auf ihn nimmt. Kurz bevor sie ihn erreicht, gleitet das am Gipfel markierte Polonium-Konfekt zu den verbliebenen drei Gebirgsstöcken. Jetzt muss sie Wiktor nur noch ohne sichtbare Einflussnahme dazu bringen, sich den markierten Gipfel einzuverleiben.

»Wiktor, diese Spezialität müssen Sie unbedingt probieren, bevor alle weg sind!«, flötet sie und beugt sich dabei wieder so gekonnt über das Tablett, dass es für Wiktor ein Leichtes sein dürfte, ihren Bauchnabel zu bewundern. »Ich habe die letzten Exemplare vor der Meute in Sicherheit bringen können, damit Sie nicht leer ausgehen.«

Wiktor weiß gar nicht, womit er diese Gunst verdient hat. Er will sich gerade für das mit der Kerbe gekennzeichnete und in Position gebrachte Pralinchen entscheiden, als neben ihm eine Frau stolpert, offenbar über ihre eigenen Stöckelschuhe. Sie verliert das Gleichgewicht, stößt einen grässlichen Schrei aus und ist drauf und dran, der Länge nach hinzuschlagen. Wiktor sieht den Sturz kommen, räumt die voraussichtliche Landebahn, streckt aber gleichzeitig die Hände nach der Fallenden aus. Das alles passiert reflexartig, ohne nachzudenken.

Dann aber erkennt er die Kommissarin wieder, die diesmal weder in Disco-Outfit noch in Bergausrüstung oder Alltagsklamotten erschienen ist, sondern für ihre Verhältnisse ziemlich elegant aufgebrezelt. Was die Höhe ihrer Absätze betrifft, kann sie es allerdings trotzdem nicht mit denen von Olga-Bunny aufnehmen. Und auch nicht mit ihrem Geh- und Stehvermögen in hochhackigen Schuhen, deshalb auch der panische Schrei. Ihre Hände suchen nach Halt, fuchteln durch die Luft, vergreifen sich an Olgas Oberteil, dessen Festigkeit sie jedoch offenbar überschätzt. Olga will sich schützen, weshalb sie die Hand der Strauchelnden packt, wobei ihr Silbertablett allerdings laut zu Boden scheppert. Mit der anderen Hand bringt sie ihr verrutschtes Oberteil wieder halbwegs in Position, um ihre für einen Augenblick entblößte Brust zu bedecken. Wiktor hat die andere Hand der Stolpernden zu fassen bekommen, sodass es ihm gemeinsam mit Olga gelingt, den Sturz der Kommissarin abzuwenden.

»Ah, Herr Owtscharow! Sie haben anscheinend Talent, sich in der Nähe von abstürzenden Personen aufzuhalten«, tönt die Verursacherin des ganzen Chaos ohne merkliche Verlegenheit, als sie wieder sicher auf beiden Beinen steht.

»Ich bedaure es sehr, dass ich dem abgestürzten Bergsteiger, den Sie mit Ihrer Andeutung vermutlich meinen, keinen Halt bieten konnte. Aber ich war ja auch nicht vor Ort an der Unglücksstelle, konnte also gar nicht helfen. Umso mehr freut es mich natürlich, dass ich Sie jetzt zusammen mit dieser jungen Frau davor bewahren konnte, zu Boden zu gehen. Alles in Ordnung? Ihren Füßen ist nichts passiert?«, fragt Wiktor.

»Nein, nein, mir geht's gut«, sagt die Polizistin. »Nur mit den Schuhen stimmt irgendwas nicht. Ich glaube, das sind Sitzschuhe, damit kann man gar nicht gehen.«

Olga ist schon in die Hocke gegangen und damit beschäftigt, die in Mitleidenschaft gezogenen Berggipfel auf ihrem Tablett wieder zu sortieren. Eine der Watzmann-Pralinen ist ziemlich ramponiert, die Spitzen zweier weiterer hat es noch schlimmer erwischt: Ihre Gipfel sind abgebrochen.

»Wenn man den richtigen Maßstab zur Beurteilung des Schadens zugrunde legt«, sagt die Kommissarin angesichts der ramponierten Pralinen, »so wäre der Watzmann durch diesen Sturz wahrscheinlich um mindestens vierzehn Meter geschrumpft. Das wäre ziemlich ärgerlich, da er in diesem Zustand die Zweitausendsiebenhundertermarke nicht mehr knacken würde.«

Olga sieht kurz auf und fragt sich, was die Frau da bloß labert. Mit wem spricht sie überhaupt?

»Zum Glück ist der Schaden nur am Modell entstanden«, erklärt Leni abschließend und lächelt zuerst Wiktor, dann Olga an. Sie räuspert sich, kommt aber offenbar nicht auf die Idee, sich bei ihren Rettern zu bedanken oder bei Olga für die Attacke zu entschuldigen.

Aufgrund ihrer mangelnden Erfahrung in der gehobenen

Gastronomie und weil ihr Plan nach Vollendung verlangt, hat Olga die verunglückten Pralinen wieder hübsch auf ihrem Tablett angerichtet. Kurz überlegt sie, ob es sein könnte, dass eine der gipfellosen Pralinen ihre Markierung beim Bergsturz verloren hat und die Praline, die am Gipfel mit einer Kerbe markiert ist, sich diese vielleicht erst beim Sturz zugezogen hat. Doch diese Überlegungen sind schnell abgeschlossen. Schließlich ist sie überzeugt, dass sich in einem winzigen Moment unmöglich so viele Zufälle ereignet haben können.

»Dann auf einen neuen Versuch«, lockt sie Wiktor, der ahnungslos auch ein weiteres Mal auf ihre Empfehlung anspringt und das Bergmassiv mit der Kerbe direkt an der Mittelspitze ergreift. Einen Augenblick scheint er noch zu zögern, aber Olga schnappt sich eine der geköpften Pralinen, richtet sie auf Wiktor, als wolle sie mit ihm anstoßen, und beißt schließlich in einer zur Schau gestellten Mischung aus Gier und Genuss in das Bergfragment. Also führt auch Wiktor den Gipfel zum Mund, beißt erst die Hälfte davon ab, schiebt dann aber das übrige Stück gleich hinterher. Seine Gesichtsmuskeln scheinen sich während des langsamen Kauens zu entspannen, von Sekunde zu Sekunde wirkt er zufriedener.

»Wenn das so ist, dann möchte ich auch eine«, sagt die Kommissarin und greift nach der vorletzten geköpften Praline auf Olgas Tablett.

Auch Marjana, die das ganze Tohuwabohu aus einiger Entfernung beobachtet hat, nähert sich, die ziemlich verbeulte letzte verbliebene Praline fokussierend. »Jetzt will ich aber auch wissen, was es mit diesen Pralinen auf sich hat. Ihr seht ja alle aus, als hättet ihr Haschisch geraucht oder stündet kurz vorm Orgasmus«, sagt sie und drängt sich näher an das Tablett heran.

Doch auch der Herr Monsignore, der wieder das Getümmel im imaginären Strafraum betritt und so tut, als habe er nicht verstanden, was Marjana eben gesagt hat, will nicht leer ausgehen. Das Risiko, einen gierigen Eindruck zu hinterlassen, geht er gern ein. »Entschuldigung, aber die sind einfach zu gut«, sagt er mit verzücktem Blick und sichert sich die letzte Gipfelplastik.

»Die gehört aber mir«, wendet Marjana ein und reißt ihm die Praline aus der Hand.

Der Geistliche findet Marjanas Verhalten einfach nur unverschämt und schaut jetzt drein, als hätten ihm die Hühner das Brot gestohlen.

»Bitte sehr, Hochwürden.« Die Kommissarin weiß, was sich gehört, und überlässt ihm ihre eigene Praline. Dem Träger eines päpstlichen Ehrentitels entreißt man schließlich keine kulinarische Spezialität.

Mittlerweile sind alle umstehenden Gäste auf die Szene aufmerksam geworden. Olga hasst solche Situationen. Eigentlich hat keiner gesehen, was genau passiert ist, aber jeder hat eine Meinung dazu, die er natürlich sogleich mit seinem Nachbarn teilen muss. Dabei wird ihr selbst immer unwohler. Während die letzten beiden Pralinen noch von Hand zu Hand wandern, steht bisher nur fest, dass sie selbst und Wiktor ihre bereits gegessen haben. Aber welche? Olga hatte nicht geplant, selbst zugreifen zu müssen. Aber sie musste Wiktor doch animieren. Er war so zögerlich, als hätte er irgendeinen Verdacht geschöpft. Unsinn!, schimpft sie jetzt stumm mit sich selbst. Beruhige dich! Es kann dir doch egal sein, wer sich die restlichen Schokoberge einverleibt. Sollen sie sich doch drum schlagen. Ich jedenfalls habe meinen Auftrag ausgeführt.

»Verfolgen Sie mich eigentlich noch?«, hört Olga Wiktor fragen. Die Frage ist an die Kommissarin gerichtet.

»Nein, zumindest nicht direkt«, antwortet sie. »Ich bin hier, weil mich dieser Halbwertszeit-Verein interessiert.«

»Ach, unsere Detektivin«, sagt Marjana und bietet ihr die aus priesterlicher Hand zurückeroberte Praline an. »Bitte, nehmen Sie doch. Das muss ja wirklich etwas ganz besonders Feines sein, aber ich glaube, für mich wäre sie sowieso zu süß. Ich habe jetzt eher Appetit auf ein Steak und etwas Flüssiges dazu.«

»Dass Sie mir mal eine Praline schenken, hätt ich auch nicht gedacht«, sagt Leni, und Olga lässt sie keine Sekunde aus den Augen, während sie dem Berg zuerst die zwei hellen Schneegipfel aus weißer Schokolade abbeißt und sich dann den braunen Sockel in den Mund schiebt. »Hab ich vielleicht Schokolade im Gesicht, weil Sie mich gar so anstarren?«

Olga schüttelt den Kopf. »Nein, alles gut«, sagt sie. »Alles ist gut.« Sie wendet sich ab und geht ein paar Schritte Richtung Büfett. Ihr ist so komisch zumute, ein leichter Schwindel macht sich bemerkbar. Sie starrt auf das leere Silbertablett, das sie in den Händen hält, und spürt den Wunsch in sich aufsteigen, es krachend auf den Boden zu schmettern. Aber die Griffe kleben an ihren Händen fest, als wären sie mit Sekundenkleber bestrichen. Von einem der Catering-Mädchen, einer auffallend grauen Maus, erntet Olga einen vernichtenden Blick. Sie muss eine lächerliche Figur abgeben. Ihr strahlender Auftritt, mit dem sie alle Männerblicke auf sich gezogen hat, ist längst vergessen.

Was ist bloß passiert? Sie ist immer noch verwirrt wegen des dummen Wechselspiels mit den Pralinen. Muss diese blöde Kommissarin auch gerade jetzt daherstolpern und ihr das Tablett aus der Hand rutschen, weil sie ihr die Hand zur Rettung gereicht hat! Warum hat sie sie eigentlich nicht mit Karacho zu Boden gehen lassen? Zwar wäre dann Wiktor mit seiner ungeschickten Hilfsaktion ebenso ins Straucheln geraten, aber sie selbst hätte ihre Pralinen gerettet. Immer diese dumme und unkontrollierte Hilfsbereitschaft! Sie muss mehr an sich arbeiten, sie muss einfach die richtigen Prioritäten setzen und diese Einstellung auch jederzeit abrufen können. Auch in Situationen, die überraschend eintreten. Schließlich hat sie einen Auftrag, für den sie bezahlt wird, und zwar fürstlich. Und wenn alles gut geht, steht einer weiteren Beförderung in Jurijs Imperium nichts im Weg. Aber beinahe hätte sie es vermasselt! Gut, dass Jurij noch nicht auf dem Fest erschienen ist und wahrscheinlich stattdessen schon wieder mit dieser fetten Kuh im Whirlpool planscht. So bleibt ihr wenigstens die Blamage erspart, von ihm wegen ihrer Ungeschicklichkeit abgestraft zu werden. Solche Dinge können jedem anderen passieren, aber ihr doch nicht. Den Anspruch der Perfektion hat sie schon in sich gehabt, seit sie denken kann. Sie war kein kleines Mädchen und kein Teenager wie alle anderen. Die Fehler der anderen hatte sie sich selbst nie zugestanden.

Olga drückt ihren Rücken durch und trägt das Tablett, das immer noch an ihr klebt wie ein Klumpen Pech, zum Büfett. Für jeden Fehler, auch für die, die außer ihr niemand bemerkt, bestraft sie sich. Die Spuren ihrer Bestrafungen darf niemand sehen. Sie macht ihre Gefühle mit sich selbst aus und verletzt sich an Stellen, die im Normalfall immer mit Kleidung bedeckt sind. Sie ritzt sich an der Innenseite der Oberschenkel oder schneidet sich mit einem scharfen Messer in die Fußsohlen, bis Blut kommt. Damit sie sich nicht entzünden, behandelt sie die Wunden mit einer Jodtinktur wie die, die früher in der Hausapotheke ihrer Mutter stand. Nach dem Ritzen ist das Desinfizieren ihr zweiter Schmerz, und er ist fast noch heftiger als der erste. Aber es muss sein. Die Fehler müssen aufhören. Sie ist nicht so wie die anderen.

Und jetzt das! Sie hat sich zum Gespött der Leute gemacht. Schau an, wie die Männer plötzlich wieder an den Rockzipfeln ihrer Frauen hängen, diese Feiglinge, wie sie einen Arm um ihre Taillen gelegt haben. Als Versicherung, ich gehöre zu dir, du bist doch immer noch die Beste. Ach, Quatsch, das ist doch alles nur Einbildung, da stehe ich doch drüber. Olga atmet tief durch. Für mich ein nicht zu verzeihendes Missgeschick, denkt sie, ja, aber für andere Menschen kein Drama, weil ihnen solche Dinge ständig passieren.

Olga stellt das Tablett ab, und eines der Mädchen, die das benutzte Geschirr in die Küche tragen, nimmt es wortlos mit. Olga sieht ihr hinterher, wie sie mit ihren bequemen Gesundheitsschuhen, in denen ihre Waden unförmig wirken, und in dem schwarzen Glockenrock, der beim Gehen auf Höhe ihrer fleischigen Kniekehlen wippt, davongeht.

Sie muss sich wieder beruhigen. Aber noch während sie sich selbst ermahnt, bemerkt sie ein Kribbeln in den Händen, die immer noch in den schwarzen Bunny-Handschuhen stecken. Was ist das? Eine Allergie? Sie hat das Gefühl, als würden ihre Finger anschwellen. Oder ist es der Kreislauf, weil sie sich so aufgeregt hat? Sie versucht, sich den rechten Handschuh abzuziehen, doch es gelingt ihr nicht. Sie zieht am Mittelfinger, bekommt aber den dünnen Stoff nicht zu fassen, der spannt, als wäre er zu heiß gewaschen worden und plötzlich eingegangen.

Ein Schwindel erfasst sie, ja, es muss einfach der Kreislauf sein, dann verspürt sie einen Brechreiz, der immer stärker wird. Sie presst die Hand, die sich noch immer im Handschuh befindet, auf den Mund und geht eilig in Richtung Toiletten. Jetzt bloß nicht laufen, nicht stolpern, nicht husten. Nicht noch mehr Aufmerksamkeit auf sich ziehen. Den Brechreiz ignorieren. Sie muss es bis zur Toilette schaffen. Hat sie vielleicht etwas Falsches gegessen? Hat sie eine Fleischvergiftung, oder war der Salat nicht mehr ganz frisch? Aber nein, sie wird nicht erlauben, dass Hysterie Besitz von ihr ergreift. Sie wird jetzt sofort all ihre Kräfte zur Selbstbeherrschung mobilisieren. Sie war in ihrem Leben nie ernsthaft krank, sie ist stark wie ein Ochse, sie trainiert hart, sie weiß, dass sich das bezahlt macht. Sie darf nur nicht die Nerven verlieren. Sie weiß auch, wie man einen schwachen Geist zur Ordnung ruft und störende Gedanken zum Verstummen bringt. Aber diesmal ist es nicht ihr Geist, es ist ihr Körper, der alle bewusst eingesetzten Kräfte schachmatt setzt und nur noch unbeherrscht und zerstörerisch gegen sich selbst wütet.

Olga erreicht die Toilette, reißt die Tür auf, stolpert in eine der Kabinen, der erste Schwall Erbrochenes trifft nur teilweise die Schüssel, das meiste spritzt über den Deckel und die Brille hinweg und endet in gelblichen Portionen auf dem Steinboden. Und wieder der Schwindel, als wäre sie sturzbetrunken. Sie muss sich ihm ergeben, kann nicht dagegen ankämpfen. Ihr Magen verkrampft sich, wird hart wie ein Stein und sammelt die nächste Salve. Ein saurer Klumpen presst sich durch ihren Schlund nach oben, es fühlt sich an, als habe sie ein Päckchen mit Drogen verschluckt, das nun wieder herausbefördert wird. Aber vielleicht war der harte Klumpen auch nur Luft, denn heraus kommt schließlich, begleitet von einem grässlichen Rülpser, nur ein Schwall dünner gelber Galle, der von der Kloschüssel aufspritzt. Olga reißt den Kopf zurück, bevor die Flüssigkeit ihr Gesicht trifft.

»Kann ich Ihnen helfen?«, fragt plötzlich jemand. Sie hat vergessen, die Tür abzusperren.

»Hauen Sie ab!«, stöhnt Olga. »Lassen Sie mich in Ruhe! Weg!«

Die Tür hinter ihr wird geschlossen, dafür betritt die Person jetzt die Kabine nebenan. Olga kann ihre Schuhe sehen: dieselben braunen Pumps, die zuvor die Landkommissarin zu Fall gebracht haben. Die Schuhe, die dafür verantwortlich sind, dass sie ihr Tablett hat fallen lassen.

»Aber Sie brauchen doch Hilfe«, sagt die Frau in der Nebenkabine sanft. »Soll ich einen Arzt holen?«

Olga betätigt die Spülung und wischt sich mit Toilettenpapier über den Mund. Die Pumps nebenan zeigen jetzt mit ihren Spitzen Richtung Tür. Die Kommissarin pinkelt, dann läuft die Spülung.

»Ich kann Sie doch nicht hier am Boden sitzen lassen. Ich komme jetzt rein und helfe Ihnen entweder auf oder hole gleich den Arzt.«

Sie hat auch eine Praline gegessen, denkt Olga, und es fehlt ihr nichts. Sie beißt die Zähne aufeinander, weil die nächste Übelkeitswelle naht und sie kraft ihres Willens verhindern will, dass sie herausschwappt wie die vorangehenden zwei. Und wenn sie die Kotze wieder runterschlucken muss, sie wird es verhindern. Sie wird sich vor dieser Frau nicht noch einmal erniedrigen. »Können Sie mir meinen Mantel aus der Garderobe holen? Ein schwarzer Trenchcoat, Burberry, Größe achtunddreißig.«

Die Kommissarin verlässt tatsächlich die Toilette, Olga wischt die Klobrille mit Papier ab und versucht, sich an ihr hochzuziehen. Erschöpft lässt sie sich schließlich auf der Toilette nieder, stützt den Kopf in die Hände und versucht, kontrolliert zu atmen. Ihr Magen ist immer noch steinhart, aber er ist entweder leer oder beruhigt sich gerade. Olga hofft, dass es nun vorbei ist.

Als die Polizistin zurückkommt, steht Olga schon am Waschbecken und spült sich den Mund aus. Ihr Gesicht im Spiegel ist sehr bleich. Olga schlüpft in den Mantel und zieht einen flachen Schminkbeutel aus der Tasche, in dem sich die nötigsten Dinge befinden: Mini-Parfüm, Make-up, Wimperntusche, Puder, Schwämmchen, ein Kamm.

»Danke«, sagt Olga. »Ich komme jetzt allein zurecht.«

»Geht es wirklich wieder?«, fragt die andere Frau und sieht sie prüfend an.

»Ja, alles in Ordnung.« Olga versucht ein Lächeln. »Vielleicht habe ich einfach nur zu viel Alkohol erwischt. Aber jetzt ist es ja wieder gut.« Sie nimmt die lächerlichen Bunny-Ohren ab und schafft es endlich, aus ihren Handschuhen zu schlüpfen. Ihre

Finger sehen ganz normal aus, von einer Schwellung keine Spur. Sie stopft die Handschuhe in die Manteltasche, wobei ihre Finger etwas berühren. Der Stick! Olga nimmt den Lippenstift von der Spiegelablage, zieht sich die Lippen nach und sieht prüfend zur Kommissarin hinüber, die immer noch in der Tür steht. Sie macht keine Anstalten zu verschwinden. Kann es sein, dass die Dorfpolizistin den Stick entdeckt hat? Wie lange war sie weg, um den Mantel zu holen? Zu lange? Olga hat keine Ahnung, wie viel Zeit vergangen ist. Ein häufig begangener Fehler, andere Menschen zu unterschätzen. Genauso wie es auch ein Fehler ist, Menschen zu überschätzen. Aber Olga ist noch zu verwirrt, um sicher zu wissen, woran sie bei dieser Frau ist. Ist sie nur eine tumbe Dorfpolizistin, die in ihren Absatzschuhen nicht laufen kann, oder doch von einem anderen Kaliber? Schließlich bricht die Beamtin den Blickkontakt mit Olgas Spiegelbild ab und wendet sich zum Gehen. »Gute Besserung«, hört Olga sie noch sagen, dann fällt die Tür hinter ihr zu. Endlich.

Leni zwingt sich, möglichst gleichmütig in den kleinen Festsaal zurückzukehren, obwohl sie überzeugt ist, ihr Herz müsse so laut klopfen, dass es jeder hören kann. Am liebsten würde sie sofort in die Polizeidienststelle in der Hanielstraße laufen, um sich die Daten, die sie in der Garderobe von dem Micro-USB-Stick in Olgas Trenchcoat auf ihr Smartphone geladen hat, anzusehen oder auf einen der Polizeicomputer zu übertragen. Doch sosehr es sie auch in den Fingern juckt, sie zwingt sich, sich noch zu gedulden. Wäre doch zu schade, wenn sie sich die Gelegenheit entgehen ließe, dem Trio auf den Zahn zu fühlen. Die Erkenntnisse, zu denen ihr der Stick eventuell verhelfen wird, darf sie offiziell sowieso nicht verwerten, schließlich hat sie sich das Beweisstück auf nicht ganz legalem Weg besorgt. Aber auf diesem Stand ihrer Ermittlungen geht es ihr noch lange nicht um Verwertbarkeit, sondern darum, eine Spur darauf zu finden, was hier eigentlich gespielt wird. Irgendetwas, wodurch ihr Bauchgefühl bestätigt wird, dass es hier nicht allein um Atomkraft und Strahlung geht. Dass es einen anderen Grund geben muss, warum die drei wiedergekommen sind. Etwas, was ihr sagt, warum Wladimir im vergangenen Jahr sterben musste, was seinen Mörder, diesen kriminellen Adligen von Reichenberg, nach Berchtesgaden geführt hat und warum er den Ukrainer ausgerechnet hier getötet hat. Sie verspricht sich von den Daten eine Spur, und Olga wird ja wohl keinen leeren Stick oder einen mit Familienfotos in der Manteltasche mit sich herumtragen. Leni muss jetzt nur noch Geduld haben und konzentriert bleiben. Heute scheint ihr Glückstag zu sein. Für den Stick hat es sich gelohnt, dass sie sich in diese blöden Schuhe gezwängt hat, die sie sonst allenfalls zu Hochzeiten und Beerdigungen trägt. Dann kann sie die Veranstaltung eigentlich auch verlassen und noch ins Edelweiß auf einen Absacker hinübergehen.

»Ach, Sie fahren auch nach oben?« Wiktor steht bereits im Hotelaufzug, als Leni einsteigen will.

»Ja, fünfter Stock, wenn Sie in eine andere Etage wollen, müssen Sie drücken«, antwortet Wiktor.

»Nein, nein, das passt ganz wunderbar. Terrasse Panoramarestaurant. Livemusik mit den ›Alpine Metals‹?«

Wiktor nickt. »Bisschen Musik und frische Luft.«

»Also haben wir sozusagen das gleiche Ziel«, sagt Leni.

Es macht kling, die Tür schließt, und fast lautlos schweben sie nach oben. Leni kommt es einen Moment so vor, als würde der Aufzug gar nicht mehr aufhören zu beschleunigen. Kurz hat sie das Gefühl, dass da etwas nicht stimmen kann, doch ihre Gedanken sind gleich wieder woanders. An die Tür gelehnt schaut sie seitlich in den Spiegel und sieht darin nicht sich selbst, sondern Wiktor. Wer ist dieser Kerl eigentlich? Wiktor, der Mysteriöse, Wiktor, der Verdächtige, Wiktor, der Gefährliche, Wiktor, der ihr auf die Nerven geht, Wiktor, der Lügner, Wiktor, der Unnahbare, oder vielleicht doch Wiktor, der Interessante, bei dem ihr Herz ein bisschen schneller schlägt, wenn sie ihm begegnet, obwohl sie weiß, dass er nicht ganz koscher ist?

Das Gefühl ist nicht besonders angenehm. Ihr reichen ihre zwei Esel und ihr Nachbar Rudi, das Präsidium und, wenn es wieder einmal sein muss, die Alm, die heimischen Berge und ein gutes oder auch nur unterhaltsames Buch. Das ist ihr genug, und sie will auch, dass es ihr genug ist. Obwohl das ja eigentlich überhaupt nicht zur Debatte steht, denkt sie: Nein, ich habe keine Lust, mich zu verlieben. Nie mehr will ich mein Herz einem anderen Menschen ausliefern, der nicht weiß, wie man damit umgeht. Der darauf herumtrampelt, wie es ihm passt, oder es fortschießt wie ein Fußballer den Ball, der auf dem weißen Elfmeterpunkt liegt und in das Tor des Gegners fliegen soll. Sie will keinen Mann, um den sie Angst haben muss, der jederzeit abstürzen oder krank werden kann, weil er sich zu lange in verstrahltem Gebiet aufgehalten hat. Dann doch lieber allein mit zwei Eseln, die, wenn sie Glück hat, sie sogar überleben werden.

Als wäre die Zeit stehen geblieben. Sie kann denken und denken, und der Aufzug erreicht einfach nicht sein Ziel. Was ist denn das schon wieder?, fragt sich Leni. Aber vielleicht ist mir auch grad einfach nur alles zu viel. Diese komische Veranstaltung mit dem halb nackten Häschen und den Watzmann-Pralinen. Mit der kotzenden Olga und mit mir selbst in einer Verkleidung als Vernissagebesucherin. Jetzt, denkt sie, wäre ich gern auf der Alm, dort wäre alles gut. Sie wischt sich eine überraschend aufgetauchte Träne aus dem Augenwinkel und beißt sich vor Wut über ihre plötzliche Rührseligkeit auf die Unterlippe. »Wann sind wir denn endlich oben?«, schreit sie. »Der blöde Aufzug fährt doch schon mindestens seit fünf Minuten. Haben Sie irgendetwas an der Technik manipuliert?«

Wiktor starrt sie verdutzt an.

»Sie finden das auch noch lustig?«, schreit sie weiter. »Los, Sie haben Ihren Spaß gehabt, machen Sie, dass wir aussteigen können.« Mit der Faust hämmert sie auf die Sensorplatte ein, über die man das Stockwerk auswählt.

»Ich habe gar nichts gemacht. Sie merken doch selbst, dass der Aufzug sich kaum mehr aufwärtsbewegt. Als würde etwas mit dem Antrieb nicht stimmen. Und jetzt hören Sie endlich auf, auf das Schaltpult einzuschlagen. Das ist eine Störung, wir müssen jemanden rufen, der uns da rausholt.«

»Klasse, super, und wieder hab ich die falsche Entscheidung getroffen! Wär ich doch bloß drüben im Kongresshaus geblieben.

Aber nein, ich sehe das Plakat, denke mir, ach, das wär doch jetzt nett da oben. Ein warmer Sommerabend, ein laues Lüftchen, klar, da schau ich doch auch mal rauf. Was interessieren mich auch die Lokalpolitiker mit ihrer Meinung über den Verein Halbwertszeit. Die haben doch sowieso keine Ahnung, was da gespielt wird. Ist es nicht so?«

»Ich weiß nicht, was Sie meinen, Frau Morgenroth. Wirklich. Was habe ich Ihnen nur getan, dass Sie immer so ausfallend werden, wenn ich in Ihrer Nähe bin?«, will Wiktor wissen.

»Ach, mit Ihnen hat das nichts zu tun. Mich regt einfach nur auf, dass genau dann, wenn ich ausnahmsweise mal den Fahrstuhl nehme, was ungefähr einmal im Jahr vorkommt, diese Krücke den Geist aufgibt. Wie kann das denn überhaupt sein? Der ist doch fast neu, wie das ganze Hotel Edelweiß. Vor zwei Jahren eröffnet!«

»Das Alter sagt nichts über die Qualität aus«, sagt Wiktor. »Ich wollte immer ältere Hubschrauber fliegen. Solche, die die Kinderkrankheiten schon hinter sich hatten. Vielleicht ist das bei Aufzügen nicht anders.«

Plötzlich macht es einen Ruck, und ein lautes metallisches Klacken ist zu hören, als hätte sich eine überdimensionale Zange in eine Stahlstange verbissen. Der Aufzug steht, es ist zwar eine Art Vibration zu spüren, aber nichts geht mehr vorwärts oder zurück. Dann ein Quietschen, als würde man eine Gabel mit aller Kraft auf den Boden eines Edelstahltopfs pressen und Kreise damit ziehen. Das Geräusch wird lauter. Leni hat das Gefühl, als würde sich der Aufzug nun langsam senken. Als hätten sich Stahlklauen, die im Notfall den Fahrgastkorb vor einem Absturz in den Schacht bewahren sollen, in etwas verbissen, allerdings nicht fest genug, sodass sich der Aufzug nun langsam und unerträglich laut quietschend nach unten bewegt.

Leni drückt auf den Knopf »Nothalt« und dann, nachdem sich nichts tut, auf den »Notruf«-Knopf. Ein kurzes Knacken, ein Summen, dann ist wieder Ruhe. »Was ist das hier bloß für eine Kacke?«, will sie genervt wissen.

»Ich glaube, wir haben ein Problem und Houston liegt gerade im Funkschatten«, antwortet Wiktor.

»Irrsinnig witzig! Genau so einen Kommentar wünscht man sich in so einer Situation. Los, Sie sind doch ein Haudegen, Hubschrauberpilot und Tschernobyl-Liquidator, wie Sie mir schon gefühlte dreiundzwanzig Mal erzählt haben. Ihnen wird doch wohl was einfallen. Im Vergleich zu einem explodierenden Atomkraftwerk müsste so ein stecken gebliebener Fahrstuhl doch ein Klacks sein, oder?«

»Ist er auch«, sagt Wiktor. »Zumindest für die Menschen, die jetzt nicht hier drinnen sind. Aber für uns ist er erst dann ein Klacks, wenn wir wieder draußen sind.«

Leni sieht ihn fragend an. »Und jetzt?«

»Jetzt holen Sie Ihr Handy raus und setzen einen Notruf ab«, schlägt Wiktor vor.

»Sehen Sie vielleicht irgendwo an mir ein Handy?«, fragt Leni und streicht sich über das körperbetonte, eng sitzende Kleid. Wiktor sieht ihr dabei zu und deutet dann mit dem Kinn auf das Brusttäschchen auf der rechten Seite des Kleides.

Leni folgt seinem Blick und zieht einen zusammengefalteten Zwanzig-Euro-Schein, ein Taschentuch und ein Parkticket heraus.

»Mehr hat in der Tasche nicht Platz gehabt. Solche Kleider sind eben nicht dazu gemacht, dass man den halben Hausstand mitnimmt. Mein Handy liegt unten in der Tiefgarage in meinem Auto.«

»Sehr gut«, sagt Wiktor.

»Und was ist mit Ihnen?«

»Mich ruft nie jemand an, wenn ich in Deutschland bin. Zu teuer, verstehen Sie? Deshalb brauche ich das Handy auch nicht oft. Wäre unnützer Ballast.«

»Aber in den Bergen sollten Sie schon eins dabeihaben, das kann Ihr Leben retten.«

»Meiner Einschätzung nach befinden wir uns hier aber in einem kaputten Aufzug und nicht auf einem Berg.«

»Sie sind wirklich lustig, aber was machen wir jetzt?«

»Ich würde vorschlagen, einer von uns klettert aufs Dach und sieht sich das Malheur von oben an. Machen Sie bitte eine Räuberleiter, dann übernehme ich das.«

»Aber ich bin leichter als Sie und kann besser klettern. Sie machen die Räuberleiter«, sagt Leni.

Wiktor verzichtet darauf zu diskutieren. Er sieht zur Luke für den Ausstieg nach oben und lehnt sich gegen die Aufzugwand. Dann verschränkt er die Hände vor dem Bauch. »Sie haben mich überzeugt«, sagt er. »Hoch mit Ihnen!«

Leni schlüpft aus ihren Schuhen, umfasst Wiktors Hals und setzt ihren linken Fuß in seine verschränkten Hände. Mit dem rechten steigt sie dann auf seine Schulter, den Kopf nahe der Wand, um nicht nach hinten zu kippen, und schlägt mit der Faust schließlich auf die Lukenblende, die sich nach außen wegschieben lässt. Sie streckt ihre rechte Hand durch die Öffnung und hält sich an der Kabinendecke fest, bevor sie die linke Hand hebt.

»Gehen Sie ein Stück von der Wand weg, damit ich mich durch die Luke schieben kann!«, ruft Leni nach unten, und Wiktor bringt sie in die richtige Position. Als sie ihren Oberkörper durch die Luke gezwängt hat und auf dem Bauch liegt, schiebt er mit den ausgestreckten Händen ihre Füße an und befördert sie auf das Kabinendach.

»Was sehen Sie?«, will Wiktor wissen.

»Sieht nicht gut aus«, antwortet Leni.

Aus dem Maschinenraum am oberen Ende des Aufzugschachts dringt schummrig bläuliches Licht. Als die Kabine einen Ruck nach unten macht, wird das Quietschen lauter, Leni schreit kurz auf, dann ist wieder Ruhe. Die Kabine steht, es ist still.

»Können Sie die Situation vielleicht noch etwas genauer schildern? Ich bin nämlich so ein primitiver Pilot, der sich von ›Sieht nicht gut aus‹ keine genaue Vorstellung machen kann!«, ruft Wiktor nach oben.

»Okay, wenn Sie's wirklich ganz genau wissen wollen: Es stinkt, als würde hier irgendetwas vor sich hin kokeln. Als wäre ein Kabel zu heiß geworden. Von den Seilen, die zwischen Wand und Aufzug gespannt sind, hat sich eines gelöst. Vielleicht ist es sogar gerissen, keine Ahnung. Auf alle Fälle liegt das obere Ende auf dem Aufzugdach, statt dass es an der Wand hängt. Allerdings ist es kein richtig dickes Seil, vielleicht ist es also nicht weiter wichtig.«

»Soviel ich weiß, verzichtet man beim Aufzugbau von vornherein auf unwichtige Seile«, sagt Wiktor. »Säße ich jetzt in meinem Hubschrauber, würde ich vorsichtshalber zur Notlandung ansetzen und den Funkspruch ›Mayday, Mayday‹ absetzen, aber in diesem Scheißkasten gibt es ja nicht einmal ein Funkgerät. Und die Notrufanlage ist auch nur aus Entsorgungsgründen eingebaut worden. Wie soll ich jetzt eigentlich zu Ihnen nach oben kommen?«

»Mit der Leiter. Hier oben ist eine. Entweder hat die der Lehrling vergessen, oder die Monteure waren mit ihrer Konstruktion noch gar nicht fertig, als der Aufzug in Betrieb genommen wurde«, sagt Leni.

»Oder sie haben ihrem Aufzug selbst nicht getraut und vorsorglich eine Leiter für Notfälle wie unseren deponiert. Sehen Sie sich mal um, vielleicht finden Sie ja auch noch einen Fallschirm, wer weiß?«

»Jetzt hören Sie aber auf mit Ihrer Unkerei, das wird schon alles gut gehen.« Wieder setzt das unerträgliche Quietschen ein, und der Aufzug sackt erneut zehn, zwanzig Zentimeter ab. Nach einem kurzen Aufschrei ruft Leni: »Okay, okay, ich nehme alles zurück. Sie unken nicht mehr, und ich will jetzt, dass dieser blöde Aufzug endlich Ruhe gibt und erst dann in den Keller fährt, wenn wir in Sicherheit sind. Ist das vielleicht zu viel verlangt? Ich reich Ihnen jetzt mal die Leiter runter.«

Wiktor hört ein schabendes Geräusch, als Leni die Leiter in Stellung bringt.

»Was passiert eigentlich mit mir, wenn der Aufzug abstürzt und ich in den Seilen hänge?«, plappert sie auf dem Kabinendach weiter. »Zischt dann so ein Gegengewicht nach oben, wie man es in den Filmen immer sieht, und erschlägt mich?«

»Frau Morgenroth, ich habe vorhin ein bisschen übertrieben. Nichts wird passieren, da bin ich mir ganz sicher. Haben Sie denn schon jemals gehört, dass ein Aufzug abgestürzt ist? Soviel ich weiß, ist dergleichen in den letzten fünfzig Jahren nirgendwo auf der Welt passiert. Wieso sollte unter diesen Voraussetzungen ausgerechnet in Deutschland, in Berchtesgaden in Bayern, einer abstürzen? Das ist doch lächerlich! Wenn ich in Kiew in einer

Kneipe erzählen würde, dass ich in Deutschland fast mit dem Aufzug abgestürzt wäre, würden mich meine Kumpels auslachen, ehrlich.«

Wieder quietscht es, wieder sackt der Aufzug ab, diesmal mindestens dreißig Zentimeter.

Leni faucht Wiktor an: »Lassen Sie Ihre Durchhalteparolen und kommen Sie endlich zu mir auf das Dach. Ich will von hier verschwinden und kann Sie leider da unten nicht vergessen, weil mich mein Chef sonst wieder fragt, ob ich den Ukrainer extra hab abstürzen lassen. Also, kommen Sie schnell.«

Während Wiktor auf das Dach der Kabine steigt, sackt diese schon wieder ab.

»Beeilung!«, schreit Leni. »Jetzt machen Sie doch schneller! Hier oben gibt es vielleicht einen Ausweg für uns. Und bringen Sie die Leiter mit!«

Als Wiktor neben ihr steht, stellt Leni die Leiter an die Schachtmauer. Sie reicht fast bis an die Tür des über ihnen liegenden Stockwerks.

»Da ist ein Stahlstift. Sehen Sie den? Ich hänge die Leiter dort ein und hoffe, dass der Stift hält, bis ich oben bin und die Tür geöffnet habe. Wenn die Leiter abrutscht, müssen Sie sie abfangen, damit sie nicht zwischen Aufzug und Schachtmauer nach unten fällt. Und idealerweise, wenn es denn irgendwie geht, fangen Sie mich dann auch mit auf«, sagt Leni.

Wieder sackt der Aufzug ein Stück ab.

»Okay«, versichert Wiktor, »mit dem linken Arm fange ich Sie auf, mit der rechten die Leiter. Sie müssen sich keine Sorgen machen. Alles wird gut.« Wiktor grinst, als bestünde keine größere Gefahr, als dass einer von ihnen vom Bordstein stolpern könnte.

»Haben Sie eigentlich gar keine Angst?«, fragt Leni.

»Ach, wissen Sie, wenn Sie mal auf einer ukrainischen Autobahn unterwegs waren, und die sind ähnlich wie die russischen, dann kann Ihnen so schnell nichts mehr Angst einjagen.«

»Aha, jetzt also wieder! Und noch vor wenigen Minuten hatte ich Bedenken, dass Sie sich in die Hosen machen«, stichelt Leni.

»So ein Unsinn! Das Einzige, um das ich mir Sorgen mache, das sind Sie«, behauptet Wiktor.

»Oh, danke. Dann seh ich mal zu, dass ich mich rette.« Schon steht Leni auf der Leiter, die verdächtig wackelt.

Wiktor muss sich sehr konzentrieren, um weiter ganz cool auszusehen. Als Leni fast oben ist, quietscht es wieder, und Wiktor entdeckt das Gegengewicht zum Aufzug, das anscheinend durch Schienen rauf- und runterläuft. Wie ein Schafott, denkt er. Wann immer der Aufzug absackt, gerät das Fallbeil in Schwingung. Als er Lenis Schrei von oben hört, zuckt er zusammen. »Tschaka!« ruft sie nun, und als er zu ihr hinaufsieht, steht die Tür offen. Irgendwie muss sie sie aufgebracht haben. Von ihr selbst sieht er nur noch den Po, und auch den nur noch kurz, dann ist er verschwunden. Wiktor greift nach der Leiter, die nach seinem Geschmack viel zu wacklig an diesem Stift hängt. Er will lieber nicht darüber nachdenken, was bei seinem Gewicht passieren wird. Wo ist sie jetzt bloß hin, diese verrückte Kraxlerin? Sie könnte immerhin die Leiter festhalten. Wiktor kann sich nur kurz seinem Selbstmitleid hingeben, schon steht die Kommissarin wieder oben in der Tür. Sie hält etwas in beiden Händen, aber Wiktor kann nicht erkennen, was es ist.

»Los, geh mal zur Seite!«, brüllt Leni nach unten, und schon fliegt ein Feuerwehrschlauch mit massiver Storz-Kupplung als Abschluss Richtung Aufzuggondel. Sie muss ihn irgendwo aus dem Hotel entwendet haben. Ein Höllenlärm, als die Alukupplung auf die Aufzugkabine kracht. »Und jetzt binde dir das Schlauchende um die Hüften«, brüllt Leni nach unten. »Damit sichere ich dich!«

»Schön, dass wir jetzt endlich beim Du sind!«, ruft Wiktor. »Ich heiße Wiktor!«

»Leni!«, schreit Leni.

»Leni? Wie Heidi?«, fragt Wiktor.

»Du kannst auch Magdalena zu mir sagen, wenn dir das lieber ist. Und jetzt mach schon! Ich kann dich ja nicht auf dem Dach eines Aufzugs in den Tod rasen lassen.«

»Aye, aye, Frau Lena!« Wiktor hat sich den Schlauch um den Bauch geknotet. »Und jetzt kletter ich zu dir rauf.« Er tritt auf die schwankende Leiter und verdrängt den Gedanken, was passieren wird, wenn der Stift ausreißt. Was wäre das für eine böse

Ironie des Schicksals. Nach Wladimir ein weiteres ukrainisches Opfer in Berchtesgaden, noch dazu mit der Kriminalpolizistin im Schlepptau, die es anscheinend drauf anlegt, mit Verbrechern die irrsten Abenteuer zu bestehen. Entweder rast sie auf dem Segway durchs Salzbergwerk oder mit dem Feuerwehrschlauch durch den Fahrstuhlschacht des Hotels Edelweiß. Was wird dieser Frau wohl als Nächstes einfallen?

Die Leiter wackelt wie ein Kuhschwanz, aber Wiktor schafft es bis zum Ausstieg. Als er seinen Oberkörper durch die Luke schiebt, sieht er, dass Leni den Feuerwehrschlauch über verschiedene Hindernisse wie die Wandbefestigung eines Feuerlöschers und eine Heizkörperaufhängung geführt hat. Am Ende des Gangs steht sie selbst, breitbeinig, den Schlauch um die Hüfte gewickelt und mit beiden Händen sein Gewicht haltend. Zum ersten Mal denkt er, dass sie eigentlich ein gutes Team wären. Wenn sie nur ihre Zunge im Zaum halten könnte.

»Jetzt los, raus da, meinen Sie etwa, ich steh hier zum Vergnügen rum? Tanzen wollte ich hier oben, nicht tauziehen!«, raunzt sie ihn an.

»Aber wir waren doch schon beim Du, Frau Lena. Und du kannst mir glauben, dass ich so schnell mache, wie ich kann.« Vorsichtig zieht Wiktor seinen Unterkörper und die Beine nach, bis er schwitzend am Boden hockt und das Nachlassen der Anspannung genießt.

Leni fängt gleich an aufzuräumen. Sie fädelt den Wasserschlauch aus den improvisierten Führungen und beginnt ihn aufzurollen. Als sie auf Wiktor zurollt, packt er sie an den Händen und zwingt sie auf den Boden.

»Jetzt setz dich doch mal kurz her, verdammt!«, sagt er. »Aufräumen kannst du später auch noch.«

Und während sie schon den Mund zum Protest öffnet, packt er sie wieder und drückt ihr einen Kuss auf die Lippen. »Danke schön, Frau Lena«, sagt er. »Ich bin wahrscheinlich der erste Ukrainer, den du aus einem Aufzugschacht gerettet hast, oder?«

»Ach wo«, wiegelt Leni ab und lässt sich ihre Überraschung nicht anmerken, »eigentlich mach ich das ständig. Wer mit mir Aufzug fährt, der weiß meistens nicht, worauf er sich einlässt.

Aber ich kann mir ja kein Schild umhängen, auf dem steht: Bringe jeden Aufzug zum Stehen!«

Sie sagt es so ernst, dass Wiktor tatsächlich überlegt, ob von ihr irgendeine Kraft ausgeht, die Aufzüge zum Kollabieren bringt.

»Und jetzt auf«, treibt sie ihn an. »Wir müssen den Schlauch für den Fall eines wirklichen Notfalls wieder aufräumen. Und dann geben wir unten Bescheid, dass der Aufzug kaputt ist.«

»Wo sind eigentlich deine Schuhe?«, fragt Wiktor.

»Weg sind sie. Runtergefallen. Und soll ich dir was sagen? Ich bin froh drüber. Ich glaub, die Schuhe waren überhaupt schuld an allem. Die haben das ganze Unglück über mich gebracht.«

»Ich finde es schade«, sagt Wiktor und rappelt sich auf.

»Warum denn?«, fragt Leni.

»Immerhin waren es diese Schuhe, die dich in meine Arme getrieben haben. Du erinnerst dich?«

»Lieber nicht. Wie stehst du eigentlich zu dieser Hasendame?«

»Hasendame?«

»Na, zu diesem blonden Bunny mit dem blassen Mondgesicht.«

»Du meinst Olga?«

»Was hat sie eigentlich für eine Funktion?«

»Sie arbeitet für den Verein.«

»Als Bunny?«

»Also, die Verkleidung war jetzt vielleicht nicht so eine tolle Idee von ihr.«

»Das kann man wohl so sagen.«

»Ja, was weiß denn ich, was in den Hirnen schöner Frauen vorgeht«, sagt Wiktor. »Sie ist eben eine Kollegin, und ich mag sie nicht einmal besonders. Lässt sich immer mit den falschen Kerlen ein. Auch geschäftlich.«

»Und du wärst der richtige Kerl für sie?«

»Kann schon sein, aber sie ist nicht die Richtige für mich.«

Daraufhin sagt Leni erst einmal nichts mehr, sondern hängt den Schlauch in eine als Wandschrank getarnte Kiste. »Gehn wir?«, fragt sie.

»Nach dir«, sagt Wiktor und läuft hinter der barfüßigen Kommissarin Richtung Treppenhaus. Ihre hautfarbene Strumpfhose mit Seidenschimmer hat an der rechten Wade einen großen schwarzen Schmierfleck, und über die kräftigen Wadenmuskeln ziehen sich wie eine breite Naht mehrere Laufmaschen.

Im Erdgeschoss sehen sie bereits den Menschenauflauf am Aufzug. Ein ganzer Pulk Leute steht im Halbkreis davor, unmittelbar an der Tür ein Techniker mit blauer Werkzeugkiste, neben ihm einer der Kellner der Hausbar in seinem typischen Trachtengilet, rotsamten mit aufgestickten grünen Blümchen.

»Hallo? Ist da jemand drin?«, hören sie den Techniker ein ums andere Mal rufen.

»Da ist keiner drin«, sagt der Kellner, »sonst würde er doch rufen und sich bemerkbar machen oder den Alarmknopf drücken.«

»Es sei denn, er hatte einen klaustrophobischen Anfall und ist ohnmächtig geworden«, sagt eine der Umstehenden. »Können Sie das nicht feststellen? Sie haben doch sonst auch überall Kameras hängen, ist denn im Aufzug keine eingebaut?«

Doch weder die Techniker noch der Hotelangestellte wollen sich jetzt von dieser Passantin provozieren lassen und ignorieren sie einfach.

»Wieso ist der denn überhaupt stehen geblieben?«, stichelt sie weiter.

»Holt lieber gleich die Feuerwehr«, sagt der Techniker. »Ich hab für den Aufzug keinen Generalschlüssel, aber die vielleicht. Oder eben die Wartungsfirma.«

Leni stupst Wiktor an und zeigt auf ihre Füße, die immer noch schuhlos sind, dann deutet sie mit dem Finger immer wieder auf sich und Wiktor und verdreht die Augen. Wiktor zuckt die Schultern. Er kann ja verstehen, dass ihr die Situation vielleicht peinlich ist, aber sollten sie den Leuten nicht trotzdem sagen, dass sie es waren, die im Aufzug stecken geblieben sind, jetzt aber niemand mehr drin ist? Dann aber hakt sie sich wie selbstverständlich bei ihm unter und schiebt ihn möglichst unauffällig am Foyer vorbei und auf der Treppe Richtung Keller.

»Und jetzt?«, fragt Wiktor.

»Jetzt besorg ich mir erst mal Schuhe«, sagt Leni.

Wiktor ist gespannt, wie sie das anstellen will, noch dazu welche, die auch passen. Er läuft einfach neben ihr her. Sie gehen

Arm in Arm wie ein altes Ehepaar, aber wahrscheinlich hat sie nur Angst, auf der glatten Steintreppe auszurutschen. Unter einem Topf mit Plastikgeranien, der den Tiefgarageneingang zum Hotel ziert, zieht sie einen Autoschlüssel hervor.

»Ich hab Angst gehabt, dass ich ihn beim Tanzen verlier. Ist mir schon mal passiert«, sagt Leni. Sie drückt auf die Fernbedienung, und die Lichter eines weißen Mazda CX-7 blinken kurz auf. Allradantrieb. Der Wagen steht auf einem für Frauen markierten Parkplatz. »Praktisch«, sagt Leni, »so nah am Eingang zum Hotel. Und ich bin ja auch eine Frau.«

Beides kann Wiktor nur bestätigen. Als Leni den Kofferraum öffnet, erkennt er darin Wanderstöcke, Seile, einen Klettergurt, Wasserflaschen, einen Fünf-Kilo-Eimer Mineralfutter, dazwischen Bergstiefel und ein Paar Halbschuhe mit kräftiger Sohle in Kiwigrün inklusive ein paar trockener Erdklumpen im Profil.

»Zustiegsschuhe«, sagt Leni und nimmt die kiwigrünen heraus. »Was Besseres hab ich jetzt nicht.« Sie schlägt die Schuhsohlen gegeneinander, und Wiktor tritt einen Schritt zurück, um dem Klümpchenregen zu entgehen. Leni setzt sich in die offene Kofferraumtür, bemerkt beim Anziehen der Schuhe die Laufmaschen an ihrer Strumpfhose und reibt an dem Schmierfleck an ihrer Wade herum. »Ersatzstrumpfhose, hab ich leider keine im Auto«, sagt sie.

»So was braucht man beim Bergsteigen ja auch eher selten«, sagt Wiktor, und seine Bemerkung bringt sie zum Lachen. »Wen fütterst du eigentlich damit?« Er zeigt auf den Eimer.

»Das ist für Romy und Ludwig.«

»Wie viele Beine?«, fragt Wiktor.

»Insgesamt acht«, antwortet sie. »Das sind meine zwei Esel.«

»Verstehe«, sagt Wiktor. Eine Kriminalkommissarin mit zwei Eseln. Was ist das hier bloß für ein seltsamer Landstrich? »Und? Machen wir einen zweiten Versuch?«, fragt er.

»Mit dem Aufzug, meinst du? Nein, da bringt mich heute keiner mehr rein.«

»Wir könnten auch die Treppe benutzen. Da oben gibt es Livemusik, und ich bin kein schlechter Tänzer, wenn du dir darüber Sorgen machst.«

»Das ist mir schon letztes Jahr nicht entgangen, keine Angst. Aber wenn ich mit diesen Schuhen mit dir tanze, hab ich gar nichts davon. Mit den Scarpa kann ich mich maximal noch an einen Kaffeehaustisch setzen. Ein Kaffee und vielleicht ein Schnaps dazu, das wär nach unserem kleinen Abenteuer doch genau das Richtige, oder?«

»Aber das Tanzen holen wir nach, versprochen?« Wiktor streckt die Hand aus, und sie schlägt ein.

»Wenn du dich nicht wieder bei Nacht und Nebel davonmachst, so wie letztes Jahr. Da war deine Abreise ja eher überstürzt.« Er will etwas sagen, aber sie ist schneller: »Gehen wir auf einen Kaffee rauf. Zur Iva.«

»Iva?«

»Eine Kroatin, die mit ukrainischem Personal ein italienisches Lokal betreibt. Welche Nationalität bei denen in der Küche steht, kann ich dir aber nicht genau sagen.«

»Na, macht ja nichts«, sagt Wiktor. »Lass uns einfach gehen.«

In den Scarpa steht Leni wieder sicher auf eigenen Füßen und muss sich nicht länger bei Wiktor einhaken. Sie geht sogar ein Stück vor ihm durch die Fußgängerzone, er dackelt hinterher. Auf der Terrasse bahnt sie sich einen Weg durch die gut besetzten Tische, sogar Heizstrahler gibt es hier. Sie grüßt flüchtig hierhin und dorthin, aber Wiktor merkt wohl, wie mehrere Augenpaare ihn als ihren Begleiter anglotzen. Leni wählt einen der Tische mit Blick ins Lokal, er setzt sich mit dem Rücken zum Gang. Sie werden von der Chefin persönlich bedient, mit der Leni einige Worte wechselt, die Wiktor nicht versteht. Auch sie schielt neugierig auf Lenis Begleiter, möchte ihn anscheinend in das Gespräch mit einbeziehen, aber er lächelt nur geheimnisvoll und tut so, als verstünde er alles.

Leni bestellt zwei Schnäpse, aus Enzianwurzeln und hier vor Ort gebrannt, wie sie ihm mit Hilfe einer kleinen Zeichnung auf der Serviette erklärt. Dann stoßen sie auf ihr kleines überstandenes Abenteuer an. Der Geschmack des Hochprozentigen ist feurig, der anschließende Kaffee soll dafür stark und süß sein. Sie greifen gleichzeitig nach der Zuckerdose, und als sich ihre Finger berühren, spürt Wiktor eine elektrische Entladung. Er blickt Frau Lena in die Augen, kann aber nicht erkennen, ob sie es auch gespürt hat. Als er seine Hand auf ihre legt, sind da nur noch Haut und Wärme. Sie weicht seinem Blick nicht aus, entzieht ihm aber die Hand mit der Zuckerdose.

»Jetzt mal ehrlich«, sagt sie betont sachlich, während sie sich zwei Löffel Zucker in den Kaffee kippt, »warum seid ihr letztes Jahr hergekommen?«

Wiktor will den Zauber des Augenblicks noch ein bisschen auskosten und nicht hören, wonach sie fragt. Oder – besser noch – sich vorstellen, dass sie gerade so etwas gefragt hat wie: »Zu dir oder zu mir?« Aber er ahnt schon, dass sie jetzt nicht mehr lockerlassen wird. Ein mieser Erpressungsversuch im Hinblick auf weitere mögliche Zärtlichkeiten. Ach, warum muss das alles immer so kompliziert sein? Er ist sich ziemlich sicher, dass er dabei ist, sich in die Falsche zu verlieben. Sinnlos wird er Gefühle und Begehren in sie investieren, wird so viele Wünsche auf sie projizieren. Vielleicht ist es ja nur der ungewohnte Wurzelschnaps, der das schöne Gefühlschaos anrichtet? Er bestellt noch einmal zwei nach.

»Was habt ihr letztes Jahr hier gemacht?«, fragt Leni erneut, während sie in ihrem Kaffe rührt.

»Urlaub«, sagt er leichthin. »Wandern, bergsteigen. Das haben wir dir doch alles schon gesagt.«

»Ich weiß, dass ihr es mir gesagt habt, aber ich hab's euch damals nicht geglaubt, und ich glaube es euch auch heute nicht.«

Wiktor schüttelt bedauernd den Kopf. Es tut ihm wirklich leid, dass er ihr die Wahrheit nicht sagen kann, sie hätte es verdient. Sie wird alles daransetzen, sie zu erfahren, sie müssen also noch vorsichtiger sein. Ihm wäre es fast egal. Er weiß, dass ihn das Geld auch diesmal nicht glücklich machen wird. Aber es wird einige Zeit auf seinen Konten herumliegen, und er wird noch eine Chance bekommen, mehr daraus zu machen als beim letzten Mal. Aber was ist mit Leni? Wie hoch ist die Chance, dass das passieren könnte, was er sich wünscht? Sei ehrlich, Wiktor, sie ist lächerlich gering. Sie und du – wie soll das je zusammenpassen?

»Ich hab den letzten Sommer auf einer Alm verbracht«, sagt sie in sein verträumtes Schweigen hinein.

Wiktor verschluckt sich fast an seinem Kaffee. »Mit Kühen und so?«

»Kühen und Ziegen und Hühnern, ja. Es war sehr schön dort oben.«

»Hast du keinen Mann?«, fragt Wiktor.

»Nein«, antwortet sie.

»Kinder?«

»Einen Sohn. Aber der ist schon groß und braucht mich nicht mehr.«

»Mein Mitja ist auch schon erwachsen.«

»Und deine Frau?«

»Verstorben.«

»Oh«, sagt sie und streicht mit dem Finger über seine Hand. Diesmal spürt er nichts Elektrisches, ihre Berührung ist ihm fast schon vertraut. »Ich krieg's eh raus«, sagt sie und zieht ihren Finger wieder weg. »Auch wenn du mir die Wahrheit nicht sagst. Ich krieg's raus, was ihr hier macht. Verlass dich drauf.«

»Okay«, sagt Wiktor und sieht ihr in die Augen. Mit seinem Blick will er ihr so etwas Ähnliches zu verstehen geben wie: Können wir nach dieser Abmachung jetzt vielleicht den geschäftlichen Teil beenden und den Abend ganz privat ausklingen lassen? Sie lächelt, was ihn hoffen lässt, dass seine Botschaft angekommen ist.

Dann gibt sie Iva ein Zeichen und ruft: »Zahlen, bitte!« Sie sieht ihm fest in die Augen. »Ich bin müde und gehe jetzt nach Hause. Und ich werde kein Techtelmechtel mit einem Mann anfangen, den ich verdächtige, in eine Straftat verwickelt zu sein, in der ich ermittle.«

»Aber du würdest gern?«, fragt Wiktor.

»Ich tu's nicht«, antwortet sie.

»Ich habe keine Straftat begangen. Na ja, eine kleinere vielleicht, aber die fällt nicht in dein Ressort. Hier vor Ort habe ich jedenfalls definitiv keine Straftat begangen.«

»Ich kann dir nicht glauben, wenn ich nicht weiß, was hier gespielt wird, und du deine Unschuld nicht beweisen kannst, weil du nicht sagen willst, worum es überhaupt geht.«

»Manche Dinge muss man einfach glauben, da gibt es keine Beweise, die man einfordern kann. Dazu gehören praktisch alle Gefühlsdinge. Deshalb sind die ja auch oft so verdammt kompliziert.«

»Ich bin mit meinen Gedanken noch immer ganz bei meinen Ermittlungen. Mit Gefühlen haben die nichts zu tun.«

Als Wiktor sie zum Abschied in den Arm nehmen will, macht sie sich los. »Gute Nacht«, flüstert sie, dann ist sie weg.

Berchtesgaden, 17. Juni 2011

»Na, mein Täubchen? Auftrag ausgeführt?« Jurij erscheint gut gelaunt am Frühstücksbüfett im Hotel Edelweiß. »Du siehst ein bisschen blass um die Nase aus, geht's dir nicht gut?«

»Mach dir keine Sorgen, alles bestens.«

»Möchtest du auch ein Glas Champagner? Das bringt den Kreislauf in Schwung.«

»Danke, ich trinke nicht vor achtzehn Uhr.«

»Was? Seit wann denn das? Da kann ich mich aber an Tage erinnern, an denen du gegen die Regel ganz sicher verstoßen hast.«

»Das waren wohl begründete Ausnahmen. Manchmal ist es erforderlich und zweckdienlich, von seinen Prinzipien abzuweichen. Aber jetzt gerade ist es nicht notwendig.«

»Schon gut, Oletschka.«

»Nenn mich nicht so. Ich heiße Olga.«

»Schon gut, meine Süße. Was ist jetzt eigentlich mit dem Auftrag? Hast du ihm das Zeug verpasst, unserem Quertreiber und Volkshelden?«

»Habe ich. In Form einer Praline, die aussah wie der Berg, der vor deinem Zimmerfenster steht.«

»Fein, dann können wir ja in Ruhe abwarten und haben noch genügend Zeit, uns von unserem lieben Wiktor in Ruhe und wie es sich gehört zu verabschieden.«

»Wo warst du eigentlich gestern Abend? Hat dich die fette Kuh nicht mehr aus der Badewanne gelassen?«

»Vorsicht!«, sagt die blonde Vollschlanke, die eben hinter Jurij aufgetaucht ist und ihn zärtlich am Ohr krault. »Ich habe früher Russisch gelernt und kann immer noch einiges verstehen, auch wenn ich es lange nicht mehr gesprochen habe.«

»Setz dich doch zu uns, mein Goldbärchen«, sagt Jurij. »Du trinkst doch bestimmt ein Gläschen Schampus mit mir?«

»Aber natürlich, mein Dickerchen«, antwortet sie. »Ich weiß doch, was gut ist.«

Als sie Jurij einen feuchten Schmatzer auf die Lippen gibt, springt Olga auf und holt sich am Büfett noch eine Ration Vitamine in Form einer Schüssel Obstsalat. Sie kehrt erst an den Tisch zurück, als die beiden endlich aufgehört haben zu knutschen.

***

Im Interconti sitzt Luba einsam am Frühstückstisch. Als sie nach dem dritten Kaffee immer noch allein auf weiter Flur ist, steht sie auf und klopft an Marjanas Tür.

»Was ist los mit dir, heute kein Frühstück?«, ruft Luba. Nichts. Luba klopft lauter an die Tür. Dann endlich ein Grunzen.

»Was ist los? Ich brauche Ruhe!«

»Geht's dir gut? Alles in Ordnung?«

»Hab wohl gestern Abend zu viel getrunken. Und jetzt hör auf mit dem Krach.« Luba hört ein Rumpeln, irgendetwas fällt zu Boden, dann geht die Tür auf.

»Würdest du mir ein Alka-Seltzer machen?«, bittet Marjana vom Bett aus. »Und sprich bitte leise.«

»Ich hab doch überhaupt nichts gesagt«, murmelt Luba. Sie verschwindet im Bad und kommt mit einem sprudelnden Zahnputzglas zurück. »Hier, bitte. Sag mal, ich hab ja gar nicht mitgekriegt, dass du so viel getrunken hast.«

»Ich auch nicht, das ist ja gerade das Problem. Wenn ich etwas gemerkt hätte, hätte ich ja aufgehört.«

»Du siehst echt übel aus.«

»Danke dir. Das macht mich doch gleich munterer.«

»Das sollte es auch. Wir wollten heute doch noch mal in den Stollen rein, ohne Jurij und Olga«, sagt Luba.

»Ist der gestern eigentlich noch aufgetaucht?«, fragt Marjana.

»Du warst doch genauso lang auf diesem Fest wie ich, nämlich bis zum Schluss. Du hast genauso wie ich gesehen, dass er nicht da war. Warum also die Frage?«

»Ich kann mich nicht mehr genau erinnern. Es ist, als hätte ich da einige Lücken.« Marjana stürzt das Alka-Seltzer hinunter und rülpst.

»Prost«, sagt Luba. »Aber an die schicke Verkleidung von Olga kannst du dich schon noch erinnern? Und ihre Slapstick-Einlage, als die Pralinen durch die Luft flogen, die hast du auch nicht vergessen, oder?«

»Oh Mann, diese bescheuerte Kuh. Trotzdem hat sie mir irgendwie fast leidgetan, als ihr das ganze Tablett zu Boden gekracht ist. Hast du gesehen, wie die sich darüber aufgeregt hat? Wie die Vietnamesen.«

»Vietnamesen?«

»Oder Chinesen«, orakelt Marjana.

»Sprichst du schon wieder in Rätseln?«, fragt Luba. »So wie gestern mit deiner Elfer-Magie? Sag doch einfach, was du meinst.«

»Bei den Vietnamesen ist es doch so, dass es das Schlimmste für einen Menschen ist, wenn er durch einen Fehler oder ein Missgeschick sein Gesicht verliert. Aber das haben sie sich sehr wahrscheinlich bei den Chinesen abgeschaut. Bei denen ist es genauso. Und Olga hat gestern ganz eindeutig ihr Gesicht verloren. Ihr Hasengesicht, wenn du so willst.«

Luba prustet los.

»Das ist nicht so lustig, wie es sich anhört. Wenn es dem Vietnamesen nicht gelingt, den Ehrverlust wiedergutzumachen, dann kann das sein Ende bedeuten. Harakiri, verstehst du?«

»Aber Harakiri gehört doch eher nach Japan? Ich glaube, du willst mich nur wieder verkohlen. Oder der Restalkohol, der noch in deinem Blut herumschwimmt, setzt dir noch immer zu. Was soll sich Olga auch um diese ostasiatische Tradition scheren? Ist doch Quatsch, was du dir da zusammenreimst.«

»Und wieso hat sie dann, nachdem die Pralinen weg waren, fluchtartig den Raum verlassen und ist ewig nicht zurückgekommen? Und als sie dann wieder aufgetaucht ist, war sie bleich wie die Wand, hm? Als hätte sie sich die Seele aus dem Leib gekotzt.«

»Ach, aber daran kannst du dich jetzt wieder erinnern, was? Ich dachte, du hättest Lücken?«

»Das Wesen von Erinnerungslücken ist, dass es zwischen ihnen durchaus Erinnerungen gibt. Sonst gäbe es ja auch keine Lücken. Verstehst du das, Klugscheißerin?«

»Komm, Marjana, jetzt zieh dich endlich an. Wir wollten doch eigentlich früh los, und Wiktor ist auch noch nicht aufgetaucht. Ich schau mal, was mit dem los ist.«

»Wiktor? Wollte der gestern Abend nicht noch tanzen gehen? In diesem Hotel? Und Goldlöckchen, unsere Frau Kommissarin, war kurz darauf auch verschwunden. Ah, mein Gedächtnis, ich spüre, es kommt zurück. Das Alka-Seltzer wirkt schon.«

»Du meinst doch nicht, dass Wiktor was mit der Kommissarin angefangen hat? Jetzt hör mal, der ist doch nicht blöd!«

»Hast du eine Ahnung, wie blöd Männer sein können. Und die Kommissarin ist zwar blond, aber ich glaube kaum, dass sie blöd ist. Sie hat uns beobachtet und belauscht wie ein Luchs.«

»Echt? Das hab ich gar nicht mitgekriegt. Also, ich seh jetzt nach Wiktor, und du ziehst dich an und kommst dann zum Frühstücken, klar?«

Marjana murmelt etwas und will sich auf die andere Bettseite drehen.

»Nichts da«, sagt Luba und nimmt ihr die Decke weg. »In einer Viertelstunde bist du fertig, sonst komme ich zurück und stelle dich eigenhändig unter die Dusche!«

Wiktor sitzt angezogen am Tisch, als Luba hereinkommt, kann sich aber nicht entschließen, sein Zimmer zu verlassen, weil ihm schlecht ist. Er hat sich ein Kännchen Kaffee und ein trockenes Stück Weißbrot aufs Zimmer bestellt, um seinen Magen wieder in Ordnung zu bringen.

»Was ist denn mit dir los?«, fragt Luba. »Du hängst ja genauso in den Seilen wie Marjana. Werdet ihr jetzt auf einmal alt, ihr zwei? Vertragt ihr keine Partys mehr?«

»Sieht ganz danach aus«, sagt Wiktor. »Oder dieses Biest im Hasenkostüm hat uns etwas in die Pralinen gemischt, damit wir heute alle schlappmachen. Kann sein, dass Olga und Jurij viel mehr wissen, als wir denken, und sie heute selbst in den Stollen wollen, ohne uns.«

»So ein Quatsch. Sie kennen doch den neuen Lageplan nicht und haben keine Ahnung, wo sich der Eingang befindet.«

»Vielleicht sind sie uns ja beim letzten Mal gefolgt oder haben irgendeinen ihrer KGB-Tricks angewandt, um das herauszukriegen. Vielleicht hat einer von uns ein Programm aufs Handy gespielt bekommen, das jeden unserer Schritte per Satellit auf irgendeine Karte überträgt, sodass sie genauestens nachverfolgen können, wo wir sind und was wir gerade tun.«

»Phantasierst du jetzt?«

»Das ist eine Sache von fünf Minuten. Kannst du dir vielleicht sicher sein, dass du dein Handy immer bei dir hattest und es nicht fünf Minuten aus den Augen gelassen hast?«

»Du alter Pessimist. Das ist nur deine Paranoia, weil du dir vielleicht einen Infekt eingefangen hast. Wo warst du gestern Nacht eigentlich noch? Du wolltest doch auf der Panorama-Terrasse tanzen. Warst du oben?«

»Ich hab's versucht«, sagt Wiktor und schlürft seinen Kaffee.

»Was soll das heißen?«

»Ich bin mit dem Fahrstuhl stecken geblieben.«

»Im Ernst? Das gibt's doch nicht!«

»Das gibt es schon. Und ich war nicht allein.«

»Ist doch gut, dann musstest du nicht allein auf Hilfe warten. Kanntest du die anderen?«

»Es war nur eine.«

»Aha, eine. Und? Du machst es ja mächtig spannend. Wer denn?«

»Die Kommissarin.«

»Die Schnüfflerin, die eigentlich ganz woanders arbeiten sollte, aber dauernd bei uns herumlungert, uns beobachtet und belauscht? Das behauptet jedenfalls Marjana.«

Wiktor nickt und stützt den schweren Kopf auf seine Hände.

»Und?«, fragt Luba.

»Nichts und. Wir sind nacheinander aus der Kabine rausgeklettert, die zwischen zweitem und drittem Stock festhing, dann haben wir Schnaps und Kaffee getrunken, und dann bin ich mit dem Taxi zurück ins Hotel gefahren.«

»Und wieso erzählst du mir das so, als ob es dazu noch Alternativen gegeben hätte?«

»Lubotschka, die Frau gefällt mir. Verstehst du das nicht? Du bist doch erwachsen.«

In diesem Augenblick fängt Luba an zu begreifen, wie blöd

Männer sein können. Wiktor gibt sich ja auch keine Mühe, es anders aussehen zu lassen. »Ich will dich in zehn Minuten beim Frühstück sehen, egal wie's dir geht. Du reißt dich jetzt gefälligst zusammen«, poltert sie. »Wir sind hier auf einer Mission, verstanden? Von dir altem Knacker hätte ich das jetzt wirklich am allerwenigsten erwartet, solche …«

»Solche was? Denkst du vielleicht, ab vierzig ist alles vorbei oder was?«

»Solche Backfisch-Spielchen, meine ich.«

»Das sind keine Spielchen, Lubotschka. Das nennt man Ge-füh-le. Und nur, weil du sie unter dem Asphalt deines Herzens begraben hast und wahrscheinlich ein Leben lang irgendeinem Kerl hinterhertrauern willst, der es wahrscheinlich nicht einmal wert ist …«

»Du hörst jetzt sofort auf!« Luba boxt ihn in den Oberarm. »Halt den Mund, wenn du nicht weißt, wovon du sprichst.«

»Da muss man doch nur eins und eins zusammenzählen. Einer hat dich mal enttäuscht, und jetzt lässt du keinen anderen mehr ran. Ist nicht so schwer rauszufinden, wie das bei dir läuft. Du bist nicht die Einzige, der das schon passiert ist, aber auf jeden Fall eine von den Stursten.«

Luba macht auf dem Absatz kehrt, ihre Hand liegt schon auf dem Türknauf.

»Und eines will ich dir sagen, Lubotschka, Liebe hat nichts mit dem Alter zu tun. Gar nichts. Mach dir also keine Hoffnung, dass die Zeit dein Problem löst.«

»Idiot!«, blafft Luba. »In zehn Minuten bist du am Frühstückstisch, sonst gehen wir ohne dich los.«

***

Leni wacht mit Kopfschmerzen auf. Natürlich könnte sie Rudi Bescheid geben, dass er sich um die Esel kümmert, aber die Tiere und die frische Luft werden ihr bestimmt guttun. Also springt sie aus dem Bett, obwohl es unter der Decke so angenehm warm ist.

Draußen kriecht die Sonne bereits über die Berge, nur Kraft hat sie noch keine. Die Esel warten schon an der Stalltür auf sie.

Ludwig ist wie immer der zärtlichere von beiden. Er reibt seinen Kopf an ihrer Hand, während Romy an ihm vorbei auf die Weide trabt, einmal bis zum Zaun hinauf- und oben daran entlangläuft, als müsste sie nachsehen, ob sich seit gestern etwas Wesentliches verändert hat. Ludwig drückt seinen Kopf an Lenis Gesicht, sie streichelt seine Schnauze und krault ihn an den Ohren, was er besonders gern mag. Erst als er mit der Zunge über ihr Gesicht lecken will, schiebt sie ihn fort.

»Jetzt geh weiter, ich hab mich doch schon gewaschen. Magst heut gar nicht mehr raus auf die Weide?« Sie hat das Zusatzfutter mitgebracht und streut etwas davon in den Trog, aber Ludwigs Interesse richtet sich auf etwas anderes. Mit der Schnauze stupst er gegen die ausgebeulte Tasche von Lenis Fleecejacke. »Ja, ja, freilich hab ich was für euch dabei. Komm, geh mit, geh ma raus. Schau, was heut wieder für ein schöner Tag ist.«

Ludwig trottet hinter ihr her, sie spürt seine Schnauze an der Hand, hört das Klappern seiner Hufe auf der Erde. Er ist so ein schöner Esel mit seinem dunkelbraunen Fell, der Stehmähne, den weiß umrandeten Augen wie mit Mehlkajal gezogen. Es gibt gar kein schöneres Tier, findet Leni. Schließlich packt sie doch endlich die Karotten aus, die sie eingesteckt hat. Ludwig wartet ja schon drauf.

»Weißt, Ludwig«, sagt sie, während er die erste Karotte zerkaut, »ich glaub, ich nehm mir bald ein paar Tage Urlaub. Eigentlich bin ich ja hier in Berchtesgaden fertig, der Schmarrn mit der Markenpiraterie ist so gut wie erledigt. Was die Richter jetzt entscheiden, geht mich nichts mehr an. Normalerweise müsst ich also jetzt nach Traunstein in die Dienststelle, aber ich kann doch hier nicht weg. Ich weiß doch, dass die Ukrainer wieder was vorhaben und bald etwas passieren wird.« Die erste Karotte ist verschwunden, und wieder stupst Ludwig gegen Lenis Jackentasche.

»Ja, da schau her, eine hab ich noch. Aber die anderen zwei sind für die Romy, gell? Jetzt hab ich gedacht, ich hab gestern mit den Daten auf dem Stick von der Bunny-Olga eine heiße Spur gefunden. Und glaubst es, ich war so dumm und hab gedacht, ich steck den Stick einfach bei mir ins Handy, lad des Zeug rüber und am Abend schau ich mir die Daten in Ruhe an.

Ha, so naiv kann man sein! Aber wie ich dann in dem Aufzug feststecke, denk ich mir: Mist, jetzt liegt das Handy im Auto, hab ich überhaupt abgesperrt? Wenn mir das jemand klaut! Stell dir vor, Ludwig, ich hab gedacht, dass auf dem Stick alles drauf wär, was ich wissen muss.« Jetzt kommt auch Romy, um sich ihre Ration abzuholen.

»Ja, greif schon zu, die gehört dir. Geh, Ludwig, jetzt sei brav und lass Romy in Ruhe essen. Komm mit!« Leni läuft eine langsame Runde über die Weide, und Ludwig kommt mit. »Ja, und was war dann? Verschlüsselt! Nix hat mir das Ding angezeigt. Alle Dateien sind verschlüsselt und für Normalsterbliche wie dich und mich völlig unbrauchbar. Jetzt kann ich bei der KTU andackeln, dass die mir die eventuell öffnen. Aber was soll ich denen denn sagen, hm? Meinem Chef brauch ich meine Hirngespinste gar nicht erst erzählen, der hat dafür keinen Sinn. Und der Weidinger Leo vom LKA wird sich auch bloß über mich lustig machen. Dem wird der Schnurrbart wackeln vor lauter Spott. Nein, nein, das muss anders gehen. Die werden mir erst glauben, wenn ich Beweise auf den Tisch legen kann. Vorher mach ich mich nur zum Gespött der Kollegen.« Leni bleibt stehen und holt tief Luft.

»Erst die Gaudi mit der Alm, wo's eh schon alle gedacht haben, jetzt wird s' aber a bisserl wunderlich auf ihre alten Tage. Und jetzt das! Goldschatz, ja bist deppert! Na, na, das machen wir anders, Ludwig, oder? Ich nehm ein paar Tage Urlaub, sag, ich hab die Handwerker im Haus, weil ich ein neues Bad, nein, weil ich eine neue Küche krieg, und die von der KTU lass ich einfach in dem Glauben, die Daten hätten im weitesten Sinn immer noch mit den T-Shirts zu tun.« Sie klopft Ludwig auf die Kruppe. »Na, ist des ein Plan?« Ludwig steht ganz still und genießt die Berührung, so kommt es Leni jedenfalls vor. »Bist auch der einzige Mann, dem ich im Moment den Hintern tätscheln kann. Aber wer weiß, Ludwig, ob das noch lang so bleiben wird. Irgendwann kriegst du auch noch Konkurrenz. Aber so, wie ich dich kenn, würd dir das nicht viel ausmachen, Hauptsache, ich vergess dich nicht und du kriegst immer noch deine Karotten. Und darauf kannst dich verlassen, Ludwig. Und die Romy natürlich auch, ist doch klar.«

Als Leni die Weide verlässt, stehen beide Esel so eng zusammen, dass es aussieht, als hätten sie ihre großen Köpfe aneinandergelegt. Die beiden werden bestimmt einen schönen Tag zusammen haben.

***

»Ich unterbreche ja nur ungern euer verliebtes Geturtel, aber bist du endlich so weit, dass wir fahren können, lieber Jurij? Ich muss dich wohl nicht daran erinnern, dass wir heute noch etwas Wichtiges vorhaben.« Olga wirft Jurijs Begleitung einen Blick zu, der heißen soll: Jetzt verpiss dich endlich, du schamlose Person, und lass mich mit meinem Chef allein, wir haben etwas unter vier Augen zu besprechen. Doch die schamlose Person ignoriert Olgas Blicke einfach. Sie sieht nur kurz von ihrer Familienportion Rührei auf, lächelt Olga pausbäckig mampfend an und fährt Jurij mit ihrer Serviette über die Wange, um ein Bröselchen von dem Gebäck, das er sich gerade einverleibt, wegzuwischen. Weil keiner von ihr Notiz nimmt, schiebt Olga quietschend ihren Stuhl zurück und steht abrupt auf. »Ich mache mich dann fertig und bestelle uns ein Taxi«, sagt sie. »In zwölf Minuten am Haupteingang.« Und rauscht ab.

Sie hat sich schon vor dem Frühstück ihre Bergausrüstung zurechtgelegt und muss nur noch aus ihrem taubenblauen Minikleid heraus und hinein in ihre Trekkinghose und die Funktionswäsche schlüpfen. Heute ist der bisher wichtigste Tag ihrer Mission. Heute wollen sie zusammen mit den drei Chaoten in den Stollen mit dem Gold und den anderen Schätzen einsteigen. Und sollten die drei wieder irgendwelche Zicken machen, dann wird es kein Pardon mehr geben. Heute ist der Tag, das ist die Parole, die Jurij und sie gestern noch zusammen vereinbart haben. Heute ist der Tag! Und wenn die drei nicht spuren, dann wird Jurij andere Seiten aufziehen.

Olga hat nicht nur alle wichtigen Daten auf ihrem Handy, sondern auch ein Programm, das jeden ihrer eigenen Schritte aufzeichnet und speichert, wie ein roter Faden. Damit müssten sie auch ohne die drei Spinner den Weg aus der Höhle finden, sollte es zu irgendwelchen Zwischenfällen kommen.

Exakt zwölf Minuten später erscheint Olga in der Hotellobby, und der Portier informiert sie, dass das bestellte Taxi bereits eingetroffen ist. Von Jurij keine Spur.

Als sie durch die breite Glastür tritt, entdeckt sie das Taxi auf dem Vorplatz, auf dem gestern noch zwei Oldtimer für irgendeine historische Berg-Rallye standen. Der Motor läuft, und als Olga die Wagentür öffnet, sitzt Jurij bereits in Bergausrüstung und mit Designer-Sonnenbrille im Fond.

»Ich dachte schon, du kommst zu spät«, raunzt er sie an. »Kann's jetzt endlich losgehen?«

»Hotel Intercontinental«, sagt Olga zum Fahrer, der den Blinker setzt und wendet.

»Ich bin neugierig, wie die drei auf unsere hübsche Überraschung reagieren werden«, sagt Jurij.

Schon ein paar Meter weiter bleibt der Wagen an einer Straßensperrung mit roter Ampel stehen. In diesem Ort wird jeden Tag irgendwo ein Loch in die Straße gerissen, so kommt es Olga wenigstens vor. Täglich taucht an irgendeiner Stelle in diesem winzigen Kaff ein neues Hindernis auf, das gestern noch nicht da war, während anderswo ein Loch gefüllt und eine Sperre wieder aufgehoben wird. Jetzt kommt ihnen auch noch eine Pferdekutsche entgegen, in der ein Brautpaar sitzt. Selbst als die Ampel auf Grün umschaltet, kann das Taxi nicht losfahren, weil zwei PS einfach zu schwach für den steilen Berg und die kurze Ampelphase sind.

»Eine Werbeaktion«, nuschelt der Taxifahrer in seinen grauen Vollbart. »Brautfrisuren vom Marktfriseur, das ist dem seine Spezialität.«

»Dann ist das Brautpaar gar nicht echt?«, fragt Olga.

»Ach wo«, sagt der Taxifahrer, »die hab ich heut schon mal auf und ab fahren sehen, aber da hatte der Bräutigam eine andere Braut in seiner Kutsche.«

»Geht's denn dann jetzt vielleicht auch wieder weiter?«, fragt Olga.

»Sofort, Fräulein«, sagt der Taxifahrer. »Beim nächsten Mal kommen wir durch. Haben Sie's schon recht eilig?«

»Das haben wir«, sagt Olga.

Jurij nutzt die Zeit und switcht sich auf seinem Smartphone durch Mails und Newsticker. Es riecht nach Pferdeäpfeln, als der Taxifahrer das Fenster öffnet, und man hört das Klappern der Pferdehufe auf dem Asphalt. Als die Kutsche sie passiert hat und die Ampel wieder auf Rot steht, dringt plötzlich ein ranziger Geruch wie nach altem Bratfett in den Wagen. Der Gestank scheint von einem Brathähnchenimbiss an der Straße zu kommen. Olga ist es, als könnte sie auch die Männer riechen, die mit geöffneten Bierflaschen davor auf einer Holzbank sitzen. Den säuerlichen Geruch ungelüfteter Kleider und ungewaschener Männerkörper. Sogar den schalen Biergestank hat sie in der Nase, es wird ihr fast ein wenig schwindlig davon. Schnell drückt sie ihr Handgelenk gegen die Nase und atmet das frische grüne DKNY-Parfum ein, das sie noch aufgesprüht hat, bevor sie das Hotelzimmer verlassen hat. Wie kann man nur so empfindlich sein, schimpft sie sich. Endlich fährt das Taxi weiter.

Sie passieren die Imbissbude, und Olga versucht, das Bild der Männer auf der Bank und der Lokalität zusammen mit dem Geruch auszulöschen, indem sie an Wasser denkt, an starken Regen, der alle Düfte fortwäscht, die schlechten wie die guten. Ein Stück weiter stehen sie wieder an einer Ampel, aber die nächste überfährt der Taxifahrer bei Gelb und gibt dann Gas, obwohl es jetzt steil und in engen Kurven bergauf geht. Doch all das Wasser, das Olga sich vorstellen kann, ist nicht genug, denn in der nächsten Haarnadelkurve verkrampft sich wie am Abend zuvor ihr Magen, und sie hat gerade noch Zeit, ein Taschentuch aus der Handtasche zu holen und es sich vor den Mund zu pressen. Nachdem es seine Aufgabe erfüllt hat, knüllt sie es zusammen und entfaltet gleich das nächste, weil sie schon wieder spucken muss.

Der Taxifahrer beobachtet sie besorgt im Rückspiegel. Jurij stößt einen leisen Fluch aus.

Olga möchte vor Scham sterben, hier auf der Stelle. Sie will Jurijs Gesicht nicht sehen müssen. Der Taxifahrer ist auf einen Kiesweg abgebogen und hat den Motor abgestellt. Er geht um das Auto herum und öffnet Olgas Tür. Dann holt er aus dem Kofferraum eine Packung Kleenex, drückt sie Olga in die Hand und sammelt ihre Taschentücher in eine Plastiktüte.

Olga schwingt die Beine aus dem Wagen und reckt den Kopf in die frische Luft. Ihr ist so elend zumute, dass sie glaubt, nicht einmal mehr aus eigener Kraft aufstehen zu können, aber sie muss es versuchen. Mein Gott, denkt sie, was ist nur mit mir los, dass mich der Geruch einer Frittenbude so umhauen kann?

»Sind Sie vielleicht schwanger, Fräulein?«, fragt der Taxifahrer.

Olga schüttelt den Kopf.

»Haben Sie was Schlechtes gegessen?«

»Ich weiß es nicht«, sagt Olga. Es gelingt ihr, die Füße auf den Boden zu setzen und sich an der Tür hochzuziehen, bis sie an den Wagen gelehnt auf beiden Beinen steht. Sie hört eine Autotür schlagen.

Jurij ist ausgestiegen und kommt um das Taxi herum. Er baut sich vor ihr auf und zischt: »Was soll das hier werden? Sag mir die Wahrheit: Bist du schwanger?«

»Nein«, sagt Olga.

»Hast du deine Tage oder einen Hormonkollaps? Kannst du mir erklären, was das soll?«

»Ich weiß es doch auch nicht«, schluchzt Olga.

»Ich habe so die Schnauze voll von diesen Zwischenfällen! Hätte ich bloß auf mein erstes Gefühl gehört. Eine Frau! Welcher Teufel hat mich nur geritten, als ich dich eingestellt habe? Verglichen mit Wladimir bist du eine ziemlich mickrige Nummer, hörst du? Eine absolut mickrige Nummer!« Er spuckt ihr die Worte vor die Füße. »Ihr habt es einfach nicht drauf, immer eure Wehwehchen, eure Unpässlichkeiten, die Hormone, die in euren Organismen herumgeistern und euch steuern wie ein wild gewordener Autopilot. Was bin ich doch für ein Trottel, dass ich es dir zugetraut habe, IHN zu ersetzen. Du hast es einfach nicht drauf, Olga, lass dir das von mir gesagt sein. Und jetzt reiß dich gefälligst zusammen und steig wieder ein. Beiß die Zähne zusammen, kapiert?« Er stößt sie in den Wagen zurück.

»He, Mister, sehen Sie nicht, dass die Frau krank ist?«, wagt der Taxifahrer aufzumucken, was Jurij mit einem lauten *»Shut up!«* quittiert.

In dem Moment sackt Olga zusammen. Jurij steigt wieder ein und gibt dem Taxifahrer ein Zeichen, dass er weiterfahren soll.

Der aber weigert sich. »Entweder rufe ich jetzt den Notarzt«, sagt er, »oder ich fahre sie gleich selbst ins Krankenhaus. Was Ihnen lieber ist. Aber weiterfahren tu ich ganz bestimmt nicht. Die Frau braucht Hilfe, sehen Sie das nicht? Also: Notarzt oder Krankenhaus?«

Am liebsten würde Jurij dem Mann die Faust ins Gesicht schlagen, aber der Taxifahrer stemmt die Arme in die Hüften und fragt noch einmal: »Also?«

»Krankenhaus«, willigt Jurij schließlich ein.

Der Taxifahrer telefoniert mit der Zentrale und bittet, sie dem Krankenhaus anzukündigen. Als er anschließend im Rückspiegel nach Olga sieht, hat sie Mühe, bei Bewusstsein zu bleiben.

»Ihre Tochter?«, fragt der Fahrer.

Jurij schüttelt energisch den Kopf.

Der Bärtige fährt jetzt mit eingeschalteter Warnblinkanlage los und überfährt die erste Ampel bei Rot, als die Kreuzung einigermaßen frei ist.

Er lässt nicht locker. »Freundin?«, will er wissen.

»Shut up!«, bellt Jurij.

Als das Taxi im Tal an der ersten Brücke rechts Richtung Krankenhaus abbiegen will, befiehlt Jurij: *»Stop here!«* Er zieht einen Fünfzig-Euro-Schein aus der Tasche, reicht ihn nach vorn und öffnet, kaum ist das Taxi zum Stehen gekommen, die Tür und springt nach draußen.

»Hey, hallo!«, protestiert der Taxifahrer, aber Jurij läuft schon zwischen den fahrenden Autos über die Straße und verschwindet über den Mühlbach Richtung Bahnhofstraße und Hotel Edelweiß. Von Olga ist kein Laut zu hören, aber als der Taxifahrer nach hinten sieht, hat sie wenigstens die Augen geöffnet.

»Jetzt fahren wir ins Krankenhaus, machen Sie sich keine Gedanken mehr. Den Deppen sind wir los«, sagt er zu ihr und gibt Gas.

***

In Gedanken ist Jurij schon dabei, den Tag neu zu planen. Olga ein Totalausfall, blöde Kuh, denkt er. Idiot, schimpft er vor sich hin und meint damit sich selbst. Wie konnte ich nur denken, dass eine Frau Wladimir ersetzen kann. Ich Idiot!

Als er die letzte Silbe genuschelt hat, knallt es. Brutal laut hallt es in seinem Kopf wider. Ihm ist, als könne er dem Schall folgen. Er prallt von der Schädeldecke ab, wird zum Oberkiefer geschleudert, um von dort erneut zurückzufliegen. Wie eine von einem Spieler angestoßene Billardkugel, unberechenbar in seinem Kopf.

Kaum ist der Knall verhallt, spürt er einen Luftzug an seinem rechten Ohr, wie von einer Faust, die ihn treffen wollte, aber ihr Ziel knapp verfehlt hat. Er dreht seinen Kopf über die rechte Schulter nach hinten. Nichts. Er kann nichts und niemanden erkennen und überlegt, ob er jetzt schon anfängt zu halluzinieren.

Wieder spürt er den Luftzug, diesmal auf der linken Seite. Er dreht seinen Kopf in die Richtung, doch wieder nichts. Stattdessen hört er eine Stimme, die zu der ins Leere geschlagenen Faust zu gehören scheint.

»Glück gehabt«, sagt sie, »und Pech.«

»Wer bist du?«, fragt Jurij.

»Wer bist du?«, äfft ihn die Stimme nach. »Schon vergessen? Hast du mich etwa schon vergessen?«

»Lass mich in Ruhe! Geh dorthin, wo du hingehörst«, zischt Jurij. Auf der Straße dreht sich eine Frau nach ihm um. Sie denkt, er spricht in das Headset seines Handys.

»Das hättest du wohl gern. Aber ich verschwinde nicht, ich beobachte dich, und zwar ganz genau. So wie ich früher die anderen für dich beobachtet habe, beobachte ich nun dich. Jeden Tag. Von morgens, wenn du aufstehst, bis zum Abend. Und ehrlich gesagt ist mir oft zum Kotzen zumute, denn langsam wird mir klar, für was für ein armseliges Würstchen ich gearbeitet habe.«

»So, jetzt bin ich also ein armseliges Würstchen. Aber damals, als sie dich alle fallen gelassen haben, da war ich gut genug, um dich vor dem Absturz zu bewahren.«

»Es kotzt mich einfach an, dass du nicht einmal diejenigen, die ihr Leben für dich geben, wie Menschen behandelst. Du hast Olga auf dem Gewissen, es interessiert dich nicht, was aus ihr wird. Du denkst nur daran, dass sie dir den Tag versaut hat. Wegen ihr konntest du heute das Trio nicht überraschen und deinen Goldschatz immer noch nicht mit eigenen Augen sehen. Und jetzt, was machst du jetzt?«

»Was werde ich schon machen? Sicher gehe ich nicht ins Krankenhaus und laufe auf dem Gang auf und ab wie ein besorgter Ehemann. Ich werde jetzt auf mein Zimmer gehen, mit den Leuten von Rheingold telefonieren und den Kurierdienst organisieren, damit unser Gold dann möglichst schnell und ohne Zwischenfälle durch den Rheingold-Schwimmbagger gewaschen werden kann.«

»Armselig, wie ich es gesagt habe. Armselig bist du geworden oder warst es schon immer. Wie ein Krämer. Du willst nicht einmal wissen, wie viele Leichen deinen Weg pflastern. Den sicheren Transport des Goldes organisieren willst du. Soll ich dir was sagen? Etwas über deine Zukunft?«

»Nein, das sollst du nicht. Ich kenne meine Zukunft, sie wird golden sein. Und du, du bist nur eine saublöde Phantasie, die ich jetzt zum Teufel schicken werde. Du hast mir überhaupt nichts zu sagen. Du bist nur in meinem Kopf, nur da drinnen existierst du, als Phantasie, als Gemütskrankheit, aber das werde ich nicht länger zulassen. Ich werde dich ausräuchern, wie ein Exorzist werde ich dich aus meinem Kopf jagen. Und dann werden wir ja sehen, wer das armselige Würstchen ist. Herauskriechen wirst du aus meinem Kopf und mich endlich in Ruhe lassen.«

Wie ferngesteuert ist Jurij die Bahnhofstraße bis zum Marktplatz und dann über den Schlossplatz bis zur Stiftskirche gegangen, und wie selbstverständlich tritt er in die Kirche ein, als er vor dem Portal steht. Er greift in die Schale aus Untersberg-Marmor und besprengt sich mit Weihwasser. Sieht zum Altar, kniet nieder, schlägt das Kreuzzeichen und murmelt: »Weichet, ihr bösen Geister, im Namen des dreieinigen Gottes, des Vaters und des Sohnes und des Heiligen Geistes! Sehet nicht, höret nicht, verwirret nicht, verführet nicht, schadet nicht, fesselt nicht, löst die Fesseln! Der Herr, unser Gott, euer Herr, gebietet euch: Weichet und kehret nicht wieder im Namen des Vaters und des Sohnes und des Heiligen Geistes. Amen.« Noch einmal schlägt er das Kreuzzeichen, dann steht er auf und verlässt die Kirche.

Als ob nichts gewesen wäre, kehrt er ins Edelweiß zurück, geht auf sein Zimmer und organisiert für den Rest des Tages wie angekündigt den Transport des Goldes, ohne sich noch mal Gedanken darüber zu machen, was in der Zwischenzeit aus Olga geworden sein mag.

***

In der Ambulanz wartet man schon auf das Taxi mit dem kranken Urlaubsgast. Olga wird auf einer Trage in die Notaufnahme gefahren. Doch trotz der verschiedensten Untersuchungen und Tests findet man keine Anhaltspunkte für ihren Schwindel und den heftigen Brechreiz. Die Ärzte würden sie gern zur Beobachtung über Nacht im Krankenhaus behalten, aber das lehnt Olga ab. Sie verlässt das Krankenhaus am Nachmittag auf eigene Verantwortung. Ein Sanka des Roten Kreuzes, der auf dem Weg zurück zur Rettungswache ist, nimmt sie mit. Im Hotel bestellt sie sich eine klare Suppe und eine Flasche Wodka aufs Zimmer und ruft dann ihren Bruder zu Hause in Kiew an. In den letzten Monaten und Jahren hat sie nicht besonders viel mit ihm zu tun gehabt, aber jetzt möchte sie hören, wie es ihm, seiner Frau und den beiden Jungs geht. Sie will wissen, ob sie gern in die Schule gehen und was ihre Lieblingsfächer sind. Er soll ihnen einen schönen Gruß von Tante Olga ausrichten, sagt sie zu ihrem Bruder zum Abschluss des Gesprächs, und dass sie ihnen etwas Schönes aus Deutschland mitbringen wird.

Dann ruft sie ihre Mutter an. Ihr neuer Mann ist am Apparat, und Olga wechselt ganz gegen ihre sonst immer sehr kurz angebundene Art ein paar Sätze mit ihm. Ihre Mutter fragt besorgt, wie es ihr gehe, sie höre sich so komisch an. Ob alles in Ordnung sei und wann sie denn wieder nach Hause komme. Bald, sagt Olga, bald, dann legt sie auf.

In kleinen Schlucken, als wäre es Medizin, trinkt sie ein Wasserglas Wodka leer, duscht und legt sich ins Bett. Mit ihrem Laptop loggt sie sich in das WLAN des Hotels ein und sucht nach einer

Ikone der heiligen Olga, ihrer Namenspatronin, die im 10. Jahrhundert Großfürstin von Kiew gewesen ist. Dann fängt Olga an zu beten.

***

»Das Passwort zum Entschlüsseln von Dateien auf einem USB-Dings rausfinden? Ja, wie kommst jetzt du auf die Idee, dass ich oder sonst wer hier herinnen des könnt? Mia san doch schon froh, wenn wir in unsere eigenen Computer reinkommen!«

»Dann ruf ich halt den Nerlinger vom KTI an«, sagt Leni zum Kollegen Brandner.

»Den Nerlinger kenn ich nicht, aber Kriminaltechnik, Informations- und Kommunikationstechnik, die san in so einem Fall wahrscheinlich eher die Spezialisten.«

»Morgenroth, Kripo Traunstein. Können S' mich bitte mit der Forensischen IuK von der KT verbinden?«

»Und das ist jetzt schon wichtig?«, fragt die Sekretärin am anderen Ende der Leitung.

»Nein, natürlich nicht, wenn's wichtig wär, würd ich ja mit dem Auto nach München fahren, weil man dann keine komischen Fragen beantworten muss«, antwortet Leni.

»Sie brauchen aber nicht gleich eing'schnappt sein. Der Herr Nerlinger hat mir aufgetragen, dass ich das immer fragen muss, jeden, verstehn Sie? Weil, wissen Sie, da rufen am Tag zwanzig Leut an, nur weil sie mit ihrem Computer Probleme haben.«

»Ich habe kein Problem mit meinem Computer«, sagt Leni, »ich brauch den Herrn Nerlinger zur Unterstützung in einem Kriminalfall von internationaler Bedeutung. Kurz: Es ist sehr wichtig!« Den Schluss ihres Statements flüstert Leni fast ins Telefon. Es klingt wie eine Drohung.

»Warum sagen Sie das nicht gleich? Ich stell Sie durch, dauert nur einen Moment.«

»KTI München, Nerlinger, is es wichtig?«

»Franz, hier ist die Leni aus Traunstein. Pass bloß auf, dass du keine Dienstaufsichtsbeschwerde kriegst.«

»Servus, Leni. Reine Vorsichtsmaßnahme. Was meinst du denn,

wie oft mich diese Headhunter anrufen und fragen, warum ich hier für so wenig Geld arbeiten mag?«, antwortet Nerlinger.

»Und? Warum magst du?«, fragt Leni zurück.

»Weil ich ein Idealist bin, warum denn sonst? So, jetzt ist des auch geklärt. Und wie kann ich dir helfen, du Blume aus der Schönau?«

»Ich hab da Dateien von einem USB-Stick auf meinem PC, die sind wahrscheinlich verschlüsselt.«

»Oha, verschlüsselte Dateien, und du hast vermutlich keine Ahnung von der dazugehörigen Phrase. Also, du würdest dazu vielleicht ›Passwort‹ sagen. Länge? Buchstaben? Zahlen? Buchstaben und Zahlen? Zeichensatz? West-, mittel-, osteuropäisch? Chinesisch? Weißt du da was?«

»Also, wenn du mich so direkt fragst, chinesisch ist es wohl eher nicht. Hilft dir das denn weiter?«, fragt Leni.

»Hm, nicht viel, wenn ich ehrlich bin«, sagt Franz Nerlinger.

»Und was heißt das jetzt? Ich hab gedacht, du bist der Spezialist?«

»Ja, des bin ich auch, aber pass auf: Stell dir mal vor, du stehst im Königssee. Das Wasser reicht dir bis zum Hals, es ist saukalt, und du sagst zu mir, ich soll dir helfen. Ich hol dann mit einem Zehn-Liter-Putzeimer Wasser aus dem Königssee und frag dich anschließend: Hat dir das jetzt geholfen? So ungefähr ist das, wenn du sagst, dass wir chinesische Zeichen ausschließen können, und mich fragst, ob mir das hilft«, erklärt Franz ihr.

»Ach so«, meint Leni.

»Ich schlag vor, du schickst mir die Dateien rüber, und ich schau, was ich tun kann«, sagt Franz. »Meine Adresse hast ja. Ich meld mich bei dir, wenn ich fertig bin oder von dir was brauch. Und musst nicht anrufen, deswegen geht's auch nicht schneller. Aber bitte nicht falsch verstehn, gell?«

»Nein, eh nicht. Also, servus. Und danke, gell?«

»Servus, Leni.«

Leni hat den Nerlinger Franz vor zwei Jahren bei einer Schulung kennengelernt. Er stammt aus Pocking im Landkreis Passau und ist ein begeisterter Berggeher, der in seiner Jugend viel in den Berchtesgadener Alpen herumgekraxelt ist. Abends beim Bier haben die Leni und der Nerlinger ihre Berggeschichten vertieft, und am nächsten Morgen ist die Fortbildung weitergegangen. In der Abteilung IuK des Forensischen Instituts in München werden, so viel hat Leni damals verstanden, GSM-Bewegungsprofile von Zielpersonen erstellt, Computerviren untersucht, Computererpressungen analysiert und Dateien auf beschlagnahmten Systemen wiederhergestellt. Und manchmal kommt auch die Königsdisziplin zum Einsatz, auf die die Abteilung »Crypt« mit ihrem Chef Nerlinger spezialisiert ist: das Entschlüsseln von geschützten Dateien.

Und genau darauf hofft Leni nun. Dass es den Spezialisten gelingt, Olgas Dateien zu knacken, denn sie ist sich sicher, dass das für sie den Durchbruch bedeuten kann. Dann wird sie endlich erfahren, worum es diesen Vereinsleuten in Wirklichkeit geht. Warum sie jetzt schon wieder hier sind. Letztes Jahr hat es zwei Tote gegeben, und bis heute kennen sie nicht die genauen Gründe dafür. Zwei Kriminelle murksen sich gegenseitig ab, das konnte man schnell einmal feststellen und dann die Aktendeckel zuschlagen. Um keinen der beiden war es richtig schade gewesen. Affe tot, Klappe zu. Aber Leni findet es ziemlich unbefriedigend, einen Fall so abzuschließen. Sie will wissen, was da wirklich gespielt wird, und weil es ihr keiner sagt, muss sie eben zu solchen Methoden greifen. Gestohlen hat sie den Stick ja nicht, nur ausgeliehen, und Datenklau, mein Gott, der passiert doch täglich millionenfach im Internet. Der Fall Watzmann-T-Shirts war von der Komplexität her ein Fliegenschiss dagegen. Vielleicht packt den Nerlinger ja der Ehrgeiz wie in seiner Jugend beim Bergsteigen. Zähne zusammenbeißen und weiter. Da hast du auch keine Zeit, stehen zu bleiben und zu gaffen, es sei denn, du willst unbedingt in der Biwakschachtel in der Wand nächtigen. Schließlich gibt es in der Region auch feinere Etablissements, sogar mit Privat-WC. Leni setzt voll auf Nerlingers Ehrgeiz und seine Ehre als oberster Computerprofi des LKA. Mensch, Franz, des pack ma doch! Da oben ist schon der Gipfel, und dann is nimmer weit.

***

Die Abteilung hat zweifellos die höchsten Stromkosten aller KT-Abteilungen und bestimmt die schnellsten Computer, die darauf spezialisiert sind, Passwörter zu finden.

»Ich hab da eine Datei zu entschlüsseln, Alex«, sagt Nerlinger zu seinem Kollegen. »Das Dateiformat ist unbekannt, aber mein Bauchgefühl sagt, dass es eine Powerpoint-Präsentation ist. Außerdem hat das Passwort mehr als sechs Zeichen. Ich glaub, wir müssen unsere ASIC-Maschinen drüberlaufen lassen, sonst können wir den Code nie knacken.«

»So ein Krampf. Warum denn? Was wird die Datei schon groß enthalten? Ein paar Bilder von Nackerten oder ein paar E-Mails an eine Liechtensteiner Firma. Und wegen so einem Käse soll ich jetzt die Produktion stoppen? Sag denen doch einfach, dass wir alles versucht haben, sich der Code aber nicht knacken lässt. Meinst du, das wär so schlimm?«, fragt Alex.

»Die Leni wird wohl keinen solchen Wirbel wegen ein paar Nackerten machen! Die Leni ist eine hochintelligente Kriminalbeamtin und außerdem eine Pfundsbergsteigerin.«

»Hä? Und was hat das jetzt –?«, fragt Alex verblüfft.

»Du machst dich jetzt an den Code, klar? Und je früher du anfängst, desto schneller kannst du die ASICs wieder weiterrechnen lassen.«

Im Grunde seines Herzens ist Franz ein undisziplinierter Computerfreak, der sich durch seine Leistungen Narrenfreiheit in der Abteilung IuK des Forensischen Instituts verschafft hat. Sein letzter Geniestreich war es, dass er eine ganze Batterie ASIC-Miner anschaffen durfte, Spezialcomputer zum Errechnen von Bitcoins, die digitale Währung, die gerade immer mehr Furore macht. Franz selbst hat eine Software entwickelt, die einen ASIC-Miner in einen perfekten Brute-Force-Cracker verwandeln kann. Rohe Gewalt, so heißt das übersetzt, aber in Wahrheit ist es eine Maschine, die in möglichst kurzer Zeit enorm viele Passwörter durchprobieren kann. Die Spezialmaschinen braucht man deshalb, weil ein alphanumerisches Passwort, also eines, das aus Ziffern und Buchstaben besteht, ansonsten kaum zu knacken ist. Ein zehnstelliges Passwort hat beispielsweise achthundertneununddreißig Billiarden Lösungsmöglichkeiten. Ein schneller PC, der mit einer Spezialsoftware etwa zwei Milliarden Kombinationen pro Sekunde durchrechnen kann, müsste bei einem Zehn-Zeichen-Passwort zwölf Jahre lang ununterbrochen rechnen, um es sicher zu ermitteln. Nerlingers Brute-Force-Cracker braucht für die gleiche Aufgabe gerade mal zehn Stunden. Allerdings gibt es immer noch ein Problem: Jeder zusätzliche Buchstabe erhöht die mögliche Zahl an Kombinationen enorm, sodass der Cracker bei einem elf Zeichen umfassenden Passwort schon siebenundzwanzig Tage beschäftigt wäre. Es ist nur ein geringer Trost, dass ein normaler PC dafür immerhin ganze siebenhundertsiebenundachtzig Jahre brauchte. Und bei zwölf Zeichen ist dann ganz Schluss. Nerlingers Computer brauchte für so ein Passwort viereinhalb Jahre. Das ist natürlich schneller als die achtundvierzigtausend Jahre, die ein PC dafür rechnen müsste, aber in der Praxis trotzdem total sinnlos.

Nerlinger hofft jetzt einfach, dass das Passwort, das die Dateien schützt, weniger als zehn Zeichen hat, denn dann wird er es knacken und seine Spitzenposition als Computer-Crack festigen.

Falls es mal keine Passwörter zu knacken gibt, sind Franz und Alex auf die Idee gekommen, den ASIC-Computer nicht unbeschäftigt zu lassen. Nerlingers Auffassung nach lag es auf der Hand, dass man den ASIC sozusagen in seiner Freizeit das tun lässt, für das er eigentlich entwickelt wurde, nämlich Bitcoins errechnen. Alex und Franz nennen das »artgerechte Haltung«. Wenn der ASIC also nicht durch Passwortberechnungen gestört wird, produziert er pro Tag für etwa eintausendachthundert Dollar Bitcoins. Das Beste daran ist, dass das bisher noch niemand gemerkt hat, und das Allerbeste, dass den Strom das Kriminaltechnische Institut bezahlt.

»Und, schon gestartet?«, ruft Franz.

»Klar. Sieht aber nicht gut aus. Die Passwortkombinationen bis acht Zeichen sind schon durch. In etwa einer Stunde haben wir auch die mit neun Zeichen geschafft. Wenn dann kein Ergebnis vorliegt, muss unsere Maschine mindestens die ganze Nacht durchrechnen und kann uns keine Bitcoins produzieren. Ist es das wirklich wert, Franz?«, jammert Alex.

»Jetzt hör doch mal mit deiner Maulerei auf. Das ist unser Job, also machen wir den auch«, beendet Nerlinger die Diskussion.

»Tschaka! Tschaka! Tschaka! Ich hatte es im Urin, habe es in der Lende und im kleinen Zeh gespürt, wow, goldrichtig war's. Ich bin ein Genie!«, schreit Alex. »Ich schick dir gleich das Scheißpasswort und gehe dann wieder in Bitcoin-Produktionsmodus.« Alex starrt wieder auf seine Monitore, hält sich die Nase zu und beginnt dann seinen von der NASA Apollo 11 Moon Mission inspirierten Countdown. *»This is K-T Bitcoin Launch Control. We've passed the two-minute mark in our countdown for bitcoin production. Now one minute, fifty-two seconds and counting. Coming up shortly, the bitcoin miner sign comes back to its centered position on the monitor. This should occur at the one-minute-forty-seconds mark in the count.«* Alex tut so, als würde sein Countdown ins Wohnzimmer von etwa vier Milliarden Fernsehzuschauern übertragen werden. *»T minus one minute, thirty-four seconds and counting. Our status board indicates that the RAM Memory is clean and prepared to store all the countless results. We continue to connect all ASIC and memory banks to the master cluster.«*

»Jetzt hör doch mal wieder auf mit dem Unsinn!«, schimpft Nerlinger. »Vielleicht muss ich mich bei meiner Arbeit auch ein bisschen konzentrieren, schon mal daran gedacht?«

»T minus one minute and eight seconds on the bitcoin production mission, to make us rich and all the busty girls are at our feet. Some unnecessary noise from Nerlinger successfully ignored. We've passed the fifty-seconds mark. Power transfer is complete – we're on internal power with fully charged uninterruptible power supply.«

Nerlinger tippt sich an die Schläfe.

»Forty seconds away from bitcoin production lift-off. All operating systems and crown jobs are started. Thirty-five seconds and counting.«

»Aufhören!«, schreit Nerlinger. »Ich werd noch verrückt. Entfernt sofort diesen Schwachsinnigen aus meinem Labor, sonst werde ich zum Mörder!«

»Twenty seconds and counting. T minus fifteen seconds, guidance is internal. Bitcoin miner is now the commander. Twelve, eleven, ten, nine, calculation sequence starts … two, one, zero, all engines running, LIFT-OFF! We have a lift-off.« Alex sieht kurz auf die Uhr an seinem Handgelenk. *»Forty-seven minutes past the hour. Lift-off on K-T bitcoin production mission.«* Er stützt seine Unterarme auf den

Schreibtisch und lässt seinen Kopf in seine Hände fallen, als wäre er vom Countdown völlig erschöpft. »Pfff, geschafft!«

»Alles okay?«, fragt Nerlinger. »Kindergartenauftritt beendet? Du hast mir das Passwort noch gar nicht geschickt.«

»Hey, Nervlinger, *cool down*. Nichts Schlimmes. Hab ich in der Aufregung nur vergessen«, sagt Alex. »Also, pass auf: Das Passwort lautet ›$Polonium1!‹. Mit großem P. Ist dir eigentlich klar, warum du das Passwort jetzt schon hast und unsere Recheneinheit nicht für Tage lahmgelegt werden muss? Ist dir das klar?«, fragt Alex.

»Natürlich ist mir das klar. Weil du ein Genie bist. Ich höre es ja oft genug«, antwortet Nerlinger.

»Ganz genau. Das hast du sehr richtig erkannt. Hast du mal gezählt, wie viele Zeichen es sind? Elf! Elf Zeichen, alphanumerisch plus Sonderzeichen. Normalerweise würde die Maschine fünfhundert Jahre brauchen, um das zu berechnen. Ist dir das klar?«

»Ja, auch das ist mir klar«, sagt Nerlinger.

»Und warum?«, fragt Alex. »Weil ich's gespürt habe. Nachdem wir das Passwort bei acht Stellen nicht geknackt hatten, habe ich die Parameter geändert. Vorn und hinten zwei Sonderzeichen plus Zahlen möglich, in der Mitte einen Wörterbuchbegriff aus den einhundertfünfzig häufigsten Sprachen mit bis zu acht Zeichen. Und siehe da, unser Supercomputer hat nicht fünfhundert Jahre gebraucht, sondern ganze neunundfünfzig Minuten. Und, bin ich gut?«

»Jetzt schau dir das mal an«, sagt Nerlinger. »Auch die Dateien sind ziemlich gut. Das wird die Leni freuen, da hat sie ihren Eseln einiges zu erzählen, und ich meine damit wirklich nicht ihre Kollegen. Ich recherchiere mal noch die technischen Fakten für die Fotos. Brennweite, GPS-Daten, Blende und so weiter, damit wir auch den Standort des Fotografen und des fotografierten Objekts mitliefern können. Und dann schreib ich alles in unseren Bericht für die Leni. Kannst du dich darum kümmern, dass jemand die kurzen Texte und Notizen in den Textdateien noch übersetzt, oder kannst du das vielleicht auch, du kleines Genie?«

»Bingo!«, schreit Alex. »Kann ich wahrscheinlich sogar selbst übersetzen. Ich hatte jahrelang eine Moskauer Brieffreundin. Hab sie vor Ewigkeiten in einem Ferienlager am Schwarzen Meer kennengelernt. Zeltlager mit der FDJ, Mann, Anuschka, das waren noch Zeiten!«

»Und was ist aus ihr geworden, weißt du das?«

»Anuschka ist jetzt Mamuschka, hat zwei Kinder, einen Mann und außerdem eine Firma zur Herstellung feinmechanischer Drehteile. Die hatte in der UdSSR eine Ausbildung zur Dreherin gemacht und verdient heute ein Schweinegeld«, sagt Alex.

»Prima, dann übersetz halt du die Texte«, erteilt Nerlinger ihm den Auftrag.

»Aye, aye, Sir, mach ich doch glatt.«

»Okay, schick's mir dann rüber.«

»Bin gleich fertig, so viel Text ist es ja nicht. Oh, was ist denn das jetzt? Eine Schatzkarte?«, murmelt Alex vor sich hin, als der Computerlautsprecher einen permanenten penetrant hohen Ton emittiert. »Ich glaub, ich muss mich doch wieder um unsere Babys kümmern«, sagt Alex und holt sich das Dashboard der Firewall auf den Bildschirm. »Ich schick dir alles rüber, Chef.«

»Was pfeift denn bei dir so?«, fragt Nerlinger.

»Schnell, schalt dich mal drauf. Da läuft ein hammermäßiger DDoS-Angriff auf unser System. Das müssen wir unter Kontrolle bekommen, sonst verlieren wir noch den Kontakt zur Chain!«, ruft Alex.

»Scheiße. Und wie kriegen wir das jetzt geregelt? Die machen schon unsere Leitungen dicht. Schau hier: zweihundert GB/s. Da bin ich neugierig, wie wir aus der Nummer wieder rauskommen. Die Angriffe kommen aus der ganzen Welt. Schätze mal, das ist ein Monster-Ghost-Bot-Netzwerk. Ich weise alle Anfragen außer Port 437, Port 35 und Port 8080 zurück.« Nerlinger bleibt ruhig, ist ganz Profi.

»Mit ein bisschen Glück kollabiert das Bot-Netzwerk«, sagt Alex.

»Mehr kann ich für den Moment nicht tun«, sagt Nerlinger. »Ich schicke jedenfalls das entschlüsselte ZIP-Archiv mit den Dateien jetzt an die Leni und geb ihr mal kurz Bescheid.«

Er ruft bei Leni auf dem Handy an, erreicht aber nur die Mailbox. »Servus, Leni, hier ist dein Bergkamerad Nerlinger aus Manhattan. Wir haben deine Dateien geknackt, und mein Kollege, der mit dem Migrationshintergrund, hat dir sogar ein paar kurze Texte aus dem Russischen übersetzt. Allerhand drin in den Dateien, was ich so gesehen hab, Karten, Fotos und so Sachen. Die Metadaten, die ich zu den Fotos rausgefunden hab, schicke ich dir in meinem Bericht auch gleich mit. Dann mal viel Spaß mit dem Material und schönen Gruß von meinem Kollegen Alex. Wenn er nicht so genial gewesen wäre, hätten wir das Passwort in fünfhundert Jahren nicht gefunden, soll ich dir sagen. Servus, baba und bis zum nächsten Mal.«

Nur zehn Minuten später ruft Leni ihn zurück. »Servus, Nerlinger, ihr seid ja zwei echte Helden. Wie kann man sich denn bei euch erkenntlich zeigen? Ich mein, ich darf euch ja nichts zukommen lassen, was man als Bestechungsversuch interpretieren könnte, aber ihr habt das großartig gemacht. Ich hab bisher nur kurz reingeschaut, aber was ich gesehen hab, hat mich fast umgehauen. Hätt ich mir nicht träumen lassen.«

»Lass gut sein, Kollegin. Mit Geld kann man uns sowieso nicht locken. Wir tun nur unsere Pflicht. Nimmst mich halt mit auf einen Berg, wenn ich das nächste Mal bei euch in der Gegend bin, und lädst mich auf eine Brotzeit ein, das passt dann schon.«

»Dann sag ich Danke schön und freu mich, wenn du mal in meine Gegend kommst.«

»Mach's gut, Leni, ciao.«

»Du, Nerlinger, jetzt hätt ich's fast vergessen. Wie hat denn jetzt des Passwort geheißen?«

»›$Polonium1!‹ Mit großem P.«

»Polonium?«

»Polonium. Radioaktives Element. Servus, Leni.«

»Servus, Nerlinger.«

Leni ist gerade dabei, den Ordner mit den entschlüsselten Dateien zu öffnen, da wird sie schon wieder vom Telefon gestört.

»Hey, ich bin's, der Maxi. Verstehst du mich?«

»Warum sollte ich dich denn nicht verstehen? Das mit den Mobiltelefonen klappt doch seit vielen Jahren schon ganz super«, flachst Leni.

»Weil ich grad mit dem Alpenvereinsquad von meinem Onkel

unterwegs bin. Ich fahr denen grad was rauf zur Ligoascht. Macht brutal Spaß, sag ich dir. Ich wollt dich fragen, ob du vielleicht auch mal mitfahren möchst.«

»Danke, aber heut ist leider schon ganz verplant.«

»Schad! Aber vielleicht bin ich ja morgen noch mal damit unterwegs.«

»Ich weiß noch nicht, wie es morgen bei mir ausschaut. Weißt was, wenn's bei mir passt, würd ich mich einfach melden, gell? Deine Nummer hab ich ja. Du, ich muss jetzt hier weitermachen. Servus.« Dann widmet sie sich wieder den Dateien und kann den Blick kaum von dem abwenden, was jetzt auf ihrem Bildschirm erscheint. Mit einer Hand tastet sie nach ihrer Brille, damit sie nicht die Augen zusammenkneifen muss, um alles genau zu erkennen. Doch auch mit der Brille auf der Nase würde sie am liebsten in den Bildschirm kriechen, um die Karte noch deutlicher zu sehen. Es ist eine alte Handzeichnung. Ein Lageplan? Eine Wegskizze? Die Aufnahme ist nicht sehr scharf, als wäre sie aus großer Distanz aufgenommen. Sie blendet die Metadaten ein und sieht nun auch die Ergänzungen, die Nerlinger und sein Kollege in München hinzugefügt haben. Blende, Brennweite, Verschlusszeit, dazu die GPS-Geo-Koordinaten, die den Standort des Fotografen angeben. Sie klickt auf einen Link in den Metadaten, der Browser öffnet sich, und Google Maps zeigt die Position des Fotografen. Ja, gibt's denn das? Kein Zweifel, der Fotograf oder die Fotografin des Bildes muss auf dem Kehlstein gestanden haben, irgendwo unterhalb des Kehlsteinhauses. Um den Standpunkt herum ist ein rot gerasterter Kreis gezogen: Das ist die berechnete Entfernung zum Motiv. Doch alles, was Leni in dem Kreis erkennen kann, ist: Luft, Wiese, Wald oder Fels. Alles, was der Außenradius berührt, ergibt in ihren Augen keinen Sinn. Sie sieht sich das Foto mit der Karte noch einmal an. Am Rand ist noch etwas zu erkennen. Ein Tisch, ein Rahmen, Glas, Stoff, vielleicht ein Vorhang. Nach dem berechneten Winkel muss sich das Motiv auf etwa tausend Metern Höhe befinden, das Objektiv ist nach Norden ausgerichtet.

Doch, da ist tatsächlich etwas, was einen Sinn ergibt, denkt Leni. Das Interconti. Wenn der Fotograf tatsächlich auf beziehungsweise knapp unterhalb des Kehlsteins gestanden hat, kann er mit einem Magnum-Tele direkt in ein Hotelzimmer fotografiert haben. Der Datumsangabe auf dem Bild nach wurde es am 22. Mai 2010 aufgenommen. Genau zu der Zeit, zu der sich die Ukrainer letztes Jahr im Interconti aufhielten.

Plötzlich muss Leni an Maxi denken, der mit dem Quad zur Ligoascht unterwegs ist, einer Hütte an der Westseite des Kehlsteins. Fährt er da wirklich im Auftrag der Alpenvereinssektion irgendetwas rauf, oder ist er doch ein besserer Detektiv, als sie angenommen hat?

Die nächste Datei, die Leni öffnet, ist ein Videofilm. Erstellt am 25. Mai 2010, aufgenommen anscheinend mit einer Webcam. Movi-WLAN-Cam, so heißt es in den Metadaten. Der Film zeigt ein Zimmer in einer Pension oder einem Hotel. Leni hat das Zimmer schon einmal gesehen. Es sieht aus wie das Zimmer im Hotel Zum Türken, das im letzten Jahr Wladimir bewohnt hat, der Ukrainer, der durch den Sturz in der Höhle zu Tode gekommen ist. Anscheinend hat er mit der WLAN-Kamera sein Zimmer überwacht. Eine Serie von Standfotos, wie in einem Zeitraffer aneinandergereiht. Erst ist das Zimmer leer, und es passiert ewig nichts. Dann kommt jemand herein. Es ist der Frankfurter Adelige, dieser von Reichenberg. Er durchsucht das Zimmer, öffnet den Schrank, durchwühlt die Sachen des Ukrainers.

Das alles hängt miteinander zusammen, denkt Leni. Der tote und die lebenden Ukrainer, der Frankfurter Hehler und das Gold. Plötzlich geht die Tür auf, und Wladimir kommt ins Zimmer. Leni läuft es kalt über den Rücken. Wird sie jetzt eine Antwort auf die noch unbeantworteten Fragen zu seinem Tod erhalten?

Wladimir geht auf von Reichenberg los, packt ihn am Hemdkragen, irgendetwas springt ab, wahrscheinlich ein Knopf, und saust durchs Zimmer. Der Ukrainer haut ihm mit der Faust eins auf die Nase, dass sie blutet. Mensch, ist das eklig! Und doch kann Leni nicht wegsehen. Wie gebannt folgt sie dem Kampf von zwei Männern, die beide seit einem Jahr nicht mehr am Leben sind. Wladimir ist der Stärkere von beiden, der erfahrenere Schläger. Er weiß, wohin er zielen muss, damit es richtig wehtut. Irgendwann lässt er von seinem Opfer ab, und von Reichenberg torkelt aus dem Bild, den Blick voller Hass.

Und noch ein Foto ist auf Olgas Stick. Wieder verraten die Metadaten den Aufnahmeort, den Nerlingers Programm in Google Maps anzeigt. Der Hohe Göll, fotografiert mit dem Handy. Die Stelle, wo der Eingang zur Höhle war, und direkt darüber eine Markierung sind deutlich zu sehen. Ein orangefarbener Punkt, wo Wladimir sich in die Höhle abgeseilt hat und wo ihm das Seil, an dem er hing, mit dem Messer durchgeschnitten wurde. Von Reichenbergs Rache.

Berchtesgaden, 18. Juni 2011

Am nächsten Morgen sitzt Olga schon am Frühstückstisch, als Jurij auftaucht. Er ist allein. Von seiner molligen Geliebten keine Spur. Olga trinkt schwarzen Kaffee. Sie hat etwas mehr Rouge als sonst aufgelegt. Wieder trägt sie das taubenblaue Kleid, dessen Farbe so perfekt mit ihrer Augenfarbe harmoniert und ihren Teint so natürlich schimmern lässt wie ein Herbstapfel.

Jurij bestellt Kaffee und lädt sich seinen Teller am Büfett voll. Zurück am Tisch schiebt er sich den ersten Löffel Ei mit Speck in den Mund. »Und, wird es heute gehen?«, fragt er mit vollem Mund.

Olga nickt.

»Haben die herausgefunden, was los ist?«, fragt er.

»Eine Magenverstimmung«, sagt Olga. »Nichts Schlimmes.«

»Wir fahren diesmal mit meinem Wagen hinauf, laufen das letzte Stück und treffen die drei Galgenvögel oben am Infozentrum«, sagt Jurij. »Schaffst du das? Ist schließlich kein Spaziergang.«

»Ich weiß«, sagt Olga, »und ich werde es schaffen.«

Sie ziehen sich um, packen ihre Ausrüstung ein und fahren gemeinsam die Mautstraße hinauf. Am Ofnerboden stellen sie den Wagen ab und gehen zu Fuß weiter. Olga schwitzt vor Anstrengung, der Schweiß auf ihrer Stirn ist eiskalt. Auch Jurij sieht angestrengt aus. Es wird ein warmer Sommertag werden. Nach zehn Gehminuten kommt das Infozentrum in Sicht. Als sie etwa sechshundert Meter davon entfernt sind, strauchelt Olga, kann sich aber noch auf den Beinen halten. Wenn Jurij es bemerkt hat, hat er beschlossen, nichts zu sagen.

Eine Person tritt aus dem Holzbau. Es ist Luba. Als sie Jurij und Olga entdeckt, geht sie schnell zurück in die Hütte, wahrscheinlich will sie ihren Kollegen ihre Ankunft melden. Da strauchelt Olga ein zweites Mal, und wieder tut Jurij so, als bemerke er es nicht. Beim dritten Mal fällt Olga auf die Knie, und Luba kommt aus dem Infozentrum gelaufen, um ihr aufzuhelfen.

»Was ist los mit ihr?«, fragt Luba.

»Sie ist krank, das siehst du doch.«

»Und warum hilfst du ihr nicht auf?«

»Welchen Sinn soll das haben? Entweder schafft sie es, oder sie schafft es nicht. Heute Morgen hat sie mir noch versichert, sie schafft es, aber jetzt sieht es anders aus. Sie wird es nicht schaffen, und deshalb bleibt sie hier.«

»Du willst dich nicht um sie kümmern?«

»Ganz genau! Von mir aus kann sie auf allen vieren ins Tal zurückkriechen, wenn es denn sein muss. Von mir kann sie keine Hilfe mehr erwarten. Sie hat mich enttäuscht.«

Luba fühlt Olgas schweißnasse Stirn.

»Geht nur«, sagt Olga. »Geht ohne mich. Ich muss mich ausruhen.«

Jurij ist bereits in dem sechseckigen Holzbau verschwunden und kommt nach einer Weile mit Wiktor und Marjana wieder heraus.

»Gehen wir?«, fragt Jurij.

»Sollen wir sie hier wirklich allein zurücklassen?«, fragt Luba.

»Ja«, sagt Jurij und wendet sich dann an Olga. »Du bist entlassen. Sieh selbst, wie du hier wieder runterkommst. Wenn wir in den Stollen einsteigen, können wir keine Bremse gebrauchen.«

»Moment«, sagt Luba, »aber ist das nicht gefährlich, wenn sie allein hierbleibt?«

»Ich werde mich ein bisschen ausruhen und dann runtergehen, ich verspreche es euch«, sagt Olga. Sie fingert ein Päckchen Tabletten aus der Hosentasche, drückt sich zwei davon in die Hand und saugt etwas Wasser aus dem Schlauch ihrer Trinkblase.

»Wir lassen sie hier, keine Widerrede«, zischt Jurij. »Und jetzt los!«

»Wartet mal«, sagt Marjana. »Seht ihr die Gestalt da unten auf dem Weg? Sieht aus, als käme sie zu uns herauf. Hat jemand ein Fernglas?«

»Ich.« Luba nimmt es aus der Gürteltasche. Als sie es auf das Objekt fokussiert, stößt sie einen Pfiff aus. »Wenn ich mich nicht täusche, ist das unsere Goldlocke in Kniebundhosen. Kann es sein, dass du vielleicht ein Date vergessen hast, Wiktor?«

»Was soll die blöde Frage?«, antwortet Wiktor. »Natürlich nicht.«

Jurij schaut von Luba zu Wiktor. »Ihr habt sie doch nicht mehr alle«, schnaubt er. »Wer ist das? Kann man sie nicht gleich erledigen, sobald sie oben ist?«

»Eher nicht. Goldlocke ist eine Kommissarin der deutschen Polizei«, erklärt Luba.

»Und was hat unser Held Wiktor mit ihr zu schaffen?«, will Jurij wissen.

»Frag ihn selbst«, sagt Luba.

»Also?«, herrscht Jurij ihn an.

»Gar nichts«, antwortet Wiktor.

»Dann erledige sie«, sagt Jurij.

»Blödsinn«, sagt Wiktor. »Willst du vielleicht die deutsche Polizei am Hals haben? Ich bin doch nicht verrückt!«

»Jetzt beruhigt euch! Fürs Erste gehen wir zurück ins Infozentrum und tun so, als würden wir arbeiten«, sagt Marjana. »Sie soll reinkommen, wir unterhalten uns kurz mit ihr, und dann schicken wir sie wieder weg oder sagen, dass das Zentrum vormittags gar nicht geöffnet hat und sie später wiederkommen soll.«

»Dann erfahren wir vielleicht auch, was sie will«, schließt sich Luba an. »Und eins möchte ich noch klarstellen: Ich bin aufs Schärfste dagegen, hier herumzuballern und wen auch immer zu beseitigen. Hat dein Vorschlag zu bedeuten, dass du eine Waffe dabeihast, Jurij?«

»Ihr vielleicht nicht?«, fragt Jurij.

Luba schnaubt empört. »Wir gehen jetzt in die Hütte zurück, und wenn wir die Person losgeworden sind, möchte ich, dass du die Waffe hier deponierst. Sonst gehe ich anschließend nirgendwohin, sondern bleibe genau hier, wo ich jetzt bin.«

»Luba«, will Marjana sie beschwichtigen.

»Was?«, herrscht Luba sie an. »Ich brauche keine Mami, ich kann für mich selbst denken und reden. Und ich meine alles genau so, wie ich es eben gesagt habe.«

»Weiber!«, sagt Jurij, und in seinem Grinsen liegt eine Verachtung, die älter ist als er selbst.

»Los, ihr geht schon mal zur Hütte vor«, sagt Luba zu Jurij und Marjana. »Und du, Wiktor, hilfst mir mit Olga. Es geht ihr wirklich schlecht.«

Gemeinsam tragen sie Olga hinauf zum Hütteneingang und legen sie dort auf eine Bank im Schatten. Olga hat Schweißperlen auf der Stirn stehen, und immer wieder fallen ihr die Augen zu.

»Hey!« Wiktor tätschelt ihr die Wange. »Was ist denn los mit dir, Mädchen? Vorgestern warst du doch noch putzmunter! Hast du dich in deinem Bunny-Kostüm vielleicht verkühlt?«

»Was soll das denn jetzt?«, fährt Luba ihn an. »Sag nicht, das Kostüm hätte dir nicht gefallen. Hör also auf, dich drüber lustig zu machen.«

»Mach ich doch nicht, ich will nur wissen, was sie hat. Es wäre einfacher, wenn sie uns einen Tipp geben könnte.«

Da steht Leni in Trekkinghose, karierter Bluse, Bergschuhen und mit Rucksack hinter der Dreiergruppe. »Was ist denn los? Hallo übrigens, Leni Morgenroth«, sie wendet sich Luba zu, »aber wir kennen uns ja bereits.«

»Olga ist krank. Sie braucht Hilfe«, sagt Luba.

»Ist das nicht das Häschen mit den fliegenden Pralinen? Jetzt hätt ich sie fast nicht wiedererkannt. Was fehlt ihr denn?«

»Das wissen wir auch nicht«, sagt Luba.

Leni tritt näher an Olga heran. »Olga? Hören Sie mich? Tut Ihnen etwas weh?«

Olga presst eine Hand auf ihren Bauch.

»Habt ihr etwas, womit wir sie zudecken können?«

Luba geht in die Hütte, um eine Decke zu holen.

»Wir müssen sie zu einem Arzt bringen«, sagt Leni zu Wiktor, der stumm neben ihr steht.

»Du kannst ja deine Kollegen von der Polizei anrufen«, antwortet Wiktor.

Leni reagiert nicht.

»Ach so«, sagt Wiktor, »deine Kollegen wissen vielleicht gar nicht, was du hier treibst?«

»Und was treibe ich denn?«

»Du schnüffelst uns hinterher, ist es nicht so?«

»Ich wollte mir nur mal euer Infozentrum ansehen.«

»Ah ja. Dann rufen wir eben einen Krankenwagen. Was meinst du, kommt der hier die Straße hoch?«

»Ich bin mir nicht sicher«, meint Leni. Da fällt ihr Maxi ein. »Ich könnte einen Bekannten anrufen, der ein Allradfahrzeug hat.« Sie wählt Maxis Nummer. »Ja, servus. Sag mal, wo kurvst du denn grad rum? Bist du irgendwo in der Nähe vom Kehlstein mit deinem Quad? – Dann leih ihn dir halt noch mal von deinem Onkel aus. Ich brauch Hilfe. Nein, nicht ich, sondern eine aufregende Frau. – Nein, keine Holländerin, eine fesche Ukrainerin. – Genau, es geht ihr grad nicht gut. Sie muss zu einem Arzt. – Hubschrauber? Ja, freilich, aber vielleicht ist es auch gar nicht so schlimm. Und ich hab gedacht, weil du doch gestern so mit dem Ding angegeben hast ... – Ja, okay, super! Du fährst einfach vom Ofnerboden rechts rauf Richtung Kehlstein bis zu diesem neuen Infozentrum. – Genau. Du, und kannst du gleich kommen? Ich weiß nicht, wie lange die Frau noch durchhält. – Okay, danke, bis gleich!«

Leni drückt Olgas Hand. »Es kommt gleich jemand, der Sie ins Tal runterfährt. Wie ist es Ihnen denn gestern gegangen, besser als heute und vorgestern?«

Olga schüttelt den Kopf.

»Seltsam.« Leni sieht Wiktor an. »Im Kongresshaus war es ihr auch schon schlecht.«

»Tatsächlich? Aber da war sie doch noch als Bunny unterwegs«, sagt Wiktor.

»Das mit dem Schlechtsein war später«, sagt Leni ausweichend. Eigentlich sind das ja alles Ganoven, aber leid tut ihr Olga jetzt schon. Sie wirkt ganz apathisch.

»Und?«, fragt Wiktor. »Wie soll dein Freund jetzt hier heraufkommen?«

»Keine Sorge. Der war früher Rallye-Fahrer.«

»Echt? Paris–Dakar und so?«

»Nein, kurz vorher ist ihm der Beifahrer abgesprungen«, sagt Leni. »Kann ich mir die Hütte, also das Infozentrum, denn mal anschauen, wenn ich schon hier oben bin?«

»Eigentlich ist es vormittags nicht geöffnet«, sagt Wiktor. »Aber du kannst reingehen, es ist jemand da.«

»Okay«, sagt Leni.

»Geht's dir gut?«, fragt Wiktor.

»Natürlich geht's mir gut«, sagt Leni. »Ich geh dann mal rein. Passt du auf sie auf?«

Luba kommt mit einer Rettungsschutzdecke für Olga aus der Hütte, und Leni wirft einen Blick in den Ausstellungsraum. Infotafeln, Fotos, Krebsraten, Statistiken. Abgetrennt ein kleiner Filmraum mit Leinwand. In den sich anschließenden zwei sehr übersichtlichen Büros trifft sie auf Marjana und Jurij.

»Wir kennen uns noch nicht, Magdalena Morgenroth.« Leni gibt Jurij die Hand. »Und wie heißen Sie?«

»Sokolski«, sagt Jurij.

»Vorname?«, fragt Leni, aber Jurij dreht sich um und zischt ein paar Worte, die sicher nichts Gutes bedeuten und auch keine Vornamen sind.

»Darf ich Sie ein wenig durch unsere Ausstellung führen?«, fragt Marjana.

»Ich dachte, Sie sind Historikerin«, sagt Leni. »Kennen Sie sich auch mit Atomkraft aus?«

»Tschernobyl ist auch Geschichte«, sagt Marjana. »Atomkraft leider noch nicht, aber auch das kann nicht mehr allzu lang dauern.«

»Schön wär's«, meint Leni.

Marjana zeigt ihr Bilder von dem Reaktor Block 4 nach der Havarie, dann aus den folgenden Jahren des Zerfalls, als immer wieder Mauern einstürzten und Dachabdeckungen nachgaben. Auch Bilder des geplanten Sarkophags sind zu sehen, der sich wie ein riesiger Hangar über die verbliebene Ruine spannen soll, wenn irgendwann das Geld dafür bereitsteht und wirklich mit dem Bau begonnen werden kann.

»Ein schrecklicher Unfall«, sagt Leni.

»Der schlimmste bisher. Schlimmer noch als Fukushima.«

Plötzlich hören beide draußen etwas knattern und lauschen.

»Was ist das?«, fragt Marjana. »Ein Hubschrauber?«

»Ich glaube, ich weiß, was es ist.« Leni geht ins Freie und sieht Maxi auf seinem Quad die steile Straße heraufkommen. Normalerweise fährt sein Onkel mit dem Gefährt Bergrettungseinsätze, deshalb hat es einen Akia-Aufbau, in dem eine Person liegend transportiert werden kann. In den Kurven lehnt Maxi seinen

Oberkörper weit zur Seite hinaus. So ein Angeber, denkt Leni. Und als er sich nähert, erkennt Leni, dass er eine alte lederne Pilotenmütze trägt statt eines zeitgenössischen Helms.

»Ich weiß gar nicht, ob ich mit dem Ding hier überhaupt fahren darf«, sagt Maxi beim Absteigen. »Bin ich denn ein Forstfahrzeug? Was anderes ist hier nämlich gar nicht zugelassen.«

»Freilich, du könntest das Quad doch auch zur Bergung von einem Baumstamm einsetzen. Aber schau, heute müsste es diese Dame sein, Olga heißt sie.«

»Sie ist gerade eingeschlafen«, sagt Wiktor. »Es geht ihr ziemlich schlecht.« Er gibt Maxi die Hand. »Ich habe gehört, Sie waren mal Rallye-Fahrer, bis Ihr Beifahrer ausgestiegen ist.«

Maxi sieht Leni an. »Eine Beifahrerin war's, die mich einfach hat sitzen lassen, obwohl die Anmeldegebühr schon überwiesen war.«

»Wie auch immer, jetzt kümmert euch lieber um die Kranke, ja?«, sagt Leni. »Ich leg die Decke drunter, dann wickeln wir sie darin ein und schnallen sie fest.«

»Fährst du mit?«, fragt Maxi. »Jemand muss doch schauen, dass sie mir nicht runterfällt, wenn's bergab geht.«

»Ist gar nicht so leicht, das Ding durch die engen Kurven zu steuern, oder?«, fragt Wiktor.

»Das geht nur, wenn du dich voll mit dem Oberkörper reinlegst«, antwortet Maxi. »Ein Quad will von sich aus einfach immer geradeaus.«

»Okay«, unterbricht Leni die Fachsimpelei der Männer, »dann fahr ich halt mit.«

Wiktor hilft Maxi, Olga in den Akia zu legen. Sie wickeln sie in die Decke und klicken schließlich beide Gurte ein.

»Danke, dass Sie mitfahren«, sagt Luba, die zu ihnen herausgekommen ist, während Marjana und Jurij immer noch vor dem Hütteneingang herumstehen und die ganze Aktion aus sicherer Entferung beobachten.

Olga liegt gut vertäut auf der Trage, und Leni sucht sich einen einigermaßen sicheren Sitzplatz zwischen Fahrersitz und Akia. »Los geht's!«, ruft sie, und Maxi startet den Motor. Leni kommt sich vor wie zu ihren besten Beifahrerzeiten. Sie legt sich sogar mit in die Kurven. Nach drei Serpentinen, als sie außerhalb des

Blickfelds der Zurückgebliebenen sind, klopft Leni Maxi auf den Rücken.

»Bleib mal stehen«, ruft sie, »aber lass den Motor laufen!«

»Wieso?«, fragt er. »Was ist denn los? Ist etwas mit der Olga?«

»Nein, nix, alles in Ordnung. Aber ich muss jetzt absteigen.«

»Was?«

»Bitte, Maxi, ich kann dir das alles jetzt nicht so schnell erklären. Aber ich muss da wieder rauf. Ich erzähl's dir hinterher, ganz bestimmt.«

Maxi schüttelt den Kopf. »Du bist vielleicht gut! Lässt mich erst hier rauftuckern und haust dann ab. Ja, bin ich denn dein Depp? Ich kenn die Frau doch nicht einmal.«

»Bitte, Maxi! Fahr die Olga einfach nur ins Krankenhaus, tu mir den Gefallen.«

»Dann sagst du mir aber auch, was hier los ist.«

»Das mach ich später, ich versprech's dir, aber jetzt muss ich weg. Und, Maxi, du hast dann noch was gut bei mir, das ist klar. Ich dank dir schön. Und jetzt bring sie heil runter, pfüat di!« Leni springt von dem All-Terrain-Fahrzeug, schnallt ihren Rucksack um, winkt Maxi zum Abschied zu und marschiert los. Ein zweites Mal heute bergauf.

Auf einem geraden Wegstück wendet Maxi sich zu Olga um. Sie scheint zu delirieren. Unruhig wirft sie den Kopf hin und her, ihre Augen sind geschlossen, aber zum Glück ist sie sicher angeschnallt, da kann eigentlich nichts passieren. Also verschläft Olga die meiste Zeit ihres Taltransports im offenen Wagen. In ihren wenigen wachen Momenten reißt sie die Augen auf und nimmt etwas von der Umgebung wahr, die sie kennt und doch auch wieder nicht. Sie ist nicht ihre Heimat und wird es wohl auch nie mehr werden. Ein Teil ihres Bewusstseins versteht, was passiert ist, und weiß, wie es enden wird. Doch dann driftet sie wieder in ihre Phantasiewelt. Nur zu gern möchte sie denken, dass das alles gar nicht wahr ist. Dass es jemand anderem passiert ist, nicht ihr. Aber sie weiß, dass dies hier die Realität ist, und sie weiß auch, dass sie diejenige war, die das Gift einer anderen Person geben wollte. Sie wollte, dass dieser andere Mensch zu Tode kommt. Falsch, sie wollte es nicht, sie hatte nur keine Wahl, weil ein anderer es so wollte. Ihr Chef nämlich. Aber nun wird durch einen aberwitzigen Zufall sie es sein, die stirbt. Ein lächerliches Malheur. Sie erinnert sich nicht mehr genau daran, aber lächerlich war es in jedem Fall. Doch wenn man so jung sterben muss, ist einem nicht zum Lachen zumute. Vielleicht kann man wenigstens hinterher über diese Sache schmunzeln. Vielleicht wenn alles vorbei ist, das wäre schön.

In ihrem Fieberwahn, der besonderen Bewusstseinsform, in der sie sich befindet, nicht ganz da, aber auch noch nicht weg, sieht sie eine riesige Felswand. Eine ähnliche hat sie schon einmal in Wirklichkeit gesehen, aber sie weiß nicht mehr, wo. In den Nischen der Natursteinwand stehen Menschengruppen, immer aus mindestens zwei bis drei Personen, in manchen Nischen auch aus mehr. Wie auf großen gemalten Tableaus tauchen Familiensituationen, Festlichkeiten, Freundescliquen auf. Da, das ist die Hochzeit ihres Bruders, und dort, ihr eigener Examensabschluss. Sie haben sich einen Spaß gemacht und schwarze Hüte aufgesetzt wie die Absolventen amerikanischer Elite-Unis. Aber was ist das dort drüben? Ach, ihr Vater und daneben sie selbst als kleines Mädchen.

Schaukelnd nähern sie sich dem Tal, und Olga spürt, dass ihr Ende nicht mehr weit entfernt ist. Als sie die Straße erreichen, wirft sie noch einen letzten Blick auf die Berge rundherum, dann erlöschen die Szenen der Tableaus. Wo gehen die Menschen nun alle hin? Lasst mich doch nicht allein zurück! Meine Eltern, die Freunde, sie müssen doch bei mir bleiben. Da ist eine Hand, die jemand nach ihr ausstreckt, und Olga greift danach. Warm ist diese Hand, und endlich hört sie auf zu frieren.

Als Maxi auf die Ringstraße einbiegt, scheint Olga ruhiger zu werden. Eigentlich zu ruhig. An der Mautstelle stürmt er zum Häuschen, in dem die Kassiererin sitzt. Sie soll einen Krankenwagen rufen. Sie sollen ihm entgegenfahren, er ist mit dem Quad nicht schnell genug. Am Hintereck, auf Höhe des Interconti, trifft endlich der Sanka ein. Sie sagen ihm, er habe eine Tote auf seinem Quad.

Im Kiosk am Obersalzberg kauft Maxi ein Fläschchen Enzian und trinkt es in einem Zug leer. Dann setzt er sich auf eine Bank unterhalb des Parkplatzes und starrt Richtung Hochplateau der Reiteralm und ins Watzmannkar hinüber, wohin ihn im Winter viele Skitouren mit seinen Freunden geführt haben. Das Leben ist eh so kurz, denkt Maxi. Aber für manche ist es einfach zu kurz.

Die Polizeidienststelle Berchtesgaden meldet sich per Handy bei ihm und stellt Fragen. Er erzählt, dass er die Frau oben bei dem neuen Infozentrum aufgenommen habe, weil sie ganz offensichtlich krank gewesen sei. Was er dort gemacht habe, wollen sie wissen. Mit dem Alpenvereinsquad rumgekurvt, sagt er. Gestern sei er schon auf der Ligoascht gewesen, heute auf der anderen Seite unterhalb vom Kehlstein. Er sei mit einer Bekannten unterwegs gewesen, aber die sei zu Fuß abgestiegen.

Wenig später keucht der alte Land Rover Discovery, grünweiß lackiert und mit Polizei-Beschriftung, den Obersalzberg hinauf, über die Scharitzkehlstraße auf die Purtschellerstraße. Am Ofnerboden biegt er ab und arbeitet sich die Spitzkehren der Dalsenwinkelstraße hinauf. Das Infozentrum ist geschlossen, kein Mensch ist weit und breit zu sehen. Lenis Kollegen warten ein wenig, suchen die Umgebung mit ihren Feldstechern ab und machen sich, als sie nichts Auffälliges entdecken, wieder auf den Rückweg.

***

Wieder ist Leni auf dem Weg zum Infozentrum. Sie passt auf, um nicht entdeckt zu werden, und beeilt sich gleichzeitig, damit die anderen nicht schon fort sind, wenn sie oben ankommt. Es ist warm, und bei dem hohen Gehtempo, das sie anschlägt, gerät sie schnell ins Schwitzen. Die bucklige schmale Straße wurde in den dreißiger Jahren des vorigen Jahrhunderts angelegt und asphaltiert, heute ist sie für den Privatverkehr gesperrt, nur Forstfahrzeuge sind hier zugelassen – und Fahrräder natürlich. Die Busse zum Kehlstein benutzen stattdessen die Kehlsteinstraße, das Sträßchen hier ist viel zu eng, und es gibt keine Wendemöglichkeit. Der Rucksack klebt Leni am Rücken, darunter ist sie nass geschwitzt, trotz Funktionswäsche. Eigentlich müsste sie die Ukrainer leicht einholen, weil sie ein viel höheres Tempo geht.

Vorsichtig nähert sich Leni dem Platz vor der Hütte, aber die anderen sind schon weg. Sie schaut sich um und entdeckt die vier Gestalten auf einem sehr schmalen, ansteigenden Pfad vor sich Richtung Süden, der ihr bisher noch nie aufgefallen ist. Aber so häufig ist sie hier heroben auch noch nicht gewesen, hier gibt es keine Kletterroute und keinen bekannten Wanderweg. Stiege man diesen Pfad nach oben, Richtung Gipfel des Hohen Gölls, dann käme man wahrscheinlich unter den Zacken des Mannlgrats heraus, eine ungesicherte, gefährliche Tour. Auf dem Grat geht es zwar nicht senkrecht, aber doch ziemlich steil bergab. Auf der anderen Gratseite gibt es einen Steig vom Endstal herauf, den Steftensteig, der mit einigen alten Eisenstiften ausgestattet, aber ziemlich verfallen ist. Er ist auf keiner Wanderkarte eingezeichnet und wird eigentlich nur von Einheimischen begangen. Und doch ist dort vergangenes Jahr ein belgischer Tourist abgestürzt, vor den Augen seiner Partnerin. Er war sofort tot, die Bergwacht konnte ihm nicht mehr helfen.

Leni folgt der Gruppe, immer nach Deckung suchend, immer mit genügend Abstand. Das Herz schlägt ihr bis zum Hals, aber nicht wegen des Aufstiegs. Konditionsprobleme hat sie keine. Es ist die Aufregung. Es muss einen Eingang in eine Höhle, einen Stollen, irgendein Lager im Berg geben, und darin muss etwas lagern, was es wert ist, dass man hierherkommt, einen Verein gründet und ein gigantisches Täuschungsmanöver plant und durchzieht. Eine Stiftung, Spenden, Halbwertszeit, »$Polonium1!«. Diesen Ukrainern ist es gelungen, alle Leute hier vor Ort an der Nase herumzuführen. Und jetzt klettern sie in den Bergen herum und steigen in Höhlen ein, bereit, alle erdenklichen Strapazen zu erdulden, nur um dieses Etwas, was auch immer es ist, zu bergen.

Leni hat zur Gruppe aufgeschlossen, fast kann sie sie keuchen hören. Sie versteckt sich hinter einem Felsen, muss sich selbst bemühen, leise zu sein. Tief in den Bauch hineinatmen, dann langsam wieder die Luft entweichen lassen. Sie denkt daran, wie es als Kind beim Versteckspielen war, wenn man wusste, dass der Sucher einen gleich entdecken würde, und den Atem anhielt, um vielleicht doch noch davonzukommen. Aber dann stand der Sucher plötzlich doch vor einem, packte einen an den Händen, schrie: »Gefunden!«, das Herz hüpfte einem vor Schreck, aber wenige Sekunden später war es nur noch lustig, und man freute sich schon darauf, dass die anderen sich versteckten und man selbst suchen durfte.

Plötzlich sind die vier verschwunden. Weg. Wie vom Erdboden verschluckt. Dann muss es also hier sein. Ein Eingang in den Berg. Fünf Freunde und der Berg der Abenteuer. Obwohl ihr Verstand ihr klarzumachen versucht, dass es das alles überhaupt nicht geben kann, spürt sie ein Kribbeln am ganzen Körper, und ihr Herzschlag lässt sich nicht wieder beruhigen. Sie steht in einer Felsnische unter einem Überhang, wie es sie zu Dutzenden gibt. An der schattigen Wand kann Leni nichts Auffälliges erkennen, nur Fels. Aber als sie sich der Wand nähert, entdeckt sie einen Spalt, verdeckt von einer Felsplatte. Und wirklich, dort ist eine Lücke, ein Eingang, von spärlichem Licht ins Halbdunkel getaucht, an das die Augen sich nur langsam adaptieren. Wären die vier nicht verschwunden und hätte sie nicht bewusst danach gesucht, hätte sie den Spalt nie entdeckt. Selbst wenn sie in der Felsnische gestanden hätte, um vor Regen Schutz zu suchen. Sie nimmt die Stirnlampe aus ihrem Rucksack und zieht sich eine Jacke über. Im Berg ist es kühl und feucht. Und stockdunkel.

Leni folgt ihnen jetzt schon fast zwei Stunden durch den Berg, eigentlich ging es immer bergauf. Wahrscheinlich hätte sie es auch in der halben Zeit geschafft, aber sie muss sich an das Tempo der Vorangehenden anpassen. Bis jetzt ist es trocken geblieben, und die Höhlengänge waren gut begehbar. An manchen Stellen sind die Durchschlupfe ziemlich eng, dann wieder weiten sich die Gänge zu Hallen. Andere Expeditionen würden ihnen Namen geben: Dom, Tropfsteinkapelle und so weiter, aber für Leni ist es nur das Ziel, das zählt, und dass sie nicht zu früh von den anderen entdeckt wird. Die unterirdische Landschaft ist eher nebensächlich. Außerdem ist ihre Stirnlampe kein Scheinwerfer, und wenn der Dom nicht ausgeleuchtet wird, erkennt man ihn nicht einmal. Wichtig ist nur, dass sie an keiner Engstelle hängen bleibt, die man hinterher dann »Leni-Falle« taufen könnte. Überhaupt ein Wunder, dass die anderen so gut durchkommen, sie müssen das ganze letzte Jahr über hart trainiert haben.

Plötzlich dringt Licht in den Gang, in dem sie gerade wartet, damit sich ihr Abstand zu den anderen vor ihr ja nicht verringert. Sie tastet sich vorwärts, blickt nach vorn, und was sie nun erkennt, kommt ihr nicht vor wie ein Traum, sondern eher wie ein Dokumentarfilm mit Originalaufnahmen aus der Nachkriegszeit. Eine Halle, die mit Scheinwerfern ausgeleuchtet ist. Eine von Menschen gesprengte Höhle, die Decke mit Bohrmaschinen oder Pickeln bearbeitet, eine riesige Tiefgarage im Berg. Am Boden liegen verpackte Bündel wie Trophäen nach einer Treibjagd. Sie hat solche Bilder bereits gesehen. Es sind Beutestücke, die da nebeneinanderliegen, gebündelt, zählbar, in Reihen parallel ausgerichtet. Fünf, zehn, fünfzehn, zwanzig und so fort. Kleinere Bündel, größere, schmälere, breitere, längliche und rundlichere, aufmarschiert wie die Krieger der Terrakotta-Armee des ersten Kaisers von China. Ja, sie kennt solche Bilder in Schwarz-Weiß, auf denen auch immer Soldaten oder uniformierte Wächter mit Maschinengewehren zu sehen waren. Und das dahinten, kann es sein, dass das eine Rakete ist? Ist es vielleicht doch ein Traum? Jurij, den Leni in dieser Umgebung besonders unheimlich findet, erteilt den anderen Anweisungen. Plötzlich löst sich über ihr ein Steinbrocken und trifft sie an der Schulter. Als sie laut aufschreit, stürzt jemand auf sie zu. Es ist Jurij. Er packt sie grob am Arm, reißt an der verletzten Schulter, und Leni schreit noch einmal auf. Er zerrt sie zu den anderen. Die drei sehen sie entsetzt an. Was werden sie jetzt mit ihr machen?

»Wo kommt die denn jetzt schon wieder her?«, fragt Marjana, die als Erste die Sprache wiederfindet. Luba schüttelt nur den Kopf, und Wiktor lässt die Arme sinken. In seinen Augen liest Leni vor allem großes Bedauern.

Da sind sie also und tun das Gleiche wie noch vor einem Jahr, denkt Leni. Sie plündern ein Nazi-Schatzdepot. Sicher haben sie es mit Hilfe der Karte gefunden, die Nerlinger Leni geschickt hat. Sie reimt sich zusammen, wie alles sein könnte, und macht sich gleichzeitig fast in die Hosen. Was werden sie jetzt mit ihr anstellen? Sie hätte ein besseres Gefühl, wenn dieser Jurij nicht hier wäre, Jurij, von dem sie vermutet, dass er der große Drahtzieher und Organisator hinter Halbwertszeit ist. Eigentlich ist es zum Lachen, aber das beste Gefühl hätte sie, wenn sie allein mit Wiktor hier wäre, denkt Leni. Auch im Aufzug war es nicht besonders schlimm mit ihm, eigentlich gar nicht. Aber Jurij, der macht ihr Angst, und sie weiß ja, dass alles schon lange kein Spaß mehr ist. Wenn es nur irgendwie noch gut ausgeht, denkt sie. Aber eigentlich kann es das doch gar nicht. Was wird jetzt mit ihr geschehen?

Jurij will sie beseitigen. Weg mit ihr, bedeutet seine Handbewegung, daran gibt es keinen Zweifel. Leni denkt an ihren Sohn und an seinen Vater. Sie hat so lange nicht an ihn gedacht. Er ist im Montblanc-Gebiet abgestürzt und erfroren, während sie schwanger war. Er kehrte nie vom Berg zurück. Sein bester Freund ist damals zu ihr gekommen und hat ihr die Nachricht überbracht. Niemand hat gewusst, dass sie ein Kind erwartet, und dabei ist es geblieben: Ihr Simon hat nie einen Vater gehabt. Wieso muss sie gerade jetzt daran denken? Vielleicht, weil ihr Schicksal nicht der Berg ist, sondern ihre Neugier und die ausgesprochen blöde Idee, den Ukrainern allein zu folgen. Selbstüberschätzung, freilich, so könnte man es zu Recht nennen. Sie schafft ja alles allein. Immer hat sie alles allein geschafft.

Aber sie konnte doch ihrem Chef oder dem Weidinger nicht von ihrem Verdacht erzählen. Der Schnösel vom Obersalzberg hat ihr schon völlig gereicht, und anders hätten die beiden auch nicht reagiert. Sie hätten sich über sie lustig gemacht und ansonsten den Schwanz eingezogen. Sich mit Ermittlungen aufgrund abstruser Verschwörungstheorien lächerlich zu machen, darauf wären sie bestimmt nicht scharf gewesen. Und jetzt? Jetzt steht sie da, ganz allein, kein Einsatzkommando, das sie hierherbeordern kann. Nicht ein Mensch weiß, wo sie sich befindet, nicht einmal Maxi, der mit seinem Krankentransport sicher schon im Tal ist. Olga, ja, die könnte noch wissen, wo sie ist, oder es zumindest ahnen. Aber die wird ihr auch nicht helfen. Schließlich gehört Leni zu den andern, also wird Olga schön brav den Mund halten. Fakt ist: Sie können sie nicht laufen lassen. Was hat sie eigentlich hier vorgehabt? Sie weiß es selbst nicht mehr. Sie wollte herausfinden, was hier wirklich gespielt wird, wollte es mit eigenen Augen gesehen haben. Okay, jetzt hat sie es gesehen, aber wie kommt sie wieder raus aus dieser Nummer? Wie kommt sie aus diesem Stollen, diesem Höhlenlabyrinth im Göll bloß wieder raus?

Sie bemerkt eine kurze Schwäche. Es ist die Angst, der Kreislauf wahrscheinlich. Jetzt nicht ohnmächtig werden, bloß nicht. Wehr dich, du kannst doch nicht stillhalten und dich opfern! Los, Leni, es geht ums Ganze! Doch nun spielt auch noch ihr Kopf verrückt. Statt sich auf Möglichkeiten zu konzentrieren, wie sie sich aus der Lage retten kann, schießen ihr die Gedanken wie Sternschnuppen durch den Kopf. Die meisten sind noch dazu Fragen: War sie ihrem Sohn eine gute Mutter? Warum hat sie nach Simons Vater nie wieder einen Mann gefunden? Hat sie ihr Leben vergeudet? Nein, denkt Leni, aber sie hätte mehr Spaß haben können. Die Jahre mit Simon waren schön, sie will nicht, dass es schon zu Ende ist.

So wie es aussieht, sind die vier, die sich jetzt zusammengestellt haben, ohne sie aus den Augen zu lassen, nicht einer Meinung. Doch was nützt ihr das, wenn sie der eine erschießt und die anderen drei das scheiße finden? Gar nichts nützt ihr das! Wiktor beginnt jetzt mit Jurij zu kämpfen, doch Jurij ist der Stärkere von beiden. Er schiebt Wiktor zur Seite und zieht eine Pistole. Wiktor stürmt auf ihn zu, dann hallt ein Schuss krachend von den Wänden wider.

Leni erschrickt zu Tode und fällt um. Wo ist sie getroffen? Ist sie tot?

Ein zweiter Schuss kracht gegen die Felswände. Aber wieso hört sie ihn überhaupt? Bedeutet das, dass sie noch lebt? Ihr Hirn meldet höchste Alarmstufe, Adrenalin-Overload, aber keine riesige Wunde, kein herausschießendes Blut oder Organe, die nur noch im Notbetrieb laufen. Ihr Herz klopft wie ein Presslufthammer, ihr Atem geht stoßweise, aber daran wird sie nicht sterben. Wo hat die Kugel sie getroffen? Sie traut sich nicht, das Loch an ihrem Körper zu suchen, aber sie muss es tun. Sie hebt den Kopf, sieht an sich herunter und fasst sich mit den Händen an den Bauch, aber sie spürt nur ihre Haut, fest und glatt, die Bauchmuskeln angespannt, so als hinge sie an der Kletterwand. Leni streckt die Beine, bewegt die Zehen, die Finger. Es ist alles da, und es funktioniert noch.

»Wiktor ist doch der größte Romantiker, den diese Gegend je gesehen hat!«, ruft Marjana ihr zu. »Er glaubt immer noch daran, dass man Frauen und Kinder nicht einfach umbringen darf. In der Beziehung ist er so was von altmodisch.«

Marjana und Luba beugen sich über Jurij, der sie töten wollte und jetzt zusammengekrümmt am Boden liegt. Erst nach ein paar Sekunden begreift Leni, was geschehen ist.

»Du hattest Glück«, sagt Marjana. »Wahrscheinlich haben dir deine putzigen Zöpfchen den Arsch gerettet. Gehst du jetzt raus und hängst uns hin, damit man uns einsperrt, ja? Geht die Geschichte so weiter?«

Endlich wird ihr Gehirn wieder besser durchblutet, und sie erkennt ein Stück weiter hinten Wiktor. Es ist derselbe Wiktor, den sie letztes Jahr auf der Tanzfläche hat stehen lassen, derselbe, der sie in diesem Jahr schon geküsst hat, zumindest freundschaftlich, nach dem Abenteuer im Aufzug. Man weiß nie, zu was so ein Kuss mal nützlich sein kann, denkt Leni. Vielleicht waren es ja gar nicht die blonden Zöpfe, die ihr gerade den Arsch gerettet haben.

Gott sei Dank hat sie Wiktor vor einem Jahr auf der Tanzfläche stehen lassen, sonst hätte sie bei den späteren Ermittlungen ein echtes Problem gehabt. Und Gott sei Dank hat sie sich vor ein paar Tagen nicht gegen den Kuss gewehrt, denn sonst hätte sie vielleicht überhaupt nie mehr ein irdisches Problem gehabt. Hat es was zu bedeuten, wenn man sich in jemanden verliebt, der einem gerade den Arsch gerettet hat?, fragt sich Leni. Oder hat das rein gar nichts mit Liebe zu tun, sondern ist lediglich eine saublöde Sentimentalität, die den Menschen foppt, weil der Hormonhaushalt vorübergehend aus dem Lot geraten ist? Wiktor reibt sich die Schläfen und sieht zu Tode erschöpft aus. Nicht wie ein Mörder, eher wie ein Vollstrecker. Ein Amateur, den die Umstände zu etwas gezwungen haben, dem er lieber aus dem Weg gegangen wäre. Während er mit einer Hand seine Schläfen reibt, hält er in der anderen Hand immer noch die Waffe, mit der er Jurij niedergeschossen hat.

»Was genau ist passiert?«, fragt Leni. Jemand soll es ihr erklären, damit sie es auch wirklich begreift.

»Wiktor hat aus Sentimentalität alles vermasselt«, antwortet Marjana. »Jurij wollte dich erledigen, aber er hat dich nicht getroffen und stattdessen in den Fels geballert, weil Wiktor ihn gestoßen hat.«

Das also war der grauenhafte Knall, bei dem Leni gedacht hat, sie sei getroffen.

»Und dann kam der Romantiker Wiktor, hat selbst eine Pistole gezogen und den bösen Jurij erledigt, bevor der den nächsten Schuss abfeuern konnte.«

»Woher hattest du die Pistole, Wiktor?« Endlich hat auch Luba ihre Stimme wiedergefunden.

»Ich habe Jurij von Anfang an nicht über den Weg getraut«, weicht Wiktor einer Antwort aus. »Erst hetzt er seinen Hund auf mich, dann will er mein Partner werden. Ist es da nicht klüger, wenn man auf alles gefasst ist?«

»Und wir hängen jetzt auch mit drin. Was war das jetzt: Mord?«

Ihr habt auch schon bei anderen illegalen Sachen mitgemacht, denkt Leni. Aber das hier war kein Mord. Es war der Versuch, einen Mord zu verhindern, den an ihr nämlich. Man könnte es als Notwehr begreifen.

»Und jetzt sind wir auch noch einer deutschen Polizistin ausgeliefert.«

»Keine Sorge, hier im Berg bin ich völlig machtlos«, sagt Leni. Sie rappelt sich auf, bewegt das rechte Bein, tritt mit dem Fuß auf, der ihr im Liegen eingeschlafen ist. Dann geht sie auf Wiktor zu, nimmt ihm die Waffe aus der Hand, sichert sie und nimmt sie an sich.

Im Film wäre ihr das bestimmt zu kitschig, aber hier, hier gelten Begriffe wie kitschig, rührselig, sentimental, unrealistisch und so weiter nichts. Zwischen hier und der Welt, in der diese Begriffe einen Sinn haben, stehen ein paar hundert Meter harter Fels. Nur ein enger Gang verbindet den Hohlraum im Innersten des Berges wie eine Nabelschnur mit der jetzt unerreichbar scheinenden Welt da draußen.

Hier drinnen stapeln sich Maschinen aus einer Zeit, die es

niemals hätte geben dürfen und die fast schon aus unserem Denken getilgt ist. Sogar eine Rakete aus dieser Zeit, in der es sie eigentlich noch gar nicht geben konnte, liegt hier herum. Säcke voller Gold, geraubte Gemälde, wer weiß, vielleicht sogar das Bernsteinzimmer. Leni würde das nicht mehr wundern, aber sie würde sich nicht dafür interessieren. Ebenso wenig wie für den Toten, der vor ihr liegt. Jurij hätte sie kaltblütig niedergeschossen, hätte Wiktor nicht gehandelt.

Sie ist nicht gern sentimental, hasst es, wenn andere Frauen weinen. Und weinende Männer sind ihr sowieso ein Graus, aber jetzt kann sie die Tränen kaum zurückhalten, und am liebsten würde sie dazu noch schluchzen und jammern wie ein junger Hund, dem der Zutritt zum Schlafzimmer verboten wurde, in dem Herrchen und Frauchen zusammen im Bett liegen. Es herrscht Ausnahmezustand. Eine Stimmung wie im Film »Casablanca«, 1942 am Flughafen, kurz vor dem Start der letzten Maschine. Rick hat nur zwei Transit-Visa besorgen können und steht vor der Gewissensentscheidung seines Lebens: Entweder können er und Ilsa oder ihr Mann, Victor László, und sie entkommen.

Nur weiß Leni im Augenblick nicht, wer welche Rolle spielt. Wer ist Ilsa Lund, wer Rick Blaine, wer Victor László, wer Captain Renault? Rick, Ilsas feuriger Liebhaber, der plötzlich bereit ist, sich selbst zu opfern, um Ilsas Glück nicht im Wege zu stehen. László, der keine Ahnung hat, was Ilsa für Rick empfindet und Rick für sie, aber am Ende mit Ilsa glücklich wird. Ilsa, die mit ihren Gefühlen zwischen allen Stühlen steht, und schließlich der Kollaborateur und Scherge Renault, der sich zuletzt gegen die Gestapo wendet und sich auf die Seite der wahren Helden schlägt.

Leni wird bewusst, dass sie hier mit rationalen Überlegungen nicht weiterkommt, und entschließt sich, ihren Gefühlen freien Lauf zu lassen. Sie wischt sich die paar Tränen aus den Augen, die sie trotz Biss auf die Unterlippe nicht verhindern konnte, geht einen Schritt vorwärts, stellt sich auf die Zehenspitzen und legt ihre Arme um Wiktor. Sie küsst ihn auf die Augen, dann auf den Mund und drückt ihn an sich, als hätte sie Angst, wenn sie ihn nicht umklammert, könnte er ihr entrissen werden und sie wäre schutzlos und allein all dem noch einmal ausgeliefert, vor dem Wiktor sie bewahrt hat. Wiktor lässt es tatenlos geschehen. Irgendwann besinnt sie sich und lässt ihn los, sagt: »Danke«, und wieder schießen ihr Tränen in die Augen.

Wiktor steht da wie im Hypnoseschlaf. Leni beugt sich jetzt hinunter zu Jurij. Seine Jacke ist zerfetzt, also ist mindestens einer der Schüsse aus nächster Nähe auf ihn abgefeuert worden. Ich würde auch unter Schock stehen, wenn ich jemanden praktisch mit Hautkontakt umgelegt hätte, denkt Leni. Sie dreht Jurij um, sieht, dass er im Blut schwimmt, legt den Finger an seinen Hals, weiß aber schon vorher, dass sie sich das auch sparen könnte. Er ist so tot, wie man es nur sein kann. Wahrscheinlich war er schneller tot, als er realisieren konnte, dass er sterben würde. Sein Gesicht ist leer, nichts ist darin zu lesen, nicht einmal Erstaunen. An seiner Stelle könnte ich jetzt da liegen, denkt Leni. Und weißt du was, Jurij? Mir ist es so lieber.

Sie kann nicht genau sagen, was Wiktor dazu bewogen hat, Jurij davon abzuhalten, sie zu erschießen. Romantik, Sentimentalität, vielleicht sogar Gerechtigkeitssinn, Kalkül oder doch etwas ganz anderes? Sie weiß es nicht, und im Moment ist es ihr auch egal. Hauptsache, sie hat überlebt und kann noch laufen. Lebend den Berg zu verlassen, das ist das Ziel. Nicht mehr und nicht weniger. Es ist ganz sicher nicht ihr Ziel, jemanden zu denunzieren, der ihr das Leben gerettet hat.

»Jetzt gehörst du also zu uns«, sagt Marjana. »Und ganz nebenbei bist du jetzt eine der reichsten Frauen geworden, die es jemals gegeben hat. Wenn du mitmachst, gehört dir auch ein Teil des Schatzes.«

»Ich gehöre nicht zu euch, und euren Schatz will ich auch nicht«, antwortet Leni. Und ich glaube nicht, dass ich es zulassen werde, dass ihr den Schatz bekommt, denkt sie.

»Vielleicht willst du die Schätze, wie sie hier herumliegen, nicht für dich persönlich. Aber denk doch nur daran, was du mit diesem Wert, der hier nutzlos ruht, alles machen könntest. Du könntest sogar die Welt retten, es liegt ganz bei dir«, versucht Marjana Leni doch noch für den Schatz zu begeistern.

»Nein, zum Retten der Welt tauge ich nicht. Ehrlich gesagt

glaube ich sogar, dass überhaupt niemand dazu taugt. Es würde nichts als ein großer Schmarrn dabei herauskommen. Ich tauge höchstens dazu, eine kleine Sinti-Frau zu retten, die vorgestern vorm Aldi stand und keine gescheiten Schuhe anhatte. Der hab ich welche gekauft. So rette ich zwar nicht die Welt, aber irgendjemandem den Tag. Mehr kann ich nicht und will es auch gar nicht. Wenn nur die Hälfte der Menschheit von den großen Zielen ablassen und sich endlich um die kümmern würde, die vorm Supermarkt, an der Bushaltestelle oder sonst wo stehen und offensichtlich Hilfe benötigen, dann würde es vielleicht mit der Weltrettung klappen, aber nicht mit Geld.«

»Wenn das so ist, dann lassen wir den Schatz eben hier liegen«, sagt Marjana, stellt sich aber mit ihrem Rucksack an einen der Säcke und beginnt ihn mit Goldbarren zu beladen. Zwischendurch hebt sie ihn immer wieder an, um festzustellen, ob er noch mehr Gold verträgt.

»Wir gehen jetzt wieder nach draußen«, sagt Leni. Sie will das Heft in die Hand nehmen, und irgendwie scheint es ihr sogar zu gelingen. Luba und Wiktor sind immer noch wie gelähmt. Nur Marjana packt ihre Sachen.

»Okay, gehen wir nach draußen«, stimmt Wiktor zu. Marjana stopft ihm noch schnell ein paar Barren in seinen Rucksack, ebenso Luba, die an einem eigenen Rucksack voller Gold anscheinend kein Interesse mehr hat. Wiktor ist viel zu sehr in sich selbst versunken, als dass er begreift, dass dies vielleicht der letzte Moment ist, in dem er dem größten je zusammengerafften Schatz gegenübersteht.

»Gehen wir«, sagt Leni und wirft die beiden Pistolen, deren Fabrikat sie jetzt kennt, weit in den dunklen Raum. Sie hofft, dass sie dieses Wissen niemals brauchen und irgendwann vergessen haben wird, dass es sich um eine Neun-Millimeter-Makarow und eine gute alte Walther PP gehandelt hat.

Während sie sich für den Rückweg vorbereiten, kommt wieder Leben in Luba, und sie fährt Wiktor an: »Ich fass es echt immer noch nicht! Du hast dir eine Pistole besorgt? Sind wir jetzt alle Kriminelle, dass wir uns bewaffnen müssen?«

»Red keinen Blödsinn, Luba!« Auch Wiktor ist aus seiner Starre erwacht. »Ich bin nicht stolz darauf, dass ich die Waffe benutzt habe, das kannst du mir glauben. Aber stell dir doch mal bitte nur zwei Minuten lang vor, was passiert wäre, wenn ich das Ding nicht gehabt hätte. Na?«

»Lass ihn«, sagt Marjana. »Nach der Sache mit dem Hündchen, das plötzlich an seiner Nase hing, hat er Jurij nicht mehr über den Weg getraut, das ist doch verständlich.«

»Also war das hier Wiktors persönlicher Rachefeldzug?«, fragt Luba.

»Manchmal bist du einfach zu blöd, Luba, sogar für dein noch junges Alter. Jurij wollte mich schon damals töten, und irgendwann hätte er es getan. Warum also nicht im Berg? Und was, meinst du, hätte er mit euch beiden Täubchen gemacht, nachdem er den Eingang entdeckt und den Stollen gefunden hätte?« Wiktor packt seinen Rucksack und will schon losgehen, da dreht er sich noch einmal zu Luba um. »Und ich bin kein Krimineller, merk dir das!«

»Seht euch den Ort noch einmal an, damit ihr etwas habt, von dem ihr die nächsten Jahre träumen könnt, und dann raus«, drängt Marjana.

Im Licht ihrer Stirnlampen sieht der Stollen nur gespenstisch aus. An den Wänden bewegen sich vier Schatten. Es sind ihre eigenen.

Der Abstieg in der Höhle verläuft ohne besondere Vorkommnisse, wenn man davon absieht, dass Leni, Luba und Marjana abwechselnd einen hysterischen Anfall erleiden und Wiktor ständig wie ein Rosenkranzgebet vor sich hin murmelt: »Sinnlos, alles so sinnlos.«

Die Hysterie legt sich zwar, je länger sie unterwegs sind, und auch Wiktors Murmeln wird leiser, aber weder er noch die Frauen können das Trauma des Erlebten überwinden. Man erschießt nicht einfach so jemanden, auch wenn es ein Böser war. Die Stimmung bessert sich erst, als sie das erste Mal Tageslicht erahnen können. Und sie schlägt geradezu in Euphorie um, als tatsächlich Licht von draußen durch einen Felsspalt dringt. Marjana stößt einen Freudenschrei aus, Wiktor unterbricht seine Litanei, und Luba huscht ein Lächeln über das Gesicht. Leni drängt sich vor, um als Erste den Berg zu verlassen, aber dann fangen Marjana und Wiktor plötzlich an, darüber zu diskutieren, ob das Gold in ihren Rucksäcken nicht doch im Berg bleiben soll. Leni dreht sich zu ihnen um, zischt »Pssst!« und legt ihren Zeigefinger an die Lippen, damit sie endlich den Mund halten. Dann steigt sie durch den Spalt in der Felsnische ins Freie und gibt den anderen ein Zeichen, dass die Luft rein ist und sie herauskommen können. Das ginge jetzt noch ab, dass sie beim Ausstieg aus dem geheimen Gang von einem zufälligen Wanderer entdeckt würden.

Der Hang vor ihnen liegt bereits im Schatten des Mannlgrats. Die Luft ist deutlich abgekühlt, und doch ist es hier draußen im Vergleich zur Temperatur im Berg fast tropisch warm.

Bei jedem Schritt klacken die Goldbarren in Marjanas Rucksack aneinander. So wie bei Wiktor, nur ist der Ton bei ihm dumpfer und tiefer. Marjana hat ihm die größeren Barren in den Rucksack gesteckt. Sie lächelt melancholisch, aber es ist nicht Jurijs Tod, der sie wehmütig macht, sondern die Befürchtung, den Schatz vielleicht nie wieder zu Gesicht zu bekommen. Sie erinnert sich daran, wie sie zum ersten Mal in dem Raum stand und den verdammten Jutesack hochheben wollte. Keinen Millimeter hat der Sack sich bewegt. Damals hatte sie noch keine Ahnung, wie schwer Gold ist. Tausende dieser großen Säcke standen dort. So viel Gold, dass sie damit um sich werfen oder, wie Wiktor, darauf pinkeln konnten. Vorbei. Alles ist vorbei. Marjana weiß, dass sie den Schatz nicht mehr wiedersehen wird, aber vielleicht will sie das auch gar nicht. Jetzt, da eine durch Wiktors Pistole zerfetzte Leiche den Ort bewacht. Jurijs Tod, das war ein Unfall oder Notwehr oder beides, und trotzdem ist es scheiße. Vielleicht hätte sie sich niemals auf den Schatz einlassen sollen, gerade sie, die doch weiß, dass für ihn Tausende Menschen sterben mussten. Und sie hatte nichts Besseres zu tun, als ihn für teure Autos, Kleider und dekadenten Krimskrams auszugeben. Aber nein, das ist doch Schwachsinn!, versucht sie sich einzureden. Das Gold liegt dort, und egal, ob wir es bergen oder nicht, am bereits vergangenen Leid und Unrecht wird sich dadurch auch nichts mehr ändern. Und wenn man jetzt Gutes damit tun würde? Aber vielleicht hat die Polizistin recht, und auch gute Vorsätze können anders als beabsichtigt enden.

Es dämmert schon, als sie das Infozentrum erreichen. Luba schließt die Tür auf, und Wiktor stellt sofort die Kaffeemaschine an.

»Los jetzt, keine Pause. Wir müssen zur Straße runter, oder wollt ihr warten, bis es dunkel ist?«, fragt Leni.

»Wir haben doch unsere Lampen«, antwortet Marjana. »Jetzt sind wir durch die Höhlengänge abgestiegen, da werden wir doch noch das Sträßchen bis zu den Autos im Dunkeln runtergehen können, ohne uns die Knochen zu brechen.«

»Wenn ihr meint«, sagt Leni. »Dann möchte ich aber auch einen Kaffee.«

»Prost«, sagt Marjana und zieht ihren Flachmann aus der Jacke. »Du auch?«, fragt sie Leni. »Mit den beiden da kann man leider nicht trinken.«

Leni greift zu und nimmt einen Schluck. »Wir machen die Höhle dicht, ist das klar?«, fragt sie. Kein Aufschrei, kein entsetzter Protest. Niemand reagiert. »Morgen besorgen wir uns ein Stahlseil, einen Ratschenseilzug, leihen uns das Fahrzeug vom Alpenverein und transportieren damit alles hierher. Wir übernachten in der Hütte, und am nächsten Tag, bevor es hell wird, gehen wir zum Höhleneingang rauf.« Wieder keine Reaktion. Als hätte Leni mit ihren Eseln gesprochen, aber die verdrehen wenigstens noch die Ohren. »Ist das klar?«, brüllt sie so laut, dass ihre Esel vor Schreck davongelaufen wären.

»Klar, wir sind doch nicht taub«, sagt Luba.

»Sowieso«, echot Marjana, als wäre das alles schon seit Wochen so abgesprochen.

»Mich interessiert das Gold da oben gar nicht. Ich glaube, es hat mich noch nie wirklich interessiert«, sagt Wiktor.

»Ach, das ist ja nun wirklich interessant. Und weshalb ist dann dein Rucksack so schwer?«, möchte Leni wissen.

»Das ist doch nur, um die Unkosten zu decken«, sagt Wiktor.

»Okay, aber wir werden diese Höhle gemeinsam verschließen. Nicht dass ihr meint, ich mach das allein. Wir werden das Stahlseil um den Stützstein über dem Eingang legen und ihn dann mit dem

Seilzug einreißen. Der Stützstein blockiert dann den Zugang, und das nachrutschende Geröll wird hoffentlich genug sein, dass nie wieder ein Mensch auf die Idee kommen wird, dort nach einer Höhle oder einem Schatz zu suchen«, bestimmt Leni.

»Nie wieder«, sagt Wiktor, »das ist gut. Und du wirst uns wirklich nicht verpfeifen, Frau Polizistin?«

»Nein, ich habe mich entschieden. Was hätte ich schon davon? Ohne dich wäre ich tot. Und Luba und Marjana? Nein danke. Außerdem, wenn alle Welt von diesem Schatz weiß, würde dadurch irgendwas besser? Ich glaube, nichts würde besser werden. Gar nichts. Nicht für die anderen Menschen, nicht für die Berge, nicht für die Tiere und nicht für uns. Also los, wir sind uns einig. Endspurt.«

Berchtesgaden, 19. Juni 2011

»Maxi? Hier ist die Leni. Tut mir leid, dass ich's gestern nicht mehr geschafft hab anzurufen. Du, wie geht's denn der Olga? Ist die im Krankenhaus? Dann würd ich sie nämlich gern besuchen.«

»Ach, da schau her, die Leni. Dass du dich noch an mich erinnerst! Ich hab schon gedacht, du hast mich vergessen. Dein Handy hast du gestern auch den ganzen Tag ausgeschaltet gehabt. Du bist doch wirklich das Allerletzte! Bestellst mich da rauf mit dem Quad, lädst mir eine todkranke Frau auf, fährst dreihundert Meter mit mir den Berg runter, springst dann wieder ab und bist weg.«

»Ja, Maxi, es tut mir eh leid …«

»Ach, wirklich? Es tut dir also leid?«

»Ja, wirklich.«

»Mir tut's auch leid.«

»Mensch, Maxi, jetzt sei doch nicht so grantig. Was tut dir denn jetzt leid?«

»Dass sie tot ist, die Olga, das tut mir leid.«

»Tot? Bist du deppert?«

»Mausetot, war sie schon auf dem Weg nach unten. An der Mautstation hat sie nicht mehr gelebt, wenn du's genau wissen willst, und am Obersalzberg haben es die Sanitäter vom Roten Kreuz festgestellt. Aber ich hab's vorher schon gewusst.«

»Verdammt, das tut mir jetzt aber wirklich leid für dich – und für die Olga natürlich auch. Was hat sie denn … ich mein, weiß man denn, woran sie gestorben ist? Die war doch blutjung.«

»Das haben sie mir nicht gesagt, woran sie gestorben ist. Ich bin ja auch nicht mit ihr verwandt«, sagt Maxi. »Vielleicht hat sie zu viel Rehragout gegessen.«

»Spinnst du jetzt?«

»Na, ich mein, das Blei, das die Jäger den Tieren reinblasen, das soll gar nicht gesund sein.«

»Aber es geht hier nicht um ein Reh, sondern um einen Menschen, der gerade gestorben ist. Das finde ich jetzt nicht besonders lustig. Auch wenn du diese Frau nicht gekannt hast, musst du keine Witze über sie machen«, empört sich Leni.

»Ich mach ja auch gar keinen Witz. Ich jedenfalls ess kein Rehragout mehr. Das hat was mit meiner Kindheit zu tun. Als Kind war ich in den Sommerferien oft bei meiner Tante in der Ramsau. Die hat keine Kinder gehabt und keinen Mann. Mit ihr im Haus hat ihre Cousine gewohnt, zumindest hat sie immer gesagt, dass es ihre Cousine ist. Ich hab mir da keine Gedanken gemacht, aber später hab ich natürlich auch mitbekommen, dass die Leute sich das Maul zerrissen haben, warum die Kathi nie geheiratet hat und wie das überhaupt sein konnte, dass kein Mann auf dem Hof war.«

Leni lässt Maxi einfach erzählen. Er scheint ihr ziemlich durcheinander zu sein, und sie selbst muss auch gerade ihre Gedanken sortieren. Die Olga, tot? Das gibt es doch gar nicht!

»Hirschklauslehen heißt der Hof. Kennst du den?«, fragt Maxi, und Leni nuschelt ein »Mhm«, ohne richtig zugehört zu haben.

»Meistens war es schön dort, manchmal ein bisschen langweilig und manchmal unheimlich, zumindest für mich, weil ich als Bub immer so viel Phantasie gehabt hab. Ich hab immer gedacht, dort auf dem Lehen gebe es große Geheimnisse. Ich bin über die Weiden gestreift, habe jeden Steinkeller, den ich entdeckt habe, durchsucht und mir sogar ein Depot für meine Fundstücke angelegt, die ich auf meinen Ausflügen entdeckt habe. Mein Lager war in einem dieser Keller, in einem Seitengang, der, so hab ich gedacht, im Nichts endet. Aber als ich wieder einmal einen wertvollen Fund dorthin gebracht hab, hab ich Stimmen gehört und mich umgeschaut. Eine Spanholzplatte ist wie zufällig an der Wand vor einem weiteren Gang gelehnt, aus dem die Stimmen kamen. Ich bin hineingekrochen, und die Stimmen wurden lauter. Im Gang war es stockfinster, nur als ich mir den Kopf anschlug, weil der Stollen einen Knick machte, hab ich meine Taschenlampe kurz eingeschaltet. Plötzlich war mir klar, von wem die Stimmen kamen. Von meiner Tante, ihrer Cousine und dem Quirin vom Nachbarlehen. Der hat meiner Tante manchmal mit dem Holz geholfen oder wenn ihr Bulldog gesponnen hat. Am Abend in der Stube hat sie einmal gesagt: ›Ach, der Quirin, der ist froh, wenn er mal ein paar Stunden von seiner Anni weg ist.‹ Dabei hat sie zur Tür geschaut, als könnte jemand im Türstock stehen und zuhören. ›Aber das heißt noch lange nicht, dass du ihm schöne Augen machen musst‹, hat sie dann zu ihrer Cousine gesagt. ›Warum? Hast Angst, dass ich plötzlich fort bin?‹, hat die daraufhin gefragt. ›Iss weiter, damit wir ins Bett kommen‹, hat meine Tante geantwortet. ›Morgen stehen wir wieder früh auf.‹«

Leni hat keine Ahnung, warum Maxi ihr ausgerechnet jetzt diese Kindergeschichten erzählt. Vielleicht steht er noch unter Schock wegen der Toten, die er ins Tal transportiert hat.

»Das war nichts Neues«, fährt Maxi fort mit seinem Monolog, »sie standen immer früh auf, nur ich durfte ein bisschen länger schlafen. Auf alle Fälle hab ich da in dem Steinkeller meine Tante, ihre Cousine und den Quirin gehört. Und dann bin ich an eine Tür aus Holzlatten gekommen, schlampig zusammengesetzt. Durch die Ritzen ist Licht gedrungen, ich konnte durch sie hindurchblinzeln. Den Raum kannte ich. Es war so etwas wie eine Waschküche, aber auch für die Kälber wurde dort das Futter gemacht. Du weißt schon, so ein Raum mit Ofen, Wasser und Abfluss, wie es ihn auf jedem Bauernhof gibt. Auf dem Tisch lag ein totes Reh. Sein Kopf hing halb vom Tisch herab, die Augen waren offen, es sah in meine Richtung, ganz traurig, als hätte es sich gewünscht, ich könnte ihm helfen, und gleichzeitig doch gewusst, dass das nicht ging. Ob es weiß, dass es tot ist, hab ich mich gefragt. Ich hätte ihm wirklich gern geholfen.

Dann haben sie ihm mit einem Messer das Fell aufgerissen und ihm die Haut abgezogen. Die Tante hat mit irgendwas im Fleisch rumgestochert und Körner rausgeholt, die sie in einen Teller geworfen hat. Dem Klirren nach waren sie aus Metall. ›Jetzt reicht's schon‹, hat die Cousine gesagt. Und meine Tante: ›Nein, das reicht nicht, oder willst du Rehragout mit Bleiladung essen? Für den Buben könnt das gefährlich sein. Nicht dass er davon noch nervenkrank wird. Also red nicht.‹ ›Jetzt übertreib nicht so‹, hat der Quirin daraufhin gesagt und zur Cousine rübergelacht.«

Jetzt ist auch Leni mitten in der Geschichte, als liege sie mit dem Maxi hinter dieser Kellertür.

»Da habe ich zum ersten Mal gesehen und gespürt, was es

bedeutet, jemandem schöne Augen zu machen, denn die hat die Cousine daraufhin dem Quirin gemacht, obwohl doch das Reh auf dem Tisch lag und tot war. Ich hab dem Reh noch mal in die Augen geschaut und bin dann leise zurückgekrochen. Geheult hab ich dabei, aber nur leise, damit sie mich nicht hören. Mir war klar, dass ich nie wieder Rehfleisch essen würde. Irgendwann, hab ich gedacht, muss sich die Gemeinheit, die man den Rehen antut, doch rächen. Ich hab mir ausgemalt, wie das wäre. Ich phantasierte mir zusammen, dass die Rehe lernen könnten, das Blei zu verstecken. Würden sie getroffen, könnten sie durch eine geschickte Bewegung einen Bleisplitter hinter einem Knochen verstecken, und das Blei würde sich dann durch alle Kontrollen hindurch bis ins küchenfertige Stück Fleisch schmuggeln. Und dann würden alle Leute, die das Fleisch essen, nervenkrank oder sterben. Verstehst du?«, fragt Maxi, und Leni versteht schon, irgendwie. Und irgendwie auch wieder nicht. Aber sie muss auch gar nichts sagen, denn Maxi ist immer noch nicht fertig. Aber fast.

»Seitdem habe ich kein Rehragout mehr gegessen, und immer wenn jemand ohne einen triftigen Grund stirbt, dann kommt es mir in den Sinn, dass die Person womöglich am Rehragout gestorben sein könnte. Ich mach mich über die Olga nicht lustig, das darfst du mir glauben. Es ist einfach eine traurige Geschichte, die mich all die Jahre verfolgt, seit ich als Bub bei der Ramsauer Tante und ihrer Cousine zu Besuch war.«

Leni kommt es vor, als müsste der Maxi jetzt ziemlich lang Luft holen, also schweigen sie ein bisschen zusammen.

»Jetzt weißt du wahrscheinlich wieder mehr, als dich überhaupt interessiert hat, stimmt's?«, fragt Maxi. »Aber noch mal zurück in die Gegenwart und zur Olga. Soweit ich weiß, ist sie nach München verlegt worden, in die Rechtsmedizin. Ungeklärter Todesfall.«

In Lenis Kopf dreht sich alles. Das muss etwas zu bedeuten haben, ganz sicher. Aber was?

»Leni, bist du noch dran?«

»Ja, ja, ich bin nur so … durcheinander. Das ist doch wirklich seltsam. Ich mein, vielleicht war es irgendein Virus, das unser

Doktor nicht gleich erkannt hat, oder sie war schon krank, als sie hierhergekommen ist.«

»Der Doktor hat gesagt, er findet nichts. Die Frau war jung und gesund. Also, im Prinzip. Was war jetzt eigentlich da oben los? Warum bist du wieder zur Hütte raufgelaufen?«

»Ach, du, das war nur eine Spinnerei von mir. Irgendwie hab ich gedacht, die vier da oben, die haben noch etwas anderes vor, als nur dieses Infozentrum zu betreiben und über die Gefahren der Atomkraft aufzuklären.«

»Und?«

»Nichts und. Falscher Alarm, das sind lauter engagierte Leute, die wissen, wovon sie reden. Ich hab ja schon Respekt davor, wenn jemand so hinter seiner Sache steht, du nicht?«

»Na ja, das schon, aber deine Heimlichtuerei, dieses Ranschleichen von unten, also das war, sagen wir es mal so, ziemlich krass. Und deine Kollegen bei der Polizei wissen auch nicht, was du da treibst, oder täusch ich mich?«

»Maxi, also ehrlich, ich hab mich da in was verrannt, das kann ich jetzt ganz klar sehen. Ich hab auf eigene Faust herumermittelt, und es hat sich als unsinniger Verdacht herausgestellt. Ich hab nur die Flöhe husten gehört.«

»Aha. Nennt man so was nicht einen Instinkt?«

»Schon, aber damit kann man auch total danebenliegen. Ich hab mich jedenfalls getäuscht, und da oben ist alles in Ordnung. Und jetzt hat diese Gruppe auch noch einen Todesfall zu beklagen. Mensch, das hätt ich ja nie gedacht, dass es der Olga so schlecht geht, gegangen ist, mein ich natürlich. Sonst hätte ich dich auch auf keinen Fall mit ihr allein gelassen.«

»Ja, freilich, das hättest du bestimmt nicht gemacht.«

»Nein, wirklich nicht, Maxi. Wofür hältst du mich denn?«

»Für ein ziemlich ausgekochtes Luder, wenn du's genau wissen willst. Aber eigentlich warst du das ja immer schon. Immer hat alles nach deiner Nase gehen müssen.«

»Geh, Maxi, dasselbe könnt ich aber auch von dir sagen. Dein Auto, dein Hobby, deine Rallye, immer du im Mittelpunkt. Aber geh, hören wir auf mit dem Käse. Das ist doch schon so lange her, dass es gar nicht mehr wahr ist, oder?«

»Meine Ineke ist da anders, weißt, die hat so was …«

»Anschmiegsames?«, fragt Leni scheinheilig.

»Ja, so was Weiches. Die kann auch mal nachgeben, weißt? Die muss nicht immer ihren Kopf durchsetzen. Und trotzdem ist sie eine ganz emanzipierte Frau, da gibt's gar nichts.«

»Wie geht's denn jetzt eigentlich bei dir weiter, Maxi? Ich mein, mit deinem Frankfurter Auftrag, machst du da eigentlich noch was?«

»Also, diese Mandy, ich sag dir was, entweder ist die pleite, oder sie ist sich ihrer Sache doch nicht mehr so sicher. Jedenfalls rückt sie keinen Cent an Spesengeldern heraus, vom mickrigen Vorschuss mag ich schon nimmer reden. Ich weiß wirklich nicht, was die sich denkt. Dass ich hier von Luft und Liebe leben kann?«

»Aber du hast doch gesagt, du schläfst in deinem Wohnwagen, gehst zu deiner Mama zum Essen, lebst ganz bescheiden …«

»Ja, aber da hat sich jetzt auch einiges geändert.«

»Ach so?«

»Ja, meine Mama, weißt, die ist auch nicht mehr die Jüngste. Sie sagt, sie schafft die ganze Arbeit mit der Pension und den Ferienwohnungen und ihren Gästen nicht mehr allein. Das wird ihr alles zu viel.«

»Und da könnt sie Hilfe brauchen?«, fragt Leni.

»Genau. Ich hab mir überlegt, ich mein, wenn die Ineke einverstanden wär, dann würd ich vielleicht doch noch einmal umsatteln. Detektiv, weißt, das bringt dir eigentlich auch nicht besonders viel ein. Du bist selbstständig, hockst in deinem Büro und wartest auf Kundschaft, die Krankenkasse will bezahlt werden, weil irgendwann musst du ja auch mal zum Zahnarzt, die Miete ist jeden Ersten fällig, egal ob du einen Auftrag hast oder nicht, und das Auto fährt auch nicht ohne Benzin. Hier hab ich das schöne Haus von meiner Mama mit den renovierten Vier-Sterne-Wohnungen. Vielleicht werd ich ja doch noch Hotelier in der Heimat.«

»Mit deiner Ineke könntest du sicherlich eine gigantische Holland-Berchtesgaden-Connection aufbauen«, sagt Leni.

»Bis jetzt ist die Ineke eigentlich noch gar nicht so verrückt nach den Bergen gewesen«, sagt Maxi.

»Ach, so was kann sich doch ändern! Wenn du sie mal herbringst, dann wird sie bestimmt ein Berchtesgaden-Fan werden.«

»Meinst wirklich?«, fragt Maxi.

»Sicher. Und das Vermieten, das ist doch ein Geschäft, das Zukunft hat. Vielleicht kriegen wir ja sogar noch die Olympiade 2022 her, und am Jenner werden ganz sicher auch bald ein paar neue Lifte gebaut.«

»Damit werd ich die Ineke aber nicht locken können. Die kann nämlich gar nicht Ski fahren.«

»Dann lernst es ihr eben! Das ist gleich das Erste, was du ihr hier beibringen kannst.«

»Du, Leni, ich muss jetzt aufhören, die Mama hat grad das Essen fertig.«

»Was gibt's denn?«

»Also riechen tut's wie Kasspatzen.«

»Oh, die hätt ich jetzt auch gern. Guten Appetit!«

»Magst vorbeikommen?«

»Hm, meinst wirklich?«

»Ja, freilich!«

»Also, eigentlich schon, aber ich bin nicht allein.«

»Ach so? Na, dann bringst ihn halt mit! Ich sag der Mama, sie soll noch a bissl mehr machen, das wird schon kein Problem sein.«

»Wirklich nicht?«

»Ach wo!«

»Na, dann komm ich gern, also wir.«

»Okay, dann packt s' euch z'sam!«

Berchtesgaden, 20. Juni 2011

Abends bei Iva möchte Wiktor gern Wild essen.

»Wild?«, fragt Leni. »Im Sommer? Da müssten wir in ein anderes Lokal gehen.«

»Na gut. Dann bleiben wir eben hier, und ich bestelle Pute vom Grill.«

»Du, sag mal, dieser …«, Leni senkt die Stimme, »Jurij Sokolski, das war doch *der* Jurij, oder?«

»Sokolski hat er sich nur hier genannt. In Wirklichkeit hieß er Koch …«

»Pst!«, macht Leni.

»Jurij Koch«, flüstert Wiktor. »Und ja, es werden ihm frühere Verbindungen zum KGB und alle möglichen kriminellen Sachen nachgesagt.«

»Und wieso habt ihr den mit ins Boot geholt? Hat er euch erpresst?«

»Ich weiß nicht, ob man das so nennen kann, aber auf jeden Fall war er hinter unserem Schatz her. Er konnte sich ja denken, dass da etwas Größeres dahintersteckt. Von ihm hatten wir das Geld für unsere erste Deutschlandreise.«

»Also stimmt es, dass ihr für ihn Blüten nach Frankfurt gebracht habt?«

»Ich gebe es ungern zu, aber es stimmt.«

»Das sollst du mir aber eigentlich gar nicht erzählen. Ich bin doch noch immer Polizistin.«

»Aber ich dachte, weil du mich doch gefragt hast?«

»Ich hab's eh schon wieder vergessen. Aber die Leihgabe war doch noch lange kein Grund, diesen Jurij in euer Geheimnis einzuweihen, oder kapier ich da was nicht?«

»Meine beiden Freundinnen, die geldgierige Marjana und Luba, die auszieht, um die Welt zu retten, fanden seine Beteiligung ratsam, um das Ganze im großen Stil aufzuziehen. Und Jurij hatte dann die Idee mit dem Rheingold.«

»Bitte was?« Leni verschluckt sich fast an ihrer Quattro Stagioni.

»Jetzt Moment mal, hat das was mit diesen großen Maschinen zu tun, von denen Olga Fotos auf ihrem Stick hatte?«

»Woher weißt du das?«

»Ich hab mir den Stick aus ihrer Manteltasche ausgeborgt, bevor ich ihr bei dieser Eröffnungsfeier im Kongresshaus den Mantel gebracht hab. Als es ihr so schlecht ging.«

»Sag doch gleich, dass du ihn gestohlen hast.«

»Nein, ich habe ihn mir nur ausgeliehen und die Daten auf mein Handy geladen.«

»Und die konntest du einfach so einlesen? So unvorsichtig war die arme Olga?«

Iva kommt vorbei und erkundigt sich, ob es ihnen schmeckt.

»Sehr gut!«, sagt Wiktor.

»Das mit den Daten war gar nicht mal so einfach. Die waren verschlüsselt, aber ein Spezialist hat mir da helfen können.«

»Aber dann wissen deine Kollegen jetzt auch alle Bescheid?«

»Nein, tun sie nicht. Der Kollege, der mir diesen Gefallen getan hat, ist eher ein Spezl, also ein Bekannter. So ein Computerfreak, der sich eigentlich gar nicht für meinen Fall interessiert, sondern nur für die Technik. Der sieht so was als sportliche Herausforderung.«

»Bist du dir sicher?«

Leni nickt. »Da passiert schon nichts. Du, weißt du was, Wiktor?«

»Was?«

»Wir bestellen uns jetzt noch einen Kaffee und einen Enzian, und dann erzählst du mir die ganze Geschichte einfach ganz von vorn. Magst?«

»Dafür reichen noch nicht mal zwei Kaffee und drei Enzian.«

»Dann erzählst du sie mir einfach zu Hause weiter.«

»Bei dir oder bei mir?«

»Ach, bei mir ist es doch viel gemütlicher als in so einem Hotelzimmer. Ich kann uns auch den Kaminofen anmachen.«

»Ofen? Ist es so kalt bei dir?«

»Nein, ich mein ja nur, wegen der Gemütlichkeit.«

»Ach so, ja. Hast du auch so ein Kuhfell vor dem Kamin liegen?«

»Kuhfell, sag mal, spinnst du? Ich bring doch keine Kühe um. Darf's denn auch ein Schafwollteppich sein?«

»Schon, aber dasselbe ist es nicht. Zeigst du mir dann auch deine Esel?«

»Freilich.«

»Dann gehen wir doch lieber gleich. Machst du uns dann Kaffee bei dir zu Hause? Und hast du auch Schnaps?«

»Sowieso. Gehn wir?«

»Wir gehen.«

Berchtesgaden, 21. Juni 2011

»Ja, grüß Gott, hier Morgenroth, Kripo Traunstein. Können Sie mich mit dem zuständigen Rechtsmediziner verbinden? Es geht um die Obduktion von Olga Tschernenko.«

»Die Berchtesgadener Leiche?«, fragt die Assistenzärztin der Rechtsmedizin der Uni München.

»Die ukrainische Leiche aus Berchtesgaden.«

»Es scheint, Berchtesgaden ist für Ukrainer allmählich zu einem gefährlichen Pflaster geworden. Hatten Sie nicht letztes Jahr schon zwei davon?«

»Nein, nur einen. Der andere war aus Frankfurt«, antwortet Leni.

»Ah, sonst wär das ja fast schon eine Serie gewesen, finden Sie nicht? Dr. Kern ist persönlich gerade nicht zu sprechen, aber ich kann gern mal in seinen Bericht schauen.«

»Hoffentlich hat er den nicht verschlüsselt«, sagt Leni.

»Wie meinen Sie?«

»Ach, nichts! Haben Sie den Bericht?«

»Liegt vor mir. Also, soweit ich das sehe, gibt es keine eindeutige abschließende Diagnose, woran Frau Tschernenko gestorben ist. Multiples Organversagen wird angeführt, aber wodurch es ausgelöst wurde, wissen wir nicht.«

»Aber sie war doch noch so jung und gesund, ist das nicht merkwürdig?«

»Sicher ist das merkwürdig. Keine Vorerkrankungen, soweit feststellbar, keine Geburten. Auch keine Spuren von irgendeiner Fremdeinwirkung, einfach nichts. Vielleicht ein allergischer Schock, aber erstickt ist sie auch nicht. Ihr Körper ist einfach kollabiert. Kann das mit der Höhe zusammenhängen?«

»Also, nichts gegen unsere schönen Berchtesgadener Alpen, aber der Himalaya sind wir hier dann doch nicht. Auf tausendfünfhundert Metern geht's normalerweise noch nicht los mit der Höhenkrankheit, oder täusch ich mich?«

»Nein, Sie haben natürlich recht. Na, dann rufen Sie doch am besten morgen noch mal Dr. Kern an, vielleicht kann er Ihnen mehr sagen.«

»Das mach ich, vielen Dank!«

***

Leni fährt ins Hotel Edelweiß, um das Hotel von Olgas Tod zu unterrichten und das Zimmer der Verstorbenen vor der Räumung zu durchsuchen. Das Hotel bedauert den Vorfall und bittet um eine Adresse, wohin die ausstehende Rechnung geschickt werden kann.

Leni sieht sich auf Olgas Laptop um, kann aber keine Dateien finden, die auf die Berchtesgadener Aktivitäten hinweisen. Schließlich packt sie ihn zusammen mit Olgas Kleidern und Schuhen in den Louis-Vuitton-Koffer, mit dem Olga angereist ist.

Den Stick, der noch immer in Olgas Manteltasche steckt, nimmt Leni an sich. Es gehört sich zwar nicht, einer Toten etwas zu stehlen, aber das muss jetzt einfach sein. Es ist besser so, redet Leni sich ein, und dass sie auf der Seite der Guten ist.

Alle anderen Hinterlassenschaften packt sie in eine Reisetasche, die sie im Schrank findet. Sie wird beide Gepäckstücke nach Kiew schicken lassen, zu Olgas Mutter, der auch die Rechnung zugehen wird.

Leise schließt sie die Tür hinter sich, als würde Olga hier noch wohnen und schliefe nur.

An der Rezeption fragt man sie, ob sie vielleicht auch etwas über den Verbleib von Herrn Sokolski wisse, er sei schon seit mehreren Tagen nicht mehr im Hotel gesehen worden. Er schlafe nicht mehr in seinem Zimmer und sei auch nicht zum Frühstück erschienen.

»Vielleicht macht er eine mehrtägige Wandertour durchs Steinerne Meer oder ist nach Salzburg gefahren? Möglicherweise gefällt's ihm ja dort so gut, dass er beschlossen hat, nicht mehr zurückzukommen«, meint Leni.

»Und sein Gepäck hat er dagelassen?«

»Ja, also, dass Frau Tschernenko verstorben ist, das kann ich bestätigen, aber sonst weiß ich wirklich nichts«, behauptet Leni. »Glauben Sie etwa, dass Herr Sokolski ein Zechpreller ist?«

»Mit den Zechprellern verhält es sich so wie mit den Ehebrechern«, sagt der österreichische Portier. »Du siehst es den Leuten einfach nicht an.«

Salzburg, 22. Juni 2011

Das Flugzeug nach Frankfurt startet pünktlich um zehn Uhr zwanzig. Es ist wieder ein schöner Sommertag, der Himmel strahlend blau. Eine Fernsicht bis hinein in die Zentralalpen mit ihren vergletscherten Gipfeln. Nach einer Flugschleife lassen sie die Berge hinter sich, und Marjana erkennt unter sich wieder diesen See mit der fast runden Insel, der ihr schon auf dem Hinflug aufgefallen war.

»Wiktor, dieser Schuft«, sagt sie zu Luba, die neben ihr Zeitung liest, »lässt uns einfach im Stich und bleibt bei seiner blonden Walküre.«

»Ach, jetzt sei doch nicht so missgünstig. Oder bist du eifersüchtig?«

»Auf die? Quatsch, nur ein bisschen traurig, schließlich waren wir ein Team, ein Trio. Und jetzt?«

»Ich finde, wir sind einfach flexibel. Manchmal ein Trio, zuletzt waren wir sogar ein Quintett und dann ein Quartett, jetzt sind wir eben ein Duo und ab Kiew wieder solo unterwegs. Wobei, hast du nicht erzählt, du hättest jetzt so einen stinkreichen Freund mit Learjet, der dich nach Paris eingeladen hat?«

»Ach ja, Männer!«, seufzt Marjana. »Ich hoffe, mein eigenes Geld reicht mir diesmal etwas länger. Ich werde jetzt ein bisschen besser darauf aufpassen. Wichtiger ist allerdings, dass Wiktor wirklich auf unser Gold aufpasst und es peu à peu zu Geld macht und auf unser Konto überweist. Und dass er sich von Goldlöckchen nicht total einlullen lässt und ihr in einer schwachen Minute nicht doch noch erzählt, wo wir den Vorrat gebunkert haben.«

Die beiden sehen sich an und lachen, bis ihnen die Tränen kommen.

Traunstein, 23. Juni 2011

Am nächsten Tag kann Leni mit dem Münchner Rechtsmediziner Dr. Kern sprechen. Es tue ihm leid, sagt er, aber recht viel mehr als seine Kollegin gestern könne er ihr heute auch nicht liefern. Sie wüssten nicht mit Sicherheit, woran Frau Tschernenko gestorben sei. Alles in allem habe sie sehr gesund und fit ausgesehen und sei in einer guten körperlichen Verfassung gewesen.

»Aber eine Lebensmittelvergiftung können Sie ausschließen?«, fragt Leni.

»Wir haben uns den Magen der Toten genau angesehen. Keine toxischen Spuren.«

»Zwei Tage vor ihrem Tod hat sie sich heftig übergeben«, sagt Leni. »Das habe ich selbst gesehen und gehört.«

»Für eine Lebensmittelvergiftung wäre so ein Verlauf ganz und gar ungewöhnlich. Und im Normalfall führt sie auch nicht zum Tod«, sagt Kern. »Es sei denn …«

»Ja?«, fragt Leni.

Kern lacht. »Es sei denn, es handelt sich um eine andere Art von Vergiftung.«

»Arsen und Spitzenhäubchen?«, fragt Leni.

»Das würden wir erkennen. Aber wenn Ihre Olga aus Berchtesgaden beispielsweise wie Jassir Arafat um die Ecke gebracht worden wäre, dann bliebe uns das wahrscheinlich verborgen. Untersuchungen, durch die so etwas festzustellen wäre, kosten einen Haufen Geld und sind äußerst schwierig durchzuführen. Aber so prominent wie ein Arafat war Ihre Olga dann wohl auch wieder nicht, oder?«

»Nicht dass ich wüsste. Was war das damals noch mal, beim Arafat?«

»Sicher weiß man es bis heute nicht. Er wurde ja nicht gleich obduziert, sondern begraben und erst Jahre später exhumiert. Knackig frisch war die Leiche bei der Untersuchung jedenfalls nicht mehr. Ein Haar von ihm haben sie noch in einer Bürste gefunden und eine uralte benutzte Zahnbürste von ihm. Ja mei, man nimmt halt, was man kriegen kann, gell?« Der Mediziner kichert.

»Und womit ist der Arafat dann möglicherweise vergiftet worden?«, bohrt Leni nach.

»Einige Ärzte behaupten, er wurde mit Polonium vergiftet«, sagt Kern.

»Polonium?«, krächzt Leni.

»Ja, Polonium 210, ein radioaktives Element.«

Schweigen.

»Frau Morgenroth? Sind Sie noch dran? Frau Morgenroth?«

Schönau am Königssee, 1. Juli 2011

»Hast du schon mal einen Stall ausgemistet?«, fragt Leni.

»Nein, noch nie«, antwortet Wiktor wahrheitsgemäß.

»Weißt du, wie das geht?«

»Nein.«

»Dann lernst du's jetzt.« Sie drückt ihm eine Schaufel in die Hand. »Und morgen kaufen wir dir Gummistiefel für die Stallarbeit.«

»Ach, jetzt kapier ich das Ganze! Du wolltest dir nur einen ukrainischen Stallburschen zulegen. Aber ich versteh dich, wir sind ja auch berühmt für unsere phantastischen Eselspfleger und Stallausmister.«

Leni boxt ihn in die Seite. »Du machst dich lustig über mich bayerische Landpflanze, die Salzburg für eine Großstadt hält und sich in München permanent verirrt. Da fahr ich den Mittleren Ring rauf und runter und weiß schließlich gar nicht mehr, wo ich bin.«

»Du musst Kiew kennenlernen«, sagt Wiktor, »irgendwann.«

»Ist es denn schön dort? Die Stadt muss doch riesengroß sein.«

»Im Mai ist die schönste Zeit. Wenn die Kastanien blühen. Du kannst dir nicht vorstellen, wie schön Kiew dann ist.«

»Stimmt, kann ich nicht. Kastanien haben wir hier nur im Biergarten.«

»Ich möchte mal mit dir in einen Biergarten gehen«, sagt Wiktor. »Mit Kastanien.«

»Mit Kastanien, mit einem Rehragout oder einem Hirschgulasch und einem Weißbier dazu«, sagt Leni.

»Hm, das hört sich wirklich gut an.« Wiktor schaut ganz verträumt.

»Aber zuerst wird der Stall sauber gemacht«, reißt Leni ihn aus seinen Träumen.

»Ich hab's mir schon gedacht«, seufzt Wiktor und lädt die erste Fuhre Mist auf die Schaufel.

Lisa Graf-Riemann
DONAUGRAB
Broschur, 224 Seiten
ISBN 978-3-89705-820-0

»Graf-Riemann gelingt es auf spielerische wie akribische Art, den Fall und die Ermittlungen in die Gegebenheiten einzubinden, Lokalkolorit inklusive. Trotz des ernsten Themas ein unterhaltsames Lesevergnügen. Die Stärken liegen in ihrer unmittelbaren wie treffenden Beschreibung und Charakterisierung der Figuren sowie den atmosphärischen wie humorvollen Situationsbeschreibungen.«
Donaukurier

»Es sind die kleinen Szenen und Situationen, mit denen Graf-Riemann die handelnden Personen sehr treffend zu charakterisieren weiß. Bis hinein in die Nebenfiguren schafft sie es, ihr Personal sehr realistisch und glaubwürdig darzustellen.« Berchtesgadener Anzeiger

www.emons-verlag.de

Lisa Graf-Riemann
EISPRINZESSIN
Broschur, 224 Seiten
ISBN 978-3-95451-072-6

»Graf-Riemann trifft mit ›Eisprinzessin‹ das Wesen der ›Schanzerer‹, wie sich die Ingolstädter selbst bezeichnen, und liefert einen spannenden Roman mit viel Lokalkolorit ab.« Buchtips.net

»Spannung pur verspricht der neue Krimi ›Eisprinzessin‹ von Lisa Graf-Riemann. ›Eisprinzessin‹ ist eher ein subtiler Kriminalroman mit Tiefgang, der zeigt, wie Menschen in psychischen Extremsituationen verzweifeln können.« Berchtesgadener Anzeiger

www.emons-verlag.de